Für Vinca,

ein Drehbuch für die

Fantasie-Synapsen!

Ch. Fröhlich

3.3.23

*Vom selben Autor bereits erschienen:*

Der endlose Tag
Roman

# Der Würgermeister

## Kommissar Kackstuhls größter Fall

(Ein etwas anderer Lübeck-Krimi)

Copyright: © 2014 Charles Frölich
Umschlagbild: Yannik Hepp
Umschlaggestaltung: Charles Frölich
Verlag: epubli GmbH, Berlin, www.epubli.de
ISBN 978-3-7375-0801-8

Für alle meine Kollegen

Vorbemerkung

Dies ist eine Krimigroteske. Jede Ähnlichkeit mit lebenden oder verstorbenen Personen wäre rein zufällig. Dies gilt jedoch nicht für so manches Computer-programm im Arbeitsleben – diese sind oftmals grotesker als es dieses Buch je sein könnte.

# 1. Mittwoch

Probier's mal – mit Brutalität
von ungeahnter Qualität
und wirf all' deine Skrupel über Bord!
Denn wenn man – dich hat angepisst
und es zum Aus-der-Haut-fahr'n ist,
dann schlag halt zu, so sparst du jedes Wort!

„Wir sind hier zusammengekommen, um einen unserer besten Mitarbeiter zu ehren. Manche würden sogar sagen: Den besten. Andere sagen etwas anderes, aus verschiedenen Gründen."

Ich ronzte. Ronzen ist, wenn man den angesammelten Schleim aus der Luftröhre nach oben hustet. Also eine Art feuchtfröhliches Räuspern. Ein paar Neulinge drehten sich um und rümpften indigniert die Näschen.

„Aber ungeachtet dessen, denke ich, spricht eine Aufklärungsquote von achtundneunzig Prozent für sich! Davon kann sich so manche Abteilung in diesem Hause eine Scheibe abschneiden! Ich möchte sagen: Einige sogar eine sehr dicke Scheibe!" Der Scherz des Polizeipräsidenten wurde mit unbehaglichem Lachen quittiert. Ich grunzte mit.

„Und das im Dezernat Kapitalverbrechen! Das ist eine großartige Quote, meine Damen und Herren, und sie kommt zustande, wenn man sich reinhängt! Wenn man sich wirklich reinhängt!" In mir drängte etwas nach oben, und ich rülpste kräftig. Die Näschen guckten wieder.

„Aus der Fülle der vorbildlich gelösten Fälle möchte ich nur einen herausgreifen: den Wäscheklammermord!" Während die Neulinge die Ohren spitzten, stöhnten die alten Häsinnen und Hasen gemeinsam auf. „Sicher, der Fall war spektakulär und sicherte uns die Leitartikel, aber darum geht es hier nicht." Wer es besser wusste, schmunzelte in sich hinein. Dazu gehörte auch ich. „Es war eine Fleißarbeit, die Spuren zu entwirren und jeder einzelnen nachzugehen, aber wer eine solche Arbeit nicht scheut, der wird belohnt von einen Ermittlungserfolg, der es verdient hätte, in die Lehrbücher zu kommen. *Und* er wird belohnt durch die Verleihung der Polizeimedaille, die heute unserem geschätzten Kollegen umzuhängen ich die Ehre habe! Ich bitte denjenigen, jetzt zu mir nach vorn zu kommen. Wir wissen alle, von wem die Rede ist! Ich hoffe auf großzügigen Applaus!"

Von einem machtvollen Verdauungswind unterstützt erhob ich mich und ging nach vorn.

Ich hatte die Beine auf den Schreibtisch gelegt und schob mir ein übrig gebliebenes Weihnachtsplätzchen auf die Zunge, als der Trötschke ins Büro trat. Er guckte unsicher, drehte sich halb um und tat, als suche er etwas. Dabei fingerte er ständig an einem Schnellhefter in seiner Hand. Trötschke der Dötschke!

„Was führt dich denn her?", erlöste ich ihn schließlich, nachdem ich das Betonplätzchen hinuntergewürgt hatte.

„Ja, wenn du schon fragst ... Ich hab' da ein Problem mit meinem Totschlag. Der Ehemann will nicht gestehen, obwohl eigentlich alles klar wie Glas ist. Er sitzt schon seit Stunden im Vernehmungszimmer und bockt. Wir wissen nicht mehr weiter, is' ja auch bald Feierabend, wenn du mal gucken möchtest ..." Er legte mir den Ordner aufgeschlagen auf den Schreibtisch. Ich winkte ab.

„Brauch' ich nicht. Wissen belastet bloß. Lass mich nur machen."

Auf dem Weg zum Vernehmungszimmer schusselte er hinter mir her und deckte mich mit Ratschlägen und Einzelheiten ein. Ich hörte nicht hin, bis ich an der Tür stand: „Wie heißt denn der Kerl?"

„Wefelmeier."

Ich nickte und betrat den Raum. Zwei rotverweinte Augen glotzten hoch.

„Herr Schwefelmeier?"

„Wefelmeier."

„Oder so. Ich bin in diesem Irrenhaus der Polizeipsychologe. Und keine Angst, ich komme nicht, um Ihnen mit irgendwelchen Tricks ein Geständnis zu entlocken. Ich bin hier, um Ihnen zu helfen, mit der Situation klarzukommen."

„Oh."

Meine Güte, wie gesprächig. „Wie stellt sie sich denn von Ihrem Standpunkt aus dar?"

„Wer?"

„Die Situation!" Und blöde auch noch. „Erzählen Sie mal, und lassen Sie sich nicht drängen", sagte ich und schaute dabei ausdrücklich auf meine Uhr.

„Äh ... Man hat mich verhaftet, ähm, weil ich meine Frau erschlagen haben soll ..." Hilflos blickte mich das Elend an und verstummte schon wieder.

„Das soll vorkommen."

„Ja, aber ich war es nicht! Zumindest kann ich mich nicht daran erinnern! Da war Blut an meinen Händen, ja, aber nur, weil ich sie herumgedreht hab'."

„Und Ihre Fingerabdrücke ..."

„... an dem Deckenfluter, ja. Aber wie soll ich es gewesen sein, ich kann doch nicht ohne sie leben!"

„Herr Wefelmeier, es gibt auch Fertiggerichte, die können sogar Sie zubereiten. – Sie sagten allerdings, Sie könnten sich nicht erinnern?"

„Das muss ich doch, wenn ich es gestehen soll?! Aber da war nichts. Ich kam nach Hause und sie lag da." Wieder begann er zu schluchzen. Waschlappen.

„Es könnte sein, dass Ihr Gehirn da ein Erinnerungsloch konstruiert hat, wissen Sie."

„Ähm? Das glaube ich nicht."

„Nein, natürlich nicht, denn das würde bedeuten, dass Sie nicht einmal im eigenen Hirn das Sagen haben. Das wollen die meisten Menschen nicht wahrhaben. Glas Wasser?"

„Oh ja bitte."

Ich ging aus dem Zimmer, an Trötschke vorbei und zum Kaffeeautomaten. Ich zog mir einen Pappbecher und ging weiter zur Herrentoilette. Dort ließ ich in den Becher etwas Wasser und danach meine Spezialmischung tröpfeln. Damit ging ich ins Vernehmungszimmer zurück. Der Verdächtige trank gierig, lallte irgendwas und sackte dann vornüber auf den Tisch.

Trötschke hatte durchs Einwegglas alles gesehen und riss jetzt die Tür auf: „Was ist mit dem?"

„Alles unter Kontrolle, Kollege. Gleich hast du dein Geständnis." Ich winkte ihn wieder aus dem Raum, verschob den Minutenzeiger der Wanduhr und wartete dann auf das böse Erwachen.

„Ähhh ..." Das Elend bewegte sich wieder. „Wo war ich?"

„Das frage ich Sie, Herr Wefelmeier! Weggetreten waren Sie, oder es sah so aus. Aber dabei sind Sie herumgelaufen und haben nach einer Fluchtmöglichkeit gesucht, wie ein Schlafwandler. Und das eine Viertelstunde lang!" Ich zeigte hinter mich auf die Uhr.

„Das ist ja ein Ding." Der Totschläger hielt sich den Kopf.

„In der Psychiatrie nennt man das eine Absence. Das war gewiss nicht Ihr erstes Mal."

„Weiß ich nicht ..."
„Natürlich nicht. Tja, sie müssen einräumen, dass es sehr wahrscheinlich ist, dass Sie Ihre Frau in so einer Absence getötet haben. Meinen Sie nicht?"
Der Waschlappen antwortete nichts und glotzte nur stumm. Ich beugte mich vor und tätschelte ihm die Hand. „Die ging Ihnen doch schon lange auf den Geist, geben Sie's zu. Sie kommen sicherlich mit Totschlag davon. Ich schick' Ihnen jetzt den Kollegen herein. Der nimmt dann Ihr Geständnis auf, und alle sind zufrieden."
Ich verließ den Raum. Strahlend schoss Trötschke in Gegenrichtung an mir vorbei.

„Na, hast du dem Dötschke beistehen können?"
„Selbstmurmelnd", antwortete ich und schloss die Bürotür hinter mir.
„Höre ich da etwa Zweifel?"
„Nie im Leben, Leiterchen." Katthöfer lümmelte sich unrasiert wieder auf seinem Platz, als sei er nie weg gewesen.
„Wo hast du dich eigentlich herumgetrieben?"
„Im Sekretariat", versetzte er mit Unschuldsmiene. „Ich bin immer noch dabei, mich bei Fräulein Roeske einzuschleimen ..."
„... in der vergeblichen Hoffnung, dass Sie dich mit nach Hause nimmt oder umgekehrt. Wo du das Einschleimen fortzusetzen gedenkst."
Er grinste bloß. „Wir müssen übrigens noch in den Faulenkampsweg. Da hat jemand keine Luft mehr kriegen wollen."
„Jetzt noch!?"
„Dem Glücklichen schlägt keine Stunde – aber die Toten sterben rund um die Uhr. Ich hol' schon mal den Wagen."

Wir hielten vor einem Haus, wie man es in den Vororten jeder Stadt für Leute finden kann, die es sich immer noch leisten wollen, mit dem eigenen Auto zur Arbeit zu fahren. Eine brünette Frau öffnete. Sie hatte ein scharfes Gestell, war aber total verheult.
„Wir sind die Kripo und sind hier, weil Ihr Mann das Atmen eingestellt haben soll."
Sie schluchzte auf und ließ uns herein. Im Augenwinkel sah ich Katthöfer, wie er sich über die Bartstoppeln strich. Für ihn war sie offensichtlich attraktiv genug.
Wenig später standen wir im ausgebauten Dachboden der Billigvilla. Eine Couch, einige Stühle, zwei Computerbildschirme, geheimnisvolle Abseiten und eine entspannt hängende Leiche am Dachbalken,

betrachtet von zwei Streifenhörnchen. Eines davon referierte uns, was es bisher herausgefunden hatte.

„Der Tote ist Sönke Giebelstein. Wohnt hier seit fünf Jahren mit Frau und Kind, kümmerte sich um die Elektronik bei der Gesetzlichen Altersversicherung an der Tiegelstraße. Kein Abschiedsbrief, aber auch keine Fremdeinwirkung erkennbar. Seine Frau meint, der kann seit Stunden hier hängen. Also seit heute Morgen. Wenn er beim Programmieren ist – war – , dann vergaß er Zeit und Raum, sagt sie."

Wir gingen um den baumelnden Menschenrest herum und guckten auf einen Bildschirm. Photonen hinter Glas, grüne Zeichen auf schwarzem Grund.

Katthöfer kicherte plötzlich. „Hihi, ein Kellerkind im Dachgeschoss!"
„Wieso Kellerkind?"
„Das ist eine abschätzige Bezeichnung für Computer-Nerds, weil die so selten an die frische Luft und in die Sonne kommen."

„Katthöfer, du und dein unnützes Wissen!" Ich wandte mich an das Streifenhörnchen: „Haben Sie schon der Spusi Bescheid gesagt?"

„Bei der Sachlage?! Suizid, was sonst."

„Also nicht." Ich griff zum Taschentelefon, aber Katthöfer war schneller. Er flötete schon ins Mikrofon, dass es eine Art hatte. Als er mit Honiglächeln das Gespräch beendete, fragte ich:

„Ein Gspusi bei der Spusi hast du auch?"

„Nur kein Neid. Aber du bist doch sonst für den kurzen Dienstweg, warum brauchen wir die Spusi? Es sieht doch wirklich alles nach Selbstmord aus."

„Nase." Ich tippte mir gegen dieselbe. „Und weil kein Abschiedsbrief da ist."

„Wie du willst. Befragen wir jetzt die Frau?"

„Katti, du und dein Jagdinstinkt als Witwentröster! Ja, mein sabbernder Freund, wir befragen jetzt die Frau."

Wiebke Giebelstein war nicht sehr ergiebig. Sie sagte aus, ihr Mann habe in letzter Zeit bedrückt und unausgeglichen gewirkt. Das sei aber immer so gewesen, wenn er bei einem Projekt nicht weiterkam. Der Suizid habe sie daher trotzdem überrascht.

Der kleine Sohn hingegen brachte uns auf eine Spur. Er hatte zwar noch nicht recht begriffen, was geschehen war, doch er erzählte uns von der Familienkutsche, die wegen einer Schmiererei in der Werkstatt sei.

„Welche Werkstatt?"

Frau Giebelstein besann sich. „Ach, die beim TÜV, ich weiß nicht, wie die heißt …"

Ein Blick zu Katthöfer, der nur die Augen verdrehte und gleichzeitig in die Jackentasche griff. Er telefonierte kurz mit dem Autohaus. Die Leute von der Spusi polterten die Treppen hinab, Computergehäuse vor die Bäuche gepresst. Frau Giebelstein sprang auf. „Die Geräte ...!"

„Sie bekommen sie ja wieder", beruhigte ich sie. „Und Ihr Mann braucht sie ja vermutlich nicht mehr."

„Es kann sein, dass ein Abschiedsbrief digital gespeichert ist", fügte Katthöfer hinzu. „Das ist jetzt bei Nerds und Netzsurfern der letzte Schrei." Der Klugscheißer drehte sich zu mir. „Ich nehm' an, wir wollen noch zur Werkstatt, wegen dem Graffito."

„Wenn's noch da ist, reicht das morgen auch noch." Laut gähnend gab ich das Zeichen zum Aufbruch.

**

## 2. Donnerstag

Ach, ich denke alles Schlechte
über Elektronenknechte.
Doch es ward mir sehr schnell klar:
Das ist leider sämtlich wahr!

Als ich meine Tasche wie immer in die Ecke zwischen Heizkörper und vertrocknetem Benjamini pfefferte, schreckte Katthöfer hoch.
„Moin, Leiterchen! Gleich zur Werkstatt?"
„Da war ich schon. Ist ja bei mir um die Ecke." Ich warf ihm mein Taschentelefon zu. „Zieh das mal auf deinen PC."
Etwas später starrten wir ratlos auf das Foto einer violetten Motorhaube, über die querfeldein die Buchstaben „PSADIST" gesprüht worden waren.
„Hm. Ein PS-Sadist – also ein Raser?" Katthöfer schob den Kopf vor. „Zwischen dem P und dem Rest ... da ist ein Punkt oder ein Bindestrich. Aber was ist ein P-Sadist?"
„Keine Ahnung. Bleiben wir also vorläufig beim Drängler und Raser", bestimmte ich. „Sitzt unser Frischling schon an den Transistoren?"
„Ich hoffe doch. Er hat sich gleich über die Computer hergemacht, um nach Abschiedsbriefen, Lebewohl-Videos und Bis-später-Dateien zu suchen."
Das Milchgesicht namens Dölle, frisch von der Polizeischule und seit einer Woche bei uns, saß tatsächlich schon zwischen seinen Elektronik-Baukästen. Das blaue Licht der Bildschirme ließ es noch kränklicher aussehen als ohnehin. Es blickte auf und schüttelte den Kopf. „Noch nichts."
„Sagen Sie Bescheid, wenn sich was findet." Ich warf die Tür wieder zu, ronzte und sagte zu Katthöfer:„Der sieht wirklich aus wie im Keller großgezogen. Aber welcher Depp hat ihn herausgeholt? – Also, das weitere Programm: Ich zur Witwe wegen des Fahrstils ihres Verflossenen, du zum Leichenaufschneider, ob es beim Suizid bleibt."
„Och Leiterchen, da wird mir doch immer schlecht ..." Das war ja klar. Die Witwe lockte.
„Dacht' ich mir's doch. Also Rollentausch." Mein Kollege wechselte den Gesichtsausdruck, dankte mir strahlend und verschwand im Nu.
Die leichenblasse Pathologin – gleich und gleich gesellt sich gern – bestätigte den Suizid. „Da gibt es keinen Zweifel. Ansonsten habe ich außer einer vergrößerten Leber nichts Auffälliges gefunden. Und ein Motiv konnte ich nicht herausschneiden."

„Das wäre ja auch zu schön gewesen. Fordern Sie für alle Fälle die medizinischen Unterlagen vom Hausarzt an?"
„Wenn Sie mir den verraten." Sie grinste schief und ungeduldig. „Ich kann zwar mit dem Skalpell zaubern – aber da zu meinem regulären Handwerkszeug keine Kristallkugel gehört, kann ich nicht hellsehen."

Ich versprach ihr, die Adresse zu besorgen, ging wieder in mein Büro, machte Frühstück und wartete auf neue Informationen. Zuerst kam Milchgesicht.

„Herein mit Ihnen, Herr Dölle. Kaffee?"

Er nuschelte, dass er nur Früchtetee trinke, und senkte sich zögernd auf Katthöfers Stuhl. „Einen Abschiedsbrief hab' ich nicht gefunden. Aber vielleicht ein Motiv."

„Gut!" Ich lauschte, doch da kam nichts mehr. „Und?"

„Jaa – ich hab' ja erst einmal in *seinen* Sachen gesucht. Da war bisher Fehlanzeige. Da dachte ich, mal gucken, was *andere* denn an ihn geschrieben haben. Also die Emails." Er richtete sich im Stuhl auf. „Es sieht so aus, als sei er gemobbt worden. Heftig und über Wochen. Die Datei mit den Löschungen läuft fast über damit."

„Des Inhalts?"

„Äh, üble Beschimpfungen wie *Pfuschst du überall so rum?*, Drohungen wie *Wir kriegen dich dran, du Sau* oder *Spielt ein Programmierer Boss, / nimm dir ein Dum-Dum-Geschoss!* Und Verleumdungen, zum Beispiel: *Du kriegst dein Geld doch nur, weil du der Bastard des Geschäftsführers bist.* Außerdem eine Betrachtung über Gaslaternen: *Die hatten immer Querstangen unter dem Lampengehäuse – zum Aufknüpfen. Eine gute alte Sitte aus der Französischen Revolution."*

„Sieh an."

„Und dann noch das hier." Er zog seinen Tablett-PC hervor und ließ den Schirm aufleuchten:

*Ein Teufelskreis*

*Zur Hölle mit den Programmierern!*
*So hört man oft von uns Verlierern.*
*Und dahin sind sie auch gekommen.*
*Doch blieb es ihnen unbenommen,*
*Luzifer selbst zu überreden*
*(wegen so mancher Wartungsschäden),*
*statt dass er heizt mit Holz und Dung,*
*er umstellt auf Zentralheizung!*
*So eine Heizung ist bequem,*

*sie braucht nur ein Betriebssystem.*
*Dann lässt man Heizung Heizung sein,*
*sie regelt sich von ganz allein...*

*Der Sünder bleibt jetzt ungeschoren:*
*Die Hölle, die ist zugefroren!*
*Und Luzifer lebt im Exil,*
*der Ätna ist sein Domizil.*
*Zwar ist es ihm dort viel zu kalt,*
*doch riecht man ihn aus jedem Spalt.*
*Seine gehörnten Untertanen*
*fanden auf Erden neue Bahnen.*
*Und ihr Sadismus ward noch schierer:*
*Sie lernten alle Programmierer!*

„Nicht ohne künstlerische Qualität", lobte ich. „Mir scheint, der hat sich bei seinen Arbeitskollegen mit irgendetwas sehr sehr unbeliebt gemacht. Den Ärger mit der EDV kennen wir bei uns ja auch zur Genüge."

„Entschuldigung, aber das ist einfach eine Frage der Einstellung ..."

„Ja ja, hör mir bloß damit auf!" Der Kaffee kam mir hoch, und ich schlunzte. Schlunzen ist wie ronzen, nur noch lauter und feuchter und mit anschließendem geräuschvollen Herunterwürgen des Schleims. Dem Frischling wurde ganz grün um die Nase.

„Bitte, wenn Sie das doch unterlassen würden ...", winselte er.

„Mann, sind Sie ein Weichlappen, Herr Dölle. Deshalb machen Sie auch Innendienst, stellen Sie sich vor! Sonst noch was?"

Er verneinte, und ich scheuchte ihn weg. Füße auf den Tisch, dann der Griff zum Telefon: „Katthöfer, ich bin's. Was Neues?"

Aus dem Gewimmer der Hinterbliebenen filterte ich mühsam Katthöfers Stimme. „Die Wieb ... die Witwe sagt, ihr Mann sei eher zu vorsichtig gefahren, sehr defensiv und verkehrsregel-konform. Das passt vielleicht noch zum Begriff Sadist, aber nicht zu PS-Sadist."

„Okay, vergiss das. Frag sie, was der Lebensflüchtling über seine Arbeit erzählt hat und über sein Verhältnis zu seinen Kollegen. Könnte ein Fall von Mobbing sein; hat der Dölle 'rausgefunden. Und frag sie nach dem Hausarzt ihres Mannes, den will die Pathologin wissen."

„Das hab' ich gestern bereits ermittelt. Ist in der Akte."

„Ich werde den Teufel tun und in deinen Notizblöcken kramen! In dem Saustall kennst du dich doch selbst nicht aus!"

„Aber Leiterchen, doch nicht da! Das ist in der elektronischen Akte, unter *Geschäftsvorgänge – Tötungsdelikte - Berichte – Fallnummer* – äh, und dann: *allgemeine persönliche Angaben – relevante Adressen – medizinische ..."*

„Wer soll sich denn das merken! Frag nach dem Hausarzt und gib die Adresse weiter!" Ich warf den Hörer auf.

Eine hagere Dame mit üppigem Weißschopf lehnte im Türrahmen. Ich zog die Füße von der Tischkante und stand auf. „Frau Westphal. So früh am Morgen."

Die Staatsanwältin trat ins Büro, eine Mappe unter dem Arm. „Viel zu tun?"

„Es geht. Ein Suizid ohne überzeugendes Motiv, nichts Weltbewegendes. Können wir schneller fallen lassen als eine heiße Kartoffel."

„Worum ich Sie, fürchte ich, bitten muss", sagte sie und reichte mir die Mappe. „In der Kiesgrube an der Schmatzeburger Allee wurde letzte Woche eine Frauenleiche gefunden. Man dachte zuerst an einen Unglücksfall und anschließenden Wildfraß, aber wegen einiger Ungereimtheiten und nicht zuletzt der ungeklärten Identität wollte ich nun doch Ihnen den Fall übertragen."

Ich bedankte mich unterschwänglich, nahm die Mappe entgegen, und Frau Westphal entschwand. Beim Durchblättern musste ich die Unklarheiten widerwillig einräumen: Die Tote trug keinerlei Papiere bei sich – nicht weiter verwunderlich, wenn man zum Joggen geht. Aber wer joggt im Winter ohne wenigstens einen Pullover – und ohne Unterwäsche? Der Tod trat durch ein Loch in den Schädel ein. Und warum waren überall am Rumpf Fraßlöcher? Außerdem fand sich in den Taschen des Trainingsanzugs nicht einmal ein Haus- oder Autoschlüssel. In der Umgebung der Fundstelle wurde niemand vermisst, also musste die Frau von weiter weg gekommen sein. Busse fahren dort nicht, also mit dem Auto. Nur: wo war dann das Auto?

Wieder schlurfte ich zur Pathologin. Sie frühstückte gerade neben einem klaffenden Brustkorb. „Ja, die! Eindeutig auf den Kopf gefallen, dachte ich. Diese Kieskuhle ist tückisch, wenn man da im Dunkeln ... Aber dann wurde ich stutzig. Warum haben die Carnivoren des Waldes den Rumpf angefressen und nicht wie sonst zuerst die Finger? Moment, ich zeig's Ihnen ..."

„Muss das sein? Ich hab' grad' erst gegessen."

„Wieso?" Sie war ehrlich erstaunt. „Ach so. Männer! Ihr seid doch alles Wimmerlurche."

„Mag sein. Doch ein Wimmerlurch kommt immer durch."

„Jedenfalls habe ich mir die Fraßlöcher genauer angesehen. Wenn Fleischfresser ein Aas finden, das sie nicht wegschleppen können, gehen sie den Weg des geringsten Widerstandes. Vielleicht haben sie einfach dort gefressen, wo schon ein Loch war? Kurz und gut, es besteht die Möglichkeit, dass die arme Frau mit dreiunddreißig Messerstichen getötet wurde."

„Soso, dreiunddreißig. Klingt nach Hass."

„Und womöglich von mehreren Personen. Die Löcher sind nicht etwa nur vorn oder nur hinten, sondern rundum. Ich bin nur drauf gekommen, weil die Löcher, auf denen die Tote lag, besser erhalten waren."

„Und wie sicher ist es, dass sie gewaltsam zu Tode kam?"

Sie wog den Kopf. „Allein von den Löchern her – fifty-fifty. Die Kälte hat die Löcher verfremdet. Aber wenn man berücksichtigt, dass im Körper für den zuerst angenommenen Tod durch Sturz viel zuwenig Blut zu finden war ... Wollen Sie nicht doch einen Blick drauf werfen?"

„Wollen nicht, aber muss ich wohl."

Als Katthöfer zurückkam, setzte ich ihn über unseren neuen Fall ins Bild. „Ja, und der Giebelstein?"

„Ich bin mir sicher, du meinst *die* Giebelstein. Außerdem – was soll's? Mobbing ist unschön, aber Kinkerlitzchen." Ich rieb mir die Hände. „Freuen wir uns lieber auf einen echten, saftigen Mordfall!"

„Wenn ich dich richtig verstanden habe, ist das noch gar nicht raus", maulte er.

„Du weißt noch nicht alles. Nach der Pathologin war ich noch bei der Spusi. Auf wen von deren weiblicher Belegschaft hast du eigentlich dein tränendes Auge geworfen?"

„Na, die Köbsch."

„Katthöfer, du und dein Kuhgeschmack! Aber was soll's – deine Sache." Er nickte nachdrücklich dazu. „Die Spusi hat jedenfalls festgestellt, dass der Trainingsanzug nagelneu war. Noch nie getragen, genau wie Schuhe und Socken."

Mein Kollege zeigte seine lange Leitung: „Ja und?"

„Herrje! Das heißt, da will jemand auf Deubel komm raus keine Spuren hinterlassen! Das begreift ja ein neugeborenes Mondkalb!"

„Hör mal, das kann alles ganz simple Ursachen haben. Die Westphal sieht doch Gespenster! Nur weil jemand im Dunkeln in einem neuen Sportdress in die Kiesgrube fällt ..."

„Ohne Papiere."

„Na und?"

Ich ließ nicht locker. „Ohne Schlüssel."

„Da hat sie jemand abgesetzt und wollte sie wieder abholen."

„Und derjenige hat sich bis heute nicht gewundert, als sie nicht wieder aufgetaucht ist?!"

„Trotzdem. Alles denkbar. Beziehungsstress ..." Katthöfer verschränkte die Arme.

Aber ich war noch nicht fertig. „Ohne Pullover. Und ohne Unterwäsche."

Mein Kollege leckte sich die Lippen. „Pikant."

Nekrophil war das Schwein auch noch. Ich fasste zusammen: „Ich hab' auch keine Wahnsinnslust, aber wir fahren jetzt da raus."

Leider gerieten wir auf der Schmatzeburger Allee vor eine Demonstration, die sich kampfbereit in Richtung Innenstadt wälzte. Bis auf ganz junge Leute war alles vertreten. Bevor ich mitbekam, wofür oder wogegen sich der Sprechchor lautstark Luft machte, war Katthöfer in die nächste Querstraße ausgewichen. Ich erhaschte nur noch einen Blick auf ein Transparent: „Sportplatz statt Monsterhatz!" und fragte meinen Assistenten.

„Das ist das *Bündnis besorgter Eltern.*" Auf sein unnützes Wissen war wie immer Verlass. „Die demonstrieren für ein totales Handyverbot an Schulen. Haben halt Angst, dass ihre Blagen digital verblöden."

Ich dachte an meine Tochter, die ihre Besuche damit verbrachte, auf die Knöpfe ihres Taschentelefons zu drücken. „Wenn du mich fragst, ist es dazu längst zu spät."

Ein leises Singen lag in der klaren Luft. Von dem zugefrorenen Schmatzeburger See wehte es scheußlich kalt herüber. Mein Kollege, abgehärtet wie er war, hielt sich deshalb lieber im Windschatten der Bäume und trat von einem Fuß auf den anderen, während ich in die Kieskuhle kroch. Die Fundstelle war noch markiert.

„Katthöfer, du Weichduscher, komm her und guck dir das an!"

„Reicht es nicht, wenn du es mir erzählst?"

„Du bist wirklich kein Drückeberger, das muss ich sagen! Du bist ein ganzes Drückegebirge!"

Das half. Katthöfer kam zu mir geklettert, wonach er sich die Arme um den Leib schlang und mich leidend ansah. Ich wies auf die dicken Krümel, die überall um den Fundort der Leiche verstreut waren. „Wofür hältst du das?"

„Keine Ahnung." Er beugte sich vor und stupste eines der hartgefrorenen Objekte an. „Nehmen wir's doch mit." Er kramte zitternd ein paar Beweistütchen hervor und sammelte einige Krumen ein.

Ich ließ ihn machen und stand auf. „Hier ist von den eifrigen Findern alles zertreten, aber vielleicht finden wir auf den Waldwegen noch verwertbare Fußspuren. Außerdem müssen wir noch das Auto suchen."

Er sah entgeistert zu mir hoch. „Soll ich mich totfrieren? Du weißt, wie empfindlich ich bin. Beim Auftauen hab' ich dann Schmerzen, das kannst du dir gar nicht vorstellen! Und wenn wir doch von einem Mord ausgehen, wozu noch das abgestellte Auto einer Joggerin suchen?"
„Gründliche Polizeiarbeit." Ich grinste und zitierte unseren Obermotz. „*Akribie und Ausdauer sind das Fundament der Kriminalistik.* Wir ermitteln in alle Richtungen."
Er richtete sich ächzend auf. „Ich würde eher sagen: Präzision und Penetranz!"
„Ist doch nur pro forma."

Wir fanden weder Spuren noch Auto und schlitterten auf den vereisten Straßen gemütlich zum Präsidium zurück. Immer noch fröstelnd warf Katthöfer die Klarsichtbeutel mit den seltsamen Krümeln auf seinen Bürotisch, dann trennten sich unsere Wege: er verschwand in die Kantine, ich zu meiner Mittagsrunde im dritten Stock.
Als ich gerade zurückgekommen war, trat die Staatsanwältin im Zimmer: „Haben Sie wieder Ihre typische Haltung des intensiven Nachdenkens eingenommen?"
Füße vom Tisch: „Ja, Frau Westphal. Ich sehe, Sie wissen meine Arbeit zu schätzen."
Sie winkte ab und schnüffelte. „Wonach riecht das denn hier?"
Ich schnupperte nun auch. „Den Duft kenn' ich von zuhause. Das riecht nach ..."
„... Tierfutter!", ergänzte die Staatsanwältin entrüstet. „Haben Sie etwa eine Ihrer Katzen mitgebracht?"
„Nie im Leben. Der Gestank der Hundestaffel reicht mir." Mir schwante etwas. Mein Mittagessen rülpste, und ich konstatierte: „Die Beweismittel sind aufgetaut!"
Frau Westphal ließ ihren Blick über Katthöfers Chaos' schweifen. „Diese feuchten Kiesel in dem aufgeplatzten Frischhaltebeutel?"
„Das sind keine Kiesel, sondern die Quelle des leckeren Duftes! Wir haben sie rund um den Fundort der toten Joggerin aufgesammelt. Und das bedeutet, da hat jemand den Mord und die anschließende Vertuschung sorgfältig geplant."
„Also doch Mord." Frau Westphal schmunzelte zufrieden.
„Das Futter sollte das Viehzeug aus dem Wald anlocken", setzte ich fort. „Dessen Fraßspuren sollten die Messerstiche kaschieren, und das wäre auch fast gelungen! Das heißt, die Sache war genau so eiskalt geplant wie das Wetter."
„Nur wissen wir immer noch nicht, wer die Leiche ist."

„Ich setze mich und Katthöfer sofort an die Sichtung der Vermisstenanzeigen," sagte ich ohne große Begeisterung. Die Staatsanwältin nickte befriedigt und ließ mich allein.

„Ich setze Katthöfer nachher an die Sichtung der Vermisstenanzeigen", murmelte ich und nahm meine übliche Arbeitshaltung wieder ein. „Sobald der Faulpelz wieder auftaucht."

Es ist niemals einfach, ein totes Gesicht mit einem lebenden zu vergleichen; schwieriger wird die Sache, wenn sich der elektronische Bürogehilfe wie befürchtet als die langsamste Dia-Show entpuppt, die man sich vorstellen kann. Und die Erfindung des Benzinmotors hatte zur Folge, dass wir die Vermisstenanzeigen eines ganzen Landes zu studieren hatten.

„Oh Mann, Katthöfer, warum hat der Dölle auch heute seinen freien Nachmittag", machte ich mir schließlich Luft. „Diese EDV ist ja noch lahmarschiger als du und ich zusammen!"

„Und das will bei Beamten einiges heißen", witzelte er. „Moment – ich glaube, ich hab' da was. Regine Rennpferdt, vom Ehemann als vermisst gemeldet. Ich schick' dir ..."

Ich stand auf, ging zu seinem Arbeitsplatz und sah ihm über die Schulter.

„... das Bild 'rüber."

„Die paar Meter schaffe ich noch, und allemal schneller als die EDV", knurrte ich und nahm seinen Bildschirm in Augenschein. „Das Gesicht könnte passen."

„Ja, nicht wahr. Niedlich. Konnt' ich mir gleich merken."

„Sie liegt im Eisfach. Niemand hindert dich, in den Keller zu latschen und dich an sie 'ranzumachen. Sie wird nichts dagegen haben, aber beschwer' dich nicht, wenn sie sich als frigide herausstellt."

Katthöfer zuckte nur die Schultern und entgegnete, dass diejenigen, die zuerst die kalte Schulter zeigten, später oftmals die Heißesten seien. Er kann hart im Nehmen sein.

Während wir dem Ehemann der Getöteten entgegenfuhren, sagte ich zu Katthöfer: „Wie immer. Du weißt ja, sehr oft ist der ehemalige Bräutigam der Mörder seines einstigen Ein-und-Alles, niedlich hin oder her. Also pass wie ein Luchs auf die erste Reaktion auf!"

„Warst du eigentlich immer so zynisch, Leiterchen?"

„Ich erinnere mich nur ungern an die Zeit davor."

Mein Kollege lenkte uns zügig und unerschrocken durch den Feierabendverkehr bis zu einer Vorort-Billigvilla in der Stachelsdorfer Allee, die der von gestern zum Verwechseln ähnlich sah. Der überlebende Ehegatte öffnete nach mehrmaligem Klingeln, ein geschniegelter Yuppie-Typ, der sofort meinen herzlichen Abscheu hervorrief. Entweder war er gerade erst von der Arbeit gekommen, oder er lief immer so herum. Das eine bekloppt, das andere bescheuert.

„Kripo Frühbek." Ich stellte uns vor und sagte meinen Spruch auf: „Ich bedaure, Ihnen mitteilen zu müssen, dass wir Ihre Ehefrau in einem sehr unansehnlichen Zustand vorgefunden haben."

„Was Ihnen mein Vorgesetzter schonend beizubringen versucht", mogelte sich Katthöfer vor, „ist die große Wahrscheinlichkeit, dass Ihre Gattin und die tote Joggerin aus der Zeitung …"

Die zaghafte Hoffnung des Yuppie-Typs machte glotzäugigem Entsetzen Platz. Recht geschah ihm.

„… ein und dieselbe Person sind."

„Falls es Ihnen zeitlich passt, würden wir Sie deshalb gern aufs Präsidium mitnehmen, zur Identifizierung der unappetitlichen Überreste", rundete ich die Sache ab.

„Was?! Ja … äh … natürlich."

Dass diese frischen Ex-Ehemänner aber auch immer so eine Show in der Leichenhalle abziehen müssen, was, Mohrle? Nicht mit mir. Eiserne Regel: Der Lebensgefährte ist meist auch die Lebensgefahr. Den haben wir natürlich erstmal dabehalten. Und morgen, da werd' ich mir diesen Yuppiekasper vorknöpfen. Nach einer Nacht in U-Haft ist er bestimmt kooperativer.

Da bist du ja, Söckchen. Leg dich auf meine Füße. Mal sehen, was man heute wieder im Glotzkasten alles guten Gewissens verpassen kann. Hm. Ah ja. „Die Informationstechnologie – Segen oder Fluch? Abgezockt und ausgespäht. Mit Gernot Lauch." Immerhin mäßig interessant. So lange der Dölle nicht drin vorkommt. Nimm mal deinen weichen Bauch von der Fernbedienung, Mohrle.

**\*\***

## 3. Freitag

Ein Liedchen

Ich sitz vor meinem Bildschirm rum
und zweifle langsam ver.
Die Schlüssel kommen mir so dumm,
ich glaub, es geht nichts mehr.
Da kommt ein Programmierer rein,
der hat jetzt selber Schuld,
denn ich greif mir das dumme Schwein,
verliere die Geduld!

Pardauz, pardauz,
da fällt er auf die Schnauz!
Schon schlägt er sich die Nase platt,
den Teppich, den versaut's!

Er rechtet sich grad wieder senk,
da fliegt die Türe auf
und stößt ihn furchtbar ungelenk
auf eine Tischeck' drauf!
Er wird gefällt wie'n Weihnachtsbaum,
die Beule wächst im Schopf,
Kollege aus dem Nebenraum
tritt aus Verseh'n den Kopf.

Krawumm, krawumm,
der Bildschirm ist ein Trumm!
Und kippt von selbst vom Aktenschrank,
ja, das ist selten dumm!

Der schwere alte Monitor
verlor das Gleichgewicht.
Das kommt nun wirklich selten vor,
dass er am Kopf zerbricht.
Der Pietersen ruft überstürzt:
„Den krieg' ich wieder hin!"
Er hat zwei Drähte abgekürzt
und hält sie ihm ans Kinn.

Verdammt, verdammt,
da hat es ihn zerschrammt!
Schon riecht es wie nach Barbecue,
und er wird abgeflammt!

Es ist der Chef, den sieht man hier
ganz mutlos-traurig hocken.
Sein bestes Programmierer-Tier
ist nur noch Ascheflocken.
„Das tut uns allen ehrlich leid!"
so rufen wir im Chor.
„Und diese Unglück-Seeligkeit
kommt *so* nie wieder vor!"

Oh weh, oh weh,
das tut auch uns sehr weh!
Vor allem der Verdacht, den ich
in manchen Augen seh'!

Der gelhaarige Schleimbatzen hatte es doch tatsächlich geschafft, fast unverändert aus der U-Haft aufzutauchen. Er saß im Vernehmungsraum und guckte, als würde er dringend seinen Laptop vermissen.

Ich riss die Tür auf und rülpste kräftig. Er schrak auf. „Das ist doch wohl die Höhe!"

„Entschuldigen Sie, Herr Rennpferdt, aber bei Lügnern wie Ihnen kommt mir immer das Mittagessen von letzter Woche wieder hoch."

„Muss ich mir sowas bieten lassen?!"

„Das hat Ihre arme Frau sicher auch gedacht – als Letztes, bevor alles Denken für sie aufhörte." Ich ronzte – man darf nicht lockerlassen – und setzte mich hin. „Nehmen Sie doch bitte wieder Platz."

Ich nahm das Mikro in Betrieb und sagte den üblichen Spruch *Wer-wen-weshalb-Uhrzeit* auf. Dann legte ich die Ellenbogen auf den Tisch. „Ich muss Ihnen widerwillig Beifall zollen, Herr Rennpferdt. Wie Sie fast alle Spuren beseitigt haben und noch dazu den Winter und die Waldtiere für sich arbeiten ließen – alle Achtung."

Er starrte mich sprachlos an. Allein das war es schon wert.

„Aber gestern bei der Identifizierung diese Tränen-Arie? Wirklich, war das nötig? Man sollte wissen, wann ein Spiel verloren ist. Ein Mann von einigem Format hätte seinen Fehler eingeräumt und mit Fassung um seinen Anwalt gebeten."

Der Yuppiekasper vergrub das Gesicht in seinen Spinnenfingern und murmelte etwas wie „Ich glaube das alles nicht".

„Dieses Gejammer an der Kühltheke – wir hier haben auch Nerven. Nun ja, Sie haben da einen so prächtigen Plan kaltblütig in die Tat umgesetzt – und schon nach zwei Tagen kommen wir Ihnen drauf." Ich beugte mich verständnisheuchelnd vor, wobei mein Enddarm einen Furz an die Stuhllehne knallte. „Das will man natürlich nicht wahrhaben. Aber Sie können jetzt auspacken, Herr Rennpferdt. Sie sind schließlich so gut wie überführt."

Der geknickte Mörder hatte sein neues Mantra liebgewonnen und raunte andauernd „Ich glaube das alles nicht" in seine Handflächen.

Ich tat ungeduldig. „Herr Rennpferdt, Sie sind doch ein Idiot von einiger Intelligenz. Wenn Sie es gestehen, haben wir es alle hinter uns. Dann dürfen Sie wieder in die kuschelige Zelle und in Ruhe über Ihr verpfuschtes Leben nachdenken."

Er fuhr hoch und schrie: „Aber ich bin es nicht gewesen!"

Unbeeindruckt fuhr ich fort. „Ach ja, das haben diese Wände schon oft gehört. Allein ich habe mir diesen Satz in diesem Zimmer bereits zweihundertvierunddreißigmal anhören müssen. Wollen Sie raten, wie oft sich diese Behauptung im Nachhinein als falsch herausgestellt hat? Und wie selten als wahr?"

Ich machte noch eine halbe Stunde so weiter und ließ mich dann von Katthöfer ablösen. Doch eine Pause war mir nicht vergönnt – im Büro stand der Dölle auf der Matte.

„Niemand hat mir Bescheid gesagt, dass wir einen neuen Fall haben!", quengelte er.

„Das hätten wir schon noch." Ich hockte mich hinter meinen Tisch und zog die Frühstücksschublade auf. Doch der Frischling ließ sich nicht beirren: „Und ich habe von Herrn Katthöfer gehört, dass Sie gestern den ganzen Nachmittag die Vermisstenanzeigen durchgeblättert haben. Das hätte der Computer doch allein gekonnt, ich hatte Ihnen beiden doch die Gesichtserkennungs-Software installiert ..."

„Und den Einstieg dazu derart dämlich versteckt, dass ihn keine Sau mehr wiederfindet!" fuhr ich ihn an. „Und Sie waren ja nicht da! Außerdem bezweifle ich, dass Ihr Mirakelprogramm da was gefunden hätte, die Frostschäden an der Leiche waren nämlich nicht ohne."

„Übrigens hat die tote Joggerin auch als Software-Entwicklerin gearbeitet", plapperte Milchgesicht weiter. „Genau wie der Selbstmörder. Das könnte etwas zu bedeuten haben ..."

„Ja, genau, und zwar, dass Sie als unser DvD, als der Digitalfreak vom Dienst ebenfalls extrem gefährdet sind und um Ihr Leben bibbern müssen! Mensch, Dölle, Sie Spökenkieker – das eine war Suizid und das andere ein Mord! Aber von mir aus – ermitteln Sie in dieser Richtung weiter, wenn es Ihnen Spaß macht! Wenn Sie mich nur gnädigst und unverzüglich in Ruhe lassen!"
Beleidigt schob er ab. Endlich Füße hoch.

„Leiterchen, irgendwie passt das alles nicht", meinte Katthöfer und schlug die Bürotür hinter sich zu. „Wenn diese Vertuschung doch so gut geplant und durchgeführt war, dass er uns fast geleimt hätte – wie bekommen wir da die dreiunddreißig Messerstiche ins Bild?"
Ich setzte meinen Kaffeebecher ab. „Gegenfrage: Fängst du jetzt auch noch zu mosern an?"
„Ich meine nur: Erst hassgesteuerte Übertötung und dann umsichtige Entsorgung der Leiche? Das knirscht doch."
„Wenn man die Berichte und das Geständnis mit etwas Fingerspitzengefühl abfasst, merkt das kein Richter und auch sonst kein Schwein. Bist du da eigentlich weitergekommen?"
„Mit dem Geständnis? Nee. Vielleicht war er es gar nicht."
„Ich merke schon, da muss wohl nochmal Papa Kackstuhl ran." Ächzend erhob ich mich und ging ins Vernehmungszimmer zurück. Ganz gegen meine Art musste ich mich beeilen, damit der Verdächtige bei meinem Eintreten noch meine gewaltige Darmwindbö in die Ohren bekam. Seine Fratze entschädigte für die unziemliche Hast.
Ich setzte mich und schaltete in die verständnisvolle Tour. In meinem sanftesten Tonfall sagte ich: „Nun, Herr Rennpferdt, Ihre Frau ist wohl viel gejoggt."
„Ja, sehr viel, eigentlich jeden Tag." Mein vorgeblicher Stimmungswechsel holte ihn aus der Verteidigung, und er wurde handzahm. „Um sich in Form zu halten. Ich hab' manchmal schon gesagt, Schatz, das reicht doch, du bist dünn genug, du rutschst noch in den Gully ... Aber da war nicht mit ihr zu reden."
„Und sie beide wollten ein Kind, aber Ihre Frau – sagen wir mal, funktionierte nicht. Das hat die Ehe belastet."
Seine Augen wurden groß wie Suppentassen. „Woher wissen Sie das?"
„Das leerstehende Kinderzimmer in Ihrem Haus und etwas Biologie. In der Urzeit musste sich der Mensch viel zu Fuß fortbewegen, um sich zu ernähren. Daher die natürliche Disposition des Mannes für Langlauf. Wenn nun eine Frau sehr viel läuft, meint ihr Körper, es sei kein männ-

licher Ernährer da; er schaltet auf Notbetrieb und klappt die Eierstöcke hoch."

Man konnte die Schuppen hören, die ihm von den Augen rieselten. „Ich wollte mich schon scheiden lassen ..."

„Und kamen dann mit sich überein, dass das auch schneller geht als bei einem deutschen Amtsgericht."

„Neiiin – wie oft soll ich es denn noch sagen!"

„Ich fürchte, Sie müssen das noch sehr häufig sagen, bis ich Ihnen glaube. Wir sind hier nämlich nicht in einem Samstagabendkrimi. Dies ist die echte Polizei, Herr Rennpferdt, und die ermittelt schon aus Gründen der Wirtschaftlichkeit nur so lange, bis sie einen Verdächtigen gefunden hat." Ich grinste mein breitestes Grinsen: „Und der sind Sie!"

Der Kasper versteckte sich wieder hinter seinen Spinnenfingern. „Nur weil ich kein Alibi habe!"

„Oho, aber das ist ein großes *Nur*! Vor allem, wenn man bedenkt, dass wir an den Reifen Ihres Wagens noch Sand gefunden haben, der zu dem Weg an der Kieskuhle passt." Den hatte ich bei der Tatortbesichtigung mitgehen und mittlerweile der Spurensicherung zukommen lassen. Das kleine Einmaleins der bedarfsgerechten Beweisgestaltung.

„Sie haben mich nie nach Feinden gefragt." Das kam angenehm kleinlaut heraus. „In den Krimis fragen sie immer nach Feinden."

„Ja, bei Industriellen, Adligen und sonstigen Großkotzen gibt's das vielleicht", schnaubte ich, „aber doch nicht bei unscheinbaren Kleinbürgern wie Ihnen!"

„Oh, aber wir hatten Feinde! Oder eigentlich meine Frau. Da waren immer diese Mails auf dem Laptop, den sie von der Arbeit hatte ..."

„Sie faseln."

„Nein, das können Sie doch alles nachlesen! Bei ihrem Arbeitgeber wurde Hals über Kopf ein unreifes Anwenderprogramm eingeführt, mit allen möglichen und unmöglichen Haken und Stolperfallen. Soweit ich das mitbekommen habe, ließ die Akzeptanz sehr zu wünschen übrig ..."

Ich hörte seinem Geschwätz kaum noch zu, aber das merkte er nicht. In seiner Mischung aus Alltagssprache und Unternehmensberater-Gewäsch quasselte er weiter.

„... Die Leute haben nicht recht eingesehen, weshalb sie für eine angebliche Work-flow-Optimierung nun doppelt soviel Zeit brauchen sollten, und es gab einige Anfeindungen. Und meine Frau gehörte zu denen, die das Programm mit heißer Nadel hatten stricken müssen! Die Mails enthielten sogar Morddrohungen! *Da* sollten Sie mal nachforschen!"

Ich schlunzte abfällig. „Deswegen bringt man doch niemanden um die Ecke! Obwohl – unsere EDV hat mich auch schon manches Mal auf die Palme gejagt ..."

Fast wäre mir der Gelhaarige um den Hals gefallen. „Sehen Sie! Da finden Sie den Täter, Herr Kommissar, da bin ich sicher!"

Müde quälte ich mich vom Stuhl hoch. „Na schön. Wenn's denn der Wahrheitsfindung dient. Falls das aber ein Schlag ins Wasser wird und wir nur Steuergelder verschwenden, war das auf Ihre Verantwortung."

Als ich meinen Kollegen aus dem Büro holen wollte, um zur ehemaligen Arbeitsstelle der Toten zu fahren, stand wieder mal Milchbubi da und war ganz hibbelig. Kaum war ich in der Tür, hielt er mir seinen Tablett-PC ins Gesicht: „Ich hab' den Abschiedsbrief von dem Giebelstein gefunden! Möchten Sie mal gucken?"

„Was wollen Sie denn mit dem? Der ist doch Schneefall von gestern!"

„Aber ich sollte doch die Programmierer-Spur weiterverfolgen", rechtfertigte sich das blasse Elend auch noch.

„Sie *wollten* das!", stellte ich richtig. „Mein Einverständnis hab' ich dazu nur gegeben, damit sie mir nicht länger auf den Senkel gingen, Herr Dölle! Im menschlichen Miteinander müssen Sie noch viel lernen."

Ihm blieb der Mund offen, und ich konnte seine Zahnfüllungen zählen. In meinem gütigsten Tonfall setzte ich nach: „Sie sollten ein wenig auf die Zwischentöne achten, Herr Dölle."

Katthöfer kicherte leise, und der Frischling wäre fast in Tränen ausgebrochen. Doch leider fing er sich noch und wiederholte: „Wollen Sie mal gucken?"

„Bin ich zum Fernsehen hier? Die Kurzfassung."

„Jaa – das ist nicht ganz einfach. Es ist ein Video, in dem er sich zuerst vorstellt und seine Arbeit beschreibt. Er erzählt von der Umstellung an seinem Arbeitsplatz und wie er plötzlich massiv gemobbt wurde." Milchgesicht guckte unsicher in meine Richtung. „Da war er wohl an der Installation eines neuen Programms beteiligt, und alles ging nur noch wie in Sirup ..."

„Das hab' ich heute schon irgendwo gehört", murrte ich. Katthöfer nickte dazu. „Kommen Sie mal mit was Neuem!"

„Er hat Magenkrämpfe und Angstzustände bekommen und schließlich beschlossen, Schluss zu machen. Man sieht seine zitternden Hände. Dann geht er vom Objektiv weg und dann kommen die baumelnden Füße ins Bild ..." Der Weichlappen schluckte.

Katthöfer erkannte sofort die praktische Seite. „Na also. Selbsttötung."

„Herr Dölle, zuweilen zeigen Sie doch einen Anflug von Nützlichkeit", lobte ich. „Aber lassen Sie sich das nicht zu Kopfe steigen." Ich sah auf die Uhr. „Und jetzt geht's zu Mittag."

Heute begleitete ich Katthöfer in die Kantine. Während der Koch uns die Teller vollkleckste – mit etwas, das nach organischem Abfall aussah, aber einen hochtrabenden Namen hatte – , fragte er: „Nach dem Essen in die Tiegelstraße?"

„Scheint, als ob's leider sein müsste", räumte ich ein. „Dieser Paragraphenpalast erinnert mich an meine Sterblichkeit."

Wir trugen unsere Teller an einen freien Tisch. „Der Pilot von unserem Heli findet den Bau gut", erwähnte mein Kollege. „Von oben ist das Ding recht markant, er nennt es Rentenstern, und er weiß dann wieder, wo er ist. Er nutzt ihn als Wegpunkt."

„Wer da arbeitet, wird sich bedanken."

Wie wir wenig später feststellen konnten, war ein klappernder Hubschrauber die kleinste Sorge der Tintenpisser. Vor der verglasten Front der Gesetzlichen Altersversicherung krochen mehrere Kranwagen mit Hebebühnen dröhnend umher, offenbar war der Frühjahrsputz vorgezogen worden.

„Ja, das lässt sich anders leider nicht machen", erklärte uns bald darauf der Öffentlichkeitsreferent mit erhobener Stimme, ein Lackaffe, der mich fatal an unseren Lieblingsverdächtigen erinnerte. „Die Fenster, deren wir, wie Sie sehen können, sehr viele haben, müssen mindestens einmal im Jahr geputzt werden. Das geht nur mit diesen Kranwagen. Der Rasen um das Haus herum trägt diese Wagen jedoch nur, wenn der Boden gefroren ist..."

„Aber im Frühling sind die Scheiben dann doch wieder schmuddelig", wandte Katthöfer schreiend ein.

„Ja, das lässt sich anders leider nicht machen", wiederholte der Referent. Bevor er auch den Rest erneut abspulen würde, rief ich: „Warum sind denn überhaupt dermaßen viele Fensterscheiben verbaut worden?"

„Das war ein Stilmittel des Architekten. Das Glas steht für Demokratie und Transparenz der Verwaltung."

Mein Kollege lachte schallend. „Das Luftfahrtministerium in Mussolinis Italien war auch mit sehr viel Glas. Das stand bestimmt nicht für Demokratie und Transparenz der Verwaltung!"

„Katthöfer, du und dein unnützes Wissen!" Ich wandte mich an den Anzugträger: „Wir sind allerdings nicht wegen der Lärmbelästigung hier, obwohl das wahrhaftig ein ausreichender Grund wäre, sondern weil wir einen Mordfall untersuchen. Sie haben ja sicher von dem Tod von Frau Regine Rennpferdt gelesen."

Der Referent nickte angenehm wortlos und wurde eine Spur blasser.

„Wir wollen die Möglichkeit ausschließen, dass die Tötung Ihrer Mitarbeiterin durch einen aufgebrachten Sachbearbeiter erfolgte. Wie wir vom Ehemann erfahren haben, gibt es da wohl in letzter Zeit einigen Unfrieden?"

Das glattrasierte Modepüppchen wurde bleich wie sein Hemdkragen, wehrte aber ab: „Davon ist mir nichts bekannt!"

In unserem Rücken keckerte seine Sekretärin. „Da sind Sie aber der Einzige!"

Ich drehte mich um, aber Katthöfer war natürlich schneller: „Wie meinen Sie das?"

Die Sekretärin, ein schmales blondes Ding, aber nicht unansehnlich, keckerte wieder. Hinter ihr schob sich eine Hebebühne samt Putzteufel röhrend am Fenster vorbei. Sie wartete ab, bis der gröbste Lärm vorüber war, und antwortete dann: „Na, seit das neue Leistungsprogramm läuft, geht hier doch gar nichts mehr! Wir hier oben in der allgemeinen Verwaltung merken davon ja nicht so viel, aber in der Leistungsabteilung, an die fünfhundert Mann stark, ist das Geschrei groß. Und wer nicht schreit, stöhnt leise vor sich hin."

„Sie übertreiben wieder maßlos, Frau Franke!", mischte sich der Lackaffe ein. „Das sind nur Anlaufschwierigkeiten."

„Wenn man einen Anlauf, der sechs Monate dauert, für normal hält, haben Sie natürlich recht." Frau Franke hob die Schultern. „Nach allem, was man hört, brauchen die meisten Arbeiten jetzt doppelt so lange. Wenn man denn überhaupt fertig wird. Die Telefone der VEDAV, die das alles angezettelt hat, stehen von den Hilferufen kaum noch still."

„VEDAV steht für ...?"

„Verwaltung der elektronischen Datenverarbeitung. Unsere Programmiererschw... unsere Programmierer."

Ihr Chef mischte sich wieder ein, laberte davon, dass die Einführung des neuen Anwenderprogramms – übrigens bundesweit – eine politische Entscheidung gewesen sei, und verstummte dann abrupt. Er hatte wohl gemerkt, dass er den Schwarzen Peter damit *seinen* Chefs zugeschoben hatte, nämlich den Geschäftsführern dieses ganzen Vereins.

Seine Sekretärin pflichtete ihm bei. „Aber wie das so ist, bekommen natürlich die Programmierer das Donnerwetter ab. Dabei sind das auch nur arme Würstchen."

Mein Interesse an diesen Behördeninterna war erlahmt, aber Katthöfer fragte wieder: „Wie meinen Sie das?"

„Na, weil die das doch überstürzt zusammenflicken mussten! Und es sind ja auch nicht die Cracks der EDV, die wir hier haben. Die Könner gehen in die Privatwirtschaft, da wird besser bezahlt, oder werden gleich Hacker. Wir bezahlen öffentlichen Tarif, da heißt es, mit dem Bodensatz zufrieden zu sein."

Der Öffentlichkeitsreferent war entsetzt. „Frau Franke, müssen Sie das so frank und frei ..."

„Es geht um Mord!", wies ihn das blonde Energiebündel zurecht. „Und ich hab' die Regine immerhin flüchtig gekannt."

„Mir ist das alles zu abstrakt!", sagte ich laut. „Können wir mal in ein normales Büro, eines, in dem die Arbeit gemacht wird, von der Sie immer sprechen, und mit ein paar normalen Sachbearbeitern reden? Damit wir uns eine Vorstellung machen können." Und hoffentlich in ein Büro, das weniger Krach abbekam als dieses hier.

„*Normale* Sachbearbeiter in der Leistungsabteilung? Na ja. Aber wenn es sein muss." Ich nickte nachdrücklich. Der Lackaffe erhob sich und forderte uns auf, ihm zu folgen.

„Könnte nicht auch Ihre reizende Assistentin – ?" Katthöfer, wer sonst. „Wir haben Ihre wertvolle Zeit doch nun lang genug in Anspruch genommen."

„Oho, Sie können tatsächlich noch andere Sätze als nur *Wie meinen Sie das!*" Mit funkelndem Augenaufschlag schob sich die kleine Frau Franke an uns vorbei. Sie öffnete die Tür und rief nur nach hinten: „Ich mach' das schon, Chef!"

Über kahle Flure und kalte Treppen trotteten wir hinter ihr her. Mein Kollege bekam seine Pupillen gar nicht mehr von ihrem Rock und bemühte sich um Smalltalk: „Die Leistungsabteilung – warum heißt die so?" Er schmunzelte: „Doch bestimmt nicht, weil dort Höchstleistungen vollbracht werden."

„Sagen Sie so etwas nicht zu laut!", warnte Frau Franke. „Die Nerven der Mitarbeiter liegen momentan blank. Aber Sie haben Recht: Die Leistungsabteilung heißt deshalb so, weil dort die Leistungen der GAV berechnet werden. Also hauptsächlich die Renten."

„Und warum braucht man dazu so viele Leute?"

„Die Renten werden aus sämtlichen Beitragszeiten der Versicherten berechnet und noch so einigem mehr. Dazu kommen jährliche Rechtsänderungen, wie etwas anzurechnen sei oder auch nicht, und die unausgegorenen Wahlkampfgeschenke aus der Hauptstadt ..."

Wir gelangten in einen ruhigeren Gebäudeteil; bis hier waren die Hebebühnen noch nicht vorgedrungen. Meine Ohren begannen schon aufzuatmen, als durch eine der gläsernen Bürotüren ein Kreischen brach: „Ich

werd' noch irre! Du verdammte elende Scheißkiste du! Das kotzt mich so an hier!" Und dann, eine halbe Oktave tiefer und mit aller Inbrunst: *„Ich hack' dieses Ding noch in Stücke! In – winzig – kleine – Stücke!"*
Unerschrocken schwenkte die kleine Blonde zu der Tür, hinter der offenbar jemand am Durchdrehen war. „Das ist gut. Da können Sie gleich miterleben, was ich meinte." Sie schielte zu dem Türschild, das die Belegschaft des Raumes verkündete, und trat dann ein. „Na, Herr Mortensen, wieder Last mit dem Dialog?"
Eine nachlässig gekleidete Gestalt mit zerrauften Haaren hockte hinter einem Bildschirm und sah triefäugig auf. „Von wegen Dialog! *Redet* der Kasten denn mit mir?! Höchstens doch durch irgendwelche Fehlertexte, die regelmäßig das Thema verfehlen!" Hinter ihm quollen die Akten aus allen Regalen, sortiert nach *Eilt!*, *Eilt sehr!* und einem großen Rest. Sein Aktenschrank verbarg zwei weitere, weibliche Mitarbeiter, die nur kurz herübersahen und dann weiter mit ihren Tastaturen klapperten.
„Ja, meine Herren, so sieht das hier seit sechs Monaten überall aus", sagte die Sekretärin über die Schulter zu uns. „Wir sagen hier Dialog zu den Peripheriegeräten, das ist die Kurzform von Datendialog, denn man gibt etwas ein und der Computer sagt uns, was er daraus macht ..."
„Meistens sagt er uns allerdings, dass er *nichts* daraus machen kann!", unterbrach der struppige Sachbearbeiter erbittert. „Das Drecksteil!"
Frau Franke wandte sich nun betont ruhig an ihn. „Bitte erklären Sie doch den Herren, woran Sie arbeiten und was das Problem ist. Aber bitte von Anfang an, denn die Herren sind nicht aus der GAV, sondern von der Kripo."
Diese Mitteilung wird sonst meist mit aufgerissenen Augen und angehaltenem Atem honoriert, machte jedoch dieses Mal nicht den geringsten Eindruck. Herrn Mortensens Blick flackerte zwischen seinen Akten und uns hin und her: „Muss das sein? Wenn ich wenigstens die Hälfte schaffen will – "
Die Sekretärin blieb geduldig. „Es geht um den Tod von Frau Rennpferdt. Die Herren wollen einen Eindruck von ihrer Arbeit hier bekommen."
„Na schön." Der Blick ihres Kollegen flackerte nun wie eine Kerze im Wind. „Ich müsste zwar lügen, wenn ich deren Tod bedauern tät', aber sei's drum. Die Versicherte hier in der Akte hat uns ein paar Kinder nachgewiesen. Bei einem davon fehlt die Mutterschutzfrist ..."
Katthöfer muss wohl verständnislos geguckt haben, denn der Mortensen seufzte und setzte neu an.
„Eine werdende Mutter, die in Arbeit steht, hat Anrecht auf eine Mutterschutzfrist. Das sind vier Wochen vor und sechs Wochen nach der Ge-

burt, jedenfalls im westlichen Deutschland. Dieser Zeitraum wird elektronisch gemeldet. Nun hat mal irgendein Schlaukopf gedacht, das muss auch für die Hausfrau-Mütter gelten. Da meldet natürlich niemand etwas. Der Computer bastelt ausgehend vom Tag der Geburt diese Zeit ins Konto – äh, das ist die Liste mit dem Versicherungsleben der Frau. Dazu weiß er die Vorschriften aller Länder zu diesem Thema, von Andorra bis Zypern, er braucht nur den Tag der Geburt – *theoretisch!*" Leidgeprüft holte er Luft, und sein Gesicht bekam einen Rotstich: „Anstatt mir aber die Zeit für die Bundesrepublik anzubieten, die wir in neunundneunzig Prozent der Fälle brauchen, gibt er Andorra vor!"

„Da es anscheinend nach dem Alphabet geht: Warum nicht Afghanistan?", fragte Katthöfer, und ich verdrehte die Augen. Wen interessierte das denn!

„In Afghanistan zählen Frauen zum Viehbestand, da gibt's keine Mutterschutzfrist!", gab der Mortensen zurück. „Jedenfalls, wenn man *einmal* vergisst, diesen Andorra-Quatsch abzuändern, dann kriegt man das *nicht mehr* ausgebessert! Und wenn man's trotzdem versucht, ist alles, was man sonst noch eingegeben hat, im Daten-Nirwana verschwunden! Und das ist nur eine von *Hunderten* von Macken, die dieses beschissene System hat!" Er atmete schwer. „Da muss man einfach hin und wieder ausrasten ..."

Bevor Katthöfer weiter unsere Zeit mit unerheblichen Fragen totschlug, fragte ich schnell: „Können Sie sich vorstellen, dass einer Ihrer Kollegen hier im Haus, der über eine, sagen wir, weniger effektive Stressabfuhr als Sie verfügt, daraufhin losgegangen ist und Frau Regine Rennpferdt getötet hat?"

„Weiß ich nicht. Kann ich mir aber *gut* vorstellen." Die Hände des Sachbearbeiters machten Bewegungen, als wolle er beidhändig zwei Menschen gleichzeitig erwürgen. „Ich muss jetzt auch weitermachen! Den ganzen Mist von vorne eingeben ..."

Hinter seinem Aktenschrank erhoben sich Stimmen: „Die Programmierer plattmachen! Das wäre mal eine Maßnahme!" „Phh, das hilft doch nichts." „Aber *befreien* würde es ..." „Das sind doch auch bloß Menschen." „Ach ja? Sicher?"

Ich wandte mich an die Sekretärin. „Danke, Frau Franke, ich denke, das reicht. Sie haben uns sehr geholfen." Katthöfer sah mich verdattert an, als ich zur Türklinke griff. „Sie natürlich auch, Herr Mortensen. Wir verabschieden uns."

Mein Assistent hetzte hinter mir her, als ich mit langen Schritten zum Ausgang eilte. „Kannst du mir sagen, was dieser überstürzte Aufbruch soll? Wir haben doch gerade erst angefangen!"

Ich blieb stehen und stellte einiges klar. „Da du es nicht gemerkt hast: das hier ist Zeitverschwendung! Meinst du, dieses Klein-klein kannst du irgendeinem Richter dieser Welt als Motiv verkaufen? Vergiss es! Und ich bin nicht bereit, mir die Beine in den Bauch zu stehen, damit du Punkte bei einer blonden Tipp-Maus sammeln kannst!" Katthöfer holte Luft, und ich hob eine Hand: „Ich bin noch nicht fertig. Denn, von der mageren Motivlage einmal abgesehen: Wo willst du anfangen? Wir hätten dann nämlich hier, wie du anscheinend nicht mitgeschnitten hast, an die fünfhundert Verdächtige!"

„Das kann man vielleicht irgendwie eingrenzen ...", meinte Katthöfer lahm.

„Niemand hindert dich, das in deiner Freizeit zu tun. Ich allerdings will jetzt raus hier. Wenn ich nicht aufpasse, hol' ich mir von dem Aktenstaub noch eine Allergie!"

Wir trabten weiter Richtung Ausgang. Da aber alle Korridore gleich aussahen, standen wir unversehens in einer Sackgasse. Ich riss die nächstbeste Tür auf: „Scheiße, wo geht's denn hier zum Ausgang?"

„Diese Anrede ist mir neu", gab ein Graukopf zur Antwort. „Doch bei soviel Höflichkeit werde ich Ihnen selbstverständlich beistehen."

Da wir Freitagnachmittag hatten und ich die Schnauze voll, wollte ich nur noch den Bericht schreiben und weg. Leider schickte mir das Schicksal meine Staatsanwältin über den Weg.

„Ich hoffe, Sie sind weitergekommen?"

„Herr Rennpferdt hat noch nicht gestanden, und wir kommen gerade von einem toten Gleis, auf das er uns geschickt hat. Aber auch ein negatives Ergebnis ist ein Ergebnis."

„Ich habe übrigens den Bericht der Pathologin gelesen. Das Opfer muss wie beim Schlachter verblutet sein. Haben Sie daraufhin schon das Badezimmer bei Rennpferdts untersucht?"

Mist, glatt vergessen! „Ich werde die Spusi für Montag drauf ansetzen." Vorausgesetzt, von den Pennern war noch jemand greifbar.

**\*\***

## 4. Sonnabend

Als er erwacht, fährt ein Geschwader Formel-1-Rennwagen in seinem Kopf Karussell. Die Augen lassen sich nicht öffnen, der Mund ist mit einem ekligen Textil gefüllt. Rückmeldungen der schmerzenden Gliedmaßen, von seinem noch benebelten Gehirn zusammengesetzt, ergeben irgendwann, dass er auf einem einfachen Stuhl festgebunden ist. Ein besonders dicker Knoten scheint in seinem Genick zu sitzen und hält Knebel und Augenbinde an ihren Plätzen. Die Luft ist kühl und staubig. Keller oder Dachboden? Für eine Weile verbeißt er sich in diese Frage, spitzt die Ohren, um irgend etwas zu hören, schnuppert und nutzt alle verbliebenen Möglichkeiten, mehr über seine Umwelt zu erfahren. Ein Drehen des Kopfes erbringt keine zusätzlichen akustischen Informationen, stattdessen jedoch einen grässlichen Schwindelanfall. Er wird von der Furcht überschwemmt, mit dem Stuhl umzukippen und dann womöglich allem nur denkbaren Ungeziefer hilflos ausgesetzt zu sein. Die schlimmste Vorstellung ist ihm eine hagere Ratte, die das Blut von seinem aufgeschlagenen Ellenbogen lecken würde.

Er ist so froh darüber, dass sein Stuhl aufrecht stehenbleibt, dass er die Schritte erst wahrnimmt, als sie sich schon wieder entfernen. Er unterdrückt den Impuls, nach Hilfe zu brummen; diese Genugtuung will er seinem Fänger nicht gönnen. Ohnehin verhindert der Knebel jedes sinnvolle Geräusch, das er hätte machen können.

Als der Singsang beginnt, empfängt er den Eindruck, in einem leeren großen Raum zu sein. Erst allmählich stellen sich seine Ohren darauf ein, Melodie und Worte zu erkennen und auszuwerten.
*Ich schlag' dem Programmiererschwein*
*mit Recht und Wucht die Schnauze ein.*
*Fiderallalla, fiderallalla, fiderallallallalla!*
  Ein Kinderlied mit einem neuen, geschmacklosen Text. Was soll der Unsinn? Der Singsang geht weiter.
*Es brüllt das Schwein in blindem Schmerz,*
*es spritzt das Blut, mir lacht das Herz!*
*Fiderallalla, fiderallalla, fiderallallallalla!*
  Ihn zu entführen, um Lösegeld zu erpressen – unangenehm, sogar gefährlich, jedoch letztlich nachvollziehbar. Aber was ist das hier?
*Und flennend bricht es in die Knie,*
*ein Anblick, der ist schön wie nie!*
*Fiderallalla, fiderallalla, fiderallallallalla!*
  Der Gesang, von einer einzelnen dünnen Stimme vorgetragen, scheint von einem Kassettenrecorder zu kommen. Das charakteristische Leiern

versetzt ihn für einen Augenblick in seine Kindheit zurück. Da war er auch so mitleidlos gewesen ...
*Kann sein, dass auch mein Knie noch zuckt,*
*sodass es ein paar Zähne spuckt!*
*Fiderallalla, fiderallalla, fiderallallallalla!*

Man will ihn fertigmachen, ihn seiner Nerven berauben, nur warum? Es hat, so scheint es, mit seinem Beruf zu tun. Aber er hat doch niemandem etwas getan!
*Wenn wimmernd es am Boden liegt,*
*mein Schuh sich in den Magen schmiegt!*
*Fiderallalla, fiderallalla, fiderallallallalla!*

Gefesselt, völlig wehrlos, verschnürt wie ein Paket zu Zeiten, da es noch kein Paketklebeband gab! Nicht einmal spucken kann er. Weder Ort noch Uhrzeit zu kennen, und dazu diese liebevoll geträllerte Drohung!
*Der Hass, der hagelt auf es ein,*
*wie passte so viel Blut da rein?*
*Fiderallalla, fiderallalla, fiderallallallalla!*

Nun beginnt er doch um Hilfe zu wimmern. Seine Harnblase hat sich gemeldet. Wer auch immer ihn gefangen hält, er würde ihn doch nicht so erniedrigen, in die Hosen urinieren zu müssen?!
*Sobald es dann verendet ist,*
*kommt es – wohin? – na, auf den Mist!*
*Fiderallalla, fiderallalla, fiderallallallalla!*

Doch. Er würde es müssen. Niemand ist da. Nicht, um ihn zu retten, nicht einmal, um ihm auf die Toilette zu helfen, ja nicht einmal, um sich an seiner Hilflosigkeit zu weiden. Das Kinderlied beginnt von vorn und er sich einzunässen.

\*\*

## 5. Sonntag (zweiter Advent)

Zusammengesunken auf seinem Stuhl, erwacht er von dem eindeutigen Gefühl, erneut die Toilette besuchen zu müssen, und diesmal richtig. Die feuchten Hosen kleben kalt an seiner Haut. Der Selbstekel will ihn zwingen, sich zu schütteln, er unterdrückt diesen Impuls, um nicht doch noch mit dem Stuhl umzufallen. Nebenan leiert der Kassettenrecorder. Seine drängenden Versuche einer wimmernden Kontaktaufnahme mit einem nur vermuteten, sogar erhofften Wächter bleiben erfolglos. Schließlich drängt eine warme Masse aus seinem Enddarm heraus. Der Ekel macht ihn nahezu ohnmächtig. Er würde in seiner eigenen Scheiße und Pisse sitzen müssen. Selbst falls man ihn jetzt befreite, worauf nichts hindeutet, seine Scham würde seine Erleichterung übersteigen.

Erst nach einer ganzen Weile fällt ihm auf, dass die Musik gewechselt hat. War es vorher eine Kinder- oder eine Frauenstimme gewesen, die das Lied gesungen hatte, so ist es jetzt die ungeschulte Stimme eines Mannes, die ihm die Zeit strukturiert. Er konzentriert sich gewaltsam auf den Text, um sich von dem Gestank seiner Ausscheidungen abzulenken. Er bereut es bald darauf.

*Da vorn liegt ein*
*Programmiererschwein!*
*Es liegt ganz still,*
*damit ich es nicht ki-i-ill!*
*Doch verrät es sein*
*stinkender Angstschweiß.*
*Ich tilg' es aus,*
*das eklige Geschmeiß!*

Die Melodie stammte von einer alten Schnulze, irgendetwas, das dieser Roland Meiser gesungen hatte. „Tränende Lügen" oder so ähnlich. Der Text ist wieder eine Eigenkreation, und keineswegs angenehmer als das Kinderlied.

*Ich seh' genau*
*die Programmierer-Sau.*
*Sie latscht mir vor*
*mein Frank-Zeiss-Zielfernro-o-ohr!*
*Ich schalt' auf Dauerschuss*
*und mach' sie zu Mousse.*
*Wisch das mal auf,*
*sonst tritt noch jemand drauf!*

Jetzt bereut er es, seine Ohren auf das Verstehen der herüberwehenden Schlagermelodie getrimmt zu haben. Nicht einmal der den Magen zusammenschnürende Hunger kann ihn ablenken, genauso wenig wie die Frage, warum dieser Hunger erst jetzt einsetzt.

*Horch, da kotzt ein*
*Programmiererschwein.*
*Das Gift in ihm*
*stammt nur aus unserm Arbeitsteam.*
*Jeder gab sehr gern.*
*Jetzt seh'n wir von fern,*
*wie es sich krümmt*
*und dann Abschied nimmt.*

Was ist schlimmer, der beißende Geruch seiner Schmach in der Nase oder die nicht enden wollenden Gewaltphantasien dieses musikalischen Wahnsinnigen?!

*Ich jage ein*
*Programmiererschwein.*
*Es läuft genau*
*in einen Drahtverhau-au-au.*
*Kämpft sich daraus frei*
*und rennt ins Minenfeld!*
*Schon macht es Bumm,*
*als hätt' ich es bestellt!*

Wenn er sich im Alltag zu logischem Denken zwingen will, hat er sich immer sanft auf die Zunge gebissen. Nicht einmal das ist ihm möglich. Tränen sickern unter der Augenbinde hervor. Aber da es nicht irgendeine Musik ist, die man wahllos laufen läßt, kann er daraus Informationen gewinnen, die ihm vielleicht helfen werden. Wenn er sich konzentriert!

*Es wälzt sich ein*
*Subsysteme-Schwein*
*im Minenfeld*
*und wimmert, als gäb's dafür Geld!*
*Und sein Publikum*
*bleibt zuerst noch stumm.*
*Dann bricht ein Damm,*
*und wir johl'n zusamm':*

*„Bald bist du tot.*
*Programmier-Chaot!*
*Guckst irritiert,*
*weil dein Körper Blut verliert.*
*Weil dein Drecks-Programm*
*soviel Nerv erheischt,*

*ver-blu-te jetzt!*
*Denn du bist stark zerfleischt."*

Die zwingende Erkenntnis, dass seine missliche Lage tatsächlich mit seinem Beruf zusammenhängt, bringt sein Gehirn zum Rotieren. Wer würde ihn niederschlagen und entführen, ihn einsperren und mit eigens angefertigten Tonkonserven foltern, nur weil er –
*Vor mir kniet ein*
*Elektronen-Schwein!*
*Es tät' ihm leid!*
*Es bettelt um Barmherzigkeit.*
*Ich lad' kräftig durch*
*und brenn' ihm eine Furch'!*
*Gnade vor Recht?*
*Doch nicht für so 'nen Lurch!*

Wer auch immer diese Abscheulichkeiten getextet hatte, der ist allem Anschein nach darauf aus, für seine Racheträume eine Berechtigung zu konstruieren. Auch die Wortwahl ist verwirrend: Manchmal altertümlich, dann wieder schnoddrig. Immer aber vom Hass beseelt.
*Wie wunderbar*
*schimmert all das Blut.*
*Die Grube platzt*
*von Opfern der gerechten Wut.*
*Noch dick Erde drauf –*
*bepflanzen – dann ist gut.*
*Diese Stadt ist <u>frei</u>!*
*Ich nehm' Pumpgun und Hut.*

Seine Augenlider zucken unter der Binde: Es sind ja mehrere Stimmen, die diese Machwerke gesungen haben! Also gibt es mindestens zwei Menschen, die sich gegenseitig singend darin bestärken, etwas Gutes und Richtiges zu tun, wenn auch vorerst nur in Versform. Ein Schauder kriecht seinen Rücken herauf, im Magen wird das Hunger- vom Angstgefühl abgelöst. In welchen Irrsinn ist er da hineingeraten?

**

## 6. Montag

Jeder, der etwas programmiert,
verdient, dass man ihm die Fresse poliert!

Der Yuppiekasper war nach dem Wochenende in U-Haft zwar erfreulich derangiert, aber leider weiterhin renitent, wobei er nun auch noch von einem einschlägigen Mietmaul unterstützt wurde. Also fuhr ich mit Katthöfer in die Stachelsdorfer Allee, um der Spurensicherung auf die Wurstfinger zu sehen.

Schon am Eingang zum mutmaßlichen Tatort fing uns die Köbsch ab. Sie grinste uns mit ihrem Mondgesicht an, blieb aber standhaft, was das Anlegen der Ganzkörper-Überzieher betraf. Endlich konnten wir ins Haus staksen.

Im Badezimmer hatten die weißen Plastikgestalten bereits alles mit Luminol eingesprüht und fuchtelten mit den Leuchtröhren herum, um jede noch so kleine Blutspur sichtbar zu machen. Leider blieben die typischen bläulichen Effekte gänzlich aus.

„Wenn du mich fragst", Spusi-Schröder zuckte mit den breiten Schultern, „der hat seine Olle woanders abgestochen."

„Ich frag' dich nicht", brummte ich, „weil ich das schon selbst erkannt habe. Kacke!"

„Also war der Tatort woanders", sprach Katthöfer das Offensichtliche nochmals aus.

„Nur wo? Noch dazu hat er sie fast ausbluten lassen, anschließend entkleidet, gewaschen und dann umgezogen. Auf dem Marktplatz kannst du das nicht machen!"

„Und dann hat er sie zur Kiesgrube gekarrt und dort abgekippt."

„Ja, aber all das vorher! Das wirst du ja nur irgendwo veranstalten, wo du sicher sein kannst, dass dich keiner stört! Vielleicht hat er ein Boot ..."

„Und warum hat er sie dann nicht einfach versenkt? Schon eher ein Schrebergarten."

Ich ballte die Fäuste. „Es ist aber auch zu dumm, dass die Leichenschnepfe den Todeszeitpunkt nicht anständig eingrenzen kann! Alles wegen dieser Saukälte!"

Die Köbsch baute sich vor uns auf. „Sollen wir in den anderen Räumen auch nach Blutspuren suchen oder braucht ihr uns nicht mehr?"

„Nee, lass mal. Ich meine: Nein, ihr könnt abrücken. Nehmt euch sein Auto vor. Es ist der HF-RP 311 auf dem Präsidiums-Parkplatz."

„Wir sehen uns." Sie drehte sich um und brüllte: „Alles einpacken, Leute! Außer Spesen nichts gewesen!"

Als die Spurensicherung sich getrollt hatte, sagte ich zu Katthöfer: „Bist du sicher, dass du auf die abfährst? Sie hat soviel Haare auf den Zähnen wie sich andere auf den Kopf wünschen."

„Zuweilen muss man sich selbst eine Herausforderung stellen."

„Mir wär' die Dame zu birnenförmig. Ich habe es gern etwas ausgewogender."

„Also sozusagen vollblusig."

Und während draußen der Eisregen vom Himmel goss, telefonierten wir uns im Präsidium den ganzen Vormittag die Finger wund. Die Kleingartenvereine im Umkreis waren bemerkenswert gut organisiert: „Eine Mitgliederliste? Nee, sowas haben wir nicht." – „Das müsste ich erst 'raussuchen, reicht das nicht auch morgen noch?" – „Ach du je, das ist doch nur so 'ne Lose-Zettel-Sammlung ..." – „Ich hab' dem Vorstand das auch schon gesagt, aber das Aas ist so faul ..." – Zum Kotzen!

Parallel dazu recherchierte unser Milchgesicht online das persönliche Umfeld der Rennpferdts. Es war nicht auszuschließen, dass er da irgendetwas fand, und sei es bei Fratzbuch oder blödiVZ. Eine alte und innige Freundschaft mit einem Metzger wäre ideal gewesen ... Katthöfer weckte mich aus meinem Tagtraum: „Fofftein!"

Die erste positive Feststellung an diesem Tag. Eben eine Montagsproduktion.

„Was stocherst du so in deinen Nudeln, Leiterchen?"

„Es geht nicht voran, das verhagelt mir den Appetit. Wir haben immer noch kein Geständnis, wir haben keinen Tatort, wir haben nicht mal eine Tatwaffe ..."

„Und wenn wir eine Hundertschaft durch den Wald an der Kiesgrube jagen?"

Ich rülpste abfällig. „Das sagt ausgerechnet derjenige, der dort draußen bis aufs Zähneklappern nichts zustande gebracht hat! Außerdem: Du weißt, wie groß – oder klein – ein Küchenmesser zu sein pflegt, oder? Seit das Rennpferd vermisst gemeldet wurde, hat es dreimal ausgiebig geschneit. Deine Hundertschaft müsste sich nicht nur durch den Wald *stochern*, sondern graben und sieben! Nicht einmal die Westphal genehmigt mir das ohne ein Geständnis. Und wenn er so schlau war wie es die Spurenlage nahelegt, ist er auf den zugefrorenen See gelatscht und hat die Tatwaffe seelenruhig in ein Eisloch plumpsen lassen."

„Da findet sie niemand mehr."

„Du sagst es." Ich hob meine Gabel und starrte auf den aufgespießten Fusillo, von dem die Tomatensoße tropfte. Zu ärgerlich, dass ich dem Trötschke aus der Patsche geholfen hatte! Das hat man nun von der eigenen Herzensgüte. Ich konnte nicht schon wieder einem tödlichen Ehemann geistige Auszeiten unterschieben, das würde auffallen.

Am Nachmittag kam Bewegung in die Sache. Zwar hatte die Untersuchung der Familienkutsche nichts erbracht, und ein Kleingarten war auch nicht aufzutreiben, aber Weichlappen hatte bei seiner Online-Forschung die Kontakte der verblichenen Frau Rennpferdt herausgefriemelt. Die Dame hatte gleich mit mehreren männlichen Selbstdarstellern Texte ausgetauscht, Texte, die mit Mehrdeutigkeiten gespickt waren, dass selbst der Kollege Katthöfer rote Ohren bekam. Das niedliche Gesicht hatte nixht etwa eine treue Ehefrau versteckt, sondern eine mit allen Wassern gewaschene widerwärtige Schlampe! *Wer die Fruchtbarkeit verliert, der fickt gänzlich ungeniert!* Das klassische Motiv: Eifersucht. Damit würden wir die Yuppiefratze prachtvoll in die Enge treiben!

Und das taten wir dann auch, dass es eine Freude war! Seine Mietschnauze konnte ihm nur hilflos die Schulter tätscheln, während er immer kleiner wurde. Als wir ihn gegen Abend verließen, hing er vornüber in seinem Stuhl, den Kopf auf der Tischplatte, und schluchzte jämmerlich. Fast tat mir das Aas leid. Aber hatte er seine Alte gekillt oder ich?

Als ich meine Tasche packte und im Kopf den kläglichen Rest meines Feierabends verplante, schneite meine geliebte Staatsanwältin herein.
„Wie sieht's aus?"
„Bestens. Wenn der Abschaum morgen nicht gesteht, fress' ich meine Dienstmarke."
„Wer sagt's denn. Ich hab' da noch was Neues für Sie."
Ich ächzte ein wenig. „Schon wieder?"
„Sie wissen doch, unsere fadenscheinige Personaldecke ... Es scheint ein Fall von Entführung zu sein. Glücklicherweise ohne Angehörige, die Trost und Zuspruch brauchen, denn das ist ja nicht so Ihr Ding. Gehen Sie nur, ich leg' Ihnen die Akte mit den bisherigen Erkenntnissen nachher noch für morgen früh auf den Tisch."
Tolle Aussichten!

\*\*

# 7. Dienstag

## Erkenntnis

Ja, ich singe immer wieder
Programmierern böse Lieder.
Jedoch niemals ohne Grund,
denn sie produzier'n nur Schund.
Darum geht an ihre Gurgeln!
Oder lasst sie kläglich schmurgeln!
Denn Programmierer *müssen* sterben!
Ich kann nur täglich dafür werben.

Obwohl ich mir wahrlich Schöneres vorstellen konnte, um einen Arbeitstag zu beginnen, als sich in den dritten Fall binnen sechs Tagen einzuarbeiten, schaute ich mir noch vor dem Frühstück das Material an, das Trötschke bisher zusammengetragen hatte. Da war also am Samstagabend ein Volker Teichgräber auf offener Bundesstraße, gegenüber dem Busbahnhof, niedergeschlagen und sofort in einen Kleinbus oder Lieferwagen verfrachtet worden. Die Farbe des Autos war mit blau, braun oder schwarz angegeben. Ebenso eindeutig waren die Angaben der Zeugen über die Entführer: zwei, drei oder vier maskierte Männer in dunkler Kleidung seien es gewesen. Der Wagen war sogleich um die nächste Ecke verschwunden, wie es Entführerautos üblicherweise tun. Zu schnell für die Zeugen, um das Nummernschild zu lesen. Aber wir sind ja immer schon froh, wenn sich überhaupt Zeugen finden lassen.
 Ich blätterte um, aber da kam nichts mehr. Der Dötschke in Bestform. Ich stiefelte zu ihm und eröffnete die Beschimpfung damit, dass er als mildernde Umstände für diese Ansammlung von Dünnschiss ja nur das Wochenende anführen könne. Er zuckte zusammen, hielt aber dagegen, dass er mangels Angehörigen klarerweise keine Anhaltspunkte auf Täter oder Motiv hatte sammeln können. Und ohne Angehörige auch keine Lösegeldforderung. Man hätte froh sein dürfen, dass jemand von den Passanten das Entführungsopfer kannte, sonst wüsste man nicht einmal dessen Namen und Adresse. Der Arbeitgeber des Entführten hatte gestern ebenfalls keine zweckdienlichen Angaben machen können.
 „Man merkt, dass du für Einbruchdiebstahl zuständig bist und dir die Kapitalverbrechen nur am Wochenende einfängst!", fuhr ich ihn gutgelaunt an. „Wie ich immer sage: da muss eben ein Mann mit Quivive ran, mit Köpfchen und Fingerspitzengefühl!"

Trötschke schwieg verdutzt. Durch diesen glücklichen Umstand brauchte ich nicht zu erläutern, wie ich mir die weitere Ermittlung vorstellte. Ich hatte nämlich keine Ahnung.

Auf dem Rückweg zum Büro fing mich Frau Westphal ab: „Herr Dölle hat sich an mich gewandt. Er fühlt sich von Herrn Katthöfer und Ihnen gemobbt."
Ich prustete in ihr ernstes Gesicht. „Tatsächlich? Kein Wunder – der ist doch auch kein Polizist, sondern eine Schießbudenfigur!"
„Genau das meinte ich. Er wird von Ihnen beiden nicht für voll genommen. Stimmt es, dass er bislang nur Innendienst gemacht hat?"
„Allerdings!", schnaubte ich. „Sonst heißt es nachher wieder: Da hätten Sie aber dran denken müssen, dass der Neue bei Windstärke Drei unter den nächsten Lastwagen geweht wird!"
Die Staatsanwältin blieb beharrlich. „Jedenfalls werden Sie ihn zukünftig auf außerhäusige Aktivitäten mitnehmen!" Mein Gesichtsausdruck ließ sie einen Kompromiss vorschlagen: „Für diese Woche mindestens, und am Freitag berichten Sie mir, wie es lief."
„Na schön. Weil Sie's sind."
Als ich ihm davon erzählte, war Katthöfer genauso rasend begeistert wie ich. Er riss die Tür zu Milchbubis Kabuff auf und rief: „Aufwachen, Dölle! Heute geht's raus in das rohe und kalte Leben!"
Der menschenähnliche Computervirus zeigte Überraschung, die sich in Freude verwandelte. Im Stillen beschloss ich, dass ihm diese bald vergehen sollte. Ein Seitenblick zu Katthöfers wölfischem Grinsen zeigte mir, dass er dasselbe dachte: Konfrontative Kollegialität!
Eine erste Gelegenheit ergab sich bereits vor dem Präsidium, beim Einsteigen ins Auto. Dölles dämlicher Döz wurde zwischen Rahmen und Wagentür eingeklemmt, selbstverständlich aus Versehen. Wir waren darob angemessen bekümmert. Der Frischling krabbelte auf die Rückbank und weinte stille Tränen. Ich verstellte heimlich den rechten Außenspiegel und hatte so während der Fahrt freie Sicht auf das Schauspiel.
Katthöfer lenkte uns in die Helenenstraße und rutschte in eine Parklücke. „So, alles aussteigen. Ach bitte, Herr Dölle, halten Sie sich lieber zwischen uns. Ich glaube, weder ich noch der KHK haben Lust auf die Kommentare der Vorbeikommenden ..."
„... dass die Polizei überall auf Einhaltung der Gesetze pocht", ergänzte ich, „aber in den eigenen Reihen Kinderarbeit erlaubt!"
Dölles hochroter Kopf leuchtete weithin über den Schnee, als wir zur Haustür stapften. Das Leben konnte schön sein. Mein Kollege bezwang sein wieherndes Lachen und sagte: „Zwoter Stock links, da wohnt der

Entführte." In Ermangelung anderer Anhaltspunkte wollten wir uns noch einmal dessen Wohnung ansehen. Katthöfer drückte aufs volle Klingelbrett, bölkte „Gerichtsvollzieher" in die Gegensprechanlage, und wir trampelten die abgeschabte Holztreppe hinauf. Zwischen die Placken aus Schneematsch, die wir hinterließen, tropften kleine runde Flecken aus reinem Salzwasser: Tränen von unserem Weichlappen.

Es war die Wohnung eines typischen Junggesellen. Wir rissen die Fenster auf, räumten die faulige Wäsche beiseite und suchten dann nach „Hinweisen", wie auch immer die aussehen mochten. Der hoffnungslose Nachwuchspolizist stand erst nur im Weg und rettete sich dann in seiner Verlegenheit an den PC des ehemaligen Bewohners. Mein Assistent verschwand ins Schlafzimmer, tauchte kurz danach wieder auf und meinte: „Außer herumstehenden Unterhosen auch nichts Besonderes." So ließen wir uns in die speckige Sitzgruppe fallen und warteten mit zunehmender Langeweile, ob unser Daten-Jockey etwas Brauchbares zutage fördern würde.

„He, Bartflaum", grunzte Katthöfer nach einer Weile. „Nicht die schweinischen Bilder glotzen, sondern nach Motiven suchen!" Die jämmerliche Gestalt zuckte zusammen. Mein Assistent legte nach: „*Kriminellen* Motiven, nicht erotischen, du Einhandsegler!" Erneut belohnte uns ein Zusammenzucken. Etwas später presste Dölle weinerlich ein „Ich glaub', ich hab' da was ..." hervor.

Wir rappelten uns aus den Polstern hoch und guckten dem Jüngling über die hängenden Schultern. Auf dem Bildschirm überlappten sich die Fenster. Ich wurde nicht schlau daraus: „Und?"

Magermilch machte eine zaghafte Geste zum Bildschirm. „Schon wieder ein IT-Spezialist. Der hat auch bei der GAV gearbeitet. Hier hat er sich sogar Arbeit mit nach Hause genommen ..."

„Das ist allerdings kriminell!", lachte ich. „Und deswegen hat man ihn also Ihrer unmaßgeblichen Meinung nach entführt, Herr Dölle?"

„Ja, weil ... Äh, nein, denn ..." Wir ließen ihn noch ein wenig vor sich hin brabbeln, dann gab Katthöfer ihm den Rest: „Ja? Nein? Vielleicht? Telefonjoker? Es ist doch immer wieder schön, wenn einem so eine dezidierte Ansicht mit klaren Worten vorgetragen wird!"

Die strahlende Laune, in der wir – das heißt, nur mein Kollege und ich, Dölle weniger – im Präsidium eintrafen, brachte mich vor meiner vorgesetzten Staatsanwältin allerdings in Erklärungsnot: „Kann sein, wir haben da eine Spur. Tja, noch nicht ganz spruchreif. Wir müssen gleich nochmal los." Aber nicht mehr vor dem Mittagessen.

„Übrigens, Herr Gösch will Sie sprechen."

Der Untersuchungsrichter dampfte vor Entrüstung und hielt mir eine mittlere Vorlesung darüber, dass wir den Rennpferdt jetzt schon viel zu lang in U-Haft hätten. „Bei den mageren Indizien, ich bitte Sie! Das geht doch nicht! Wenn da nicht noch irgendetwas seit gestern dazugekommen ist, von dem Sie mich in Kenntnis setzen wollen ..."

„Ja, ein anderer Fall", murrte ich.

„Dann verfüge ich, dass Sie den Verdächtigen umgehend auf freien Fuß setzen! Und zwar *vor* dem Mittagessen!"

„Ich weiß, was umgehend heißt, du Heini", murmelte ich und schlurfte *umgehend* zum Zellentrakt. Der Lordschlüsselbewahrer blickte von seinem Schreibtisch auf: „Ich hab' gerade erst Ihren Kollegen angerufen. Es ist da nämlich etwas vorgefallen." Er zögerte.

„Was denn? Eine Bandscheibe?"

„Nein nein." Er druckste herum. „Äh ... dem Rennhengst war unser Haus wohl zu ungastlich. Er hat sich in seiner Zelle erhängt."

Diese Nachricht verbesserte meine Stimmung, und zwar umgehend. „Das ist ja besser als ein Geständnis! Der Mord ist aufgeklärt, und wir sparen ihm und uns die fünfzehn Jahre Urlaub auf Staatskosten!"

Ich setzte Untersuchungsrichter und Staatsanwältin *umgehend* davon in Kenntnis, dass der Betreffende entlassen respektive der Fall gelöst war. Danach ging es ebenso umgehend zum Mittag und mit erfrischter Tatkraft an den Entführungsfall.

„Dölle, mitkommen!"

Auf dem Parkplatz achtete unser Kellerkind darauf, als Letzter in den Wagen zu steigen. Zum Ausgleich bretterte Katthöfer derartig über die steinhart gefrorenen Spurrillen, dass der Frischling über die Rückbank hopste und sich den Kopf mehrmals am Wagendach stieß. Schließlich standen wir wieder in der Tiegelstraße und stapften über die verschneite Brücke erneut in den Glasbau der *Gesetzlichen Altersversicherung Nordost, Standort Frühbek*.

„Der Referent für Öffentlichkeit und Pressewesen ist in einer Sitzung", lächelte Frau Franke. „Sie müssen wohl mit mir vorlieb nehmen."

„Was wir auch ganz gewiss tun." Mein Kollege freute sich von Ohr zu Ohr. Ich stieß Dölle beiseite und sagte: „Der Herr Teichgräber hat ja hier gearbeitet. Es haben sich nun Verdachtsmomente ergeben, dass zwischen seiner Arbeit und der Entführung ein Zusammenhang besteht."

„Im Klartext: wir sind hier, weil wir keine Ahnung haben, wo wir anfangen sollen", säuselte Katthöfer.

„Dann möchten Sie vielleicht seinen Arbeitsplatz sehen?"

„Das wäre ein guter Einstieg." Wieder schlichen wir durch die kahlen Korridore. Die Sekretärin trug diesmal eine enge Jeans; mein Assistent hielt sich daher wie ferngesteuert hinter ihr. Nebenbei fiel mir auf, dass mit dem Verlassen der Führungsebene auch die Auslegeware ihr Ende fand. Ausgerechnet diejenigen, die sich gute Schuhe leisten konnten, durften auf Teppichboden laufen, die anderen nicht.

Der Arbeitsplatz des Entführten lag im dritten Stock. Er war von zwei Flachbildschirmen umgeben, und im Fußraum des Schreibtisches schichteten sich die PC-Gehäuse. Die blasse Kollegin am Tisch gegenüber wurde noch blasser, als sie den Grund unseres Besuches erfuhr. Allerdings nicht, weil wir von der Kripo waren oder ihr das ungewisse Schicksal des Teichgräbers ins Gedächtnis stieg: „Ach du Schande, ich soll Ihnen dem seinen PC anmachen? Wir haben nämlich jeder seine eigenen Passwörter, die kein anderer wissen darf. Na, das kann jetzt aber dauern!"

Sie hatte nicht zu viel versprochen. Es verging fast eine halbe Stunde, in der wir uns die Beine in den Bauch warteten. Mehrere Telefonate mussten mit der Datensicherheit geführt werden, bis uns die eigentliche, nämlich die digitale Arbeitsstelle des Entführten offenstand. Nach einem kurzen Blick grunzten Katthöfer und ich gemeinsam: „Dölle, dein Einsatz!"

Aber selbst Magermilch konnte wenig ausrichten. Es bedurfte ständiger Erläuterungen seitens der blassen Kollegin, bis wir eine Ahnung von der Schieflage der eingesetzten „Software-Architektur" bekamen. Uns schwirrten die Köpfe von „Fehlertexten", „Prüfschleifen", „Glitches", „Subsystemen", „Quellcodes" und was weiß ich noch allem. Dölle musste zu einem Vergleich Zuflucht nehmen, um uns die digitale Situation zu erklären: „Als es noch keine Massen an billigem Papier, sondern nur teures Pergament gab, hat man oft den Text von einem Pergament gekratzt und das dann neu beschrieben. Das nennt man Palimpsest. Aber der alte Text ist nicht wirklich weg, man kann ihn oft noch entziffern. Und so ähnlich ist es hier auch. Jedes neue Gesetz, jede Verordnung erfordert eine neue Lage von Programmen, die man über die alte schichtet. Aber die alten Programme sind nicht weg, denn man braucht sie noch! Und so liest der Computer zur gleichen Zeit *mehrere* Programmpfade ..."

„... und darum knirscht es in allen Gelenken!", zertrümmerte die blasse Kollegin das Bild. „Ja, es ist wirklich grauenvoll und teilweise hanebüchen. Wir schlagen oft die Hände überm Kopf zusammen, was wir da vom Rechenzentrum bekommen und ins System einpflegen müssen! Und dann sollen wir das auch noch als *Verbesserung* an die Leistungsabteilung verkaufen – !"

„Technik, die entgeistert", kommentierte ich.

„Mir scheint, es gibt auch in Ihrem Haus ein internes Email-System?", rettete uns Katthöfer auf vertrauteres Terrain.

Bleichgesicht seufzte tief und lange. „Ja, aber da brauchen wir wieder ein Kennwort ..." Wir taten es ihr nach. Während unserer Seufzer tippte unser Frischling eines der bereits ermittelten Passwörter ein, und siehe da: „Hier sind seine Mails! Ich hab' mir gedacht, kein Mensch will sich *sieben* verschiedene Kennwörter merken."

Wir klickten uns durch die elektrischen Nachrichten. Binnen kurzem fanden wir ähnliche Schmähungen wie letzte Woche bei dem Abschlußstein oder wie er hieß, darunter Nettigkeiten wie *Wo ich euch Lumpen gerne hätte? / Das ist ertränkt in der Toilette!* und *Schlägt ein Programmierer Lärm, / knot um den Hals ihm sein Gedärm!*

„Sowas kenn' ich doch", murmelte auch Katthöfer.

„Ja, das sind die Ergüsse von Herrn Peter Sönnichsen aus der Leistung", erzählte Frau Franke. „Unser Hausdichter, sozusagen. Haben Sie ja wahrscheinlich auch." Wir nickten leidgeprüft. „In letzter Zeit wird er von der Muse nicht mehr zart geküsst, sondern tollwütig gebissen ... Seitdem verbreitet er bei jeder Gelegenheit Spott- oder besser Hassgedichte auf die Software-Entwickler. Zum Beispiel – mein persönlicher Favorit – : Der Kopf des Programmierers qualmt? / Zum Umweltschutz wird er zermalmt!" Sie wischte sich Lachtränen aus den Augen.

„Den besuchen wir!", bestimmte ich kurz entschlossen.

Auf dem Weg sagte Katthöfer zur Sekretärin: „Lassen Sie mich raten. Es ging mit diesen Gedichten vor ungefähr sechs Monaten los ..."

„Ja, genau, mit Einführung des neuen Programms. Ich muss zugeben, er spricht den meisten von uns hier mehr oder minder aus der Seele ... Da ist er ja schon!"

Vor uns, in einer Erweiterung der Korridore, gab es einen kleinen Menschenauflauf. In der Mitte stand ein mickriger Typ mit schütterem Haar und trug von ein paar Schmierzetteln in seiner Hand etwas vor:

Sitzt du ratlos vor den Tasten,
guckst verbissen in den Kasten
oder pflügst durch die Programme,
glaubst, du hast schon *selbst* 'ne Schramme ...
Dann halt ein und lass dir sagen:
geh dem *Ursprung* an den Kragen!
Lass dich nicht ins Bockshorn jagen,
schlag dem Quäler in den Magen!
Manchmal hilft nur noch Gewalt,
und zwar in jeglicher Gestalt!

Klatschen, Johlen und Pfiffe belohnten ihn. Der Giftzwerg warf sich in die Pose eines Volkstribuns und rief: „Nun stellt euch ein Volksfest vor, direkt hier vor unserem Haus, mit allem, was dazugehört:

Lehnt euch zurück, genießt die Show,
denn sterben muss man sowieso.
Nur manche eben etwas eher,
drum rücken wir blutrünstig näher!

Ich lade ein zum Rummel dreist,
der Programmierer-Schlachtfest heißt.
Um uns're Stimmung zu verbessern,
bewerfen wir sie dort mit Messern.
Dann stellen wir sie an den Pranger
auf einem blutgetränkten Anger.

Das Publikum ist stets begeistert,
wird Mund und Nase zugekleistert.
Und während sie nach Atmung schnappen,
verspeisen wir die Jahrmarkts-Happen.
Bei Bratwurst, Bier und Zuckerwatte
geht dann so mancher auf die Matte.
Es wird gepfiffen und gejohlt
und oft ein Dolch herausgeholt.

Beim Dosenwerfen ist es klar:
der Programmierer ist der Star.
Man kann den Nerd so schön bedenken
und ihm mit voller Wucht was schenken!
Doch wird gewonnen nicht mit Beulen,
erst, wenn die Programmierer heulen.

Der Andrang ist auch riesengroß
beim „Hau-den-Lukas-kostenlos".
Der Lukas ist, ihr braucht nicht raten,
ein Subsysteme-Satansbraten.
Er wird von Zeit zu Zeit gewechselt,
weil ihn die Kunden stark gedrechselt.

Auch fährt das Kettenkarussell
für Programmierer stets zu schnell.

Sie sausen jaulend durch die Luft
und sind vom Aufprall arg geknufft.
Die Programmierer sind vergrätzt,
doch wird ihr Anblick sehr geschätzt.

Sollt' einer mal um Gnade jammern,
verdirbt er uns die Feierlaune.
Der kommt dann in die Folterkammern,
von denen ich euch jetzt zuraune:
Was dort geschieht, das wird verschwiegen.
Nur eines noch – es ist gediegen!

Den sogenannten frenetischen Applaus hatte ich bisher nur im Stadion erlebt, aber das hier war auch einer. Das Männlein verbeugte sich und verschwand dadurch in der jubelnden Menge. Mein Kollege drehte sich verdattert zu unserer Fremdenführerin: „Das ist ja Aufforderung zu einer Straftat! Und die ist nach § 111 StGB selbst schon strafbar!"

Frau Franke hörte auf zu lachen, klatschte aber weiter: „Ja, wenn es öffentlich geschieht. Hier ist es doch harmlos."

„Verzeihung", mischte ich mich ein, „aber wir sind in einer öffentlich-rechtlichen Behörde, oder irre ich mich? Nach einer Privatparty sah das nun gerade nicht aus!"

„Einer der Dezernenten hat ihm bereits ins Gewissen geredet", erwiderte die Sekretärin ruhiger, als wir weitergingen. „Er soll darauf achten, dass nichts nach außen dringt. Aber als Ventil für die gefrustete Sachbearbeitung muss das einfach manchmal sein ..."

„Frau Franke, ich mag diese elektronischen Fummelfrettchen auch nicht. Das kann Ihnen Herr Dölle, unser Hänfling dahinten, nachdrücklich bestätigen. Aber erst letzte Woche hatten wir einen Fall, da hat sich einer von denen erhängt, weil er über Wochen hinweg gemobbt worden ist. Ein Sönke Gabelstein oder Bibelstein; der soll auch hier gearbeitet haben ..."

Die letzten Lachfältchen wichen aus ihrem Gesicht. „Tja, das ist selbstverständlich etwas anderes. Wer ihn persönlich kannte, ist natürlich schockiert. Wer nur die Auswirkungen seiner Arbeit kannte – ich fürchte, da könnte die Reaktion eine andere sein."

„Ach so?", fragte ich lauernd. „Sie meinen, die benähmen sich eher so wie vorhin dieser Büro-Mob?"

„Möglich. Aber sie wollten Herrn Sönnichsen kennenlernen."

Ich unterdrückte ein Ronzen. „Wie Sie sich wahrscheinlich denken können, wollen wir herausfinden, ob er nicht nur Reime, sondern auch Ränke schmiedet."

Wir trafen den Schlachthofromantiker in seinem Büro an. Hinter ihm stapelten sich die Akten wie bei allen im Haus; auf der Fensterbank verdurstete ein ehemals grünes Gewächs. Das Gesicht des Männchens leuchtete auf, als er die Sekretärin sah, und er sprang auf: „Frau Franke, was halten Sie davon:

Ein Trinkspruch

Ihr gebt uns den Terror und wir euch den Tod.
Ihr tatet's aus Daffke, wir tun es aus Not.
Drum spreche ich, mein Glas erhebend,
und nenne diesen Wunsch nur bebend:
Häutet – Programmierer – lebend!"

„Sehr schön, Herr Sönnichsen", der Tonfall der Sekretärin war ein wenig gequält, „aber jetzt mal Schluss mit der Demagogie. Die Herren hier sind von der Kriminalpolizei und untersuchen den Mord an Frau Rennpferdt."

„Äh, was?", rutschte mir heraus. „Nein. Wir suchen nach Hinweisen über den Verbleib von Herrn Teichgräber."

„Da kann ich Ihnen nicht helfen", sagte der Büroschriftsteller. Er kramte nach neuem Schmierpapier und murmelte: „Das muss ich gleich aufschreiben ..."

Katthöfer fragte mit lauter Stimme: „Können Sie sich vorstellen, dass Ihre strafrechtlich bedenklichen Machwerke Ihre Kollegen auf die Idee gebracht haben, den Vermissten zu entführen?"

„Vorstellen kann ich mir viel, wie Sie wohl gerade gehört haben!", schnappte der Versbeamte. „Aber an etwas denken bedeutet noch lange nicht, es auszuführen."

„Da haben Sie Recht", meinte ich versöhnlich und drehte mich zu meinem Kollegen, „sonst hätte ich dich auch schon längst mit Wonne erschlagen! – Trotzdem wäre es möglich, Herr Sönnichsen, dass ein paar besonders erboste unter Ihren vielen Aktenkämpfern Ihren eingängigen Anregungen haben Taten folgen lassen."

„Quatsch." Der vertrocknete Behelfsdichter öffnete seine nächste Akte und schrieb gleichzeitig sein letztes Kunstwerk für die Nachwelt auf. „Ich muss jetzt weitermachen." Er ließ seinen Bildschirm aufleuchten und gab das erste seiner vielen Passwörter ein. Auf unsere fragenden Blicke hin zuckte die Sekretärin mit den Achseln: „Ja, so ist das hier. Keine Zeit. Das neue Programm hat die letzten Reservate für Verschnaufpausen aufgefressen."

„Na ja, für 'ne Dichterlesung war noch Luft! Egal. Wenn Sie uns bitte den Weg zum Ausgang zeigen würden?"

Das war Katthöfer natürlich nicht recht. „Äh, Leiterchen? Ich finde, wir sollten noch bei dem Büro von dem Mortensen vorbei ..."

„Herrgott, wieso das denn?"

„Da war doch so eine in dem Zimmer, die meinte, Programmierer seien keine Menschen. Da könnte man nochmal nachhaken."

Ich sah ihn wütend an. *„Der Vorgesetzte bestimmt die zu verfolgenden Spuren ..."* zitierte ich unseren Obermotz, aber das Aas hielt dagegen und beendete das Zitat: *„... ist dabei jedoch immer offen für die Hinweise seiner Mitarbeiter."*

„Wir sprechen uns noch." Ich wandte mich an Frau Franke: „Sie haben die Nervensäge gehört. Nicht dem Ausgang, sondern den Zimmergenossinnen des Herrn mit der niedrigen Frusttoleranz gilt unser Begehr."

Kichernd ging sie wieder voraus. Im richtigen Raum angekommen, mussten wir allerdings erst warten, bis die betreffende Sachbearbeiterin ihr Telefonat beendet hatte.

„... ja, Frau Möller, ich habe hier Ihren Widerspruch gegen unsere Rentenablehnung vorliegen. Ich habe mir Ihre Diagnose angesehen und möchte Sie daher für einen Tag in mein Büro einladen. Erleben Sie meine Kollegen, meinen Chef und vor allem unser Computerprogramm – und *dann* sagen Sie mir, *wer* hier Grund für eine Panikstörung hat!"

Sie legte endlich auf („Hach, das tat gut!"), und wir stellten sie zur Rede. Doch sie meinte nur, ihre Ansicht sei im Hause weit verbreitet und stütze sich auf die Erfahrungen mit dem neuen Programm: „Sehen Sie, die Schablonen sind jetzt so angelegt, dass man nicht den kleinsten Fehler machen und auch nur ja nichts vergessen darf! Man kann nämlich in dieselbe Datenmaske nicht zweimal 'rein, sondern muss erst auf *Enter* und kann nicht einmal verhindern, dass der Drucker dann den ganzen Klumpatsch ausspuckt, von dem man schon *weiß*, dass er falsch und-oder unvollständig ist! Das ist weder nervenschonend noch umweltfreundlich. Na ja, und dass man eben nie das kleinste Fitzelchen vergessen darf, das ist doch menschenfremd, oder nicht? Da muss einen doch der Verdacht beschleichen, diese Öster seien gar keine Menschen und hätten Schaltkreise in den Köpfen!"

Hinter dem Aktenschrank drang das waidwunde Brüllen von dem Mortensen hervor: „Geht das schon wieder los?! Bei allen galaktischen Göttern, was hat diese Scheißkiste denn jetzt schon wieder?!? Willst du aus dem Fenster fliegen, ja, willst du?!"

„Und ich spring' hinterher!", kreischte die dritte Sachbearbeiterin plötzlich auf, warf die Computermaus hin und sich selbst gegen die Stuhllehne: „Das ist wirklich nicht mehr zum Aushalten mit dem Ding! Morgen, da bring' ich einen Spalthammer mit, und wenn der Kasten das dann noch ein Mal macht ...!"

„Wir gehen wohl besser", schlug Katthöfer vor.

„Genug ermittelt?", grinste unsere blonde Begleitung. „Also jetzt doch zum Ausgang?"

Als wir endlich draußen waren und zum Parkplatz gingen, hörten wir aus dem dritten Stock der Büroansammlung ein gewaltiges Geheul: „Ich hab's satt! Ich mach' jetzt ernst!" Und aus einem aufgerissenen Fenster segelte kreiselnd und in einer perfekten Parabel ein graues PC-Gehäuse und schlug vor uns zwischen den kahlen Büschen ein. Von oben hörte man Johlen und Klatschen.

„Und jetzt?"
„Observierung."
„Bei der Kälte? Och nee!"

Katthöfers Verdruss war gerechtfertigt. Und weil dieser dämliche Glasbau auch noch zwei Zuwegungen hatte, zog mein Kollege noch das leichtere Los: er schwang sich in den nächsten Bus, um mit einem Zivilfahrzeug zurückzukehren und den Hintereingang zu überwachen. Ich schickte Magermilch ganz nach Hause und starrte tränensäckig auf den Haupteingang.

Observierung ist im tiefsten Winter alles, nur kein Spaß. Lässt man die Heizung laufen, hat man es warm, aber man droht einzuschlafen, und die klaren Scheiben machen den Wagen auffällig. Stellt man die Heizung ab, knabbert die Kälte an Fingern und Zehen, und die Scheiben sind binnen kurzer Zeit beschlagen wie ein Pferd und machen das Herumstehen sinnlos. Wischt man dann von innen ein Guckloch, kann das dem Verdächtigen auch wieder auffallen. Also schaltet man hin und her in der Hoffnung, dass die Batterie durchhält. In diesem Fall war es sogar noch verzwickter: hatte der Verseknüppler nichts verbrochen, war die ganze Beobachterei für den Mülleimer, hatte er aber doch mit der Entführung zu tun, konnte ihn eine auffällige Verfolgung Fehler machen lassen oder aber – in die Deckung treiben.

Das Funkgerät erwachte krachend, Katthöfer war in Position. „Aber meinst du wirklich, das bringt was?"

„Unter uns: ich halte den Knilch für harmloser als einen verdursteten Kanarienvogel", gab ich zurück. „Aber so kann uns niemand Untätigkeit vorwerfen."

„Und dafür frieren wir hier fest ..." Eine Zeitlang blieb er still, dann meldete er sich wieder. „Du, ich glaub' , wir erkennen den gar nicht."

Seine Feststellung hatte etwas für sich. Die Kälte zwang die Gesichter der in den Feierabend strebenden Sesselpupser hinter Schals und tiefgezogene Mützen. Ich sah einigen eingemummelten Rentenrechnern nach, die fröstelnd in ihre Autos stiegen und mit ihnen über die nicht geräumte Seitenstraße davonhoppelten.

„Wir hatten doch gerade schon festgestellt, dass wir hier nicht für die Ermittlung, sondern wegen unserer Vorgesetzten stehen", brachte ich meinen Assistenten wieder auf Linie.

„Hm. Nervt dich das eigentlich auch manchmal so wie mich?"

„Wenn du mir sagst, was, werde ich es bestimmt bejahen."

„Na, dass wir bei unserer Arbeit immer öfter auf Bildschirme glotzen müssen!", machte sich Katthöfer Luft. „Wo ist die ehrliche Polizeiarbeit geblieben?"

„Ach ja!", seufzte ich. „Mal einen mutmaßlichen Drogendealer niederschlagen ..."

„... oder versehentlich einen Kinderschänder kastrieren ..."

„Schere wem Schere gebührt!"

Katthöfers meckernde Lache verschwand in der nächsten Funkstörung. Dann: „Apropos Computer: Ist eigentlich der Dölle noch bei dir?"

„Den Jammerlappen hab' ich nach Hause geschickt. Ich hatte einfach keine Lust mehr auf das dumme Gesicht."

„Hast recht. Dölle geht, und das Auge atmet auf!"

Als ich wieder Luft holte, war der Reimesammler schon auf einen Drahtesel aufgesessen und verschwand hinter Büschen und Bäumen. „Mist! Katthöfer? Er kommt in deine Richtung!"

„Ich hab' ihn, Leiterchen. Der entwischt mir nicht." Doch seine Zuversicht war verfrüht, denn der Gewaltphantast bog in eine Seitenstraße und danach auf einen Spazierweg ab, auf dem er ihm mit einem Auto nicht folgen konnte. Ende der Dienstfahrt.

\*\*

## 8. Mittwoch

Andere Leichen mögen modern.
Programmierer sollen lodern!

Der Mittwoch verging in unerfreulichen Sitzungen. Dölle hatte gepetzt, und so durfte ich mir zuerst den Sermon meiner Vorgesetzten anhören und musste danach auch noch einen erstickenden Schwall weichgespülten Gelabers von unserem Polizeipsychologen über mich ergehen lassen. Mein einziger Trost war, dass es Katthöfer anschließend genauso erging.

Derweil übernahm der athletische Kollege Moelck in der Tarnung eines Fahrradkuriers die Beschattung des verdächtigen Brutalpoeten. Da es immer noch saukalt war, beneideten wir ihn nicht sonderlich.

Zweimal hat man ihn besucht, um ihm den Knebel aus dem Mund zu reißen und einige Becher voll Wasser einzuflößen. Danach wird der Knebel von kräftigen Pranken wieder in den Mund geschoben. Jedes Mal hat danach die Musik gewechselt.
Montag:

*Ein bisschen Foltern,*
*ein bisschen Morden,*
*dann wird die Freude schier überborden!*
*Ein bisschen Schlachten*
*und dann Ausweiden,*
*ja die Romantik, die gönn' ich mir!*
*Blutig sei das Morgenrot!*
*Schlagt die Programmierer tot!*

Dienstag:

*Ein schöner Tod!*
*Frisch angebrannt.*
*Ein heißer Tod!*
*Ich jag' den Programmierer durch den Schlot!*

Heute bindet man ihn vom Stuhl los und stellt ihn auf die Füße. Mühsam hält er das Gleichgewicht. Der Knebel wird ihm abgenommen. Dann eine Stimme: „Ausziehen!"
Er fährt zusammen und beginnt zu zittern.

„Wir wollen dich abspülen, du stinkender Halbaffe!", blafft ihn eine andere Stimme an. „Damit du wieder etwas menschlich aussiehst! Und vor allem: riechst! Der Würgermeister kommt!"

Verwirrt befreit er sich von seiner klebrigen Kleidung. Dann trifft ihn ein harter Strahl eiskalten Wassers in die Magengrube. Er fällt auf die Seite und krümmt sich zusammen. Tränen mischen sich in das Abwasser. Aber er weint nicht vor Schmerz. Er weint vor Dankbarkeit darüber, dass er von seinen Fäkalien befreit wird, und er weint aus Wut über diese Dankbarkeit.

Der Wasserstrahl massiert ihn gründlich durch und versiegt dann. „He, du kriegst sogar was zu fressen." Wieder die barsche Stimme. Er wird hochgerissen und auf den Stuhl gepflanzt. Dann schiebt man ihm Löffel um Löffel kalten Kartoffelbrei in den Mund. Noch nie hat etwas so köstlich geschmeckt. Er hasst sich für die wieder aufsteigende Dankbarkeit.

„Anziehen."

Als er bemerkt, dass es frische Kleidung ist, die man ihm in die Finger gibt, weint er wieder. Es gelingt ihm gerade noch, ein „Danke" zwischen den Zähnen zu zerbeißen. Bebend und unbeholfen zieht er sich an.

Zur Mittagszeit war meine Stimmung auf dem Tiefpunkt. Kälte hin oder her, zur Ermittlung oder einfach so, ich musste raus aus dem Büro, raus aus dem ganzen Bau. Ich stempelte zwischen, machte einen erfrischenden Marsch in die Innenstadt und fand mich auf dem Weihnachtsmarkt wieder.

An Buden mit Zuckerstangen, Schaumwaffeln und hölzernen Staubfängern vorbei steuerte ich einen Glühweinstand an. Ich wickelte meine kalten Flossen um den heißen Becher und verbrannte mir an dem Zeug wie jedes Jahr erst einmal die Zungenspitze. Dann ließ ich mich von der Menschenmenge weiterschieben und nippte hin und wieder von dem süßen Gesöff.

Um mich herum brabbelten die Besucher, aus dem runden Dach eines Kinderkarussells dudelte die übliche Adventsmusik. Irgendetwas störte mich, aber ich kam nicht gleich drauf. Ich schaute hin und her, aber alles war wie immer. Tatsächlich standen alle Buden an genau denselben Plätzen wie im vorigen Jahr, sie verkauften den gleichen Kram (und hoffentlich nicht denselben) wie jedes Jahr, und viele der Verkäufer sahen gelangweilt genug aus, um die Vermutung aufkommen zu lassen, dass auch sie schon das eine oder andere Jahr hier gestanden hatten. Das war es also nicht.

Ich schlurfte zwei Schritte weiter und schwappte mir Glühwein auf die Finger. Die Musik! Oder genauer: der Text!

*Süßer die Schüsse nie klingen*
*als aus dem Rechenzentrum.*
*Bildschirm und Köpfe zerspringen!*
*Heute bleibt EDV stumm.*
 Eine Gruppe Besucher tauchte zwischen zwei Buden auf. Sie schwatzten laut und gut gelaunt, jeder trug eine rote Mütze auf dem Kopf, und keiner fand etwas dabei, einen Unbeteiligten wie mich einfach vor sich her zu drängen. Dadurch verpasste ich den Rest des vorgeblichen Weihnachtsliedes. Etwas weiter längs fiel die Horde in ein Häuschen ein, das Currywurst und Grünkohl versprach, und ließ mich verdattert unter dem Vordach zurück. Zufällig stand ich unter einem kleinen Lautsprecher. Hier lief etwas Feierliches. Ich erkannte die Melodie von *Tochter Zion*.
 Aber auch hier nicht den Text.
*Oh Programmierer, hast du wirklich keine Angst?*
*Dass du bei dem, was du herstellst, nicht um dein Leben bangst!*
*Ich hab' schon so manches Terrorlager aufgesucht.*
*Und ich habe Bildungsurlaub in Kabul gebucht!*
*Dich zu betrauern,*
*das ist, was bald übrigbleibt.*
*Denn da helfen keine Mauern:*
*Bumm! und du bist entleibt!*
 Ich spähte in meinen Glühweinbecher: Noch halbvoll. Überarbeitet konnte ich ausgerechnet heute auch nicht sein. Also hatte ich entweder den totalen Sockenschuss – oder meine Ohren funktionierten noch und der Gesang war echt.
 Ich bahnte mir einen Weg durch Fettdunst, Grünkohlmief und die bratwurstmampfenden Mitmenschen und blieb vor dem Tresen stehen. Der Wirt dahinter ließ ernsthafte Zweifel an der Evolutionstheorie aufkommen, denn er stammte gewiss nicht vom Affen, sondern vielmehr vom Walross ab. Dennoch sprach ich ihn an, und wider Erwarten antwortete er auf deutsch. Trotz des Lärms konnte ich ihm begreiflich machen, was ich von ihm wissen wollte.
 „Ja, nä, is' lustich, nä? Mal büschen was anneres. Und datt Lustichste is' ja, dattat kein ein Mensch merken tut!"
 „Und wo haben Sie diese Musik her?"
 „Och, da kam bei Eröffnung so'n Typ vorbei. Hat mir die CD inne Hand gedrüggt, nä. Wissense, datt is' glatt zum Schießen! Datt plärrt den ganzen Tach, und Sie sind echt der Erste, der mich danach fraacht!"

 Es wird plötzlich stiller als still, als hätte jemand den Raum betreten. Jemand mit Autorität. Jemand, der mit leisen Schritten um ihn herumgeht und ihn betrachtet. Die beiden Kerkerknechte warten schweigend und scharren zuweilen mit den Füßen.

Er ahnt den Duft von Rasierwasser. Steht der Mann, der hier das Kommando führt, jetzt vor ihm? Oder neben ihm? Warum spricht er nicht? Die Augenbinde sitzt nach wie vor an ihrem Platz und trocknet allmählich, also strengt er seine Ohren an. Er dreht den Kopf hin und her in der Hoffnung, etwas Aufschlussreiches aufzufangen. Doch es ist nichts zu hören außer dem Atmen mehrerer Menschen.

Er sitzt auf seinem Stuhl, bisher ohne Fesseln. Die Furcht hält ihn fest; Fesseln sind unnötig. Er wagt nicht zu sprechen. Er fühlt, dass es wichtig ist, nicht der Erste zu sein, der spricht.

Der Würgermeister war gekommen.

Als ich mir im Foyer des Präsidiums den Mantel auszog, stürzte eine breite Blonde mit roten Augen auf mich zu: „Sie müssen mir helfen, bitte! Meine Tochter ist verschwunden, es ist so grauenhaft ..."

Meine eigene ist grauenvoll, wenn sie da ist. Aber das behielt ich für mich. „Wenn Sie eine Vermisstenanzeige aufgeben wollen: erster Stock links, bei Herrn Sörgel."

„Vermisst? Ja ... Nein ... Eher verschleppt!" Sie packte mich an der Weste. „Nach dem, was ich im Internet gefunden habe, hat sich da ein alter Lüstling an sie 'rangemacht, und mit dem ist sie über alle Berge!"

Sowas mal wieder. „Wie alt ist Ihre Tochter?"

„Gerade achtzehn geworden ..."

„Ja, dann." Aber man muss auch den Kollegen etwas zum Lachen gönnen können. „Ich bin sicher, der Herr Sörgel hört sich gerne an, was Sie auf dem Herzen haben. Erster Stock links, wie gesagt. Entschuldigen Sie mich, ich muss mich um einen *echten* Entführungsfall kümmern."

Allerdings war genau das die Frage, die sich auch Frau Westphal schon gestellt hatte. Sie stand preußisch-aufrecht in meinem Büro und plauderte mit Katthöfer darüber.

„Ich gebe zu, die Tatsache, dass immer noch keinerlei Forderungen eingegangen sind, spricht gegen eine Entführung", warf ich zusammen mit meinem Mantel hin, und beide schauten mich überrascht an. „Aber dass die Sache vorgetäuscht ist und er sich in der Karibik die Sonne auf den Bauch scheinen lässt? Immerhin wurde er niedergeschlagen."

„Das haben nicht alle Zeugen ausgesagt", gab die Staatsanwältin zu bedenken.

„Und wozu der Aufwand? Wenn er sich verpieseln wollte, konnte er das als Alleinstehender doch einfacher haben. Es gibt auch Reisebüros."

„Jedenfalls bitte ich Sie, auch in diese Richtung zu ermitteln, und sei es nur, um die Möglichkeit auszuschließen." Sprach's und ging ab.

„Wir haben ja sonst nichts zu tun." Ich sah Katthöfer verständnisinnig an und kreiste mit dem Zeigefinger vor meiner Stirn. Dann ließ ich mich in meinen Sessel fallen, gestattete dem Glühwein, nochmal lauthals hochzukommen, und wuchtete die Füße auf den Schreibtisch: „Hat sich der Melker schon gemeldet?"

„Kollege Moelck hat einen Zwischenstand geliefert. Er sitzt im Imbiss gegenüber dem Rentenstern und wartet für seinen üblichen Stundenlohn geduldig auf Sönnichsens Feierabend."

„Sonst noch was?"

„Oh ja", grinste Katthöfer, und mir schwante Schreckliches. „Diverse Hinweise aus der Bevölkerung."

„Ach du Scheiße."

Und so war es dann. Hinweise aus der Bevölkerung sind wie UFO-Sichtungen: 90 Prozent sind Schwachsinn, acht Prozent sind Betrug und der klägliche Rest führt zu nichts, weil die grünen Gnome schon an der nächsten Milchstraßenecke links abgebogen sind. Aber jedem gelangweilten Wichtigtuer musste man um den Bart gehen! Dementsprechend passt das Ausmaß der Begeisterung für derlei Arbeit bei der Kripo auf eine Nadelspitze.

Nach einiger Zeit fiel mir etwas ein: „Was macht eigentlich unser Polizistendarsteller?"

„Dölle sitzt nebenan und gräbt sich durch die virtuellen Kontakte des Entführten. Fratzbuch und so. Soll er uns helfen?"

„Bloß nicht, das muss ja auch gemacht werden. Verglichen damit sind Hinweise aus der Bevölkerung ein Quell des Frohsinns und der Heiterkeit."

Gegen Abend trat der Kollege Moelck ins Zimmer, noch immer im Dress eines Fahrradkuriers. Von seinem Helm tropfte der tauende Schnee, von ihm selbst der Schweiß. „Hornberger Schuss, Jungs! Der Sönnichsen ist einfach nur nach Hause gebrettert. Bei den Straßenverhältnissen eine reife Leistung."

„Und wer ist jetzt an ihm dran?"

„Pönopp von der Bereitschaft. Dem entgeht nichts." Womit natürlich das Gegenteil gemeint war.

Der Würgermeister war gekommen – und wieder gegangen. Kurz bevor man ihn wieder allein gelassen hat, haben seine überanstrengten Ohren ein Klicken und dann ein gehauchtes „Er ist noch nicht soweit" an sein Gehirn weitergeleitet. Dann ist er aufs Neue gefesselt worden, und eine

Tür ist ins Schloss gefallen. Als er begreift, dass nun wieder das Warten beginnt, ohne zu wissen worauf, dringt eine Mischung aus Stöhnen und Brüllen aus seiner Brust. Er wirft sich auf dem Stuhl hin und her und schreit verworrene Anklagen in die Dunkelheit.

\*\*

## 9. Donnerstag

Neulich traf ich einen Prog,
aber nicht zwischen die Augen.
Den Laptop riss er hoch im Schock.
Ich sah, wozu solch' Ding kann taugen:
Denn von meinem Großkaliber
spritzt das Ding in tausend Teile,
und ich schaue wie im Fieber:
kein Chirurg macht *das* mehr heile!

Der Vormittag sah uns über weiteren Bevölkerungshinweisen brüten. Der einzige Lichtblick war die Abwesenheit des aufrecht gehenden Fummelfrettchens, das neuerdings donnerstags einen *ganzen* freien Tag hatte. Wir haben ihn nicht einen Wimpernschlag lang vermisst.
„Ich hab' hier grad' einen lustigen Brief bekommen ...", ließ sich mein Kollege überraschend vernehmen und raschelte mit dem Umschlag.
Ich hing am Telefon und knurrte daher nur: „Schieb rüber!"
Katthöfer faltete den Brief zum Papierflugzeug und warf ihn auf meinen Schreibtisch. Den Telefonhörer zwischen Schulter und Ohr geparkt, glättete ich das Witzblatt wieder. Dann, am anderen Ende war immer noch nicht abgenommen worden, konnte ich den maschinegeschriebenen Brief selbst lesen:

Sehr geehrte Polizei!

Eine Freilassung des entführten Volker Teichgräber wird von der ABF in Erwägung gezogen, sobald uns eine Sendezeit von fünfzehn Minuten, im Anschluss an die 20.00-Uhr-Nachrichten, im Dritten Deutschen Fernsehen zur Verfügung gestellt wird. Die Sendung soll landesweit und unzensiert zu empfangen sein. Wir bitten Sie, uns Ihr Einverständnis mit einem blauen Farbstreifen auf dem Fahrplan der Bushaltestelle Randbrook (stadtauswärts) mit-zuteilen.

*Nieder mit der Diktatur des Digitals!*

ABF
Die Analoge Befreiungsfront

Mir blieb der Mund offen, und als sich im Telefonhörer jemand meldete, sagte ich nur „Verwählt" und legte auf.

„Ein schlechter Witz", meinte Katthöfer. „Sozusagen von einem Trittbrett-Scherzkeks." Er sah in meine ernste Miene. „Was ist denn, Leiterchen?"

„Ich bilde mir so einiges auf meine Kaltschnäuzigkeit ein", sagte ich langsam. „Aber auf Kosten eines entführten, vielleicht schon toten Menschen so etwas zu verzapfen ... Das ist doch ein starkes Stück. Ich denke, wir werden einem gewissen Herrn Sönnichsen einen Besuch abstatten!"

„Au ja."

„... Dann noch vielen Dank für die Auskunft. Auf Wiederhören!" Frau Franke legte auf und die hübsche Stirn in Falten: „Ja, meine Herren, der Herr Sönnichsen ist heute nicht im Haus. Sein Abteilungsleiter teilte mir mit, er hätte sich heute morgen krank gemeldet."

Wütend schaute ich meinen Assistenten an: „Also hat Pönopp geschlafen! Und ich hab' noch gesagt, warum nicht vorher hier anrufen! Jetzt sind wir umsonst hergefahren!"

„Das seh' ich ganz anders, Leiterchen", griente Katthöfer. „Noch einmal mit der bezaubernden Frau Franke sprechen zu dürfen kann nie und nimmer umsonst sein!" Er beugte sich über den Schreibtisch der Sekretärin und raunte: „Ich entschuldige mich für meinen Chef, er hat manchmal keine Ahnung, was im Leben wichtig ist."

„Das kenn' ich", bekam er sachlich zur Antwort. „Mein Chef ist auch nicht immer leicht. Falls Sie zu dem Sönnichsen nach Hause wollen – haben Sie die Adresse?"

„Gespeichert." Ich deutete auf meine Westentasche und dann auf meinen Kopf. „Aber nicht hier – sondern hier."

Diesmal ging es in den Gneisenauweg, bald hatten wir alle Vororte durch. Katthöfer drückte den Ellenbogen auf die Klingelleiste, feixte und brüllte „Feuerwehr!" in die Gegensprechanlage. Wir stapften die Treppe der uralten Mietskaserne hinauf. Auf unser erbarmungsloses Klopfen hin öffnete endlich ein triefnasiges Etwas, das nur mit Mühe als der Behelfsdichter der GAV zu identifizieren war. Es trug einen riesigen grünen Schal um den Hals gewickelt.

„Nanu? Was wollen Sie denn?"

Wir drängten uns in seinen Flur. „Das möchten wir ungern im Treppenhaus besprechen." Der Sönnichsen zuckte die Achseln und ging voraus. Auf seine Geste hin verteilten wir uns in den Sesseln eines staubigen Wohnzimmers. Die tiefstehende Sonne hatte Mühe, durch die Fensterscheiben zu sehen.

Ich zog den Brief hervor und patschte ihn auf den Tisch. „Das ist doch wohl von Ihnen! Haben Sie irgendetwas dazu zu sagen?"

Das Männlein setzte eine Brille auf die kranke Nase und las den Brief. Es zuckte durch sein Gesicht, dann gab es mir das Papier zurück. „Das ist nicht von mir, Herr Kommissar."

„Ach?", fragte ich, und mein Assistent assistierte: „Sind Sie sicher?"

„Na hören Sie mal! Erstens hab' ich keine Schreibmaschine. Ich schreibe, auch wenn Sie mir das kaum glauben werden, auf dem PC. Und zweitens hätte ich das niemals so formuliert. Zwei Passiv-Konstruktionen nacheinander in einem Satz, ich bitte Sie!"

Ich guckte nochmal in den Brief, Katthöfer stand auf: „Dürfen wir uns ein wenig umsehen?"

„Wenn meine Müllhalde Sie nicht abstößt, bitte. Ich habe nichts zu verbergen."

Während wir in zerlesenen Manuskripten wühlten, murmelte Katthöfer mir zu, dass dies seiner Einschätzung nach tatsächlich der Fall sein könnte. „Der trägt sein Herz auf der Zunge, wie man so sagt. Ich denk' nicht, dass er kriminell ist."

Ich flüsterte meinem Kollegen geduldig zurück, dass ich seine Einschätzung teilte, dass wir aber mangels einer anderen Spur hier weitersuchen müssten, gleichgültig wonach. „Sobald wir etwas Anderes haben, bin ich gern bereit ..."

Katthöfer hielt inne. „Aber wir haben doch etwas Anderes!" Er tippte sich an die Stirn. „Denn wenn wir annehmen, dass der Brief nicht von dem Sönnichsen ..."

„... und also möglicherweise doch kein Scherz ist, dann führt uns der Weg zum Präsidium zurück!"

Leider hatte ein wohlmeinender Kollege in der Mittagszeit alle Papierkörbe geleert. Der Briefumschlag war nicht mehr aufzutreiben. Und auf dem Brief selbst fand die Spusi nur jede Menge von unseren eigenen Fingerabdrücken. Katthöfer konnte sich zum Glück noch erinnern, dass der Umschlag weder Briefmarke noch Poststempel gehabt hatte. Daher ging es alsbald an die Sichtung der Aufnahmen aus der Überwachungskamera über unserem Haupteingang, weil die auch den Hausbriefkasten im Blick hat.

Wir teilen uns das Gebäude mit dem Finanzamt, was seit dem Einzug immer wieder zu Hohn und Spott führt. Als wir den Ostflügel bezogen, titelte der *Frühbeker Bote* zum Beispiel *Interessenskonflikt? Räuber und Gendarm unter einem Dach*. Und durch die E-Mail-Fächer tingelte der Reim *Bei Einbruch, Überfall und Raub: / den Flur hinab, im Aktenstaub! /*

*War's illegal – der rechte Flur. / War es legal – der and're nur.* Natürlich stehen zwei Briefkästen neben dem Eingang, einer für die beamteten Langfinger, der andere für uns, und beide mit großen Schildern. Aber nicht jeder der Vorbeikommenden, obwohl er gerade erst den Antrag auf Lohnsteuerjahresausgleich ausgefüllt hat, ist des Lesens kundig. Glücklicherweise sind die Poststücke für die Finanzfuzzis meist groß und breit, und wir fahndeten nach jemandem, der maximal einen DinA5-Umschlag eingeworfen hatte. Trotzdem war es eine elende Sucherei.

„Eigentlich weiß ich trotzdem nicht, warum wir das machen", maulte mein Assistent vor dem Bildschirm. „Eine – nennen wir es mal Lösegeldforderung – ohne einen Beweis, dass man den Entführten auch in seiner Gewalt hat? Kein Foto, kein Ohr, kein halber Finger? Das wäre mehr als dilettantisch!"

„Entführer sind nur selten Profis", belehrte ich ihn. „Wir sind hier nicht in Italien oder Afrika. Und ohne Angehörige sind Ohr oder Finger ziemlich sinnlos, findest du nicht?"

„Aber es ist immer so schön dramatisch!" Katthöfer fletschte grinsend die Zähne. „Wir waren lange nicht mehr in der Zeitung."

„Du hast Sorgen. Aber überleg mal: wenn die Forderung doch echt ist, hätten wir über kurz oder halblang mehr mit den Medien am Hals als unseren Nerven guttut."

Wir fanden drei mögliche „Täter", vertagten den Rest und wünschten einander gähnend einen schönen Feierabend. Das Erste, was heute meinen Nerven guttat, waren Mohrle und Söckchen. Sie strichen mir sofort um die Beine, als ich die Wohnungstür hinter mir zuwarf, wobei sich ein weiteres Gähnen in einen röhrenden Rülpser verwandelte. Die Katzen guckten bewundernd. Nein, eigentlich wollten sie nur Futter.

\*\*

## 10. Freitag

Niemals mehr Verständnis heucheln,
sondern Programmierer *meucheln!*

Ich stutzte, als ich dieses Graffito an der Betonbegrenzung des Parkplatzes entdeckte. „Das nimmt ja überhand", brummte ich und latschte zum Haupteingang. Eine Fahrstuhlfahrt später öffnete ich mit einem phänomenalen Schlunzen die Tür zu meinem Büro. Das entsetzte Gesicht unseres Sorgenkindes, das gerade die Aufnahmen der Überwachungskamera bearbeitete, war erhebend wie ein Fackelzug.

„Schön, dass Sie sich zur Abwechslung mal wieder nützlich machen, Herr Dölle", sagte ich und warf meine Tasche in den üblichen Winkel, „statt die ernsthaften Mitarbeiter dem nervtötenden Psychoplauderer auszuliefern."

„Der übrigens anwesend ist", hörte ich eine unbeliebte Stimme aus der Ecke hinter mir, „um weiteres Mobbing im Keim zu unterbinden!"

„Auf frischer Tat ertappt!", krähte Katthöfer. „Tja, Leiterchen, wenn du jetzt gucken könntest, wie dumm du guckst, da würdest du aber dumm gucken!"

Und es folgte eine neue Runde nutzloses gefühliges Gewäsch. Es kann nicht mehr lange dauern, dann braucht die Polizei gar keine Verbrecher mehr, sondern all ihre Zeit, um sich mit sich selbst zu beschäftigen!

Von soviel Blabla platzte mir schließlich der Kragen: „Schaumschläger und Arbeitsbremsen raus hier! Es kann doch wohl nicht sein, dass der Dölle hier als Einziger etwas Sinnvolles tut, während Sie meinen Kollegen und mich stundenlang zutexten!" Der Mobbyist verließ daraufhin unter Protest, jedoch erfreulich zügig den Raum.

Mit ängstlicher Miene präsentierte Milchgesicht die Ergebnisse seiner Bemühungen: Drei Abbildungen von Mitbürgern, wie sie Umschläge in den Hausbriefkasten warfen. Sie konnten mit etwas gutem Willen als Fahndungsfotos Verwendung finden.

Genau das schlug ich vor, und Katthöfer hatte nichts Besseres zu tun, als ein weiteres Mal seine Befürchtung zu äußern, der Brief könne auch nur ein Scherz gewesen sein. Als ich schon Luft holte, um ihm – ebenfalls ein weiteres Mal – zu erläutern, dass ziellose Tätigkeit in den Augen unserer Vorgesetzten immer noch besser ist als gar keine, wurde mir diese Mühe überraschend abgenommen. Der Chef der Poststelle öffnete die Tür: „Tach ook. Ich glaub', ich hab' da was für Sie." Er reichte mir ein Farbfoto, 9 x 13 matt. „Das haben wir heute morgen aus Jack the Rippers Armen gefischt." *Jack the Rip-per* war der Spitzname der neuen

Maschine zum Aufschlitzen der eingehenden Korrespondenz in der Poststelle. „Das Ding hat halt noch seine Kinderkrankheiten, weshalb es oft trennt, was doch zusammengehört. Sie ermitteln wegen 'ner Entführung, hab' ich mir sagen lassen, und wenn mich nicht alles täuscht, is' das dafür."

Das Beweisfoto zeigte einen Mann mittleren Alters mit Augenbinde und in einem rosafarbenen Pyjama. Er saß auf einem schlichten Holzstuhl, vor ihm hielt ein nackter Arm die Zeitung von vorgestern ins Bild. Im Hintergrund war eine weiß gefliese Wand zu sehen.

„Das ist der Teichgräber!", quietschte Katthöfer.

„Womit erwiesen wäre, dass wir diesen Brief ernst nehmen müssen", stimmte ich knurrig zu. „Was für ein Riesenhaufen organischen Abfalls!"

„Wieso denn?"

„Meine Güte, Katthöfer, ich glaube, du hast ein Darmgehirn."

„Wie meinen?"

„Das ist ein Gehirn, was nur Scheiße produziert!"

Ich genoss einige Sekunden wortlosen Staunens, bevor mein Kollege vorsichtig fragte: „Ja, aber wieso denn nun?"

„Weil das Fernsehen hineingezogen wird, du Hammel!" Ich wedelte mit dem Foto vor seinem Gesicht, um intellektanregende Ohrfeigen anzudeuten. „Das verheißt Aufsehen, drängelnde Reporter, Pressekonferenzen und die Teilnahme der Großkopferten ab Staatsanwältin aufwärts!"

Mein Kollege grinste schon wieder. „Was bedeutet, dass du dich nicht so gehenlassen kannst wie sonst, und das ist alles, was dir daran nicht passt! Apropos Staatsanwältin – ich erlaube mir, meinen verehrten Boss darauf hinzuweisen, dass noch sein Dölle-Bericht bei der Westphal ansteht."

„An deiner Stelle, mein lieber Katthöfer, würde ich mich manchmal wundern, dass ich überhaupt noch am Leben bin." Ich klaubte einen fleckigen Schlips aus meiner Schublade und klemmte ihn mir ans Hemd. „Dölle, mitkommen."

Auf dem Weg durch den Flur instruierte ich den Computervirus, dass er *mich* reden lassen solle und alle meine Aussagen zu bestätigen habe, widrigenfalls ich ihm von einem guten Freund aus der Unterwelt die Fresse polieren ließe, und zwar dergestalt, dass ihm von der Zahnarztrechnung garantiert ein zweites Mal die Tränen kämen.

Nach viel zu kurzer Zeit standen wir im Büro der Staatsanwältin, und ich referierte geblümt über unsere „aushäusigen Aktivitäten" und wie wunderbar nützlich uns der Frischling dabei gewesen sei. Verstörte Blicke desselben ignorierte ich souverän. Frau Westphal guckte zweifelnd und wandte sich an die Ursache des Ärgers: „Herr Dölle, stimmt das im Großen und Ganzen?"

„Äh ... ja, oh ja ... äh, wirklich ... Ja ja!"

Rasch lenkte ich das Augenmerk meiner Vorgesetzten auf die Tatsache, dass wir mittlerweile die Forderung einer einstweilen noch obskuren kriminellen Vereinigung in Händen hielten und außerdem – dank der talentierten Mithilfe des Herrn Dölle – über drei Fotos von Verdächtigen verfügten, von denen mindestens einer mit der Entführung in Zusammenhang stehen müsse. Ich wies den Erpresserbrief und das Beweisfoto vor; sie studierte beides gemächlich und blickte dann auf.

„Damit ist unser weiteres Vorgehen klar. Ich informiere den Innensenator wegen der Sache mit dem Fernsehen. Sie machen diesen blauen Strich an die Haltestelle, und die wird dann rund um die Uhr observiert."

„Die Spanner vom Dienst bekommen von mir die drei Fotos mit den Verdächtigen", sagte ich zum Zeichen, dass ich verstanden hatte, „nehmen den Richtigen hopp und ich ihn in die Mangel!"

„Nein." Bekümmertes Kopfschütteln. „Nicht bei einer Entführung. Verfolgen und beobachten ist hier das Gebot der Stunde; instruieren Sie die Kollegen entsprechend. Ich will das Opfer unter allen Umständen lebend!"

„*Kennen* Sie den Teichgräber, oder was soll das Brimborium?"

„Das hab' ich diesmal noch überhört", tadelte sie und gab mir Brief und Beweisfoto zurück. „Und werten Sie auch das Foto aus! Wo könnte das aufgenommen worden sein et cetera."

„Selbstverständlich. Dürfen wir uns gleich an die Arbeit machen?"

Wir durften. Ich setzte Dölle an die Auswertung des Fotos und bat Katthöfer, die Observierung zu organisieren. Dann griff ich mir Mantel, Mütze und Tasche: „Hoffentlich bis Montag! Die Haltestelle liegt ja auf meinem Nachhauseweg."

Ich schlurfte zur Asservatenkammer und ließ mir eine Spraydose mit blauer Farbe geben. Dann machte ich mich auf dem Weg zum Bus, der wegen des Winters natürlich später kam als vorgesehen.

Ich stieg am Randbrook aus und wartete ab, bis sich die übrigen Fahrgäste verkrümelt hatten. Doch als ich die Sprühdose aus der Tasche zog und schüttelte, hatte ich plötzlich das Gefühl, böse beobachtet zu werden.

„Na, sind wir nicht schon ein bisschen zu alt für solche Streiche, hm?"

Ein Streifenhörnchen! „Mann, machen Sie bloß noch mehr Aufsehen als nötig!", zischte ich, schob die Dose zurück und grabbelte nach meiner Dienstmarke. „Einen Moment, Kollege."

Als ich das dienstliche Schießeisen aus der Tasche holte, zuckte die Fußstreife zusammen wie auf dem elektrischen Stuhl. Ich legte meine Patronenpumpe auf die Wartebank und zeigte ihm endlich die Dienstmarke. Streifenhörnchen entspannte sich sichtlich und kam wieder aus der Deckung.

„Mensch, Kommissar, haben Sie mir einen Schrecken eingejagt!"

„Schön, dass das geklärt ist." Banditenbremse und Marke wieder rein, Sprühdose wieder raus. „Nun lassen Sie mich eine Amtshandlung vornehmen und den Fahrplan verunstalten."

\*\*

## 11. Sonnabend

Seit dem Besuch des schweigenden Würgermeisters wird er besser behandelt. Man führt ihn dreimal am Tag auf die Toilette, und er bekommt Wasser zu trinken und Kartoffelbrei zu essen, der manchmal – kaum glaubhafter Luxus! – noch warm ist. Und er darf in einem Bett schlafen. Welch eine Labsal für sein schmerzendes Knochengestell! Es ist zwar nur ein Feldbett, auf dem er gefesselt auf dem Rücken liegen muss, aber das ist dem nackten Holzstuhl allemal vorzuziehen. Man legt ihm sogar eine Wolldecke über!

Er trägt weiterhin die Augenbinde, aber auf den grässlichen Knebel haben seine Wächter verzichtet. Leider verzichten sie auch standhaft darauf, ihm noch auf die harmlosesten Fragen oder Bemerkungen eine Antwort zu geben. Stattdessen wird er weiterhin mit Musik versorgt. Die Texte mäandern dabei unablässig um ein und dasselbe Thema.

*- War einmal ein dummer Programmierer,*
*saß vor seinem Bildschirm so herum.*
*Und sein Blick, der ward ganz plötzlich stierer –*
*er las die letzte E-Mail blass und stumm:*

*Du Programmierersau,*
*ich kenne dich genau,*
*ich fang' dich ab*
*vor einem Hünengrab!*
*Und ganz tief drin im Wald*
*mach ich dich langsam kalt;*
*als Leichenklein*
*kommst du ins Grab hinein!*

*Du lebst am Waldessaum,*
*hängend im höchsten Baum,*
*dörrst langsam aus,*
*das ist ein Augenschmaus!*
*So mancher kommt vorbei*
*zum Picknick eins-zwei-drei,*
*stößt auf dich an:*
*Nun stirb schon wie ein Mann!*

Melodie und Refrain dieses alten Hits erkennt er sofort, es war „Once upon a time there was a cavern" oder so ähnlich. Hatte dieser Song nicht einmal beim Eurovision Song Contest gewonnen, als dieser noch Grand Prix d'Euro-vision de la Chanson hieß?

*- War einmal ein and'rer Programmierer,*
*baute grinsend Fehlertexte ein.*
*Sein Sadismus wurd' tagtäglich schierer:*
*im Schlaf nur ließ er's Händereiben sein …!*

*Du Elektronenlurch,*
*damit kommst du nicht durch,*
*ich fang' dich ein*
*und dann mach' ich dich klein!*
*Bevor der Morgen graut,*
*hab' ich dich umgebaut:*
*Dein Spiegelbild*
*schon meine Rachsucht stillt!*

*Du Subsysteme-Sau,*
*ich schlag' dich grün und blau,*
*und deine Haut*
*wird mit Blut eingesaut!*
*Ich werd' des Lebens froh,*
*brennst du erst lichterloh,*
*dann ist's zu spät,*
*du bist nur noch Fleischbrät!*

Es singt eine weibliche Stimme, tiefer als die erste, und im Hintergrund klimpert jemand Gitarre. Der Aufwand ist beachtlich, wenn man einmal darüber nachdenkt. Bis jetzt hat man ihm jeden Tag etwas Neues geboten, und bisher hat er mindestens vier verschiedene Sänger festgestellt.

*- Saß einmal ein dritter Programmierer*
*im Büro und dachte nichts dabei.*
*Doch das Haus, das kam auf ihn hernieder*
*und schlug verdientermaßen ihn zu Brei!*

*Von dem Platinenknecht*
*geht es mir immer schlecht,*
*doch spritzt sein Hirn,*
*entrunzelt sich die Stirn!*
*Kommt dann noch einer rein,*

*dann darf der auch noch sein,
und heißt er Klaus,
dann weide ich ihn aus!*

*Euch Programmierervolk
ersäuf' ich tief im Kolk,
ich schlitz' euch auf,
nehm' Sauerei in Kauf!
Auch brenn ich euch gern ab,
mein Hass wird niemals knapp:
Ihr habt's verdient,
dass euch Freund Hein angrient!*

Sein rechter Fuß wippt den Takt. Kaum glaublich, dass das irgendjemand nur für ihn geschrieben und gesungen haben soll. Und zu welchem Zweck? Als ihm die Antwort dämmert, stoppt er sein Fußwippen abrupt.

*- Es summt und brummt von all den bunten Fliegen,
die Möwen werden auch mal wieder satt.
Denn so, wie kreuz und quer die Leichen liegen,
fand hier ein Programmier-Gemetzel statt!
- Ja, ringsherum seh' ich gepfählte Menschen,
der Boden ist mit Innerei'n bedeckt.
Ich wat' hindurch, bestelle mir ein Kännchen
vom Brägen, der in diesen Menschen steckt ...*

*Der Kellner sagt: Na ja,
das war uns auch nicht klar,
wir haben hektoliterweise Blut.
Wir haben so gesucht,
Ihr Wunsch wird umgebucht,
denn – Himmel Zwirn! –
es gab fast gar kein Hirn!*

*Traurig hat er genickt,
und nebenan, da kickt
'ne Horde kleiner Kinder einen Ball.
Ich seh' genauer hin:
der Ball, der hat ein Kinn;
es ist ein Kopf,
nur ohne Nas' und Schopf!*

„Aufhören!", schreit er. „Sofort aufhören! Niemals werde ich mir von euch das Gehirn waschen lassen, hört ihr?! Nie!"
Der Kassettenrecorder läuft weiter.

\*\*

## 12. Sonntag (dritter Advent)

... hatte ich meine Tochter zu Gast. Meine glücklich Geschiedene schob mir wortlos das missgelaunte, Kaugummi kauende Pubertätsmonster über die Türschwelle. Es hockte sich mit angezogenen Knien auf den nächsten Sessel und zückte das Taschentelefon. Das hatte einen Vor- und einen Nachteil: ich brauchte mir um die Freizeitgestaltung keinen Kopf zu machen, konnte aber auch nicht mit meiner Tochter reden.

Ich verschwand in die Küche. Während ich den Teig für einen Gugelhupf anrührte, gab ihr Handy unregelmäßige Peiltöne von sich. Ich wusste also immer, wo sie war. Nachdem die Kuchenform im Ofen steckte, trat ich wieder ins Wohnzimmer: „So, fertig. Bald duftet es nach Kuchen."

„Na endlich", maulte sie. „Dann riecht es wenigstens nicht mehr so muffig nach altem Mann."

„Dagegen hättest du ja etwas unternehmen können. Zum Beispiel: Fenster auf?"

„Es ist kalt, Papp, und ich wollte dir deinen Wohlfühlgestank nicht nehmen", gab mein Töchterchen zurück. „Außerdem hatte ich Angst, am Fenstergriff kleben zu bleiben."

„Hm. Bevor ich's vergesse: Sag mir mal eure neue Telefonnummer."

Sie tat es, und nach zehn Minuten, doppelt so vielen Flüchen und entwürdigender Hilfe von meinem Nachwuchs war die Nummer auch in meinem Telefon gespeichert. „Oh Papp", sagte sie, die Augen verdrehend, „was war denn daran nun so schwer?"

„Ich kann mich noch erinnern", verteidigte ich mich schwer atmend, „dass der Verkäufer von dem Scheißding gesagt hat, es sei *intuitiv* zu bedienen!"

„Na ja und?"

„Bloß dass *meine* Intuition offenbar eine andere ist als seine!"

Nachdem das geklärt war, schlug ich vor, auf den Weihnachtsmarkt zu gehen, denn der Küchenofen hat eine Zeitschaltuhr. Trotzdem dies körperliche Aktivität nach sich ziehen würde, stimmte sie überraschenderweise sofort zu. Beim Mantelanziehen ermittelte sie schon per Handy, welche Freundinnen bereits auf dem Markt seien und welche noch kommen könnten. Ich wurde eindeutig nicht gebraucht.

Auf dem Weg zum Markt konnten wir dann immerhin ein wenig reden. In den Pausen, die uns ihr Taschentelefon ließ. Im Stillen begann ich eine Mitgliedschaft im *Bündnis besorgter Eltern* zu erwägen, obwohl mir jede Vereinsmeierei ein Gräuel ist.

Die acht Meter hohe Weihnachtspyramide mit Glühweinausschank im Erdgeschoss war fernmündlich zum Treffpunkt erkoren worden. Ich spendierte Lumumba, und wir hielten nach den Freundinnen Ausschau. Weinachsmusik rieselte in unsere Ohren.
*Lobet den Rächer, den mächtigen Schlächter der Schlechten!*
*Betet ihn an, denn er tötet die Zuselbstgerechten!*
*Ehrt seinen Fuß.*
*Damit tritt er sie zu Mus!*
*Manche nimmt er auch zum Schächten.*
Meine Tochter trat von einem Fuß auf den anderen. Mir wurde aus einem anderen Grunde kalt. Was war hier eigentlich los?
*Lobet den Meister, den mächtigen Mörder des Bösen!*
*Zeigt ihm die Ziele, die er braucht, um uns zu erlösen!*
*Küsst seine Hand.*
*Damit erwürgt er im Stand!*
*Der Rest kommt zum Trocknen an Ösen.*
„Papp, hörst du das auch? Das ist doch kein Weihnachtslied!"
„Ja, ich hör' das auch. Aber ich bin nicht im Dienst, und das ist auch nicht mein Ressort."
„Aber Papp, das geht doch nicht! Ich brauch' ja sonst auch nicht das christliche Geseier, aber ... es gehört doch zur Adventszeit dazu!"
„Wie gesagt, nicht mein Ressort." Einmal mehr verdrehte sie die Augen, rückte von mir ab und nahm noch einen Schluck Lumumba.
*Lobet den Jäger, den prächtigen Plätter der Blöden!*
*Er verfolgt jene, die uns mit Programmen anöden!*
*Preist seinen Arm.*
*Damit killt er voller Charme!*
*Bald sind wir nicht mehr in Nöten.*
„Was ist denn, Papp? Du bist ja zusammengezuckt."
Und ich hatte wieder einmal Glühwein auf den Flossen. Fluchend leckte ich mir die Finger und blieb eine Antwort schuldig. Kurz darauf war ich sowieso abgemeldet, denn ihre Freundinnen tauchten auf, und gegen ihr Geschnatter hatte kein Weihnachtslied eine Chance. Die Gänseschar zog über den Weihnachtsmarkt, und ich trödelte hinterher. Mein Töchterlein entsann sich meiner Gegenwart nur noch, als es um den Erwerb von Thüringer Würstchen und – später – Zuckerwatte ging.

Von der Zuckerwatte mampfenden Mädchenmeute umgeben wanderte ich nach Hause. Natürlich schafften es die rundäugigen Bitten meiner Tochter, dass ich die ganze Horde beherbergte. Ich durfte Sahne schlagen und still in der Ecke sitzen und bekam sogar ein schmales Stück von meinem eigenen Gugelhupf ab.

Als sich dann meine Wohnung immer mehr in eine Disco verwandelte, stand ich auf und machte mich dünn. Niemand bemerkte, dass ich mich anzog und in die Winternacht verschwand. Die Hände in den Taschen, stapfte ich durch den verharschten Schnee und fand mich schließlich vor einer Eckkneipe wieder. „Zum waidwunden Hirschen". Ich zuckte die Schultern und ging hinein.
Um dort rettungslos zu versumpfen.

„Herr Kommissar?"
„Hm, öh – häh?"
„Sie sind doch der Herr, den man bei der Polizei – entschuldigen Sie – nur Kommissar Kackstuhl nennt?"
Eine kultivierte Stimme, eine höfliche Frage. Ich hob meinen Blickwinkel millimeterweise aus dem halbleeren Bierglas und sah einen Dufflecoat, ein Halstuch und davor zwei Unterarme mit Lederhandschuhen auf dem klebrigen Kneipentisch. Ich grunzte etwas, das nach Bestätigung klingen sollte.
„Entschuldigen Sie bitte vielmals, dass ich mich einfach an ihren Tisch setze. Es ist schlicht meine unbezähmbare Neugier, die mich dazu bringt. Neugier auf alles, was mit der Polizei zusammenhängt, insbesondere der Kriminalpolizei. Die Neugier ist schließlich auch Grundlage Ihres Berufs, nicht wahr?"
„Hm? – Nö."
„Zum Beispiel die KTU. Früher hieß das in den Krimis stets Spurensicherung, doch in letzter Zeit ist es die kriminaltechnische Untersuchung. Warum ist das so?"
Mein Achselzucken ließ mich fast vom Stuhl kippen. „Die ... Busi macht die ... Tatortarbeit. Die Kah-Deh-Uh sitzt im Labor."
„Ach so. Wissen Sie, trotz meines brennenden Interesses und meiner Wertschätzung für die Ordnungskräfte denke ich manchmal, dass die Polizei – nicht böse sein – doch nur einen Ableger der städtischen Entsorgungsbetriebe darstellt."
„ ... ?"
„Ich sehe, das wundert Sie. Nun, wenn man die Polizei ihres Nimbus' entkleidet, den sie durch Tausende von Kriminalfilmen erhalten hat, geht es doch darum, menschlichen Abfall aus der Mitte der Gesellschaft zu entfernen und an deren Rand zwischenzulagern. Alle diejenigen, die aus den berühmten niederen Beweggründen ..."
„*Niedrige* Beweggrüne ...", murmelte ich und hielt mir den Kopf mit beiden Händen.

„Ach so? Danke, Herr Kommissar, vielen Dank. Ich bin stets bemüht, mich korrekt auszudrücken. Nun, die Kriminellen, die aus niedrigen Beweggründen handeln, müssen ermittelt und dingfest gemacht werden. Darüber kann kein Zweifel bestehen. Allerdings – mich stören mich an dieser Herangehensweise zwei Aspekte: zum einen, dass Sie auch Terroristen verfolgen, die ja stets hehre Ziele im Sinn haben und damit das genaue Gegenteil der niedrigen Beweggründe, zum anderen, dass in dieser kapitalistischen Gesellschaft auch Habgier kurioserweise zu den niedrigen Beweggründen gezählt wird ..."

Die kultivierte Stimme sprach weiter. Mein letzter Gedanke war: Was macht der hier? Der so redet, ist doch garantiert Weintrinker.

\*\*

## 13. Montag

Ein Leitspruch

Dieses Motto wird uns einen:
Tod den Programmiererschweinen!
Angestellte und Beamte –
vom Computer lang Verdammte!
Doch erlöst euch von den Sorgen,
tötet heute, nicht erst morgen!

Der Montagmorgen war furchtbar. Nein, entsetzlich trifft es besser. Nachdem ich eine Viertelstunde lang versucht hatte, mit meinem tranigen Blick ein Loch in die Schreibtischplatte zu brennen, raffte ich mich auf. Kaffee!

Auf dem üblichen Weg zum Kaffeeautomaten nahm mich Kollege Trötschke beiseite: „Sag mal, kannst du mir deinen Frischling für ein paar Stunden ausleihen?"

„Liebend gern. Behalt ihn. Wieso?"

„Ich hab' da ein Einbruchsdelikt, bei dem nichts mitgenommen, sondern etwas dagelassen wurde." Er fingerte wie immer an einem Schnellhefter. „Nämlich eine rot beschmierte Puppe an einem Galgenstrick, aufgehängt an der Lampe über dem Ehebett."

„Respekt", ronzte ich.

„Ja, kannst du dir das Aufwachen vorstellen? Und das ist die vorläufig letzte Stufe eines wochenlangen Hass-Stalkings. Das Opfer, eine Frau Westensee, hat uns diverse Drohbriefe und E-Mails gezeigt, und letztere würde ich von dem Dölle gern zurückverfolgen lassen."

„Ich schick' ihn dir rüber, mit Kusshand", versprach ich und musste grinsen: „Der ist ja ohnehin Spezialist für Mobbing-Fälle. Was arbeitet denn das Opfer?"

„Warte mal." Er blätterte im Hefter. „Genau: Die strickt irgendwelche Software im Rechenzentrum Rücknitz, warum?"

„Ach, nur so."

„Herr Dölle, Sie sind für heute abgeordnet zum Einbruchsdezernat. Der Herr Trötschke freut sich auf ihre fahrige Hilfestellung."

Das Kellerkind verschwand in seinem Kabuff, ich rieb mir die Hände, Katthöfer glotzte verwirrt: „Was soll der da denn?"

Ich erläuterte es ihm. Magermilch tauchte wieder auf, Laitzordner und Laptop unter dem Arm. Ich wies ihn darauf hin, dass Dötschkes Haufen

über eigene Computer verfüge, aber er wollte davon nichts wissen: „Den Laptop hab' ich ja speziell für mich konfiguriert."
„Dann schieben Sie ab, Sie Schießbuden-Konfigur."
Katthöfer strich sich die Bartstoppeln. „Um auf diesen Fall zurückzukommen: schon wieder Mobbing bei einem Informatiker?"
„Ja, soll vorkommen."
„Das nenn' ich mal gehäuft! Und wenn es da einen Zusammenhang gibt?"
Dabei schien der Tag gerade etwas besser zu werden! „Mann, Katthöfer, jedem das Seine! Wir werden uns den Fall vielleicht 'ranholen, wenn das Mobbingopfer tot in der Ecke liegt, klar? Aber vorher ist der Dötschke dafür zuständig, und das ist gut so. Was macht eigentlich *unser* Fall?"
„Das Foto hat nicht viel ergeben. Bartflaum meint, dass es in einer Fleischerstube oder einem Schlachthof aufgenommen sein könnte, aber auch in einem alten Schwimmbad ..."
„... oder überhaupt irgendwo, wo man Grund genug hat, einen Raum bis unter die Decke zu kacheln! Das weiß ich auch. Ist was bei der Observierung 'rausgekommen?"
„Pönopp und Co. haben uns ein paar Adressen 'reingereicht von Leuten, die an der Bushaltestelle auffällig waren und die sie dann verfolgt haben. Aber in der Gegend stehen viele Mietskasernen, da wartet für uns noch viel Lauferei."

Stundenlang treppauf, treppab in gammelnden Treppenhäusern und verlauste Einwohner immer dasselbe Zeug zu fragen – da konnte sich mein Kater Schöneres vorstellen. „Vielleicht eine bekannte Adresse dabei?"

Katthöfer blätterte. „Moment – immerhin taucht der Gneisenauweg wieder auf. Wohnte da nicht der Sönnichsen?"
„Oh ja, und falls der das selbst war, macht es ihn nur noch verdächtiger. Denn wenn ich in den Gneisenauweg wollte, würde ich Drögenpark oder Balistraße aussteigen, aber nicht Randbrook!"
„Also fangen wir da an?"
„Und wie wir da anfangen."

Doch der komische Vogel war genesen und daher ausgeflogen, und so führte uns unser Weg einmal mehr an seinen Arbeitsplatz in die Tiegelstraße. Frau Franke fragte nur, ob wir anstelle des Besucherausweises lieber ein Dauer-Abo haben wollten, und beschrieb uns dann den Weg zum Büro des Gewaltpoeten. Wir trafen ihn still arbeitend in seinen Akten an, offenbar hatte ihn die Muse der Tollwut heute noch nicht heimgesucht. Sein grüner Schal leuchtete in der Wintersonne.

„Wir möchten Sie nur ein wenig zu Ihrer Arbeit befragen", säuselte ich nach der üblichen Begrüßung, zog mir einen Stuhl heran und setzte mich neben ihn. „Was haben wir zum Beispiel hier?"

„Ach, das ist bloß ein stinknormaler Versorgungsausgleich", antwortete er. „Da mögen sich zwei nicht mehr und gehen zum Amtsgericht. Zur Scheidung gehört seit Längerem auch die Umverteilung der Rentenansprüche, die man in der Ehezeit erworben hat. Und wir kriegen dann den Schrieb vom Justizgehilfen, der das Verfahren anstößt, klären das Konto und rechnen den Rentenanspruch aus."

„Was hat man sich unter diesem `Kontoklären´ vorzustellen?"

„Hauptsächlich, dass die Versicherten Schule und Berufsausbildungen nachweisen, na, und oft auch die Ketzen." Und auf meinen fragenden Blick hin: „Die KEZ, das sind die Kindererziehungszeiten."

„Ach so. Sagen Sie – gerade Leute, die sich scheiden lassen, haben doch bestimmt andere Sorgen als alte Zeugnisse herauszukramen?"

„Ja, und was soll ich daran ändern?" Herr Sönnichsen sah mich genervt an. „Der Versorgungsausgleich muss nun einmal sein, und wenn die Leute mit ihren Nachweisen nicht 'rüberkommen ..."

„... schreiben wir das dem Gericht und dann setzt es Zwangsgeld!", mischte sich sein Zimmergenosse ein. „Hähä, dann geht das meistens ganz schnell."

Ich sah mit Vergnügen, wie Katthöfer von einem Bein aufs andere trat. So hatte er mich bei den letzten Besuchen hier auch zappeln lassen!

„Na ja, wir speichern die Zeiten", setzte der Aktenabstauber fort, „dann bekommt das Gericht für Mann und Frau je eine Rentenberechnung, und die Ansprüche werden dort gleichmäßig verteilt. Wir kriegen dann den Beschluss, gucken nochmal drüber und tippen die Ab- und Zuschläge ein." Und in schönstem Norddeutsch fügte er hinzu: „Da bin ich grade bei."

Mich streifte ein Gedanke. „Ist das bei Beamten eigentlich genauso?"

„Prinzipiell ja", der Versekoppler starrte auf den Bildschirm. Sein Ton wurde gereizt: „Und hier haben wir auch wieder eine der unendlich vielen Macken, mit denen uns das neue Programm überschüttet! Schauen Sie: über die Umverteilung soll natürlich der Versicherte eine Nachricht bekommen. Aber diese heißt nicht etwa Scheidungsergebnis oder Anspruchsausgleich oder was weiß ich." Er stach mit dem Zeigefinger nach den Monitor. „Nein, dieses Schreiben erzeugen wir ausgerechnet unter dem Begriff *Ehemitteilung!* Absurder geht's nicht."

„Ist das nicht eher eine Kleinigkeit?"

„Sicher, aber eine schiefe Fußleiste ist symptomatisch für den Pfusch am Gesamtbau."

„Und Kleinvieh macht auch Mist, hähä, da kommt schnell was zusammen!", steuerte sein Kollege bei.

Der Schreiberling drehte mir sein Gesicht mit plötzlichem Interesse zu: „Sagen Sie mal, überprüfen Sie bei *Ihrer* Arbeit eigentlich auch die Geschiedenen? Manchmal kommt da auch ganz schön was zusammen ..."

„Wie meinen Sie das?" Katthöfer mit seiner üblichen Formel, er wollte vermutlich auch einmal etwas sagen.

„Tja, wenn meinetwegen *er* zwanzig Jahre lang gearbeitet hat und *sie* die ganze Zeit zuhause war ..."

„... dann wird da üppig was an Rente 'rübergeschoben!", vollendete sein Schreibtischnachbar schadenfroh. „Das kann in die Hunderte gehen."

„Das wär' doch schon ein Mordmotiv, oder nicht?", fragte der Sönnichsen. „Denn wenn der geschiedene Ehegatte verstirbt, bevor er was von dem Versorgungsausgleich gehabt hat, dann wird der ganze Kladderadatsch wieder rückgängig gemacht!"

„Ach so?!" Ich riss mich zusammen: „Aber wir sind, wie Sie sich gewiss denken können, nicht nur für ein allgemeines Stimmungsbild hier. Wir wollten Sie nochmal eindringlich bitten, sich zu fragen, wer im Kreise der Kollegen ..."

„Sie meinen, des Briefes wegen?" Der Rentendichter schüttelte den Kopf. „Na ja, diese ABF hätte hier gewiss Zulauf, das können Sie glauben! Aber eine Entführung, na ich weiß nicht ..."

„Was denn für 'ne ABF?", wollte sein Bürobruder wissen.

„Vertell ich dir später", winkte der Sönnichsen ab und wandte sich wieder an mich. „Wir sind hier alle mit den Nerven 'runter und hassen die Verantwortlichen ziemlich, das ist ja nichts Neues, aber dass wir deswegen kriminell werden? Ich wüsste da niemanden ..."

„Hähä, ich aber!", krähte sein Bürogenosse, und unsere Kriminalistenköpfe flogen herum. „Oh, da hab' ich wohl eure ungeteilte Aufmerksamkeit, wie?"

„Ab sofort sind Sie Zeuge, und deshalb müssen wir zuerst mal Ihren Namen wissen", sprach Katthöfer wichtigtuerisch und trat auf ihn zu.

„Huchje, mir geht mein Arsch auf Grundeis!", war die Reaktion. Herr Sönnichsen kommentierte achselzuckend: „Tut mir leid; die Amtssprache ist Proll, soweit es meinen Kollegen betrifft."

„Das ist nur der Ausgleich für deine poetischen Schnörkel!", schoss der Zimmernachbar dagegen und wurde dann ruhiger: „Ich heiße Pietersen, Sven Pietersen, wenn's beliebt, und stehe für Auskünfte jeder Art gern zur Verfügung. Da Sie mich in meiner Arbeitszeit interviewen, werde ich sogar dafür bezahlt."

Katthöfer zückte seinen Notizblock. „Wie heißen denn diese Leute, denen Sie kriminelle Handlungen zutrauen?"
„Och, da kommen so einige in Frage! Zum Beispiel der Vollsen aus dem zweiten Stock, dann dieser Chaot, der im Erdgeschoss ... wie hieß der noch? Ach ja, Wittesen. Der Hektiker aus Abteilung Drei, hähä, der ist auch ein Kandidat! Hansen heißt er, Helge Hansen." Katthöfers Stift flog über das Papier. „Und natürlich die Tippner – passender Name, was? – die rastet über dem Programm auch gern und häufig aus, hab' ich gehört! Na ja, und dann noch so ein paar Vollidioten hier und da ..."

Als die Namensliste endlich vollständig und soweit möglich mit Adressen ergänzt war, überließ ich meinem Assistenten großzügig und vertrauensvoll die weiteren Befragungen. Er würde die Verdächtigen aushorchen, die heute zu ihrer Arbeit erschienen waren. Ich wollte mir die Abwesenden vornehmen, fuhr jedoch erst einmal ins Präsidium.

*Jack the Ripper* stand seit Freitag auf *Drohbrief-Modus*, war also abgeschaltet. Bürointern hatte ich die Korrespondenz außerdem zur Chefsache erklärt und griff jetzt zu Plastikhandschuhen und formschönem Brieföffner, um die eingegangene Post in Augenschein zu nehmen.

Wie befürchtet war ein neuer Erpresserbrief darunter:

Sehr geehrte Polizei!

Falls Sie erwartet haben, dass wir Ihnen eine Aufnahme zusenden, die das Dritte Deutsche Fernsehen im Anschluss an die 20.00-Uhr-Nachrichten ausstrahlen soll, haben Sie sich geirrt. Denn das wäre ja ein digitales Dokument und daher verabscheuungswürdig! Wir ziehen es vor, einen leibhaftigen Emissär zu entsenden, dem Sie selbstverständlich freies Geleit zusichern müssen und den Sie, sobald er seine Aufgabe erfüllt hat, nicht verfolgen werden.
Die kleinste Zuwiderhandlung ihrerseits würde der Entführte zu büßen haben.
Wir bitten Sie, Ihr Einverständnis diesmal mit einem roten Farbstreifen (damit es keine Missverständnisse gibt) wie gehabt auf dem Fahrplan der Bushaltestelle Randbrook mitzuteilen.

*Nieder mit der Diktatur des Digitals!*

ABF
Ihre Analoge Befreiungsfront

Ich knirschte mit den Zähnen und stopfte Schreiben und Umschlag in meine Krimskramsschublade. Dann studierte ich den Stadtplan und suchte die abwesenden Rentenfuzzis heraus, die in der Nähe der fraglichen Haltestelle wohnten. Eigentlich war es nur einer, noch genauer: eine.

„Frau Mertinitz?"
„Wer will das wissen?"
„Ich bin nicht der Krankenkontrolleur von der Kasse, falls Sie das befürchten", sprach ich durch den offenen Türspalt und zeigte meine Dienstmarke. „Ich komme von der Kriminalpolizei. Wir ermitteln wegen Ihres vermissten Kollegen, des Herrn Teichgräber."
Rums. Die Tür war wieder zu. Dann hörte ich die Türkette, und eine etwas untersetzte Dame ließ mich ein. Sie trug einen Hausmantel, das Haar hing wirr. „Entschuldigen Sie bitte, aber ich und auch die Wohnung sehen schlimm aus ... Die Grippe hat mich in den Krallen ... Kommen Sie doch ins Wohnzimmer ..."

Aus dem Wohnzimmer konnte ich auf den zugeschneiten Tirpitzweg hinuntersehen. Ich setzte mich an einen von Zeitschriften aller Art völlig verdeckten Couchtisch. Meine Gastgeberin saß gegenüber und schaute mich aus kleinen kranken Augen an.

„Ja, der Herr Teichgräber ... Den kenn' ich ja kaum, nur vom Telefon ... Wie lang ist der jetzt schon weg?"
„Über eine Woche."
„Schlimm ... Aber er kann von dieser Abwesenheit nur gewinnen ... Wie der mich am Telefon behandelt hat!"
„Wie meinen Sie das?" Mein Kleinhirn vertrat meinen Kollegen.
„Ich hatte da bei einer Rentenablehnung so eine Anhäufung von Fehlertexten ..." Die Mertinitz sah mich forschend an. „Haben Sie überhaupt eine Ahnung, wovon ich rede? Das Nutzerprogramm bei der Altersversicherung ..."
Ich nickte. „Wir waren schon dreimal da. Ich habe einen recht guten Eindruck, denke ich."
„Allerdings müssen Sie nicht tagein, tagaus mit dem Mist arbeiten ... Jedenfalls hab' ich den Teichgräber angerufen, und der war ..." sie wedelte mit den Händen, „... noch nervtötender als der Bildschirm. Keine Empathie, verstehen Sie? Außer dem Bogenschießen – das soll sein Hiobby sein – hat er nur seine Schemata und Prüfschleifen im Kopf ..."
Ich dachte an Dölle und erwähnte, dass ich auch so einen Pixelschieber von meiner Arbeitsstelle kenne. „Die haben ihre eigene seltsame Ordnung im Hirn, und kein anderer kommt dahinter."
„Ja, nicht wahr, wenn das die Zukunft ist ... Die haben alle Scheuklappen auf! Herr Sönnichsen würde sagen: keinen Blick für die Blumen am Wegesrand ..."

„So, den kennen Sie auch?"
„Ja sicher. Er kennt nicht viele, aber ihn kennen alle ... Möchten Sie vielleicht einen Kaffee?"
„Nein danke, Drogen nur außerhalb des Dienstes." Nachdem ich für ähnliche Wellenlänge gesorgt hatte, wollte ich nun endlich anfangen.
„Haben Sie schon einmal von der Analogen Befreiungsfront gehört?"
Große Augen. „Nicht dass ich wüsste. Klingt nach etwas, das sich der Sönnichsen ausdenkt ..."
„Wenn es das nur wäre." Ich fasste die Mertinitz scharf ins Auge. „Diese ominöse Organisation hat den Herrn Teichgräber entführt und hält ihn gefangen. Das ist eine Tatsache. Da Sie immerhin bei einer Behörde angestellt sind, hoffe ich von Ihnen die Wahrheit zu hören: Wissen Sie irgendetwas darüber?"
Verwirrung, dann Entrüstung: „Was denken Sie von mir?!"
„Nur das Schlechteste, gnädige Frau, schon von Amts wegen, denn ich bin bei der Kripo. Aber ich meinte gar nicht, dass Sie darin verstrickt sind, sondern nur, ob Sie etwas über derartige Umtriebe aufgeschnappt haben – auf dem Flur, in der Teeküche oder der Kantine ..."
Sie klappte die Augen nach innen und dachte nach. „Nein. Obwohl ... aber das war im Spaß."
„Der kleinste Hinweis kann wichtig sein", machte ich ihr Mut.
Ihr voluminöser Brustkorb hob und senkte sich. „Das war vor 'ner Woche oder zwei ... der Hansen hat mit zwei Anderen geflachst, wie sie einen der Schuldigen beiseite nehmen und ihn wegsperren würden und dass den hinterher niemand wiedererkennen würde ... derselbe rustikale Humor wie von dem Sönnichsen, nur ohne Reime ..."
Sie gab mir die Namen der Beteiligten und wirkte plötzlich gesünder. Das ist oft so. Viele Leute reagieren belebt, wenn sie und ihre Alltagsbeobachtungen durch unsere polizeiliche Aufmerksamkeit mit Bedeutung aufgeladen werden.
„Darf man fragen, was diese Befreiungsfront fordert?"
„Äh ... nein, besser nicht. Ermittlungstaktik. Aber hier ist meine Karte – falls Ihnen noch etwas einfällt oder Sie in Zukunft etwas Verdächtiges bemerken ..."
Ich verabschiedete mich und stürzte auf den Hausflur. Kaum dass Frau Mertinitz die Tür geschlossen hatte, hallte ein mächtiges Schlunzen durch das Treppenhaus.

Am Nachmittag nahmen wir uns einige weitere Rentenratten genauer vor. Sie hockten unglücklich im Präsidium und jammerten darüber, dass sie nicht wüssten, wie sie ihre Abwesenheit ihrem neuen digitalen Zeiterfassungssystem beibringen sollten. Wir heuchelten Verständnis, und die Anfangsverdächtigen wurden zugänglicher. Eine heiße Spur fand sich nicht, aber ein paar Anhaltspunkte. Wir setzten Beobachter auf Pietersen, Vollsen, Wittesen und die Tippner an. Merke: Man darf nie den Eindruck erwecken, man tappe immer noch im Stockdunkeln.

\*\*

## 14. Dienstag

Der Tod dem Programmierer frommt,
je früher er zu diesem kommt.

Ich hatte mir den gesammelten Schreibkram von meiner Scheidung ins Büro mitgenommen, verteilte Protokolle und Computerausdrucke zur Tarnung um mich herum und begann zu lesen. Katthöfer merkte von nichts, denn er hackte auf seiner Tastatur herum und fluchte vor sich hin.

Dann lachte er plötzlich irre. „Das glaubt uns niemand! Seit heute sind neue Abkürzungen in der EDV: Das Einbruchsdezernat heißt jetzt Eide, die von der Sitte findest du unter Side - da können wir nur froh sein, dass wir nicht mehr einfach das Morddezernat sind!"

Ich schnaubte nur und räumte meine Unterlagen weg. „Wir müssen gleich los, den Moelck ablösen."

Mein Assistent zog eine Schnute. „Der beschattet die Tippner. Hat gerade 'ne SMS geschickt, dass sie heute frei hat und in der Königstraße beim Einkaufen ist."

„Und deine Fratze drückt offenkundig aus, dass sie dir für eine Observierung zu unansehnlich ist. Du solltest dir lieber überlegen, wo wir einen Parkplatz finden."

„Ich hatte nur eben daran gedacht, wie öde es schon war, die *eigene* Frau beim Einkaufen zu beschatten."

Wir hatten nur ein paar Minuten Fahrzeit bis in die Innenstadt; ich stieg aus und überließ Katthöfer großzügig die Parkplatzsuche. Moelck und sein Objekt, ein grobschlächtiges Weibsbild, fand ich in der Jeans-Abteilung von Lancaster-Grosse, ich übernahm und folgte der Verdächtigen. Natürlich kam es, wie es kommen musste: sie trödelte durch die Abteilung für Damenunterwäsche! Und ich musste hinterdrein. Alle Anwesenden halten dich da drin als Mann ohne Anhang doch für einen alternden Lustmolch – *das* sind die wahren Härten unseres Berufslebens! Ich ziehe einen anständigen Schusswechsel mit ein paar Mafiosi jederzeit vor.

Und auf das fiese Grinsen von Katthöfer, der meine Lage sofort gepeilt hatte, konnte ich auch verzichten. Er spielte natürlich unverzüglich „zufälliges Treffen von Bekannten", wobei er laut und ausgiebig darauf herumritt, *wo* er mich entdeckt hatte.

Fast wäre uns der Grund unserer Anwesenheit darüber entwischt. Wir folgten der verdächtigen Person nach draußen und schoben uns hinter ihr durch die Menge der Geschenke-Einkäufer und Weihnachtsmarkt-Touristen. Die Tippner verschwand in der rundum verglasten Käthe-Wol-

lust-Bude vor dem Rathaus. Wir bezogen vor dem Ausgang des Supermarktes für Weihnachts-Holzschmuck Position, und da wir im Dienst waren, kauften wir uns keinen Glühwein, sondern nur Kakao. Trotzdem bekam mein Kollege plötzlich glasige Augen.
„Katthöfer, warum so abwesend?"
„Hör doch mal ..."
Über dem Geplapper der Menschenmenge lag eine sanfte Melodie:

*Es ist für mich eine Zeit angekommen,*
*da muss ich 'raus auf den Weihnachtsmarkt.*
*Hab' Programmierer mir dort vorgenommen,*
*doch später heißt es nur: Herzinfarkt.*
*Im Gewühl rück' ich an ihn heran,*
*Schritt um Schritt, Stück für Stück,*
*und dann setz' ich den Taser an.*

„Das gibt's ja gar nicht", flüsterte Katthöfer. Ich zuckte die Achseln: „Das gibt's schon, sogar schon länger."

*Er zuckt zusammen, ich ruf': „Ist ein Arzt hier?"*
*und fang' ihn in meinen Armen auf.*
*Die Augen brechen, dann wird er zu schwer mir,*
*am Boden tut er den letzten Schnauf.*
*Einer macht noch Notbeatmung,*
*Huff, huffhuff, hiff, hiffhiff,*
*stellt dann fest, der sei nur noch Dung.*

„Aber das ist doch ...!", fährt mein Assistent auf.
„... Aufforderung zur Straftat nach Hundertelf StGB", winkte ich ab. „Weiß ich alles. Damit lockst du keinen Weihnachtsmann hinterm Ofen hervor, und auch keinen Staatsanwalt."

*Es folgt wie immer noch eine Vernehmung,*
*doch ist der Fall ja nur allzu klar.*
*Denn soviel Glühwein und schlechte Ernährung –*
*so stellt es sich auch dem Notarzt dar.*
*Ich geh' noch zum Schokowaffel-Stand,*
*den Kakao in der Hand.*
*So ein Tagwerk ist wunderbar!*

„Das ist geradezu eine Betriebsanleitung!", regte sich Katthöfer auf. „Eine Gebrauchsanweisung, wie man missliebige Mitmenschen ungestraft aus dem Weg räumen kann! Ungeheuerlich!"

„Ja ja." Ich schubste ihn ein wenig. „Pass mal lieber auf, dass wir unser Beschattungsobjekt nicht verlieren! Sie hat nämlich zu Ende geshoppt."

Mit zwei großen Tüten in den Tatzen trat die Tippner aus der Tür und schob sich durch eine Gruppe brabbelnder Dänen in Richtung Hullsteinstraße. Wir folgten ihr. Wir folgten ihr noch länger, aber mehr gibt es beim besten Willen nicht darüber zu berichten.

Als ich vor dem Fernsehapparat aus dem Halbschlaf erwachte, lief eine Reportage über Heiße Flecken in der Stadt. Eine aufgerüschte Tussi plap-perte in die Kamera, wie toll sie es fände, dass man jetzt in der City von einem Heißflecken zum anderen surfen könne. Dann wurde eine Horde Privatfunker gezeigt, wie sie über die Dächer turnte und Antennen montierte, um diese „Hot-spots" zu einer Fläche zu vereinen. Ich sah mir den Kram bis zum Ende an, weil ich erfahren wollte, was denn nun endlich der Zweck des Ganzen sei. Aber das verriet mir niemand.

**\*\***

15. Mittwoch

„Heute haben wir etwas Flottes für dich", sagt einer der Wächter nach dem Frühstück. „Kennst du bestimmt: Männer sind Steine." Kurz darauf hört er, wie eine neue Kassette in den Recorder gerammt wird. Augen kann man zukneifen, Ohren nicht.

*- Der Spruch des Programmierers ist:*
*„Viel Feind, viel Ehr', drum mach' ich Mist."*
*Wie er das Echo wohl erträgt,*
*wenn er ein bisschen angesägt?!*
*Der Erste fiel noch etwas schwer,*
*er röchelt noch auf seinem Speer.*
*Der Zweite ging gut von der Hand,*
*denn ich erschlug ihn aus dem Stand.*
*Den Dritten hab' ich gleich gepackt*
*und seinen Kopf ganz klein gehackt,*
*und Deko wird die Nummer Vier,*
*weil ich jetzt ihr Gehirn verschmier'!*

*Programmiersäue*
*ziehen großen Hass auf sich.*
*Denn der keimt täglich aus Neue,*
*und nicht ein bisschen, sondern richtig!*
*Programmierratten*
*wühlen sich durch Bits und Bytes.*
*Drum nageln wir sie an Latten,*
*denn das hat 'nen besonderen Reiz.*
*Programmierschweine -*
*prügle sie, wo du sie siehst!*
*Mach diesen Drecksäcken Beine.*
*Bevor du sie gnädig erschießt!*

*- Der Fünfte hat zwar noch sein Hirn,*
*doch steckt ein Bolzen in der Stirn,*
*der nagelte ihn an die Wand,*
*wo er ein rasches Ende fand.*
*Zwei kommen aus dem Nebenraum,*
*ich sag' nur schnell noch: „Aus der Traum",*
*und jeder schluckt ein Sprenggeschoss,*
*worauf sich sehr viel Blut ergoss.*

*Ich lad' noch einmal kräftig durch
für einen Programmiererlurch.
Er hat das Leben sich verpatzt,
weil ihm jetzt rot der Kopf wegplatzt!
Der Rest wird dann hinweggemäht
von dem Gulaschnikow-Gerät;
ich schalte es auf Dauerschuss,
das gibt en gros den Todeskuss!*

*Programmierschweine
sind Sadisten erster Wahl.
Ausnahmen gibt's davon keine.
Darum verdienen sie
auch beste Qual!
Programmierärsche,
ich finde euch überall.
Es kostet nur etwas Recherche,
und ihr verendet im Feuerball.
Programmiersäue
brauchen einen frühen Tod.
Kill sie mit stets frischer Schläue.
Es schadet nichts, siehst du blutrot!*

*- Das Programmier'n wird ihm vergällt:
Sprung auf, marsch, marsch, ins Minenfeld!
Töt sie geschwind, so wie der Wind,
wenn's sein muss, auch mit Frau und Kind!
Zünd an des Programmierers Haus,
so rottest du sie gänzlich aus.
Blut füllt ein Flussbett bis zum Rand
als Warnung für das ganze Land!*

*Programmierschweine
bringen wir sehr gründlich um.
Ausnahmen machen wir keine.
Denn da wär'n wir ja schön dumm!
Programmierratten,
fühlt ihr unsern heißen Hass?
Versteckt euch lieber im Schatten,
sonst schicken wir euch ins Gas!*

*- Ich sehe schon seit langem rot,
drum mach' ich Programmierer tot;
ich trinke kalt ihr schales Blut,
zu kühlen meine heiße Wut!
Man nennt mich „Henker Gnadenlos",
doch das ist Euphemismus bloß.
Denn ich hab' einen üblen Hang:
ich foltere gern wochenlang!*

*Programmierschweine
haben alles das verdient!
Und damit steh' ich nicht alleine –
bei dem Gedanken so mancher grient!
Programmiersäue,
ich bin eure Nemesis!
Mein Hass hält euch stets die Treue.
Ich reduzier' euch auf Fliegenschiss!
Programmierferkel
sind vom Aussterben bedroht.
Ihr seid so nützlich wie Tuberkel!
Und hoffentlich bald alle tot,
bald alle tooot!*

Die beiden Wächter grölen hin und wieder mit, schlagen sich auf die Schenkel und grunzen vor Lachen. Der Gefangene bezweifelt, dass sie Begriffe wie „Euphemismus" oder „Nemesis" wirklich verstehen. Aber das hilft ihm auch nicht weiter. Er klammert sich an den Gedanken, dass er immer schon einmal Diät hatte halten wollen. Mittlerweile ist das gewiss nicht mehr nötig.

Heute keinerlei Ermittlungsfortschritt. Zum Kotzen.

**\*\***

## 16. Donnerstag

*- Nun komm schon her, ich erlöse dich von deiner Existenz!*
*(Programmiererschwein)*
*Mit diesem Mai feiertest du deinen allerletzten Lenz.*
*Bald ist es gut,*
*und du liegst still in deinem Blut.*
*(Und-das-muss-so-sein)*

„Nein!", schreit der Gefesselte auf. „Nicht Uda Goergens! Den *Türkischen Wein* werdet ihr nicht verhunzen!" Doch der Kassettenrecorder fährt ungerührt mit dem Refrain fort:

*Programmiersau,*
*hast du denn auch große Schmerzen?*
*Ich weiß genau:*
*wir wünschen sie dir von Herzen!*
*Auf diese Art*
*kriegst du schließlich alles nur zurück,*
*du blödes Stück!*
*Programmierschwein,*
*heut' woll'n wir das Fell dir gerben!*
*Und du siehst ein:*
*daran wirst du langsam sterben!*
*In diesem Amt*
*bist du nämlich mehr als nur verhasst*
*und eine Last!*

„Nicht Uda Goergens", wimmert der Mann auf dem Stuhl vor sich hin. „Ihr Schweine! Alles, aber nicht Uda Goergens ..."

*- Dreh dich mal um, bist du nicht so'n mieses Programmiererschwein?*
*(Oh-ja-das-kann-sein)*
*Dann halt jetzt still, denn ich hack' dich unverzüglich klitzeklein!*
*Die Existenz*
*beendest du mit Flatulenz.*
*(Und-mit-lautem-Schrei'n)*

Der Gefangene läßt den Kopf hängen und schluchzt. Mit mechanischer Gnadenlosigkeit schließt sich der Refrain an:

*Programmchaot,*
*täglich kostest du uns Nerven!*
*Wir sehen rot,*
*wenn wir nicht das Handtuch werfen.*
*Ich weiß genau,*
*so wie du „denkt" sonst kein einz'ger Mann*
*und keine Frau!*
*Programmierschwein,*
*hörst du uns die Messer wetzen?*
*Kopfgeld ist fein.*
*Wir woll'n dich zu Tode hetzen.*
*In dieser Stadt*
*wird für dich nie mehr ein Plätzchen sein:*
*Du bist Gebein!*

    Mit lautem Klacken wird der Kassettenrecorder abgeschaltet. Er hört den Wächter brummen:
„Da werd' ich mal nicht so sein. Ist ja auch bald Weihnachten. Ich glaube, wir haben da sogar was Passendes ..."
    Eine neue Kassette wird hineingeschoben und rastet ein. Der Entführte reißt sich die Handgelenke blutig. Im Reflex hat er sich die Ohren zuhalten wollen, aber die Hände sind gefesselt wie immer. Der Wächter lacht schallend und drückt auf *Play*.

*Alle Tage wieder*
*fährt ein Fehlertext*
*wie ein Fluch hernieder*
*und dein Unmut wächst.*

*Brennt mit bösem Grinsen*
*sich in die Netzhaut ein.*
*Du gehst in die Binsen,*
*bist du mit ihm allein!*

*Doch es gibt die Mittel,*
*sich ihrer zu erwehr'n*
*und bei Programmierers*
*einmal frisch auszukehr'n!*

*Colt und Strick und Messer*
*fall'n mir als Erstes ein.*

*Doch es geht noch besser:*
*Halt die Bazooka 'rein!*

*Leichen zu zerteilen*
*macht bestimmt keinen Spaß.*
*Doch für Programmierer,*
*da überdenkst du das.*

*Du sollst ins Gefängnis.*
*Na, das muss erstmal sein.*
*Doch plädier auf Notwehr,*
*denn das sieht jeder ein!*

*Dann kommst du ins Fernseh'n*
*und wirst der große Held.*
*Und der Mensch befreit sich*
*überall auf der Welt!*

*Wer auch nur mit Handy*
*sich nochmal blicken lässt,*
*wird straffrei erschossen:*
*Digital ist die Pest!*

„Da wird einem doch so richtig weihnachtlich ums Herz", schmunzelt der Wächter. „Ach, ich hab' ja Marzipan mit!" Es knistert. „Mmm ..."
„Ihr seid doch irre!", schreit der Gefangene. „Ohne uns wär' schon alles den Bach 'runter, ihr Spinner! So sieht's doch aus! Sicher, es gibt immer mal wieder Programme mit Glitches, aber da leiden wir doch genauso drunter ...!"
„Apropos Glitsch", murrt der Wächter, greift zum Knebel und stopft das mit Speichel und Staub beklebte Stoffstück dem Störenfried wieder in den Mund.

Auch heute kein Ermittlungserfolg. Die Westphal wird schon hibbelig. Aber wenigstens war der Tag ohne Milchgesicht!

**

## 17. Freitag

Wenn einem soviel Scheiße widerfährt,
das ist so manchen Griff zur Programmierergurgel wert!

Gleich morgens lief mir der Dötschke über den Weg, hektisch wie immer. Ich versuchte ihn zu bremsen: „Moin, Trötschke! Was macht dein Mobbingopfer?"
„Was? Ach so, die Westensee. Die macht jar nischt mehr. Ich häng' jetzt an mit einer vermutlichen Brandstiftung. Der *Game Shop* im Sperber Center ist vorgestern ausgeraubt und angezündet worden."
„Dann sollten die sich in *Game Stop* umbenennen."
„Witzig, dass du das sagst, denn wir haben einen Bekennerbrief, der so ähnlich argumentiert. Angeblich von einem energischen Flügel des *Bündnisses besorgter Eltern* ..."
„Potzblitz."
„Quatsch natürlich. Da haben Halbstarke den Laden leergeräumt und wollen das Zeug verticken; die Brandstiftung war zum Spurenverwischen. Der Bekennerbrief ist nur Nebelkerze, wenn du mich fragst."
Trötschke der Dötschke. „Tu ich nicht, keine Angst."
„Ich könnte das allerdings verstehen, ich meine, wenn das das *BBE*, also Eltern gewesen wären. Ich hab' ja selber zwei Söhne. Der ältere bringt dem jüngeren gerade bei, wie man das Monstermorden bei *World of Bloodshed* optimiert ..." Er verdrehte die Augen, was sein Aussehen keineswegs optimierte. „Da fragt man sich, wo soll das enden?"
„Aber was war denn nun mit der Westensee?"
„Ja, wie gesagt, die macht gar nichts mehr. Du weißt ja, bei Mobbing können wir nicht viel tun, schon mangels Personal. Na, sie hat den Druck nicht mehr ausgehalten und ist gestern in der Badewanne über'n Jordan."
„Ein feuchter Abgang ... Tabletten oder Schlagader?"
„Beides. Der Ehemann kam nach Hause und sah rot, ich kann dir sagen!" Trötschke schaute gehetzt den Gang rauf und runter. „Ich muss weiter, man sieht sich."

Mit dem Kaffeebecher zwischen den Fingerspitzen betrat ich mein Büro. Katthöfer war bereits körperlich anwesend und warf von seinem Platz aus Papierkügelchen in meinen Abfallkorb.
„Also nichts Neues."
„Du sagst es, Leitwesen. Wir haben rund um die Uhr observiert – und fühlen uns abserviert."

„Denk dran: kein Ergebnis ist auch ein Ergebnis. Wir haben nichts gefunden, also haben diese Rentenbrüder auch nichts mit der Entführung zu tun."

„So siehst *du* das."

Es gelang mir, den Kaffeebecher abzustellen, ohne eine ernsthafte Verbrühung davonzutragen. „Ich bin der mit der Nase, nicht du!"

„Schön." Katthöfer klang ungeduldig. „Und wie geht's weiter?"

Mein tiefes Seufzen wurde zum Schlunzen. Ich öffnete meine Krimskramsschublade und zog den Erpresserbrief hervor. „Gib das mal der Spusi."

Katthöfer nahm das Kuvert, starrte auf den Eingangsstempel und dann auf mich. „Von Montag!? Die Westphal wird uns in der Luft zerreißen, wenn sie das sieht."

„Das muss sie ja nicht. Außerdem hatte das ermittlungstaktische Gründe. Und jetzt hopp hopp."

Mein Assistent verschwand. Tja, auch er muss noch manches lernen. Ich legte die Füße hoch und versank in ermittlungstaktischem Nachdenken.

Aus dem ich von unserem blassen Computervirus rabiat geweckt wurde. „Herr Kommissar!" Er rüttelte mich an der Schulter, bis mein Blick ihn wegstieß. „Herr Kackstuhl, Sie sollen zur Besprechung zur Staatsanwältin kommen, dringend!"

„Herr Dölle! Ist es in Ihren Kreisen üblich, einander mit herabwürdigenden Spitznamen anzureden?! Falls ja, machen Sie das bitte *nur* dort! Man nennt mich so, ja, aber doch nur, wenn ich nicht dabei bin, Sie Nichtsmerker!"

„Aber ..."

„Schnauze, Sie Tastaturtunte! Ist die Besprechung bei Frau Westphal oder woanders?"

„Im Raum für die große Lage ... Lagebesprechung ...", stammelte er und wurde zur Abwechslung dunkelrot.

Ich stand auf. „Danke. Hierbleiben und Stellung halten."

Die Staatsanwältin zog die Brauen zusammen, als ich eintrat, sagte aber nichts, sondern wandte sich wieder an den Mann, dem ich solange wie möglich aus dem Weg hatte gehen wollen: Riesig und bauchig, mit Sakko und breitem Schlips und einem Zwölftagebart – Innensenator Schöll, Parteigänger der radikalen Mitte und äußerst anstrengend im Umgang. Außerdem trat natürlich der kleine Glatzkopf, unser Polizeipräsident, auf, womit mein Bedarf an Wichtigtuern endgültig gedeckt war. Alle standen um einen Tisch herum, auf dem vergrößerte Kopien der beiden Erpresserbriefe ausgebreitet lagen.

„... aber durch die Forderung der Entführer wird die Öffentlichkeit involviert, darum habe ich Sie hinzugebeten", sagte die Westphal gerade zum Schöll. „Meiner Meinung nach sollten wir zuerst eine Marschrichtung festlegen, wie wir mit dieser Entführung umgehen wollen, bevor ..."

„Ich hab' gleich noch einen Termin", grummelte der Senator und sah auf die teure Uhr an seinem borstigen Handgelenk.

„Was ist Ihre Haltung zu dieser Sache?", fragte mich der Polizeipräsident betont bemüht. Offenbar hatte Herr Schöll seine Zeitnot bereits öfter angeführt.

„Es sind auf jeden Fall Amateure", fasste ich zusammen. „Was die Sache aber nicht einfacher macht, denn die sind unberechenbar. Es scheint sich um eine Gruppe mit ganz speziellen Zielen zu handeln, aber worauf sie hinauswollen, werden wir vermutlich erst in der Fernsehsendung erfahren. Wenn wir uns darauf einlassen wollen ..."

„Je nun, das müssen wir wohl", brummte der Senator. „Moment, ich werd' mal den Termin absagen ..." Er fummelte ein Handy hervor, das in seinen Pranken Verstecken spielte, und ging drei Schritte beiseite.

„Was diese Ziele angeht", sagte der Präsident, „so hatten wir bisher mit so etwas noch nicht zu tun, soweit ich weiß?" Seine Augenbrauen erkletterten seine geräumige Stirn, während er die Staatsanwältin von schräg unten fixierte.

„Ziele, für die ich zur Zeit ein gewisses Verständnis aufbringe!", schnaufte der Innensenator. Seine dicken Finger drückten wütend auf dem Handy herum. „Mistding!"

„Nein", antwortete Frau Westphal, „und wie es unser Hauptkommissar schon sagte – wir werden erst in der Sendung erfahren, was die Forderungen dieser Leute sind. Das gefällt mir genauso wenig wie Ihnen ..."

„Habe ich dann also grünes Licht für den roten Streifen?", fragte ich, um die Sache abzukürzen.

„Wie? Ja ... ach so, ja." Der Schöll bezwang seine Verwirrung. „Signalisieren Sie diesen Entführern unser Einverständnis. Mein Pressereferent wird den Fernsehsender kontaktieren."

„Ja genau!", trat der Polizeipräsident nach. „Wochenende ist gestrichen! Und lassen Sie sofort diesen roten Streifen an der Bushaltestelle anbringen, sofort und umgehend!"

„Danke, das kann ich noch selbst."

Vor dem Besprechungszimmer hielt mich noch einmal die Staatsanwältin zurück. „Nach der Sendung verfolgen wir diesen Abgesandten selbstverständlich. Aber ...", sie sah mich bedeutungsvoll an, „... aber so vorsichtig wie nur irgend möglich! Dass das klar ist! Keine Elefanten im Porzellanladen, das Porzellan ist in diesem Fall ein Menschenleben!"

„Keine Porzellanelefanten, jawohl. Ich werde Herrn Katthöfer ausrichten, wie sehr sie seine Fähigkeit zu mangelnder Unauffälligkeit schätzen", grinste ich.

Ich ging ins Büro, wo mein Assistent noch einmal bei der Sichtung der Videos vom Haupteingang saß, und informierte ihn von der Entwicklung. Dann schaute ich noch rasch bei der Spusi vorbei. Das Vollmondgesicht der Köbsch leuchtete mich an: „Der neue Brief ist genau wie der erste ohne fremde Fingerabdrücke, er ist auf Briefpapier von Hänicke geschrieben und mit einer Arrabiata XS getippt. Das ist eine italienische Reiseschreibmaschine aus den Siebzigern, aber sehr dauerhaft. Ich hab' selbst so eine zu Hause, irgendwo im Keller ..."

„Knapp, präzise, informativ und mit human touch", lobte ich. „Ich würde Sie dafür küssen, wenn ich nicht wüsste, dass Herr Katthöfer die älteren Rechte hat."

Die Kulleraugen fielen ihr fast aus dem Gesicht. „Herr Katthöfer?! Ältere Rechte? Wovon reden Sie?"

„Ich bin schon weg."

Erst im Bus ging mir auf, dass ich keine Sprühdose mit roter Farbe mitgenommen hatte. Also sprühte ich mit der blauen Farbe, die sich noch in den Tiefen meiner Tasche fand, groß und breit die Worte „ROTER STREIFEN" auf die Rückwand des eingeschneiten Wartehäuschens. Daraufhin bekam ich Ärger mit drei Passanten, die mich entrüstet anpöbelten und festhalten wollten, bis die Polizei käme. „Na warte!" „Unerhört ist das!" „Dass Sie sich nicht schämen!" Ich entsann mich einiger nützlicher Nahkampfgriffe. Nach Anwendung derselben ging ich vergnügt nach Hause.

**

## 18. Sonnabend

Wann ist uns der Tag verdorben?
Kein IT-ler ist gestorben!

Natürlich empfing mich mein Assistent mit langer Leidensmiene. „Gut, dass der Präsi *dich* hierhaben will, kann ich ja verstehen, aber was soll *ich* denn hier? Ich hab' so Kopfweh, das kannst du dir gar nicht vorstellen ..."

Ich schnitt ihm die Heulerei mit einem lauten Schlunzen ab. „Was du hier sollst? Zunächst mal: die Videos vom Haupteingang! Hat sich da jemand angefunden, den wir von dem ersten Brief schon kennen?"

„Ich bin noch nicht fertig damit ..."

„Na also, dann *hast* du ja was zu tun! Und danach kannst du das Gelände des Fernsehsenders in Augenschein nehmen und die Planung machen für das Abfassen und die Beschattung des albernen `Emissärs´, den uns diese Befreiungsfront schicken will."

„Echt?" Katthöfer strahlte. „Ich darf das machen?"

„Ja. Da brauchen wir ein größeres Team, such die besten Leute 'raus. Und bete, dass nicht irgendjemand auf die Idee kommt, das LKA um Hilfe zu bitten, wegen überregionaler Belange. Dann haben wir nämlich beide über kurz oder lang nichts mehr zu melden."

„Nein, klar, ich krieg' das hin."

„Besser wäre das, denn wenn nicht, habe ich einen kapitalen Sündenbock, und du bleibst der ewige Kriminalkommissar mit Ausgleichszulage."

Katthöfer fiel in sich zusammen. „Schon tut mir wieder der Kopf weh."

„Das tut mir leid für deine Kopfschmerzen, dass sie dich schon wieder ertragen müssen."

Die Tür klappte auf, und ein bleicher Hänfling trat in den Raum. Ich drehte mich zu ihm: „Ach, Herr Dölle! Was wollen Sie denn hier?"

„Es hieß doch, das Wochenende sei gestrichen ..."

In meinem sanftesten Tonfall unterbrach ich ihn. „Aber das gilt doch nur für *erwachsene* Mitarbeiter, Herr Dölle."

Wider Erwarten begann Katthöfer nicht zu wiehern, sondern sagte zu der fahlen Heimsuchung: „Wunderbar, dass Sie kommen. Sie können die Video-Aufnahmen vom Haupteingang zu Ende sichten." Und zu mir, achselzuckend: „Was denn? Wir können einen dritten Mann gut gebrauchen! Ich muss mir den Fernsehsender angucken. Und du musst ... tja, was du halt so tust, wenn du die Arbeit verteilt hast ..." Er lächelte süffisant.

„Nachdenken, Katthöfer. Ich muss nachdenken." Ich legte die Füße auf den Schreibtisch und die Hände hinter den Kopf. „Denn du wirst zugeben: das macht am besten jemand, der sich damit auskennt."

Tatsächlich keimte binnen kurzem ein Gedanke aus meinen genialischen Gehirnzellen. Ich wendete ihn nach links und rechts, ließ ihn durch die Synapsen rollen und stand dann auf. Verschreckt sah Magermilch von seinem Bildschirm zu mir herüber.

Ich griff mir Mantel und Mütze. „Ich mache einen Ausflug. Falls jemand fragt – ich bin im Lauer Forst. Und falls jemand nachfragt: Ja, es ist dienstlich."

Eine halbe Stunde später pflügte ich durch knietiefen Schnee und wünschte mir Stiefel herbei. In der Reihenhaussiedlung am Waldrand waren die Wege geräumt, aber zum Wald hin war damit natürlich Schluss. Unter den ersten Bäumen duckte sich ein grauer Schuppen. Ein von Hand gepinseltes Schild verkündete jedem, dass dies der bescheidene Sitz des *Frühbeker Vereins für Feldbogenschützen* sei. Aber außer mir interessierte das niemanden.

„He, Sie!" rief ein schneeschaufelnder Reihensiedler von den Häusern herüber. „Wenn Sie die suchen, die sind im Wald drinne für ihren bekloppten Sport."

„Sehr freundlich", schrie ich zurück.

„Aber passen Sie auf, dass sie keine Pfeile abkriegen!" Ich winkte ihm zum Dank zu und stapfte auf dem nächsten Waldweg zwischen die Bäume.

Es ging eine kräftige Brise, von oben knarrte es pausenlos wie auf einem Segelschiff. Niemand war zu sehen. Aber irgendwo mussten diese Hobbyschützen doch stecken. Ich latschte tiefer in den Wald.

Anstelle eines Menschen entdeckte ich ein Tier. Ein Reh stand regungslos im Schnee und guckte mich an. Ich verließ den Waldweg und näherte mich dem Tier, aber es lief einfach nicht weg. In drei Metern Entfernung warf ich die Arme hoch und rief „Husch".

Das Reh bewegte sich immer noch nicht, aber in den Buchenstamm neben mir bohrte sich mit einem satten „TZONGG" ein Pfeil. Es gelang mir einigermaßen, meine Menschenwürde zu bewahren.

„Passen Sie doch auf!", bölkte jemand.

Das brachte mich aus der Deckung. „Man wird doch noch Spazierengehen dürfen in einem öffentlichen Wald!", schrie ich zurück.

Eine Art Robin Hood tauchte zwischen den kahlen Büschen auf, nur die Fellmütze und die gelbe Warnweste verdorben das Bild. Trotz der Weste hatte ich ihn nicht gesehen, denn ich hatte nur auf das künstliche Reh geachtet. Das sollte einem Polizisten nicht passieren.

„'Tschuldigung, wir haben uns nicht vorstellen können, dass bei dieser Witterung jemand durch den Wald läuft", rechtfertigte sich der gelbe Bogenschütze. „Außerdem haben wir an fast jedem Waldweg ein Warnschild aufgestellt."
„An *fast* jedem. Muss wohl."
Der königstreue Freiheitskämpfer kratzte sich das Ohr. „Äh, ja ... Das tut mir ehrlich leid."
„Ist ja nichts passiert. Was soll das hier eigentlich vorstellen?"
„Wir machen Drei-D-Schießen." Als er merkte, dass mir diese Erklärung nichts erklärte, fuhr er fort: „Das ist intuitives Bogenschießen, wie in Steinzeit und Mittelalter. Wir schießen nicht mit High-Tech-Geräten an einem Schießstand auf bunte Kreise, sondern mit relativ einfachen Bögen wie früher in der Natur auf Tiere ..."
„Und Menschen."
„Nein, nicht absichtlich." Robin Hood sah betreten zu Boden. „Und wir nehmen auch nur diese Schaumstoff-Tiere. Oder Silhouetten aus Pappe. Aber die kann man jetzt nicht aufstellen, weil es zu feucht ist."
Ich räusperte mich. „Weshalb ich eigentlich hier bin." Ich zeigte ihm meine Dienstmarke, und er wurde weiß wie der Schnee. „Sagt Ihnen der Name Teichgräber etwas?"
„Klar, der ist ja im Verein. Aber er ist doch entführt worden, das stand in der Zeitung ..." Er wurde noch weißer und fragte beeindruckt: „Sind Sie der, der deswegen ermittelt?!"
„Neben anderen. Wir tun unser Bestes."
„Oah, wenn ich das im Verein erzähle ... Haben Sie auch mit Mord zu tun?"
„Mehr als guttut." Ich zog mein Notizbuch hervor. „Sagen Sie, der Herr Teichgräber, war der oft hier, ich meine, hat er oft bei diesen Jagden mitgemacht?"
Der Rächer der Entfärbten nahm die Mütze ab und scheuerte sich die Stirn. „Jedes zweite Wochenende vielleicht ..."
„War er mit jemandem im Verein besonders befreundet?"
„Da haben Sie Glück: mit mir. Obwohl Freund etwas zu viel gesagt ist."
„Weshalb hat er gerade diesen Sport ausgeübt?"
„Als Ausgleich für die Büroarbeit, wie die meisten von uns. Man kriegt den Kopf frei ..."
„Falls vorher was drin war. Halten Sie es für möglich, dass er seine Entführung vorgetäuscht hat?"
„Was? Nee."
„Hat er sich bei jemandem unbeliebt gemacht?"

„Glaub' ich nicht. Jedenfalls nicht bei uns. Er hat mal was geredet von Ärger auf der Arbeit, aber genauer weiß ich das nicht. Er hat irgendwas mit Computern gemacht ..."

„Hat er einmal eine Befreiungsfront erwähnt?"

„Wie bitte? Hihi ... nein, der war ziemlich unpolitisch. Sowas gibt's ja auch nur in Afrika."

„Könnte es sein, dass er Schulden hatte und ist deshalb untergetaucht?"

Der Beschützer von Witwen und Waisen kam aus dem Kopfschütteln nicht mehr heraus. „Nee, der verdiente ganz gut, denk' ich. Aber er ist doch entführt worden, das stand in der Zeitung ..."

„Und wenn nichts los ist, steht auch in der Zeitung, wie Nessie und der Yeti via Fratzbuch Freundschaft schließen! Wir müssen in alle Richtungen ermitteln. Ist er mal bedroht worden oder hat sich bedroht gefühlt?"

„Nicht dass ich wüsste."

„Knatsch mit der Exfrau?"

„Der war gar nicht verheiratet ..."

„Dann mit der Exfreundin?"

„Keine Ahnung." Er nagte an der Unterlippe. „Wir kriegen doch keinen Ärger wegen vorhin, na ja, weil wir den Wald unsicher machen?"

„Nicht mein Ressort. Das war dann alles. Danke, Herr ..."

„Sonnenschein."

„Danke, Herr Sonnenschein, Sie haben uns sehr geholfen."

Sein Gesicht bekam Farbe und Grinsen. „Tatsächlich?"

„Nö. Der Spruch ist nur Polizistengewohnheit."

Im Foyer des Präsidiums fiel mich eine untersetzte Dame an, die mir vage bekannt vorkam. „Sie waren so nett, Sie können mir bestimmt helfen! Ich wurde gelöscht, es gibt mich nicht mehr!"

Ich schob sie von mir weg. „Sie sind aber doch Frau Mertinitz?" Ihre Haare waren wirrer denn je.

„Ja, als normalen Menschen gibt es mich noch ..." Sie atmete schwer. „Aber im Internet! Jemand hat meine Internet-Konten gehackt und so getan, als sei er ich ... Das ist mir erst ab gestern so langsam klar geworden, weil ich mich da wieder gesund genug fühlte für den Bildschirm ... Stellen Sie sich vor, meine Freundinnen von früher gehen jetzt davon aus, ich hätte ein Kind bekommen – in meinem Alter! – und wohnte mit einem Kapitän in Potsdam!"

„Potzblitz."

„Nein, Potsdam! Ist ja egal ... Außerdem hab' ich jetzt zweitausend Euro Schulden, weil ich einen Festsaal da angemietet haben soll, für die Hochzeit!" Sie wurde allmählich schrill. „Und ich kriege E-Mails, in denen sich

die Hälfte meiner Freundinnen beschwert, weil sie nicht eingeladen worden ist! Und andere E-Mails von der anderen Hälfte, wie ich meinem Mann so etwas antun konnte, und dass sie nichts mehr mit mir zu tun haben wollen!" Sie packte meine Oberarme überraschend handfest und schüttelte mich. „Mein Leben ist aus den Fugen!... Aus den Fugen!"
„Bitte bewahren Sie Ruhe." Gut gesagt. Wie sollte sie etwas bewahren, das sie nicht mehr hatte. „Gewiss lässt sich das alles klären. Nur bin ich dafür gottsei – leider nicht zuständig. Aber ich begleite Sie selbstverständlich nach oben zu den Kollegen im dreizehnten Stock, die kennen sich mit Internetkriminalität bestens aus. Ich bin mir sicher, da sind Sie gut aufgehoben."
Der Pförtner sah mir erleichtert hinterher.

Katthöfer war schon zurück und dabei, den Übersichtsplan für das Gelände des Fernsehsenders zu vergrößern. „Wo hast du dich herumgetrieben, Leiterchen?"
Ich sagte es ihm.
„Und warum heute?"
„Weil man solche Vereinsmeier nur am Wochenende zu fassen bekommt, was sonst. Wo hast du diese Zeichnungen her?" Gemeint waren einige Außenansichten des Funkhauses, die eine gewisse Beherrschung der Perspektive verrieten.
„Selbst gemacht. Nur was man abzeichnet, hat man auch genau gesehen."
„Erklär das mal Leuten wie Dölle ..."
Weiter geschah an diesem Tag nichts.

Heute ist nicht der Gesprächige, sondern der Stumme für seine Bewachung da. Zum Ausgleich stellt der Stumme den Kassettenrecorder lauter. Fromme Weihnachtslieder mit teuflischem Inhalt hallen durch den Raum. Es gibt den üblichen Kartoffelbrei morgens und abends. Weiter geschieht an diesem Tag nichts.

\*\*

## 19. Sonntag (vierter Advent)

*Guten Tag, Feinde.*
*Es ist Zeit für euch, zu geh'n.*
*Was ich noch zu sagen hätte,*
*das erzähl ich per Lafette.*
*Bleibt an der Wand dort steh'n!*
*Oder sucht panisch das Weite –*
*das Ding streut schön in die Breite.*
*Das werdet ihr schon seh'n!*

„Jetzt auch noch Reinhold Frey?!", schreit der Gefangene. „Ist euch wirklich nichts heilig! Ihr seid doch Kulturbanausen!"
Wider Erwarten wird der Kassettenrecorder ausgeschaltet. Er schweigt verblüfft. Jemand ist da, steht vor ihm. Der Würgermeister? Er kann kein Rasierwasser riechen, aber das ist kein schlüssiger Beweis dafür oder dagegen.

„So, da bist du also. In einem feuchten, stinkenden Kellerloch, wie es dir gebührt. Scheuern die Fesseln? – Dann ist es gut.
Du fragst dich bestimmt, warum wir dich entführt haben. Tja, die Meisten hier arbeiten bei einer Versicherung. Und du, du bist Programmierer bei derselben Versicherung. Na, klingelt's? – Stimmt. Das ist kein Zufall.
Kennst du auch diesen Spruch, der besagt, jeder Mensch hätte ein Schild um den Hals, auf dem steht: „Ich möchte wichtig sein"? Weißt du, als das neue Programm bei uns eingeführt wurde, da konnten wir uns des Eindrucks nicht erwehren, dass gegen dieses Prinzip in eklatanter Weise verstoßen wurde. Denn der haarsträubende Unsinn des vorherigen Programms wurde mit dem neuen Programm gleich mehrfach übertroffen! Und unsere Beschwerden wurden mit halbem Ohr „zur Kenntnis genommen". Obwohl wir die Hauptarbeit machen. Die Hauptarbeit, die wir mit diesem Programm machen sollen! Da fühlten wir uns nicht wichtig. Da fühlten wir uns: links liegen gelassen! Und wer war es, der dieses neue Programm mit rauchender Nadel gestrickt hat? – Stimmt. Du und deinesgleichen.
Was murmelst du? Ach, es tut dir leid. Hört mal, Jungs, es tut ihm leid! Jetzt tut es ihm leid! Bisschen spät, hm? – Ich glaube ja eher, dass *du dir* leidtust. Denn immerhin bist du uns wehrlos ausgeliefert. Wir könnten jetzt gehen und einfach vergessen, dass du hier bist. Niemand würde dich finden, und da du als Nahrung nur deine eigenen Tränen, das Was-

ser an der Wand und die Kakerlaken hättest, die dir übers Gesicht laufen, würdest du langsam verdursten oder verhungern.

Aber wir bleiben. Das beruhigt dich? Das sollte es nicht. Allerdings werden *wir* gegen das vorhin erwähnte Prinzip nicht verstoßen. Denn du bist uns wichtig. Sogar sehr wichtig. Ganz besonders wichtig sind uns weitere Namen der Programmierer, die mit dir zusammen diese Heimsuchung verbrochen haben! Wenn du uns diese Namen gibst, könnte es sein, dass wir Gnade walten lassen. Nicht, dass wir dich laufen ließen. Das denn doch nicht! Aber wir würden es, sagen wir, eventuell einrichten, dass sich dein Tod nicht ganz so lange hinzieht.

Riecht mal, Jungs! Da macht sich einer in die Hosen vor Angst. Na, passt du dich olfaktorisch schon an dein letztes Domizil an? Das ist der Geruch der Hoffnungslosigkeit. Ein anderer Geruch der Hoffnungslosigkeit umwabert uns jeden Tag acht Stunden lang, die wir vor den Bildschirmen sitzen. Aber nein, ich vergaß! Wenn wir dieselbe Menge schaffen wollen wie mit dem alten Programm, dann müssten wir ja täglich mindestens elf Stunden vor den Bildschirmen sitzen!

Und weißt du, was das bedeutet? Schaut mal, Jungs, da guckt er dämlich! Es ist doch klar, was das bedeutet: Du und deinesgleichen, ihr raubt uns Lebenszeit! Und nun überleg einmal, wie viele Leute euer neues Programm benutzen müssen. Wie viele Extrastunden da in einer bundesweiten Versicherung zusammenkommen, und nur weil ihr geschlampt habt …! Ist es da nicht nur gerecht, wenn wir euch als den Verursachern auch etwas Lebenszeit wegnehmen? Das ist eine einfache Rechenaufgabe. Zeit gegen Zeit.

Nun, wenn du aus irgendeiner verdrehten Loyalität heraus die Namen deiner Komplizen für dich behältst, dann wären wir natürlich gezwungen, all diese Zeit alleine bei dir abzuziehen. Das hieße, du hättest bereits überzogen, aber sowas von! Wenn du uns hingegen die Namen deiner Mitverbrecher zuflüsterst, hast du vielleicht noch ein paar Monate. Natürlich nur in diesem Loch, aber immerhin. Vielleicht lockern wir dir sogar die Fesseln und stellen dir, damit du dich wie zuhause fühlen kannst, einen kaputten Laptop hin, wer weiß?

Der murmelt wieder. Hm, was sagst du? Erpressung. Ach nein. Du machst dich vieltausendfacher Nötigung schuldig und jammerst wegen Erpressung!? Haltet mich fest, damit ich ihn nicht auf der Stelle zusammenschlage!

So, jetzt bin ich wieder einigermaßen beruhigt. Es ist nicht Erpressung, mein Lieber, es ist konstruktive Toleranz. Ich habe dir deine Wahlmöglichkeiten aufgezeigt – und die jeweiligen Folgen. Und jetzt, jetzt lassen wir dir die Wahl. Etwas, das du und deinesgleichen uns gegenüber übrigens *nicht* getan haben!

Da flüstert er. Er flüstert Namen, sogar Adressen! Schreibt jemand mit? Horcht mal, der wird ja richtig kooperativ! Wärst du das mal früher gewesen, als es darum ging, das neue Programm zu schreiben, dann hätten wir uns und dir dieses unangenehme Kellerloch ersparen können …

Wir haben nachgerechnet. Deine Komplizen sind leider alt genug, dass wir von *deiner* Lebenserwartung wahrscheinlich immer noch jede Menge abzuziehen haben. Aber wir tun es nicht. Wir machen uns an dir doch nicht die Hände schmutzig. Da bist du erleichtert, was? Guckt mal, Jungs, wie er aufblüht! Nein, wir tun es nicht, obwohl es uns schwerfällt. Stattdessen werden wir alle deine Kumpane fangen, ihnen erklären, *warum* wir sie gefangen haben und dass *du* sie verraten hast. Und dann werden wir sie zu dir in diesen Raum sperren …

Den Rest kannst du dir ja denken. Auch ohne Computer."

**\*\***

## 20. Montag

Der Programmierer kriegt nichts mit?
Spaltet ihn von Stirn bis Schritt!

Nachdem der Sonntag mit der Aufbereitung der gesammelten Hinweise und der Verfeinerung des Katthöferschen Beschattungsplans geruhsam vergangen war, suchte uns am Montagmorgen die Aktionsgier eines gut ausgeschlafenen Innensenators heim, der seine Gelegenheit zur politischen Profilierung am Schopf ergriff und schüttelte. Kaum hatte ich den Kaffeebecher auf meinem Schreibtisch abgestellt, klingelte das Telefon! Es war der Presseheini des Senators, der mich zum Immediat-Vortrag ins Rathaus beorderte. Selbstverständlich formulierte er das wesentlich höflicher, das änderte aber nichts am Inhalt.

Ich fluchte und grub in meiner Schublade nach dem Klips-Schlips. Katthöfer kapierte sofort: „Ja, dich laden Sie ein ins Rathaus, und für dich ist das nur nervtötend! Ich, ich würde mich geehrt fühlen, aber ich darf da nicht hin."

„Ich bin nun mal der Leithammel hier, aber tröste dich: Die haben mich auch nur deshalb eingeladen, weil der Schöll mit der Westphal nicht kann. Allerdings hat niemand gesagt, dass ich dich nicht mitbringen darf. Wenn du in die Puschen kämst ..."

Mein Assistent stellte einen Rekord im Anziehen auf.

Der Senator schwang eine Rede, obwohl sein Publikum nur aus zwei Kriminalern, dem Sekretär und dem Pressefuzzi bestand. Wahrscheinlich konnte er nicht anders. Danach ging es mit seinem Dienstwagen zum Funkhaus des Dritten Deutschen Fernsehens an der Billy-Brand-Allee.

Wir wurden in die Nachrichtenredaktion geführt. Der Redakteur und der Senator schwatzten eine Viertelstunde miteinander; Katthöfer und ich gesellten uns derweil zum Mobiliar. Als das Gespräch zum eigentlichen Grund des Besuches kam, entsann man sich doch noch unserer Anwesenheit.

„Der Hauptkommissar und sein Assistent hier", verwies der Schöll mit großer Geste auf uns, „können Ihnen mit den Einzelheiten dieser Entführung aufwarten."

Ich gab eine Zusammenfassung des Falles unter besonderer Berücksichtigung der Forderung der Entführer. Der Redakteur rieb sich das Kinn: „Das passt uns jetzt gar nicht. Morgen ist Heiligabend! Das heißt, für eine knappe Woche senden wir nur Wiederholungen oder Gehirn-

Weichspülung, das ist so Tradition. Den Zuschauern dürfen wir in dieser Zeit mit so etwas nicht kommen."

„Ich hör' wohl falsch!", meldete sich mein Kollege. „Was war denn bei der Riesen-Überschwemmung von vor 'n paar Jahren? Da haben Sie doch auch drüber berichtet, Weihnachten hin oder her!"

„Nun ja, da gibt es eben feine Abstufungen." Der Redakteur sah in eine Ecke des Raumes, in der sich außer Staub jedoch nichts weiter aufhielt. „Zum Einen: Ohne Bilder gibt es nichts zu berichten. Zum Anderen: Ein Erdbeben in Europa behandeln wir anders als eines in Asien, ein Mord in der Stadt nimmt genau so viel Raum ein wie tausend Todesopfer in Australien ... Und darum ist eine seltsame Entführung auch etwas anderes als ein Tsunami!"

„Je nun", polterte der Senator dazwischen, „aber die Todesdrohung steht bei Entführung doch immer im Raum!"

„Sicher. Trotzdem." Der Redakteur hob die Schultern und ließ sie wieder fallen. „Es wäre gewiss auch nicht in Ihrem Interesse, Herr Senator, wenn die Öffentlichkeit Ihren Namen mit der Störung des Weihnachtsfriedens assoziiert."

Der Schöll sagte nichts mehr.

„Wann dürfen wir denn damit rechnen", fragte ich, „dass sich das deutsche Fernsehen dazu aufrafft, das Leben des Herrn Teichgräber retten zu helfen?"

„Frühestens am Siebenundzwanzigsten!", kam die Antwort. „Aber da kann ich Ihnen dann für den Auftritt des Vertreters dieser `Befreiungsfront´ unseren Anchorman anbieten, nämlich Karsten Kühnig persönlich. Er hat dieses Jahr auf seinen üblichen Skiurlaub verzichtet ..."

„K2 höchstselbst?", hauchte Katthöfer.

„Warum nicht?", meinte der Redakteur, plötzlich leutselig. „Und da die Story ja durchaus eine politische Dimension hat, könnte ich mir eine Podiumsdiskussion vorstellen, an der zum Beispiel auch", er drehte sich zu Herrn Schöll, „der Herr Senator teilnehmen könnte?"

„Na, wir wollen diese Verbrecher doch wohl nicht unnütz aufwerten!", wehrte dieser ab und hob seine haarigen Pranken.

„Aber Herr Schöll, ist es Ihnen entgangen? Ich biete Ihnen einen Auftritt in unserem Sender zur allerbesten Sendezeit, zur Prime Time!"

Es war uns ein großes Vergnügen zuzuhören, wie sich der Senator mit allen rhetorischen Mitteln mühsam aus seiner eigenen Sackgasse herausmanövrierte. Immerhin gelang es ihm nach nur fünf Minuten, wobei er sogar so Hochtrabendes wie die „Staatsraison" heranzog. „Selbstverständlich werde ich nicht wanken und mich also der schweren Verantwortung meines Amtes stellen", tönte er, „auch wenn dies einen Wortwechsel mit kriminellen Elementen mit einschließt! Die Öffentlichkeit hat mich gewählt und sie kann auf mich zählen!"

Wir fuhren zum Rathaus zurück und wurden gnädig in die Vorweihnachtszeit entlassen. Kaum aus der Tür, brach sich ein gewaltiger Schlunzkrunz seine Bahn und widerhallte auf dem Marktplatz. Schlunzkrunzen ist wie Schlunzen, nur noch viel archaischer und mit anschließendem Ausspeien des Schleimbatzens. Meine Tochter meint, ich ähnele dann akustisch einem angreifenden Tyrannosaurus Rex.
Katthöfer stellte nur unbeeindruckt fest, dass sich der wetterwendische Senator einmal mehr selbst übertroffen habe, und gluckste: „Ich hätte zu gern ein Tonbandgerät in der Tasche gehabt!"
„Können das nicht neuerdings auch die Taschentelefone?"
„Äh. Vergessen!"
„Was war das eigentlich mit diesem `K2´?", fragte ich.
„Komm mal hinterm Mond hervor, Leitwesen! Der Sender hat den Karsten Kühnig doch damit aufgebaut, er sei `ein Mann, so unverrückbar wie ein Berg´! Was sich weniger auf seine Gestalt als auf seine Gnadenlosigkeit bei Interviews beziehen soll. Letzten Monat konnte man sich vor der Werbung doch kaum retten!"
„Du und dein unnützes Wissen."
„Du hast doch gefragt ..."
„Aber ich wollte nicht von dem Antwortschwall ersäuft werden."

\*\*

## 21. Dienstag (Heiligabend)

Er sitzt wie immer gefesselt auf dem Stuhl, das Frühstück aus Kartoffelbrei ist beendet. Er erwartet nichts als eine neue Beschallung, aber stattdessen wittert er plötzlich einen Hauch von Rasierwasser.

„Mir ist zu Ohren gekommen, dass es beinahe zu Tätlichkeiten gekommen wäre." Eine sanfte männliche Stimme – vielleicht der Würgermeister? Aber ohne jede Ankündigung? „Wissen Sie, ich verabscheue Gewalt. Wiewohl sie manchmal vonnöten ist. Es war der Herr Willenbrecht, wie ich hörte, der vorgestern Anstalten machte, auf Sie loszugehen."

Sein Zusammenzucken wird mit einem Tätscheln seines Knies quittiert. Die Entführer geben Namen preis! Todesfurcht flutet seine Adern.

„Keine Angst! Der Herr Willenbrecht hat zwar in aller Form und feierlich der Gewaltlosigkeit abgeschworen, als er in unser Aktionsbündnis eintrat. Aber er ist jetzt nicht hier. Apropos in aller Form: Ich möchte Sie in aller Form für diesen Beinahe-Übergriff um Entschuldigung bitten."

Schweigen. Offenbar erwartet man tatsächlich eine Antwort von ihm.

„Es ist ... ja nichts passiert", krächzt er endlich.

„Danke, Herr Teichgräber, auch im Namen des Herrn Willenbrecht. Wenn dieses Gespräch beendet ist, werde ich unverzüglich eilen, um ihm den Schatten von seiner Seele zu nehmen."

Es raschelt. Sein Gegenüber scheint aufzustehen. „Bitte erschrecken Sie nicht", hört er die sanfte Stimme von schräg oben. „Ich nehme Ihnen nur die Augenbinde ab."

Das Licht ist unmäßig grell; er krümmt sich auf dem Stuhl, kneift die Augen zusammen und schlägt die Hände vors Gesicht.

„Selbstverständlich sind damit auch die Drohungen des Herrn Willenbrecht vom Tisch", fährt sein seltsamer Gastgeber fort. „Er ist da ein Weniges über das Ziel hinausgeschossen."

Etwas streicht ihm über die Schulter. Ein Handschuh? „ Da wir nun schon vom Schießen sprechen: Stimmt es, dass Sie ein seltenes und überaus nützliches Hobby ausüben?"

„Was? ... Nützlich? Eigentlich nicht ...", murmelt er zwischen den Händen hindurch.

„Nicht so zaghaft, Herr Teichgräber! Um Ihnen meine Wertschätzung auszudrücken, habe ich mir erlaubt, Ihnen ein bescheidenes Präsent mitzubringen. Wann, wenn nicht heute, sagte ich mir. Erich, den Karton bitte."

Wieder raschelt etwas. Seine schmerzenden Augen erkennen durch die Finger hindurch die Silhouette eines breiten Mannes, der etwas Langes quer vor sich her trägt.

„Danke. Wir warten noch etwas darauf, dass sich Ihre Augen adaptieren, Herr Teichgräber. Sie sollen das Geschenk ja auch erkennen können." Der Herr mit der sanften Stimme übernimmt das Paket, die breite Silhouette verschwindet wieder.

Nach einer Weile hebt der Gefangene den Kopf aus den Händen. Das Gesicht seinen Gönners bleibt ihm vorerst ein rosafarbener Fleck, sosehr er auch zwinkert.

„Meinen Sie, es geht jetzt? Ihre Augen tränen noch etwas ... Nun gut, nehmen Sie ... selbstverständlich dürfen Sie es auspacken, wann immer Ihnen danach ist."

Der lange flache Karton liegt auf seinen Knien. Seine Hände zittern, als er das Geschenkpapier entfernt und dabei zerreißt.

„Meine Güte!" entfährt es ihm. „Ein Compoundbogen! Ein Hawk Delta Killer-Falcon, die Waffe der Weltmeister!"

„Sehen Sie, da geht es Ihnen gleich viel besser! Ich freue mich, dass ich Ihnen offenkundig einen Herzenswunsch habe erfüllen können."

„Visier mit Vier- und Achtfach-Vergrößerung ... Mechanischer Auslöser ... Bis zu dreihundert feet per second!" Seine Finger liebkosen die glänzende Verpackung. In die Tränen des Schmerzes mischen sich Freudentränen.

„Übrigens, ein Köcher und Pfeile unterschiedlichen Gewichts sind auch dabei", sagt der Herr mit dem Rasierwasser. „Drallstabilisiert und dreißig Euro das Stück. Ich habe mir sagen lassen, das seien die besten?" Der Beschenkte nickt eifrig. „Betrachten Sie das als Zeichen meines Vertrauens. Sie können sich doch gewiss vorstellen, was wir von Ihnen erwarten."

„Oh ja", wispert der Gefangene.

\*\*

## 22. Mittwoch (Erster Weihnachtsfeiertag)

Dieses Jahr hatte ich die gemeinsame Tochter an Heiligabend und die erste Hälfte des ersten Weihnachtstages. Nachdem unter dem Tannenbaum das übliche Schlachtfeld der guten Taten angerichtet worden war, erkundete der dankbare Sprössling ausgiebig die ach so innovativen Möglichkeiten seines nagelneuen Tablett-PCs.

Wie verhandelt übergab ich meine Tochter zur Mittagszeit des Folgetages an meine Exfrau. Was zur Folge hatte, dass mir bereits am Abend desselben Tages die Decke auf den Kopf fiel und ich ziellos in die Winternacht schlurfte.

Ich hatte das dritte Bier im *Waidwunden Hirschen* noch nicht ganz in mir, als der Stuhl gegenüber unerwartet Arbeit bekam. Mein Blick fiel auf Lederhandschuhe und die Ärmel eines Dufflecoats.

„Das Halsduch ..."

„Sie sagen es, Herr Kommissar. Dem geschulten Auge eines Polizisten entgeht nichts. Dennoch, so scheint mir, sind Sie bei Ihrem neuesten Fall nicht wirklich weitergekommen."

„Woher wissn Sie 'as?"

„Einfach aus der Zeitung, Herr Kommissar. Keinerlei übersinnliche Fähigkeiten. Bitte verzeihen Sie meine Neugier, aber ich finde es äußerst ungewöhnlich, dass im *Frühbeker Boten* gar nichts über die Forderungen der Entführer zu lesen war."

Ich trank einen Schluck und stellte den Humpen wieder hin. „Ermiddlungsdaggdigg."

Der Dufflecoat beugte sich vor. „Ich würde niemandem etwas verraten."

„Ich ... auch nich'."

„Richtig so, Herr Kommissar. Prinzipienfest. Wenn auch Ihre kriminalistischen Methoden auf anderen Gebieten eher eigenwillig sein sollen ..."

„Hä?" Ich versuchte auf sein Gesicht zu fokussieren, aber außer einem freundlichen Lächeln und einer Schifferkrause wie bei Abraham Lincoln blieb nichts hängen.

„Schwamm drüber, Herr Kommissar. Vielleicht sollte ich erst einmal von mir erzählen, sozusagen in Vorleistung treten ..."

Der Kellner kam dazwischen. „Woll'n Se 'n Bier? Nur quatschen is' nich'."

„Ja danke, ein Dunkles. Und für meinen Freund hier ...?"

„Ich nehm' noch. Mal. Das. Gleiche", artikulierte ich. Als ich blinzelte, war der Kellner wieder weg.

„Trinken Sie eigentlich, weil es Ihnen schmeckt, Herr Kommissar, oder weil Sie bei Ihren Ermittlungen auf der Stelle treten? Ich wäre untröstlich, wenn Letzteres der Fall wäre ..."
„Geine Ahnung. Un' das geht Sie auch niggs an."
„Natürlich nicht. Aber ich wollte Ihnen von mir erzählen. Nun, mein Beruf ist uninteressant. Aber das Steckenpferd! Das sagt doch auch viel mehr über einen Menschen aus, finden Sie nicht? Heutzutage sagt man ja meist Hobby. Wissen Sie, ich engagiere mich da in einer gemeinnützigen Organisation ..."
Ach du Scheiße, ein Gutmensch! Höchste Zeit, um unauffällig wegzudämmern.

**

## 23. Donnerstag (Zweiter Weihnachtsfeiertag)

Er sitzt im Zug Richtung Süden. Das Großraumabteil ist vollgestopft mit Leuten, die von Familienbesuchen zurückkehren, und mit den Koffern und Geschenke-Tüten, die sie dabeihaben. Die Sporttasche aus seiner Wohnung, mit etwas Wäsche, vor allem aber dem wundervollen Präsent des Würgermeisters, steckt in der Kofferablage über ihm. Der Compoundbogen ist kompakt genug, um unter Hemden und Hosen Platz zu finden. Er fühlt sich sicher. Nicht im gewöhnlichen Sinne, das auch, sondern weil der weitere Lebensweg klar und schnurgerade vor ihm liegt. Er fühlt sich wie ein Pfeil, der die Sehne verlassen hat und unbeirrbar auf sein Ziel zusteuert.

Er schwelgt eine Weile in diesem Bild. Dann fällt ihm die sonderbare Stille ringsherum auf. Als Jugendlicher ist er das letzte Mal mit der Bahn gefahren. Wenn damals der Waggon so voller Menschen gesteckt hat, ist das Rattern der Räder kaum zu hören gewesen, weil alles miteinander redete. Vor allem nach Weihnachten! Was Tante Hertha zu dem Geschenk gesagt hatte ... wie reichlich dunkelbraun der Gänsebraten gewesen war ... wie unmöglich sich Onkel Egon wieder hatte aufführen müssen ... woher wohl dieser radebrechende Weihnachtsmann stammen mochte ... was Tante Melanie *nicht* zu ihrem Geschenk gesagt hatte ... Er hebt den Kopf und sieht in die Stille. Einige wenige Menschen sprechen halblaut miteinander. Einige reden leise mit sich selbst, jedoch das wirkt nur so: sie haben Drähte in den Ohren, die in die Tiefe einer Jackentasche führen, und reden mit einem Abwesenden. Einige haben den Laptop aufgeklappt auf Tischen oder Knien, sie tippen, lesen etwas oder schauen sich einen Stummfilm an. Einige sehen aus dem Fenster. Die weitaus meisten aber haben sich von ihren Taschentelefonen hypnotisieren lassen, wischen oder drücken darauf herum und murmeln dem Mitreisenden allenfalls zu: „Ich schick' dir mal was 'rüber."

Er sitzt zwischen lauter Digital-Zombies und fühlt sich wie ein Pfeil, der sirrend die Sehne verlassen hat und unbeirrbar auf sein Ziel zusteuert.

\*\*

## 24. Freitag

Der Brandgeruch der neuen Zeit,
er weht zu uns herüber.
Bald hat ein Ende all' das Leid:
Ich brat' dem Prog eins über!

Mein Assistent hatte mir in seiner vorausschauenden Güte die beiden wesentlichen Schriftstücke des Tages zentral auf dem Schreibtisch drapiert: ein Fax vom DDF, des Inhalts, der Herr Kühnig wisse Bescheid und es sei alles vorbereitet für eine landesweite Ausstrahlung, und ein neuer Brief von den Entführern:

Sehr geehrte Polizei!

Wir wären überaus erfreut, wenn das Dritte Deutsche Fernsehen im Anschluss an die 20.00-Uhr-Nachrichten einen Open-End-Sendeplatz für uns freihält. Für den Fall, dass dies noch einen längeren Vorlauf benötigt, schlagen wir folgenden Farbcode vor: Grün für Freitag, den 27.12., gelb für Sonnabend, den 28.12., grau für Sonntag, den 29.12., und schwarz für Montag, den 30.12. des Jahres, wie üblich auf dem Fahrplan der Bushaltestelle Randbrook. Sollte es wider Erwarten noch länger dauern, verliert der Gefangene für jeden versäumten Tag einen Finger.

Unser Emissär wird zur Stelle sein. Wir erinnern daran, dass ihm selbstredend freies Geleit zusteht und Sie ihn also keinesfalls verfolgen werden.

*Nieder mit der Diktatur des Digitals!*

ABF
Ihre Analoge Befreiungsfront

„Freitag ist ja nun schon", bemerkte Katthöfer. „Ich habe schlanker Hand, dein Einverständnis vorausahnend, dem Fernsehredakteur vor fünf Minuten den Erpresserbrief zugefaxt. Wenn die schnell sind ..."

Das Telefon klingelte. Ich nickte Katthöfer zu und nahm ab. Das Gespräch dauerte nicht lange; ich legte wieder auf und sagte: „Die *sind* schnell. Wären ja auch schön blöd, sich das entgehen zu lassen."

„Dann hast du ja heute noch deinen großen Auftritt!" Mein Kollege wieherte schadenfroh und warf sich im Drehstuhl zurück. „Ein Tipp: mit deinem fleckigen Patentschlips wirst du bleibenden Eindruck hinterlassen!"

„Dass mich dieser dämliche Schöll aber auch derart überfahren musste!" Ich fluchte inbrünstig. „Dabei hätte er doch auch die Westphal zur Sekundanz nehmen können!"

„Aber wie du bereits falkenäugig festgestellt hast", triumphierte Katthöfer, „kann er mit der nicht so gut!"

„Ich glaube, vor der Kamera geht es ihm um etwas anderes: dass er neben dem distinguierten Intellekt unserer Staatsanwältin aussehen würde wie ein transpirierendes Stachelschwein in Nadelstreifen!"

„Oh, das muss ich erst alles nachschlagen", jammerte mein Assistent theatralisch. „Du kannst doch einen einfachen KK mit Ausgleichszulage nicht so überfordern!"

„Dann bist du ja auch ein K2", schmunzelte ich und schlug mit der flachen Hand auf den Tisch: „Und nun genug der Frotzelei! Du fährst mit grüner Farbe zur Haltestelle Randbrook und machst den Streifen! Dann trommelst du die Kollegen für die große Beschattung zusammen und erklärst ihnen die Skizzen und den Aufmarschplan! Organisier auch ein paar Nachtsichtgeräte, nur für alle Fälle. Und ein bisschen Fingerspitzengefühl und Zurückhaltung bei der Ausstattung der Kollegen mit unauffälliger Kleidung. Denn ich *meine* unauffällig!"

Damit bezog ich mich auf eine Observierung, die von ihm gründlich versemmelt worden war. Weil der Verdächtige sich im Zirkus herumtrieb, hatte er es für angebracht gehalten, sich und die Kollegen in Clownskostüme zu hüllen. Dumm nur, dass der Verdächtige dann das Grab seines Vaters auf dem angrenzenden Friedhof besucht hatte.

„Ja ja, schon gut", maulte er. „Und was machst du eigentlich?"

„Ich trage Brief und Umschlag zur Spusi; vielleicht werden die Entführer nachlässig." Ich seufzte. „Und dann muss ich wohl oder übel in die Stadt und mir einen Deko-Strick besorgen ..."

„Wenn ich dir einen Rat geben darf, Leiterchen: nimm etwas Dunkelblaues. Und bitte einen *richtigen* Schlips, damit du nicht die ganze Polizei blamierst."

„Ich kann diesen Drecks-Knoten nicht ..."

Mein Kollege grinste teuflisch. „Wozu hast du Mama Katthöfer?"

Er verschwand, bevor ich ihm etwas an den Kopf werfen konnte. Ich brachte den Brief zur Spusi und ging ins Büro zurück, um mich stadtfein zu machen. Leider tauchte in diesem Moment der Magerquark auf.

Ich griff mir Mütze und Mantel. „Was wollen Sie, ich hab' g'rade keine Zeit."

Dölle schrumpfte auf Postkartengröße. „Ich wollt' nur fragen, welche Aufgabe Sie denn heute Abend für *mich* haben?"

„Keine, wie immer. Oder doch: Machen Sie eine farbige Übersicht mit allen Zuwegungen vom und zum Funkhaus! Und dann suchen Sie sich die unwichtigste davon aus, damit Sie heute Abend an der Beschattung teilnehmen können."

In der Tür bremste ich nochmal: „Ach ja, das können Sie nicht wissen. Unser Funk-Code fürs Verfolgen ist *Kubana*. Das ist die Abkürzung für `Kanaille unauffällig beschatten, aber nicht abhängen lassen´. Gutes Misslingen!"

Natürlich ging alles schief, was schiefgehen konnte. Zwar war es kein Problem, sich einen Schlips zu kaufen, und mit Magengrimmen tat ich es auch, aber als ich zur späten Mittagszeit ins Präsidium zurückkehrte, saß ein fetter Fatzke mit Anzug und Krawatte in meinem Büro und lamentierte darüber, dass er „ewig" habe warten müssen. Ich wies ihn darauf hin, dass ich ja jetzt da sei. Dann stellte er sich lang und breit als „Sandro Hackmack, Geschäftsführer des Rechenzentrums Rücknitz" vor und wollte endlich wegen irgendwelcher Drohbriefe einen Antrag auf Polizeischutz stellen. Da hätte ich ihn schon am liebsten hinausgeworfen. Ich atmete aber tief durch und sagte ihm, dass er bei mir an der falschen Adresse sei. Daraufhin wurde der quadratärschige Yuppie erneut laut und schrie blöd herum, dass ich doch der mit den Informatiker-Fällen sei. Er habe keinen privaten Wachdienst für seine Klitsche gefunden, angeblich alle ausgelastet, und von den Handwerkern der Umgebung, zwecks Errichtung eines drei Meter hohen Elektrozauns um sein Firmengrundstück, auch nur Absagen kassiert. Da entrichte man jahraus, jahrein keine Steuern, aber wenn mal Not am Mann sei …

Ich klingelte nach der Bereitschaft und ließ den mosernden Weltbesitzer unsanft entfernen, aber die Pannen nahmen kein Ende. Ich bekam zwar noch ein Mittagessen in der Kantine, hatte jedoch noch den Ärger über meinen überflüssigen Besucher in mir und bekleckerte mir das Hemd. Also konnte ich den Nachmittag nicht dazu nutzen, mich mental und seelisch auf meinen Fernsehauftritt vorzubereiten, sondern musste mit dem Bus nach Hause gondeln, ein frisches Oberhemd überziehen, mir dann an der zugigen Haltestelle die Beine ins kalte Gedärm warten und wieder zurück ins Präsidium fahren.

Schnaufend warf ich dort meinen Mantel in die Ecke, schlang mir die Krawatte schräg um den Hals und wurde von Katthöfers Schmerzensschrei fast zu Tode erschreckt. „Das ist nicht dein Ernst! Bist du denn total farbenblind? Mit *dem* Hemd und *dem* Schlips …" Er brach in hysterisches Gelächter aus. Daraufhin fuhr ich aus der Haut.

Katthöfers Meinung wurde von der Maskenbildnerin des Senders auf Anhieb geteilt. Sie kam bereits mit einer Auswahl Krawatten angerannt, als der Aufnahmeleiter eingriff und mit maliziösem Lächeln jeden textilen Eingriff verbot, „im Interesse unverfälschter Realität". Was sonst noch alles durch das Studio wogte und wuselte, entzog sich für mich jeglicher Einordnung. Nur die zwei Kameramänner bewegten sich keinen Millimeter; vielleicht hielten sie eine gewerkschaftlich vorgeschriebene Pause ein.

Das unwillige Brummen des Innensenators bildete einen Orgelpunkt zu dem hektischen Gebrabbel, das sich sogar noch steigerte, je näher die Sendezeit rückte. Aus allen Knopflöchern drangen ihm Haare und Schweiß; er ähnelte mehr denn je einem Grizzlybär in feinem Zwirn. Um seine ungeschlachten Füße sammelten sich die feuchten Watte-Pads der Maskenbildnerin. Über ihm fuhrwerkte jemand mit dem Mikrofongalgen durch die Luft. Dieser war nötig geworden, weil ich bereits von Amts wegen verkabelt war, um mit meinen Leuten Kontakt zu halten. Außerdem konnte niemand sagen, ob das Sprachrohr der ABF damit einverstanden sein würde, sich das übliche versteckte Studiomikro antüdeln zu lassen.

Karsten Kühnig, schlank und ganz in Dunkelgrau, stand in den Kulissen und kakelte mit dem Nachrichtenredakteur. „So eine Moderation ins Blaue hinein ist mir auch noch nicht vorgekommen! Wer weiß, was für eine durchgeknallte Gestalt da gleich auftaucht!" Dasselbe hatte er mir gegenüber auch schon vorgebracht, und ich hatte ihm genau so wenig weiterhelfen können.

„Noch dreißig Sekunden bis zur Sendung!", brüllte jemand aus sämtlichen Lautsprechern.

„Na, watt datt woll affgifft ...", sagte ein Kabelleger neben mir. „Und Sie ha'm wirklich keine Ahnung, wer oder watt da auf uns zukommt?"

Ich schüttelte nur den Kopf und scharrte mit den Füßen. Ein Scheinwerfer war direkt auf mich gerichtet, die Hitze kräuselte meine Haarspitzen. Wenn die Ausleuchtung nicht noch geändert würde, bräuchte von meiner Seite aus niemand auf eine Personenbeschreibung dieses „Emissärs" zu hoffen.

„Wär' ich doch bloß in meinen Skiurlaub ge- ..."

„Drei – zwei – eins: AUFNAHME!"

„... Herzlich willkommen zu einer Sondersendung des Dritten Deutschen Fernsehens, direkt aus unserem Frühbeker News-Studio!" K2 trat vor die Kameras. „Wie bereits den Nachrichten zu entnehmen war, hat sich die dramatische Entführung des Chef-Informatikers der Gesetzlichen Altersversicherung Nordost zu einem spektakulären Höhepunkt zugespitzt! Was als ein provinzielles Verbrechen ohne großes Medienecho begann",

Schöll und ich zuckten synchron zusammen, „nahm eine gänzlich unerwartete Wendung, als die Gruppe der Entführer, die sich als *Analoge Befreiungsfront* bezeichnet, als Bedingung für die Freilassung ihres Opfers den Auftritt eines ihrer Mitglieder in unserem Hause forderte. Man darf gespannt sein! Ich möchte hinzufügen, dass selbst mir als gut abgehangenem Medienhasen, hehe, eine solche Situation noch nicht untergekommen ist."

Er drehte sich halb in meine Richtung. „Als Studiogäste begrüße ich zunächst den Innensenator unserer geliebten Heimatstadt, den Herrn Rüdiger Schöll, sowie den die Ermittlungen leitenden Kommissar, dessen Name in der Hektik der Vorbereitungen leider nicht bis zu mir vorgedrungen ist. Ja, das ist live, das ist echt, das ist ungeschnitten! Er wird uns über die Hintergründe des Falles und den bisherigen Ermittlungsstand in Kenntnis setzen ..."

Ich zog den Kopf ein, als der Mikrofongalgen auf mich niederfuhr, und räusperte mich. Dann holte ich tief Luft, rieb mir die Nase und setzte mich zurecht. Im Halbdunkel hinter Kameras und Scheinwerfern sah ich Katthöfer, wie er trotz seines zugeschwollenen Auges zu feixen begann. Das gab mir die Kraft, den Mund aufzutun.

„Der Herr Volker Teichgräber ist vor genau einundzwanzig Tagen vor den Augen eines ganzen Busbahnhofs entführt worden. Wir haben mittlerweile drei Schriftstücke der Entführer in Händen, die bisher jedoch keinerlei Anhaltspunkte auf die Urheber preisgegeben haben. Die Täter waren dabei so dreist, diese Briefe direkt in den Postkasten des Präsidiums einzuwerfen. Die Kommunikation mit den Entführern verlief von unserer Seite her über einen Farbschlüssel, der an einer von den Tätern bestimmten Bushaltestelle anzubringen war. Leider haben, äh, ausgiebige Observierungen an beiden Stellen noch zu keinen brauchbaren Resultaten geführt ..."

„Aber ist es nicht so", unterbrach mich der Kühnig, „dass offenbar ein paar Ewiggestrige in diesen Briefen die fortschreitende Digitalisierung unserer Welt angeprangert haben?"

„Ja, das ... äh ... stimmt."

„Wegen der offensichtlich politischen Dimension dieses außergewöhnlichen Verbrechens möchte ich daher jetzt den Herrn Innensenator um eine Stellungnahme bitten." Der Moderator tat einen Schritt, Scheinwerfer und Mikrofongalgen wanderten weiter. Schöll rollte mit den Augen, als das Mikro nur einen Zentimeter über seiner struppigen Haarpracht zum Stillstand kam.

Er fasste sich erfreulich kurz. „Ich kann dazu nur sagen, dass Straftaten in jeder Form keinesfalls ein Mittel oder auch nur Hintergrund einer politischen Auseinandersetzung sein sollten."

„Eine Äußerung, die Ihnen als einem Parteilosen leichtfällt." Der Kühnig lächelte wohlwollend. „Sie haben weder steuerhinterziehende Mitglieder noch einen Parteispendenskandal hinter sich."

Schöll zeigte seine großen Zähne. „Sie sagen es. Und lassen Sie mich hinzufügen, dass ich davon ausgegangen war, dass die Zeiten derartiger Mittel in der politischen Arena dieses Landes endgültig hinter uns lägen."

K2 griff sich ans Ohr. „Ich höre eben aus der Regie, dass der Emissär der geheimnisvollen *Analogen Befreiungsfront* vor wenigen Sekunden eingetroffen ist." Unwillkürlich straffte ich mich und hielt Ausschau. Im Halbdunkel hinter den Scheinwerfern bewegte sich jemand in Gelb, der mir vorher nicht aufgefallen war. Der Moderator plapperte weiter: „Wie mir mitgeteilt wurde, hat er sich vor unserem Sicherheitsdienst mit einem Foto des Entführten quasi als berechtigt ausgewiesen, hier zu uns zu stoßen. Das kann man tollkühn – oder auch kaltschnäuzig finden, aber ich finde nicht die Zeit, mir darüber klarzuwerden, meine Damen und Herren, denn in diesem Moment hat er seinen gefütterten Anorak abgelegt und kommt zu uns auf die Bühne ..."

Der Mann, der mit wenigen sicheren Schritten auf die Bühne trat, trug gewöhnliche Alltagskleidung in gedecktem Blau; der einzige Farbtupfer war ein rotgelb gestreiftes Halstuch. Sein lächelndes Gesicht umgab ein graumelierter Bart wie bei einem berühmten US-amerikanischen Präsidenten. Mein Gehirn fühlte sich übergangslos wie Watte an.

Der Abgesandte drehte sich zu den Kameras und dann zu dem Kühnig und sagte mit angenehmer Stimme: „Sie werden gewiss Verständnis dafür aufbringen, dass ich mich nicht namentlich vorstelle. Glauben Sie mir, das ist sonst nicht meine Art." Er nahm zwischen Schöll und mir Platz, und dem sonst so souveränen K2 blieb nichts anderes übrig, als sich ebenfalls hinzusetzen. Er machte den Eindruck, als habe er bis zuletzt nicht geglaubt, dass tatsächlich ein Mitglied der ABF erscheinen würde.

„Sie machen den Eindruck, Herr Kühnig, als hätten Sie bis zuletzt nicht geglaubt, dass die Analoge Befreiungsfront meint, was sie schreibt." Die blauen Augen des Neuangekommenen strahlten verstehend. „Aber ich versichere Ihnen, meine Herren, die Analoge Befreiungsfront meint immer, was sie sagt oder schreibt. Und so ist es uns auch ernst damit, wenn wir die lange überfällige Eindämmung der uns überschwemmenden digitalen Technik fordern!" Er hob beschwichtigend die Hände. „Ich weiß, das klingt für viele Menschen absurd und bestenfalls altmodisch. Die kleinen und großen elektronischen Helfer sind in unseren Alltag eingesickert und haben sich zusehends unentbehrlich gemacht. Kaum ein Lebensbereich, der von ihnen verschont geblieben wäre. Es ist bereits viel darüber gesagt und geschrieben worden, welche negativen Folgen diese Invasion nach sich zieht. Doch haben meine Mitstreiter und ich den Eindruck gewonnen, dass nichts davon die Formatierung unseres Lebens auch nur hat verlangsamen können. Vielleicht lag es daran, dass die wortreichen Bedenkenträger sich immer nur einzelne Aspekte herausgepickt haben."

Der Innensenator wollte etwas sagen, doch der seltsame Gast hielt ihn höflich davon ab: „Ich bin noch nicht ganz fertig, Herr Schöll. – Ich möchte jetzt gar nicht von dem bösen Elektrosmog anfangen, der bis heute nicht bewiesen ist. Aber denken Sie einmal über Folgendes nach: Viele von uns sitzen stundenlang an ihrem Arbeitsplatz vor einem Computer – und gestalten dann ihre Freizeit auch mit einem. Die Internetsucht ist an der Schwelle, eine anerkannte Krankheit zu werden. Die Computerspielsucht ist schon eine. Hilfe dagegen kann das händeringende Opfer – im Internet finden! Für wen klingt das nicht wie Hohn?

Wir lassen es zu, dass unsere Kinder mit dem PC aufwachsen. Verfettung, kümmerliche Muskeln und das Unvermögen, einen Wasserhahn aufzudrehen, sind da noch die kleineren Übel. Die sogenannten Ego-Shooter stehen im Verdacht, an so manchem Amoklauf eine Mitschuld zu tragen. Die Hauptschuld wird immer noch in der *konkreten* Umwelt des Täters vermutet. Aber zu dieser konkreten Umwelt gehört mittlerweile auch der zunehmende Umgang mit anderen Menschen, deren soziale Fähigkeiten durch die Digitalisierung genauso verkümmert wurden wie die des späteren Amokläufers. Ein unentrinnbarer Teufelskreis?

Unsere Kinder werden auch via Internet hemmungslos gehänselt; das ist ja so einfach. Manche bringen sich deshalb um. Verbuchen das die Software-Riesen unter `unvermeidbare Opfer´?

Vor einigen Jahrzehnten war die Vorstellung en vogue, die Geschlechter würden sich einander angleichen; die Emanzipation sei dann nur eine Frage der Zeit. Von dieser Entwicklung hat das Internet nichts, aber auch gar nichts übriggelassen. Die Geschlechterrollen sind heute so überspitzt wie vielleicht nie vorher, denn unsere Kinder wachsen mit diesen Web-Schablonen auf. Mit allen verderblichen Folgen, die Sie sich ausmalen mögen."

Der Moderator wollte etwas sagen, hatte aber keinen Erfolg. Der Mann mit der Schifferkrause fuhr fort: „Die Internetkriminalität wächst wie ein bösartiges Geschwür. Ein vollkommen unsichtbares Schadprogramm auf dem Rechner kann dazu führen, dass einer Familie die Miete für den nächsten Monat fehlt, dass eine Firma dichtmachen kann, weil ihre Patente nach Asien abgezogen wurden, oder dass ein ganzes Land an den Rand des Kollaps' gebracht wird, wie es bereits einmal mit einem der baltischen Staaten geschehen ist. Doch der Rest der Welt sagt: das ist eben Pech. Und macht weiter wie gehabt.

In den Fabriken für Computerchips stellen die Beschäftigten, angetan mit Plastikkittel und Haarnetz, die Geräte her, die sie irgendwann selbst überflüssig machen werden! Ein Kommentar ist, denke ich, ebenfalls überflüssig.

Inzwischen stehen uns Informationen aller Art immer und an fast jedem Ort zur Verfügung, den entsprechenden Zauberkasten und Geldbeutel vorausgesetzt. Es gibt Menschen, die bei Arbeitsende nicht aus dem Fenster, sondern in ihr Handy sehen, um zu wissen, wie das Wetter ist. Und sie treten mit aufgespanntem Regenschirm aus dem Haus, obwohl die Sonne scheint! Denn das Netz weiß es besser."

Jetzt war die Geduld des Innensenators erschöpft, und er grunzte etwas Unwirsches. Der Emissär ging sogleich darauf ein.

„Sie glauben mir nicht, Herr Schöll? Es ist ja auch kaum zu glauben. Fragen Sie unseren Gastgeber", er nickte zu Karsten Kühnig hinüber, „ob ich Recht habe; die Medien sind ja immer auf dem neuesten Stand, was Kuriositäten betrifft. Ich bin mir sicher, er kann es Ihnen bestätigen.

Übrigens geht es noch kurioser: In den USA bezahlen manche Menschen viel Geld für Kurse, in denen sie auf Digital-Entzug gesetzt werden. Sie wohnen im Wald und lernen wieder, die reale Welt zu entdecken. Und miteinander zu reden, auf die alte akustische Art. Vorher haben diese Menschen viel Geld für die elektronischen Geräte berappt, von denen sie nun entwöhnt werden wollen.

Die drohende Verflachung des Wissens durch das Web wurde ebenso als Schreckbild an die Wand gemalt wie die Verblödung oder auch die Überforderung als Folge pausenloser Information. Wer von uns aber ist diszipliniert genug, immer selbst zu denken, wenn wir doch das wissende Web fragen können?"

„Sie haben Recht", warf der Moderator kopfschüttelnd ein. „Das mit den Regenschirmen – das gibt es tatsächlich! Vor einigen Monaten wurde darüber berichtet ..."

„Ein weiterer Punkt", fuhr unser Gast mit beunruhigender Selbstverständlichkeit fort, „ist dieser Wust von Informationen, der die Anbieter von Suchmaschinen hat steinreich werden lassen. Es sei ihnen gegönnt. Aber in meiner Schulzeit ging ich, das Alphabet als Suchmaschine im Kopf, in die nächste Bücherei. Das klappte auch ganz wunderbar, sogar dann, wenn ich nicht wusste, wie etwas heißt. In diesem Fall konnte ich den Bibliothekar oder eine andere Leseratte fragen. Aber finden Sie einmal im Internet irgendetwas, von dem Sie nicht wissen, wie es genannt oder geschrieben wird!

Und doch macht dieser unvorstellbare Informationsberg die Geheimdienste nicht satt, die wir anscheinend noch dafür bezahlen, dass sie uns ausspionieren. Sie können die Handys, die wir gedankenlos bei uns tragen, unbemerkt auf Aufnahme schalten, wann immer es ihnen sinnvoll erscheint! Sie saugen weltweit an den Leitungen, trinken von den Funkwellen, wühlen in den Platinen, und es wird ihnen nie zu viel. Und obwohl das von den Gesetzen nicht gedeckt wird, nehmen wir es hin. Es sei ja zu unserer Sicherheit!"

„Das ist ja schlichtweg nicht wahr!", brauste der Schöll auf. „Die Bundesregierung hat Maßnahmen auf den Weg gebracht..."

„... die hauptsächlich darauf abzielen, die Bevölkerung zu beruhigen." K2 lächelte entschuldigend. „Sie müssen verzeihen, Herr Senator, aber das hat unser Magazin *Investigation jetzt!* erst vorgestern aufgedeckt. Zugegeben, das wurde zu später Stunde versendet ..."

„Und niemand hat uns bisher erklären können",, setzte der Besucher fort, „warum *wir* uns darum kümmern sollen, wenn wir nicht abgehört werden möchten. Es gäbe doch Verschlüsselungssoftware! Es wird also allen Ernstes von uns erwartet, dass wir Geld ausgeben, um – vielleicht! – vor den Ohren eines Geheimdienstes sicher zu sein, der etwas tut, was er gar nicht darf! Ganz zu schweigen davon, dass wir uns damit in dessen Augen erst recht verdächtig machen ..."

„Sie haben den Bürgerkrieg im Kongo vergessen", hörte ich mich zum eigenen Erstaunen einwerfen. „Eine Folge der Gier nach den seltenen Erden, die die Elektronik braucht. Früher hat man in Afrika hin und wieder gehungert. Heute gibt es wenigstens ein paar blaue Bohnen."

„Danke sehr, Herr Kommissar." Der Sprecher der ABF lächelte gewinnend. „Ich habe Sie als einen integren Mann kennengelernt, daher bedeutet es mir viel, dass Sie unseren Standpunkt verstehen. Zwar sieht man es mir, denke ich, nicht an, aber dies ist mein erster Auftritt in der Öffentlichkeit. Und ich bin dementsprechend nervös. Sind eigentlich die Funklöcher im neuen Digitalfunk der Frühbeker Polizei inzwischen gestopft?"

„Leider nicht", musste ich einräumen. „Wie es heißt, fehlen zwei bis drei Antennenanlagen. Und es ist unklar, wo diese aufgestellt werden können, ohne dass das Stadtbild darunter ..."

„Je nun", raunzte der politische Grizzly dazwischen. „Wir leben im Einundzwanzigsten Jahrhundert! Meinen Sie wirklich, mit einer Entführung und diesem Statement hier die Zeit aufhalten zu können?!"

„Die Zeit nicht." Im Schmunzeln des Abgesandten war Mitleid. „Nur den angeblich so unaufhaltsamen Fortschritt: könnte man ihn nicht abmildern? Menschlicher gestalten? Sie stehen doch dem konservativen Lager nahe, Herr Schöll – beantworten Sie mir bitte eine Frage: Warum unterstützen die Konservativen, wörtlich also: die Bewahrer, überhaupt den Fortschritt, also die Veränderung? Und warum ließen sie sich im vergangenen Jahrhundert nur so mühsam davon überzeugen, dass es sich lohnt, die Umwelt zu schützen, sprich: zu bewahren?"

„Ach Gottchen!", blubberte der Senator und fuchtelte unwillig mit seinen Pranken. „Sind wir hier jetzt im Kindergarten der politischen Bildung?"

„Das ist keine Antwort ..."

„Was, glaube ich, die Menschen an den Bildschirmen mindestens genauso interessiert", K2 wollte nun offenbar endlich seine moderierenden Fähigkeiten zeigen, „ist doch, wie es dem Opfer, dem entführten Herrn, äh, Teichgräber geht und wann Sie ihn freizulassen gedenken!"

Erneut hob unser Besucher abwehrend die Hände. „Ein Versäumnis meinerseits! Ich hätte das bereits zu Beginn klarstellen sollen, es hätte die Aggression aus dieser Diskussion genommen ..."

„Ja was denn nun?" Schöll natürlich.

„Ich kann Ihnen zu meiner großen Freude mitteilen, dass sich Herr Teichgräber mit den Idealen unseres Aktionsbündnisses in vollem Umfang solidarisch erklärt hat", verkündete der Herr mit der Schifferkrause. „Er ist daher wieder auf freiem Fuß und in diesem Augenblick unterwegs in den Süden des Landes, um für die Ziele der Befreiungsfront an neuen Orten tätig zu werden." Er erhob sich. „Lassen Sie mich zum Abschluss dieser anregenden Diskussion meiner Hoffnung Ausdruck verleihen, dass ich, wenn schon kein Umdenken, so doch wenigstens einen Keim des Zweifels wie einen Senfsamen in die Seele manches Zuschauers habe senken können!" Er drehte sich zu Karsten Kühnig um und schüttelte ihm die Hand. „Vielen Dank für diesen Sendeplatz im Namen der ABF, und selbstredend auch von mir persönlich. Auf Wiedersehen!"

Er verließ die Bühne, und Hektik brach aus. Der Moderator versuchte das unvermutete Ende abzurunden, indem er ein gewisses Verständnis für die Position des seltsamen Gastes einräumte: „Kann diese aufrüttelnde Rede tatsächlich ein paar Entwicklungen gerade rücken? Oder ist es nur das Pfeifen im Walde? Denn wir können rund um die Uhr alle erdenklichen Dinge kaufen, die wir früher nie vermisst hätten, weil wir gar nicht wussten, dass es sie gibt. Und das wiegt alles auf ..." Ich sprang auf, aktivierte mein verdecktes Mikro und alarmierte alle Kollegen, dass der Sprecher der Entführer jeden Augenblick das Funkhaus verlassen würde. „Verfahren *Kubana!*" Katthöfer war zwar schon verschwunden, aber doppelt hält besser. Schließlich konnte es sein, dass der Faulpelz einfach nur auf der Toilette saß.

Im Halbdunkel hinter den Scheinwerfern bewegte sich ein gelber Anorak. Ich stürzte vom Podium und drängelte mich zwischen Kameraleute und andere Hindernisse. Dabei stolperte ich über eines der dicken Kabel, die auf dem Fußboden lauerten, und küsste unfreiwillig das Parkett des Fernsehstudios. Als ich mich wieder aufgerappelt hatte, war von dem Anorak nichts mehr zu sehen.

„Kacke!" Ich stob zur nächsten Tür und trampelte durch die Korridore. Ein müder Bühnenarbeiter tauchte auf. „Der nächste Ausgang zur Innenstadt? Wo? Schnell!" Er starrte mich an und zeigte den Gang hinunter. „Danke!" Im Laufen zog ich die Dienstwaffe, nur für alle Fälle.

Ich kam ins Freie, und der Winter schlug mir mit saukalten Pfoten grimmig ins Gesicht. Aber nicht deshalb prallte ich zurück, sondern weil der Vorplatz bis zum Fluss hinunter dick mit Menschen gefüllt war. Sie skandierten „Wir verlangen laut, nicht leis': Weg mit Elektronik-Scheiß!", doch es war etwas anderes, weswegen ich nach Luft schnappte: Jeder von ihnen trug mindestens *ein* gelbes Kleidungsstück; vor allem Jacken, Mäntel und Parkas in Gelb waren diesen Abend ungeheuer angesagt. Hinter den Demonstranten bog sich die Fußgängerbrücke hinüber zur Stadt, die jenseits der Grave ihre zackigen Umrisse in den dunklen Himmel schob.

Ich zerkaute einige der wildesten Flüche, die mir einfallen wollten, und ließ meine Augen über die Menschenmenge huschen. Dabei fragte ich per Funk die Positionen der Kollegen ab. Die meisten pirschten auf der dem Fluss abgewandten Seite des Funkhauses, Katthöfer saß in dem bereitstehenden Verfolgungsfahrzeug. Ich erspähte eine Gestalt im gelben Anorak, die sich ihren Weg durch die Demonstration bahnte, und zerrte mein Mikro zum Mund: „An Alle! Die verdächtige Person will über die Fußgängerbrücke entwischen!"

Mein Assistent wiederholte meine Ansage und befahl allen verfügbaren Kräften, sich in Richtung Innenstadt neu zu formieren. „Der Verdächtige mit dem Aussehen des sechzehnten Präsidenten der USA ist um jeden Preis im Auge zu behalten!" Katthöfer und sein unnützes ...!

Ich hatte erwartet, im Kielwasser des Abgesandten gut durch den grölenden Menschenhaufen zu kommen, aber das war ein Fehlschluss. Das Bad in der Menge brachte mir jede Menge blauer Flecken ein, anscheinend war es Pflicht, zu einer Demo mit frisch angespitzten Ellenbogen zu erscheinen. Als ich meine Dienstwaffe über den Kopf hob und „Polizei" brüllte, besserte sich meine Lage ein wenig. Dennoch war das

Objekt der Observierung schon über die Brücke hinweg, als ich endlich den Uferweg erreichte.
„Wer ist bei der Brücke postiert, verdammt!", keuchte ich ins Mikro. Die Antwort ließ mich an einem gütigen Geschick zweifeln: „Dölle?! Sind Sie das? Passen Sie auf, Sie Vollpfosten: Wenn Ihnen ein Mann im gelben Anorak und mit einem Bart rund ums Gesicht entgegenkommt – hinterher und *dranbleiben!* Dann könnten selbst Sie in meiner Achtung steigen!"
„Der?", hörte ich Magermilch dünn und kläglich im Ohr. „Der ist schon über die Brücke und in der Bessergrube verschwunden ..."
Ich hetzte über die Brücke, stieß den nutzlosen Nachwuchs im Vorbeilaufen mit aller Wut gegen das Geländer und stürzte in die Bessergrube. Gottlob war gestreut, man konnte laufen wie im Sommer. Mein Blick tanzte von einem Hauseingang zum anderen. Eine Szenekneipe zeigte offene Tore, aber ich entschied blitzschnell, dass der Flüchtende eine Gaststätte als mögliche Sackgasse meiden würde, und rannte weiter.
Leider umsonst: an der Einfahrt zur nächsten Querstraße lag ein gelber Anorak auf dem Kopfsteinpflaster. Kein Mensch in Sichtweite. Die Beschattung war zu Ende, bevor sie richtig begonnen hatte.

Die Manöverkritik im Präsidium fiel infolge Müdigkeit aller Beteiligten erbittert und lautstark aus.
Katthöfer presste ein Kühlkissen auf sein Veilchen und verteidigte sich, dass er als eingefleischter Autofahrer gar nicht ernsthaft erwogen habe, der Verdächtige könne zu Fuß fliehen. „Noch dazu bei dem Wetter! Wie sollte ich das ahnen?" Ich gab ihm als Wochenend-Aufgabe mit, er solle sich gefälligst alle Gassen, Gänge und Hinterhöfe des Stadtzentrums anschauen und dann hoffentlich klüger wieder zum Dienst erscheinen. Dölle hingegen gab ich nur wortlos eine Kopfnuss und schubste ihn nach Hause. Der Rest verlief sich.

\*\*

## 25. Sonnabend

Der Programmierer auf der Planke
hört als letztes das Wort „Danke".

Ich saß im Büro und stützte den Kopf in beide Hände, als die Staatsanwältin eintrat. Ihr Gesicht erinnerte mich an das miese Winterwetter vor dem Fenster.
„Das war ja wohl ein starkes Stück!", bellte sie.
„Ja, ich gebe zu, der Herr von dieser ABF agierte recht ungewöhnlich."
„Das meinte ich nicht! Ich meinte die armselige Vorstellung, die die Polizei bei dieser Sache abgegeben hat! Der Innensenator ist alles andere als erbaut, und ich bin es auch!"
„Immerhin war ich es, und nicht Schöll, der hinter dem Emissär hergewetzt ist!", verteidigte ich mich. „Ich werde Ihre mangelnde Begeisterung für den Observierungsplan an meinen Kollegen Katthöfer weiterleiten, der hat den nämlich ausgearbeitet. Er fährt gerne Auto und hat daher angenommen ..."
„Das ist mir ziemlich schnuppe, denn *Sie* sind der Ermittlungsleiter!" Frau Westphal stemmte die Hände in die Hüften. „Haben Sie wenigstens einige von den Demonstranten eingefangen und vernommen? Es war doch sehr verdächtig, dass die meisten in Gelb erschienen sind!"
„Das hat Katthöfer immerhin noch veranlasst, aber es hat nichts gebracht. Die haben sich damit herausgeredet, dass Strom gelb sei, und sie wollten dadurch zeigen ..."
„Wie auch immer! Haben Sie den Teichgräber zur Fahndung ausgeschrieben?"
„Seit heute morgen, für alle Fälle, aber glauben Sie daran? Dass der mit seinen Entführern jetzt gemeinsame Sache macht? Das könnte auch nur verwirrungsbildende Maßnahme sein!"
„Was auf jeden Fall für Verwirrung gesorgt hat, war die Bemerkung dieses Lincoln-Verschnitts, er hätte Sie als `einen integren Mann´ kennengelernt! Unser Polizeipräsident ist lila angelaufen, als er das erfahren hat, und musste sich in ärztliche Behandlung begeben. Nun ja, Glück für Sie, sonst hätten Sie bei *ihm* antanzen müssen. Also: stimmt das, und falls ja, woher kennen Sie ihn?"
Es lag mir auf der Zunge, dass ich den Polizeipräsidenten zu meiner Freude ausschließlich von der Arbeit kenne, doch ich verkniff es mir. „Eine zufällige Kneipenbekanntschaft. Wir haben ein paar Worte miteinander geredet, mehr war nicht. Woher hätte ich wissen sollen, das der zu den Entführern gehört?"

„Jedenfalls müssen wir hoffen, dass das der Journaille nicht groß auffällt, andernfalls ist die Kacke am Dampfen." Manchmal überrascht unsere Staatsanwältin mit Ausdrücken von olfaktorischer Prägnanz. „Nochmal zu diesem Teichgräber: er war drei Wochen in der Gewalt der Entführer, da ist das Stockholm-Syndrom nicht weit!" Sie bezog sich dabei auf die Tatsache, dass Geiseln schon aus Überlebensinstinkt oftmals Sympathie für die Täter aufbringen, zum ersten Male festgestellt bei einer Geiselnahme in einer Stockholmer Bank im Jahr 1973.

„Aber wenn wirklich stimmt, was der Emissär gesagt hat, dann ist er doch seit mindestens einem halben Tag wieder frei! Er hätte sich zumindest melden können! Wo steckt er?"

Er hat sich in einem günstigen Hotel einquartiert, das drei Straßen vom Bahnhof entfernt liegt. Die Duschkabine ist mitten im Zimmer installiert, aber das Hotel hat WLAN. Er hat den gestrigen Tag damit zugebracht, elektronische Erkundigungen über die hiesigen Schädlinge einzuziehen. Manche der Verschwörer kennt er noch aus seinem früheren Leben. Aber diese Schmach würde er bald austilgen. Das Gehirn voller Pläne, ist er endlich zu Bett gegangen.

Er hat vergessen, einen Wecker einzupacken, und das Handy hat er selbstverständlich weggeworfen. Er erwacht spät, schlingt das Hotelfrühstück hinunter und fährt mit der Straßenbahn ins Stadtzentrum, in der Absicht, Bekleidung und sonstige Artikel für seine weiteren Vorhaben zu kaufen. Wichtig sind vor allem gute Laufschuhe. Er gibt vor, beim nächsten Stadtmarathon mitmachen zu wollen, und nimmt das teuerste Modell. Die Verkäuferin wittert fette Beute und ist daher enttäuscht, als er an allem anderen knausert. Aber Tarnung steht über allem, daher muss er sich rasch und ohne Reue von Kleidung trennen können, und daher bezahlt er auch in bar.

In einem weiteren Geschäft erwirbt er einen Feldstecher und fragt nach einer guten Adresse für Faschingsbedarf. Der Laden befindet sich leider südlich des Mains, aber das Glück ist mit ihm: Der Händler verlängert die Öffnungszeit und hat echte Qualität im Angebot. Nach einer guten Stunde verlässt er das Geschäft, in den Händen zwei weitere Taschen mit Perücken, zusätzlichen Körperteilen, Schminke jeder Couleur sowie einem großen Topf Enthaarungscreme. Mochte der Mann ihn für eine Drag Queen halten, Tarnung war alles!

Er ist immer recht schmächtig gewesen, und die Zeit der Besinnung hat dies noch verstärkt. Er hat stets darunter gelitten, nicht besonders männlich zu wirken, aber das liegt hinter ihm. Jetzt ist das nicht nur Nebensache geworden, jetzt kommt es ihm zupass. Wenn die Verkleidung

gelingt, kann er sich sogar eine irreführende Legende zulegen. Er fährt mit der Straßenbahn zurück ins Hotel und summt vor sich hin:
„Erst wird der Bogen straff gespannt,
dann tötet sie mit zarter Hand.
Es spült das Blut um ihre Füße,
auf dass der Programmierer büße!"

Ich hatte meinen Assistenten angemessen zusammengefaltet und war dann mit ihm zur Wohnung des Entführten gefahren. Tatsächlich war das Polizeisiegel verletzt und der Kleiderschrank halbleer geräumt; Katthöfer glaubte außerdem eine Sporttasche zu vermissen. Wir fuhren bei dem Bogenschützen-Verein vorbei, aber dort wusste auch niemand etwas.

Als wir wieder unser kuschelwarmes Büro erreichten, klingelte das Telefon wie verrückt. Katthöfer riss den Hörer von der Gabel: „Hier Polizei Frühbek, Dezernat für Kapitalverbrechen, Kriminalkommissar Carlos Katthöfer am Apparat. – Oh, Herr Kühnig! – Nein, äh, wir wissen da auch nicht mehr als Sie. Der Emissär hat sich unserer Verfolgung leider erfolgreich entzogen. – Ja, falls wir etwas herausfinden, denke ich an Sie, allerdings ist die Ermittlungstaktik vorrangig ... Ja, danke, und auf Wiederhören!"

Mein Assistent legte auf und sah zu mir herüber. „Bei K2 glühen die Telefone. Alle Sender – Proll TV, Antenne der Wahrheit, Fox' tönerne Tagesschau und wer-weiß-ich-noch-alles – wollen Analog-Lincoln interviewen, und keiner kommt an ihn 'ran. Genau wie wir."

„Und wieso ruft der Kühnig *dich* an?"

„Weil er deinen Namen nicht weiß, Leiterchen? – Nein, im Ernst: er hat gefühlt, in wem von uns sich die wahre Kompetenz manifestiert." Er bemühte sich um ein selbstgefälliges Schmunzeln und breitete die Arme aus. „Tja, da kommt er eben auf mich."

„Und dabei bist du doch ein geistiges Nachtschattengewächs."

„Wie meinst du das denn?"

„Du bist so blöd, dass du dich nachts im Schatten aufhältst, damit du nicht so frierst!"

Den Rest des Tages verbrachten wir in der Hoffnung auf ein Fahndungsergebnis. Doch weder Herr Teichgräber noch Mister Lincoln wurden aufgestöbert.

Summend steigt er in die Dusche und testet die Enthaarungscreme am linken Unterarm. Danach reibt er sich den gesamten Körper ein, lässt die Creme einwirken, entfernt die Haare mit dem beigefügten Spatel und spült sich gründlich ab. Dann stellt er fest, dass er die Gebrauchsanweisung genauer hätte lesen sollen: Die Gesichtshaare darf man mit solchen Cremes nicht entfernen. Er hockt sich leise wimmernd in die Duschwanne und nimmt den Schmerz als Gelegenheit zur Abhärtung. Summen tut er nicht mehr.

**\*\***

## 26. Sonntag

Es geht ein Rache-Engel um
und macht die Programmierer stumm.

Die Sondersendung hatte es nicht mehr in die Samstagsausgabe des etwas verschlafenen *Frühbeker Boten* geschafft. Umso ausführlicher wurde in der Sonntagszeitung darüber berichtet. Dem Leitartikel auf Seite Eins – „K2 wird von mutmaßlichem Entführer vorgeführt" – folgte ein Kommentar auf Seite Zwei: „Ein Verbrecher und freundlicher Mahner". Der Kommentator räumte ein, dass neue technische Entwicklungen auch meistens gesellschaftliche Herausforderungen nach sich zögen, verwies aber darauf, dass es gewiss längst zu spät sei, die letzten dreißig Jahre ungeschehen zu machen. Das entschlossene *Sowohl-als-auch* der Zeitungskommentare! Der Wortlaut der gesamten Diskussion samt einiger Film-Stills war auf Seite Drei abgedruckt. Auf die fatale Bemerkung des Emissärs, dass wir uns kennen, wurde zum Glück nicht weiter eingegangen. Flankiert war das Ganze wie so oft von Stellungnahmen aus dem Internet, die von „Was für ein Spinner!" über „Endlich sagt mal einer, wie es ist" bis zum genretypischen „Schwanz ab! Kopf ab!" reichten.

Ich setzte Dölle auf die ABF-Sympathisanten an, ohne mir etwas davon zu versprechen, und wartete dann auf den durchschlagenden Fahndungserfolg und/oder den Anruf aus dem Vorzimmer des Polizeipräsidenten. Fräulein Roeske war schneller.

An einer Erklärung war dem Polizeipräsidenten gar nicht gelegen, auch nicht an meiner rührenden Freude über seine schnelle Genesung. Er erging sich in Klagen, welch schlechtes Licht dieser Vorfall wieder auf „seinen Haufen" würfe (er bezeichnete seine Untergebenen immer jovial als „seinen Haufen"; es schien, als sei er aus der analen Phase nie herausgekommen). Dann verbot er mir, kaum überraschend, jeden weiteren Umgang mit dem „verdächtigen Subjekt", faselte noch etwas allgemeines Zeug und entließ mich endlich.

Als ich die Bürotür wieder hinter mir zuwarf, saß Katthöfer an seinem Platz und las sogleich laut und genüsslich aus dem Lokalteil der Stadtzeitung vor. Dort war eine Glosse eingerückt, die zunächst die bunten Verzierungen an der Bushaltestelle Randbrook würdigte und sich anschließend mit den „besonderen Verbindungen der Ordnungsmacht zur Unterwelt" beschäftigte. Der Verfasser, ein gewisser Heiko Schnabel, pries die „Freundschaft zwischen Gesetzeshütern und -brechern als Königsweg in Richtung einer ganzheitlichen und nachhaltigen Verbrechensbekämpfung". Die ideale Symbiose sei erreicht, wenn der Unhold nach vollbrachter Tat zu Handschellen und Dienstmütze greife, um sich selbst festzunehmen und auf die eigenen Rechte hinzuweisen.

Katthöfer wischte sich die Lachtränen aus den Augenwinkeln. „Und das hast du wirklich nicht gesehen, Leitwesen?"

„Ich lese diesen Lokal-Mist nie. Aber jetzt wird mir natürlich klar, warum ich zu der Standpauke beim Präsi musste. Wir sollten bei Gelegenheit einmal einen gewissen Herrn Schnabel aufsuchen, um ihm *Manieren* beizubringen. Und zwar mehr als nur die Schreibweise."

Mein Kollege hörte nicht mehr zu, sondern sah aus dem Fenster. „Guck mal! Da fährt unser Obermotz wieder vom Hof! Stell dir vor, der war nur deinetwegen hier!"

„Eine zweifelhafte Ehre."

Er erwacht mit dem dringenden Gefühl, etwas vergessen zu haben. Jedoch erst als er im Frühstücksraum den Hotelkaffee riecht, fällt ihm seine Idee zur vollendeten Tarnung wieder ein: ein Frauenparfüm! Er trampelt Sakko und Hose glatt und geht zum Bahnhof, um im dortigen Supermarkt eine Flasche *Fleur de Morgue* der Marke *Hungari* zu kaufen. Danach strolcht er in die Innenstadt, um seine morgige Wirkungsstätte auszukundschaften. Besonders wichtig ist ihm, die versteckten Eingänge der Bankentürme genau zu kennen.

Zurück im Hotel probiert er mehrere Maskeraden aus. Lidstrich, Rouge und Lippenstift zu benutzen kostet nicht nur Überwindung, sondern braucht auch einige Übung. Das Aufbringen des Nagellacks dauert zwei Stunden. Am meisten schockiert ihn, was die blonden Zottel, die roten Locken und die Perücke aus langem glattem schwarzem Haar mit seinem Gesicht anstellen.

Er entscheidet sich für die Blondmähne, steigt in einen halblangen Rock, nimmt etwas Parfüm, schiebt sich noch zwei Körperersatzstücke unter die Bluse und geht an die Hotelbar. Der Praxistest fällt trotz der deplatzierten Laufschuhe beunruhigend positiv aus. Pünktlich um zehn Uhr geht er zu Bett, denn morgen ist der große Tag seiner Bewährung. Kopfschüttelnd denkt er an die drei beschwipsten Vertreter, die ihn im Laufe des Abends angegraben haben.

Im Entführungsfall blieb momentan nichts zu tun. Wir nutzten die Zeit, die Akten Giebelstein und Rennpferdt aufzuräumen und die Fälle wasserdicht zu machen. Eine stumpfsinnige Schreibarbeit, darum machte ich recht früh Schluss und fuhr direkt zum *Waidwunden Hirschen,* mit der festen Absicht, das Etablissement zu verlassen, sobald der Herr mit der Schifferkrause auftauchte.

Sinnvoller wäre es gewesen, ihm nach dem Mund zu reden und nach dem Besäufnis – falls noch möglich – zu seinem Wohnort zu folgen. Aber unser Polizeipräsident war da sehr eindeutig gewesen.
Allerdings erschien Mister Lincoln heute Abend nicht.

\*\*

## 27. Montag

Kommt, kleine Ratten, aus den Löchern,
ich hab' für euch in meinen Köchern!
Wo euer schlaffes Fleisch auch steckt,
ich hab' euch immer noch entdeckt.
Software-Entwickler sind ganz nett?
Doch nur als Geisterbahn-Skelett!

Ein Schlaks stand im Foyer und kam mangels Pförtner auf mich zu: „Ich bin Mirco Heydel und möchte einen Diebstahl melden. Man hat mir meine virtuellen Waffen geklaut!"
Warum geriet immer ich an solche Spinner? „Man hat was?!"
„Ich bin im Online-Game *Zanonia Spells* ein *Blood Wizard*. Irgendjemand hat mir gestern meinen Schlangendegen, meinen Sichelspeer und alle meine Blutkonserven geraubt, so dass ich nicht mehr zaubern kann!"
„Das kenn' ich", schnaubte ich. „Wenn ich mal meinen Zauberstab verlege, komme ich mit der Arbeit hier auch nicht mehr zurande!"
„Wollen Sie mich verkackeiern?", fragte der manische Magier. „Die Sachen haben echtes Geld gekostet! Die will ich wiederhaben!"
„Moment mal – damit ich das richtig verstehe: Sie bezahlen echtes Geld für Pixelwaffen?! Wie bescheuert kann man eigentlich sein?"
Er zuckte die Achseln. „Das ist zwar Cheating, aber so kommt man halt easier an die wirklich abgespaceten Goodies!"
Ich wartete etliche Sekunden, doch da er keine Anstalten machte, seine Einlassung auf Deutsch zu wiederholen, schickte ich den Zauberkünstler zu den Kollegen von der Internetkriminalität. Man muss auch gönnen können.

Nach dem Frühstück kauft er am Bahnhof noch ein Paar Ohrclips und fährt mit der S-Bahn in den Taunus. Er stapft in einen leeren weißen Wald. Die Sonntagsspaziergänger haben gut ausgebaute Magistralen in den Neuschnee gefräst, aber heute ist er allein. Er pinnt Fotoporträts der Schädlinge in Kopfhöhe an die Bäume, nimmt den Hawk Delta Killer-Falcon aus der Tasche und trainiert mehrere Stunden, indem er auf die Herzgegend unter den Gesichtern schießt. Seine Treffsicherheit hat in der Zeit der Besinnung nicht gelitten. Ein gutes Gefühl. Und der kompakte, aber kraftvolle Bogen ist ein Traum.
Er wärmt sich in einem Restaurant bei Sauerbraten und alkoholfreiem Bier auf und fährt dann ins Hotel zurück. Dort rasiert er sich gründlich, legt sorgfältig die gestern getestete Maskerade an, zieht einen blauen

Trainingsanzug über einen roten Sportdress und versenkt die Sporttasche mit Pfeil und Bogen in einer zweiten, größeren Tasche. Als hochgewachsene Blondine in einem blauen Trainingsanzug verlässt er das Hotel und geht zu Fuß ins Stadtzentrum.

Kalt und scharf drückt der Wind zwischen die schwarz-silbernen Bürotürme. Sie stellt die Sporttasche ab und macht einige Tai-Chi-Übungen. Niemand interessiert sich dafür; die wenigen Passanten sind bestrebt, rasch ins Warme zu kommen.

Sie nimmt den Bogen mit der linken Hand aus der Tasche und setzt ihre Übungen fort. Der Pfeil wartet bereits in der rechten Jackentasche.

„Tai Chi mit Bogen? Das gibt's gar nich'." Ein neunmalkluger Neunjähriger ist stehengeblieben und gafft sie an.

„Doch, gibt es", zischt sie und bewegt sich weiter, ohne zu stocken. Der Junge fischt ein Taschentelefon aus seiner giftgrünen Vlies-Jacke: „Das hab' ich gleich."

Wo Zwei sich streiten, bleibt ein Dritter stehen. Ein älterer Herr ist es, mit einem ganz andersartigen Interesse in den Augen als das Kind. Sie atmet ruhig und fließt in ihre Übungen. In jeder Sekunde kann auf der gegenüberliegenden Straßenseite das erste Opfer auftauchen; sie kennt dessen Gewohnheiten von Fratzbuch. Den Ausgang, aus dem es kommen muss, hält sie ständig im Augenwinkel.

„Ha!", macht der Junge. „Tai Chi gibt's mit Holzschwertern und chinesischen Hellebarden und so Zeugs, aber nicht mit Bögen!"

Zwei weitere Menschen bleiben stehen, ein junges Paar. Unter ihrer blonden Perücke spürt sie trotz der Winterkälte die ersten Schweißtropfen.

„Ich mache es eben mit einem Bogen", sagt sie mühsam beherrscht. „Wie ein chinesischer Robin Hood."

„So ist das aber nicht richtig!", trumpft der grüne Knabe auf.

Sie gerät aus dem Bewegungsfluss und setzt neu an. „Ich muss mich konzentrieren, ich will hier gleich jemanden umlegen!", schnappt sie. „Also verzieh dich oder halt's Maul!"

„Klare Ansage", würdigt der ältere Herr. Das junge Paar schaut umher, die beiden suchen offenbar das Kamerateam. Ein Mann mit Einkaufstaschen stoppt schnaufend. „Ich sollte Eintrittskarten verteilen", murmelt sie und macht weiter. Ohne abzusetzen schiebt sie dabei die rechte Hand in die Jacke, holt den Pfeil heraus und legt ihn in die Mulde für den Schaft.

„Sie macht Tai Chi mit 'nem Bogen", sagt das altkluge Gör halblaut zu den Umstehenden. „Dabei gibt's das gar nicht."

„Sogar mit *Pfeil* und Bogen", bemerkt der ältere Herr. Sie spannt die Waffe und beschreibt auf den Fußballen einen Halbkreis. Als sich die Pfeilspitze vorübergehend auf ihn richtet, blickt der Junge sehr zweifelnd.

Der Bankausgang auf der anderen Straßenseite wird geöffnet, und ein paar Angestellte schwappen schwatzend heraus. Sie lässt den Blick über die Gruppe schweifen: die Zielperson ist nicht darunter.

Der Mann mit den Einkaufstaschen verliert die Geduld und geht weiter, aber an seiner Statt sammeln sich ein paar Halbstarke an. „Knacke Karosse", meint einer und mustert sie von oben bis unten.

„Ich glaub', von irgendwo wird gefilmt", macht sich der Knabe mit dem Handy wichtig.

„Echt?" Während die Jugendlichen neugierig in die Runde schauen, kommt ein weiterer Schwung von Angestellten aus der Bank. In einem neuen langsamen Halbkreis erforscht sie die Gesichter, die Waffe im Anschlag.

Da – das Ziel! Der grüne Junge hat beschlossen, auch seinerseits zu filmen, und hält sein Handy vors Auge. Sie löst aus, der Pfeil verlässt schwirrend die Sehne und bohrt sich mit einem wundervollen Geräusch links neben einem Schlips durch ein weißes Hemd und zwischen zwei Rippen hindurch in das Herz des Schädlings.

Er bricht zusammen und Tumult aus. „Einen Arzt! Einen Arzt!", wird auf der anderen Straßenseite gerufen. Die Menschen auf dieser Straßenseite sind unschlüssig, was sie tun sollen. Sie beendet ohne Hast das Tai Chi, legt den Bogen in die Sporttasche und hebt diese auf. Im Aufrichten winkt sie die Straße hinunter. Als ihr Publikum in die vorgegebene Richtung schaut, um endlich das imaginäre Kamerateam zu sehen, geht sie mit federnden Schritten in die Gegenrichtung davon. Auf der anderen Straßenseite wird derweil aufgeregt in Taschentelefone geschrien. Der Neunjährige hält triumphierend sein Handy hoch: „Ich hab' alles drauf!"

Hinter der nächsten Straßenecke lässt sie die Tasche fallen, schält sich aus dem blauen Trainingsanzug und reißt sich Perücke und Ohrclips vom Kopf. Nun ist er kurzgeschoren und brünett in einem roten Sportdress, genau wie geplant. Unerwartet ist hingegen das Zittern der Hände und das ungeheure Glücksgefühl, dass plötzlich von den Zehenspitzen bis unter die Schädeldecke strömt. Er wirft Trainingsanzug, Perücke und Ohrclips in die äußere Tasche und alles in die nächste Mülltonne.

Konzentriert atmend und glücklich wandert er zum Hotel zurück. In der kleineren Tasche liegt der Bogen. Als Polizeiwagen und Ambulanz mit Sirene und Blaulicht an ihm vorbei ins Stadtzentrum stürmen, schwingt er sie ein wenig übermütig beim Gehen hin und her.

Letztlich ist die Aktion erfolgreich verlaufen. Der Würgermeister würde stolz auf ihn sein. Aber zu viele Menschen sind auf ihn aufmerksam geworden, das muss besser werden. Und er weiß auch schon wie.

Ich hatte bei der Staatsanwältin vorgefühlt, ob man denn bei einer Entführung ohne gefühltes Opfer weiterhin mit Hochdruck ermitteln müsse, aber sie sagte nur „Offizialdelikt" und ließ mich stehen. „Habe ich Ihr Okay für eine Kontoprüfung?", rief ich ihr hinterher.

Hatte ich, und wenig später stand fest, dass der Teichgräber sein Konto bereits am Heiligabend um 14.44 Uhr an einem Bankautomaten in der Boeckstraße leergeräumt hatte. „Mit *den* Mäusen kommt er dreimal bis nach Neuseeland, wenn er will!", rief Katthöfer anerkennend aus.

„Und wenn er alles bar bezahlt, finden wir nie wieder eine Spur von ihm", resignierte ich.

„Wir überwachen doch sein Handy", meinte mein Assistent leichthin, „damit schnappen wir ihn ganz sicher!"

Katthöfer wird KK mit Ausgleichszulage bleiben.

\*\*

## 28. Dienstag (Silvester)

Der Programmierer lässt uns leiden?
Grund genug, ihn auszuweiden!

„Ein ganz und gar goldenes Kleid? Nein, meine Dame, ich fürchte, so etwas führe ich nicht."
„Oder silbern."
„Das schon eher." Der Krämer schiebt einen riesigen Schrank auf. „Und dazu eine goldene Perücke im griechischen Stil?"
„Nein, die müsste dann auch in silbern."
„Aber griechisch frisiert?"
„Um eine griechische Göttin darstellen zu können ..."
Der Händler taucht aus strammstehenden Kostümen und Mottenkugelduft wieder auf: „Sagen Sie das doch gleich, dass Sie als lebendes Denkmal gehen wollen! Das ist doch keine Schande. Ob es allerdings die richtige Jahreszeit ist – griechische Göttinnen sind ja eher leicht geschürzt. Aber das überlasse ich selbstverständlich Ihnen. Hier ist das Kleid – und hier die Perücke."
„Ich würde beides gern anprobieren. Wo kann ich ...?"
„Ach so, kein Problem, für so etwas haben wir diesen kleinen Nebenraum. Da ist auch ein Spiegel drin."
Während sie sich zurück- und umzieht, plappert der Verkäufer weiter. „Sie werden übrigens nicht glauben, wer heute morgen hier war. Die Kriminalpolizei, drei Mann stark! Gestern ist nämlich in der Innenstadt ein Informatiker erschossen worden, auf offener Straße! Nicht zu fassen, so was, in unserem friedlichen Frankfurt! Na ja, Mainhattan ... da braucht sich niemand wundern, wenn wir hier New Yorker Zustände kriegen. Und man hat in einem Abfalleimer eine Tasche mit einer von meinen Perücken gefunden! Die soll der Attentäter getragen haben. Ich war da erstmal sprachlos."
„Kaum zu glauben", sagt seine Kundin durch den Türvorhang.
„Ja, nicht wahr! Na, ich kann schließlich nix dafür, was meine Kunden mit meinen Artikeln anstellen. Das hab' ich denen auch gesagt. Und dass ich ihnen nicht weiterhelfen kann. Denn meine letzten fünf Monroe-Perücken sind allesamt an Männer über den Tresen gegangen – die letzte erst am Samstag – und der Täter war ja eine Frau."
„Was Sie nicht sagen!"
„Tja, wie gesagt, mitten in Frankfurt! Einer von den Inspektors ließ was von Eifersuchtsdrama durchblicken – den Rest kann man sich denken.

Manche Dinge ändern sich nie ... Soll ich vielleicht schauen, ob es Ihnen steht?"
„Nein! Danke. Ich bin auch schon fertig." Die Kundin tritt aus dem Nebenzimmer.
„Und, nehmen Sie's?"
„Ja, alles. Sie können es in diese Tasche tun."
Der Krämer guckt verdutzt, als er das Logo auf der Einkaufstasche sieht. „Sie waren schon mal hier?"
„Äh ... ja. Ist länger her. Aber Qualität setzt sich durch."
„Das sag' ich auch immer!" Der Händler strahlt sie an und übergibt ihr die prallgefüllte Tasche. „Zusammen macht das dann Zwohundertsiebenundachtzig Fuffzig. Haben Sie denn auch silberne Schminke?"
„Nein. Aber ich dachte daran, mir eine silberne Strumpfmaske überzuziehen. Sie sagten ja selbst: in dieser Jahreszeit ..."
„Sowas nenn' ich vernünftig. Das Kleid ist sehr schön, aber dünn, dünn! Denken Sie dran, etwas Warmes für drunter ist immer gut!"
Die Kundin zahlt und verabschiedet sich. Der Verkäufer sieht ihr nach und murmelt: „So eine tolle Frau! Mit Stil! Die macht gewiss was her als Göttin! Und die roten Locken ... viel schöner als bei einer dieser Perücken im Schaufenster."

Silvester ist immer ein Großkampftag bei der Polizei, und das war auch diesmal nicht anders. Die Leute lassen sich schon vormittags volllaufen, pöbeln herum, fangen an zu randalieren, schmeißen mit Feuerwerk, tun einander weh, und die Streifenhörnchen sind im Dauerstress. Und wer ist es wohl, von dem aufzuklären man erwartet, „wer angefangen hat"? Genau: die Kripo. Wie im Kindergarten. Zwar nur ab Körperverletzung aufwärts, aber immerhin.
Kollege Moelck platzte herein und ließ sich in einen Stuhl fallen. „Oh Mann! Da prügeln sich an die zwanzig Leute, und du kriegst keine Verstärkung 'ran! Funkstörung! Dieser Scheiß-Digitfunk!"
Wir schauten ihn an, und er glotzte zurück, nahm die Mütze ab und kratzte sich die Stirn: „Wollt bestimmt wissen, was ihr dabei sollt! Na, vielleicht werdet ihr aus dem Quatsch schlau, den die da von sich geben! Ich weiß nur, dass wir die vor der Medienwerft aufgegriffen haben ..." Er stand wieder auf. „Ich rat' euch, die Typen einzeln zu vernehmen, sonst schreien die nur gleich wieder alle durcheinander! Sind im Raum 25."
Wenig später saß uns einer der Unruhestifter gegenüber, ein unrasierter Kerl mit dreckiger Jacke. Katthöfer eröffnete: „So. Was wollte deines Vaters Sohn denn da vor der Medienwerft?"

„Wir waren ganz friedlich! Erst als diese Symps kamen, fing der Ärger an! Wir wollten nur ..." Er gestikulierte und verstummte.

„Was denn?", säuselte mein Assistent. „Sag's doch. Würmer in der Nase sind doch was Lästiges."

„'Ne Mahnwache wollten wir machen!", grunzte der Typ. „Gegen diese Fieslinge, die unsere Kinder verderben mit Handys und flackernden bunten Spielen! Die sitzen doch da in diesen restaurierten Hafenschuppen!"

„*Du* hast Kinder?" Katthöfer beugte sich vor. „Wer hat *dich* denn 'rangelassen?"

„Irgendeine ekelresistente Schlampe, wer sonst?", warf ich ein. „Aber das tut nichts zur Sache. Lass mich raten: die Sendung vom Freitag hat euch drauf gebracht."

„Klaro! Endlich mal einer, der sagt, wie's is'! Wir waren ja eigentlich beim Bündnis, also den besorgten Eltern, nä, aber die sind einfach zu kleinkariert. Da sind wir losgezogen für 'ne anständige Mahnwache. Mit Kerzen! Kann sein, dass auch mal 'n Knallkörper flog gegen die Scheiben vonner Medienwerft. Aber alles locker – bis die Symps kamen. Fingen gleich an 'rumzustänkern!"

„Und wer sind nun diese `Symps´?"

„Na, die Sympathisanten von diesen Programmiererärschen! Erst stellten die sich dazu und mahnten mit. Aber als dann einer von denen mit einer Fahne wedelte mit so 'nem großen blauen kleinen E drauf, fiel bei uns der Groschen. Wir mahnen dagegen – und die dafür! Gab natürlich Geschrei! Die palaverten herum, das sei nun mal der Lauf der Dinge, kauft euern Kindern doch sowas nich', wenn's euch nich' gefällt, habt ihr nix Besseres zu tun ... Und so weiter, nä."

„Also eine, hm, kultivierte Diskussion. Die dann außer Kontrolle geriet?"

„Ja, wie das so is', nä. Wir bölkten dagegen, sie sollten sich verpissen, wir hätten genau wie Kleingärtner wenig Lust auf Maulwürfe, alle wurden immer lauter, und einige griffen dann zu so herumliegenden Palettenbrettern ... Wie das so is', nä."

„Sicher, eine ganz normale Freizeitbeschäftigung. Und wer hat nun *zuerst* nach so einem Holz gegriffen?"

Der Ruhestörer sah von mir zu Katthöfer und wieder zurück. „Öhh ... ich glaub', das war der Walter ... Ja, genau! Der wollte erst mit Fäusten auf die los, und ich hab' dem noch gesacht, er soll das lassen, er soll sich nicht die Hände an denen schmutzig machen ... Da ruft er: Dann nehm' ich einfach das hier! Und schwingt volle Kanne so'n Brett mit Nägeln drin! ... Aber die, diese Symps, nä, die hatten den auch echt voll fies provoziert! Und überhaupt – wer da solche Bretter 'rumliegen lässt, muss mit sowas rechnen. Da muss ja was passieren."

„Und der Walter, hat der auch einen Nachnamen?"

„Nee ... Ich mein', klaro hat der einen, aber ich kenn' den nich'." Er lehnte sich im Stuhl zurück. „Kann ich jetz' gehen, Kommissar?"

„Sobald du uns gesagt hast, ob dieser Walter in Raum 25 dabei ist", meinte Katthöfer.

„Der doch nich'! Der hat sich verkrümelt, als die Sirene ankam. Is' wahrscheins an den Schuppen entlang umme nächste Ecke. Oder auf einen von den alten Kränen, da gibt's ja genuch Möglichkeiten. Der braucht sich nich' auf der Wache die Stunden um die Ohren schlagen, der nich'!"

„Haben Sie auch so ein Holz geschwungen?"

„Klaro! ... Äh, aber wirklich nur geschwungen, nä, nur so zur Drohung, damit die abhauen, ich bin ja immer ganz friedlich, Kommissar, echt jetzt! Also zugeschlagen hab' ich nich'!"

„Sicher. Es sind ja immer die Anderen. Und wer nicht schwimmen kann, dessen Badehose trägt die Schuld."

Der Nächste bitte, das Wartezimmer war voll. Wir hatten noch reichlich Gelegenheit, Namen und Adresse des mutmaßlichen Rädelsführers herauszupressen.


Das Kleid kneift und scheuert an den unmöglichsten Stellen. Bei der Anprobe ist sie ungeduldig und zu nervös gewesen, um darauf zu achten. Außerdem friert sie nicht zu knapp, und dass man sich als lebendes Denkmal kaum bewegen darf, ist auch nicht hilfreich.

„Guck mal, ein bebendes Denkmal", grinst ein Gaffer.

Doch die Vorteile wiegen die Nachteile auf. Wie man es von einem Denkmal erwartet, steht sie erhöht auf einem Sockel vor der Oper und und kann dank ihres Kostüms als *Diana, Göttin der Jagd*, den Ausgang der Hypo-Kapriol-Bank ungestört und andauernd im Auge behalten. Sie hat sich einige billige Pfeile gekauft und lässt rollengemäss hin und wieder einen davon über die Köpfe der Umstehenden in eine ungefährliche Richtung sausen. So würde es nicht auffallen, wenn ein tödlicher Pfeil darunter wäre.

Die Bank ist diesmal so weit entfernt, dass sie nur mit der Vergrößerung die Gesichter der Angestellten erkennen kann. So hebt sie jedes Mal ruckartig den Bogen und blickt durch die eingebaute Linse, wenn sich am Ausgang etwas tut.

Ein kleines Mädchen legt einen ihrer Pfeile und eine 50-Cent-Münze in ihre Mütze und lächelt schüchtern. Als sie silbern zurücklächelt, rennt es zu seinen Eltern. Göttern müssen Opfer gebracht werden, und Göttinnen erst recht.

Ein weiterer Vorteil dieser neuen Rolle ist, dass sie von niemandem angequatscht wird. Niemand erwartet von einem Denkmal, dass es den Mund auftut, auch nicht von einem lebenden. Wenn alles gut geht, könnte sie heute sogar mehrere Terror-Informatiker hinrichten!

Sie hat gerade einen Billigpfeil abgeschossen, als am Bankausgang Bewegung entsteht. Mehrere Zielpersonen wandern durch die Linse. Der Griff in den Köcher ist flüssig, der richtige Pfeil landet in seiner Mulde, und sie ist wie immer eins mit sich, als sie das hoffnungsfrohe Geschoss auf seine Reise schickt. Zweihundert Meter entfernt bricht jemand zusammen, doch der Schnee dämpft alle Geräusche. Sie legt einen neuen Pfeil ein, lächelt grausam und verschreckt damit das kleine Mädchen erneut.

Regungslos, wie es sich für ein Denkmal gehört, lässt sie einige Minuten verstreichen. Niemand von den aufgeregten Deppen in der Ferne scheint eine Idee zu haben, woher das tödliche Leichtmetall gekommen ist. Und die Passanten zu ihren Füßen werden erst durch das Heulen des Krankenwagens auf die Exekution aufmerksam. Als der leblose Schädling auf die Tragbahre gewuchtet wird, zeichnet sich dahinter ein anderes Ziel ab. Wieder ein Ziel erster Ordnung, und genau im Fadenkreuz! Welch ein wunderbarer Zufall! Sie schiebt sich die Zunge zwischen die Zähne, spannt mit aller Kraft den Bogen und sendet einen weiteren Pfeil quer über den Platz. Dann springt sie vom Sockel und nimmt die Beine in die Hand.

„Guck mal, ein rennendes Denkmal", grinst ein Gaffer.

In einer infernalisch stinkenden öffentlichen Toilette zwei Straßen weiter verwandelt er sich in einen schmächtigen Mann mittleren Alters zurück. Er wickelt Bogen und Köcher in das silberne Kleid und stopft alles zu Perücke und Strumpfmaske in eine weiße Plastiktüte, die ihm bis dahin als Oberweite gute Dienste geleistet hat. Summend verlässt er die Bedürfnisanstalt. Niemand beachtet ihn, als er zum Hotel zurückschlendert.

Nur die Mütze hat er zurückgelassen.

„Was, eine Pressekonferenz!? Jetzt gleich?"
„Haben Sie Ihrem Kollegen denn nichts davon gesagt?" Die Westphal zeigte mir ihr Raubvogelprofil, als sie den Kopf zu Katthöfer herumwarf.

„Ich bin ein Tierfreund!", wehrte sich dieser und machte sein harmlosestes Gesicht. „Der ganze Freitag war meinem geliebten Vorgesetzten verhagelt, als er zu Karsten Kühnig musste! Da wollte ich so nett sein und ihn nicht vor der Zeit damit behelligen, dass er schon wieder ..."

Die Staatsanwältin drehte sich zu mir. „Jedenfalls müssen wir der schreibenden Zunft entschieden gegenübertreten und glaubhaft dementieren, dass dieser – Schmalspur-Lincoln und Sie dicke Freunde sind. Wo ist Ihr Schlips?"

Ächzend griff ich in die Schublade. „Zumal ich die Zeitungsschnüffler sonst ewig an den Hacken hätte. Ich sehe schon, es ist ganz in meinem Interesse. Dennoch peitscht mich die Unlust." Ich schob mir den Deko-Strick unter den Kragen.

Die Westphal bekam Schlitzaugen. „Sagen Sie mal, ist das Ihr Ernst? Das ist doch ein Patentschlips, und eingesaut dazu! Haben Sie denn keinen richtigen?!"

„Mit dem hab' ich mich am Freitagabend fast erwürgt, bis ich den vom Kopp hatte, schönen Dank auch! Der wanderte gleich in den Müll!"

Sie fuhr auf dem Absatz herum. „Herr Katthöfer! Runter mit Ihrer Krawatte! Ich blamiere mich nicht mit diesem Träger eines fleckigen Lätzchens neben mir. Binden Sie ihm das Ding um, das ist eine dienstliche Anordnung!"

Die Erniedrigungen, die ich im Dienst über mich ergehen lassen muss, werden wohl nie ein Ende nehmen. Dass ich dafür bezahlt werde, kann das nur im Ansatz ausgleichen.

Doch etwas anderes hob meine Laune ganz beträchtlich, als ich von der Pressekonferenz zurückkam.

„Gute Nachrichten!", tönte Katthöfer. „Ich hab zwar nicht den Nachnamen, aber dafür die Adresse und eine Beschreibung von diesem Walter herausgefiedelt und war auch schon vor Ort. Zwar war der Kerl nicht zu Hause, aber ich hab' den Dölle dagelassen. Sobald sich der Verdächtige blicken lässt, gibt er uns Bescheid. Dann kommen wir vielleicht endlich mal weiter!"

Ich setzte mich hin und überlegte einen Moment. „Aber wir haben Silvester. Es kann sein, dass dieser Walter die ganze Nacht nicht auftaucht, und es soll richtig arschkalt werden."

Mein Assistent grinste diabolisch. „Leitwesen, du hast es erfasst!"

**\*\***

## 29. Mittwoch (Neujahr)

Der Programmierer riecht nach Motten?
Ein Grund mehr, ihn auszurotten!

Der Beruf des Kriminalpolizisten bringt es mit sich, dass man mit Ansichten der menschlichen Natur konfrontiert wird, die äußerst unerfreulich sein können. Wasserleichen sind eine solche scheußliche Ausschmückung unserer Tätigkeit, Brandopfer eine andere. Den zersägten Torso des Kindergärtners von St. Georg habe ich nur durch eine Sauftour aus dem Kopf bekommen, die eine Woche dauerte, und das ohne Unterbrechung. Und über den berüchtigten Wäscheklammermord breite ich nur zitternd die oft benutzte Decke des Schweigens. Ich sage nur soviel: diese Decke ist nicht mit neckischen Stickereien verziert!

Und doch nehmen uns die sterblichen Reste eines Unbekannten oftmals weniger in den seelischen Schwitzkasten als es die Leiche eines Menschen tut, den wir gekannt haben. Und dies selbst dann, wenn er uns ein rotes Tuch war. Ich sah ihn und ... ich gebe es zu ... ich drückte zwei, vielleicht sogar drei Tränen unter meinen abgehärteten Augenlidern hervor. Kalt und steif und embryonal gekrümmt hockte er in einem Hauseingang, und seine gefrorenen Augäpfel starrten in stummer Klage wie zwei tote Golfbälle.

So oder ähnlich hätte ich gern geschrieben. Tatsächlich empfing uns Dölle am nächsten Morgen lebend und quietschfidel in einem überheizten Restaurant, das die ganze Nacht zwecks Silvesterfete geöffnet gehabt hatte und aus dessen Panoramascheibe er den Eingang zu der Wohnung des Aufrührers glasklar im Auge hatte behalten können. Zu allem Überdruss hatte er beim Jahreswechsel auch noch eine blondierte Party-Maus kennengelernt, ein süßes Ding mit verwischter Schminke, das beschwipst kicherte und unentwegt an seiner pickligen Außenhaut herumschmuste. Er lächelte etwas verlegen, als er uns sah.

„Der Verdächtige hat vor exakt sechzehn Minuten sein Haus betreten, Herr Kommissar", machte er seine Meldung. „Er torkelte leicht und dürfte daher, falls erforderlich, ohne größere Probleme zu überwältigen und festzunehmen sein."

Begeistert drückte seine neue Flamme einen Kuss auf sein rotes Ohr. „Hat er das nicht toll gemacht? Seit gestern Abend – eisern im Dienst! Ich hab' ihn nur hin und wieder ein bisschen wachrütteln müssen, meinen kleinen Wachtmeister!"

Katthöfer spähte durch die verschmierte Scheibe hinüber. „Gleich festnageln?"

Ich grabbelte nach meinem Taschentelefon. „Nö. Wollen doch mal sehen, ob die Presse dabei sein möchte." Bei der Pressekonferenz war zwar nur ein Haufen Dünnschiss ventiliert worden, aber sie hatte mir die Bekanntschaft mit Herrn Heiko Schnabel eingebrockt, einem schmalen, vollkommen harmlosen Schreibtischtäter mit großer Brille, dem nur vor seiner Schreibmaschine Zähne und Klauen wuchsen, der aber durchaus nicht bloß bissige Glossen schrieb. Wir hatten uns überraschend gut verstanden.

„Das von dir?" Meinem Assistenten blieb der Mund offen. „Hör ich richtig oder hab' ich Hallenunken? Obwohl: *Durchbruch im Entführungsfall* – das würde sich gut machen. *Der scharfsinnige Kriminalkommissar Carlos E. Katthöfer, federführend an der aufsehenerregenden Entwicklung beteiligt ...*"

„Träum später weiter."

„Jawohl." Er salutierte feixend. Hinter uns schwärmte Dölles neuer Schwarm: „Ach, Torben! Du hast das gleiche Handy wie ich, denselben Provider, das gleiche Notebook – wir haben ja so viel gemeinsam!" Zum Kotzen.

Schnabel konnte nicht selbst kommen, versprach aber, einen Fotografen zu schicken. Der stand nach fünfzehn Minuten auf der Matte; bei dem konspirativen Wohnhaus hatte sich nichts gerührt. Ich pfiff Dölle von seiner Perle weg, und wir stiefelten über die Straße.

Das Klingelbrett des Altstadt-Mietshauses ließ alle Wünsche offen. Aber auch die Haustür hatte man offengelassen. Ich schickte Dölle in den Hinterhof („Falls der Walter flüchten will. Verstecken Sie sich zwischen den Mülltonnen, da passen Sie am besten hin.") und klingelte im Erdgeschoss, um mich zu erkundigen, auf welcher Etage jemand namens Walter wohnte. Eine verschlafene Oma brabbelte etwas vom zweiten Stock. Wir stiegen das zerfallende Treppenhaus hinauf und klopften bei „W. Stolz".

Der gähnende Fettwanst, der uns öffnete, wirkte wie ein menschlicher Komposthaufen, aber nicht wie ein Unruhestifter. Außerdem, so klärte er uns auf, stand das „W." auf der Tür nicht für Walter, sondern für Wieslaw.

„Der hier ma' wohnte, der hieß Walter, glaub' ich." Er drehte sich den Zeigefinger ins Ohr, zog ihn wieder heraus und betrachtete den Bohrkern. Ich merkte mir den Vorgang für meine Verhörmethoden. „Is' 'n paar Woch'n her. Sons' noch was?"

„Nein, vielen Dank, Herr Stolz. Legen Sie sich wieder auf Ihr ungewaschenes Ohr."

Wir trampelten die Treppen wieder hinunter. Im Erdgeschoss stand Dölle und glotzte wie ein Bär, der den Honig entdeckt, aber Angst vor den Bienen hat. Unsicher hielt er ein kleines Plakat hoch. „Das klebte im Hausflur. Vielleicht kann man da ansetzen?"

Der Wisch in seiner Hand verhieß *Informelle Treffen der Selbsthilfegruppe für Opfer der Silikonisierung – SOS – jeden Donnerstag 16.00 Uhr in der VHS, Raum 101.*

„In der Tat, Herr Dölle", sprach ich, „ eine nützliche und brauchbare Idee von Ihnen. Wie außerordentlich. Ich werde da morgen hingehen."

„Wieso du?", fragte mein Kollege perplex.

„Weil unser Herr Dölle hier", antwortete ich zur Hälfte ihm und zur Hälfte dem Fotografen, „wohl kaum als Opfer der Elektronik durchgeht! Der schafft doch keinen Schritt ohne seine piepsenden Zusatzgeräte. Und du, mein lieber Katthöfer", ich fasste ihn scharf ins Auge, „denkst bei Silikon sowieso an etwas ganz anderes! Du bist doch ein Sklave der drei großen Eff."

„Hä?"

„Frauen, Fußball, Faulenzen. Also geh' *ich* da hin – undercover, als verzweifelter Neuzugang."

Der Fotograf räusperte sich. „'Schuldigung? Mir scheint, hier passiert nix mehr. Ich geh' dann, wenn's recht ist."

„Ist es. Schöne Grüße an Herrn Schnabel", sagte ich und schmunzelte, denn mein Assistent kam aus dem Staunen nicht mehr heraus.

„Du und die Presse! Das ist aber mal eine Kehrtwendung", resümierte er schließlich, als wir zum Wagen zurückstapften. „Sag mal – was sollte der Magerquark eigentlich zwischen den Mülltonnen? Er hätte doch nie und nimmer eine Type wie diesen Walter aufhalten können, der hätte den einfach übergewalzt."

„Katthöfer, du hast es erfasst."

Der Rest des Tages verlief weniger erfreulich. Wir latschten durch den knöcheltiefen Schneematsch *vor* dem Präsidium und durch das knöcheltiefe Erbrochene der Silvesterbesoffenen *im* Präsidium in unser Büro zurück, wo die Westphal nur auf mich gewartet hatte, um mich wegen des „eigenmächtigen Heranziehens der Presse" zusammenzustauchen. Ob ich denn nicht wisse, dass solche Dinge über ihren Tisch zu laufen hätten – eine offenkundig rhetorische Frage. Danach tauchte der Gösch auf, wegen der Knallchargen von der doppelten Mahnwache, die die U-Haft unnötig verstopft hätten; er war nur unwesentlich freundlicher. Und kaum war er gegangen, platzte die Staatsanwältin wieder herein. Eine ehemaliger Kommilitone von ihr, jetzt in Frankfurt tätig, habe in der Mittagspause mit ihr „geskalpt" und dabei erwähnt, dass in seinem Zuständigkeitsbereich binnen zwei Tagen drei Informatiker aus den dortigen Banken erschossen worden seien. Ich solle mit den Frankfurter Kollegen Rücksprache halten, um einen Zusammenhang mit unserem Fall festzustellen oder auszuschließen.

Mit anderen Worten: Ich kriegte an diesem Arbeitstag nicht ein einziges Mal meine Füße auf den Tisch!

Als ich nach Hause kam, brannte in der Wohnung Licht. Ich zog die Knarre, öffnete die Haustür so leise wie möglich und veranlasste meine Tochter, ein Glas Cola und eine Schüssel Erdnusswürmer fallen zu lassen und überdies wie am Spieß zu kreischen. Als sie endlich still war, fragte ich: „Herrje, was *machst* du denn auch hier?!"

Schon wieder zitterte ihre Unterlippe: „Deine Exfrau hat mir PC und Handy total verboten! Die ist durchgeknallt, seit dem Siebenundzwanzigsten! Nur noch das absolute Minimum, sagt sie! Und dabei bin ich doch so kurz davor, den Regenbogentopf zu schnappen!"

„Ist das eine neue Lotterie?"

Sie rollte die Augen über meine Ahnungslosigkeit. „Nein, das ist der megageniale Haupttreffer im neunten Level von *Albenquest XIV*! Dadurch bekomme ich super neue Eigenschaften! Na, zum Glück hab' ich mich erinnert, dass ich mein neues Tablet ja hier noch liegen hatte, und bin sofort hergeradelt ..."

„Das Weihnachtsgeschenk."

„Ja, Papp, vielen Dank nochmal, das ist meine letzte Chance auf den Regenbogentopf! Ich wollte es mir gerade gemütlich machen ..."

„Das seh' ich", ronzte ich und blickte auf den Boden, auf dem die Würmer in der Cola dümpelten wie die russische Schwarzmeerflotte. Mohrle und Söckchen begannen eifrig mit der Verkleinerung der Pfütze. „Aber bevor du in dein Albernquest abtauchst, machst du das hier sauber!"

„Natürlich, Papp! Danke, Papp! Sofort, Papp!" Sie stürzte in die Abstellkammer und klaubte Eimer und Lappen hervor. Dann stutzte sie. „Äh, wieso eigentlich ich?"

„Weil *du* den Kram hast fallen lassen." Ich lasse mir ungern den längeren Hebel entwinden, wenn ich erst einmal an ihm sitze. „Weil ich nicht ahnen konnte, dass du hier aufkreuzt, ausgerechnet heute! Und weil ich frisch – oder besser gesagt: abgekämpft – von der Arbeit komme!"

Mäßig begeistert fegte und wischte sie die Sauerei auf, holte sich neue Cola und Chips aus der Küche und ließ sich erleichtert auf der Couch nieder. Binnen Sekunden war sie in ihrem Online-Spiel versunken. Ich beobachtete sie genau. Dennoch konnte ich keine super neuen Eigenschaften an ihr entdecken.

„Guten Abend, Herr Kommissar."
„Wadd? Äch ... der Lincoln!"
Halstuch und Dufflecoat setzten sich an den Kneipentisch. „Das nenne ich eine hilfreiche Konnotation! Wenn ich bedenke, dass ich mir diese altmodische Schifferkrause habe abrasieren wollen ..." Er strich sich den Bart. „Der Sklavenbefreier! Zuviel der Ehre. Vielen Dank, Herr Kommissar."
„Da nich' für."
„Ich hoffe sehr, ich habe Sie mit meiner Äußerung in der Fernsehdiskussion nicht über Gebühr in Bedrängnis gebracht. Unsere Bekanntschaft, Sie wissen schon. Ich versichere Ihnen, dass das einzig meiner Wertschätzung für Sie entsprungen war. – Ein Dunkles, ja danke. – Dennoch war es ein wenig unbedacht von mir."
„Hm. Ich musste gesdern zu 'ner Kressekonferenss desweʼng. Dementi, dementi! Na ja, Schwamm drüber."
„Darin ähneln wir uns, Herr Kommissar! Den Blick in die Zukunft gewandt! Das ist recht. Wir haben wirklich viel gemeinsam."
„Also ich weiß nich' ..."
„Doch, doch. Das erinnert mich an die ersten Zusammenkünfte unserer Organisation. Es gab anfangs so viel Uneinigkeit über unsere Stoßrichtung. Demonstrationen? ... Annoncen und Aufrufe? ... Flugblätter in der Fußgängerzone? ... womöglich Happenings? ... Alles redete durcheinander. Und dann, ich weiß es wie heute, drosch Walter mit der Faust auf den Tisch und rief: Wohlverhalten hat noch nie was gebracht! Wenn wir etwas erreichen wollen, müssen wir groß denken und vor allem – unvoreingenommen!"
„Äh ... Wallder?!"
„Ja, Walter Willenbrecht, ein Gründungsmitglied, ein Mann der ersten Stunde. Manche von uns nennen ihn `Gewalter`, nun ja ..."
Ich raffte meine verbliebenen Synapsen zusammen. „Der is' wohl Ihr Mann fürs Grobe?"
„Ach nein, dafür haben wir genügend andere." Er führte sein Bierglas zum Mund und nahm einen kräftigen Zug. „Er ist unser Mann fürs *ganz* Grobe."
„Poddsblidds."
„Wo war ich? Nun, nach dieser kurzen, aber aufrüttelnden Rede gab es viel zu überdenken. Wir gingen auseinander und dachten jeder für sich in ungewöhnliche Richtungen. Wir haben uns erst nach einer Woche wie-

der versammelt, und nicht alle hatten den Mut gefunden, den Mut zu einem radikalen Befreiungsschlag ... Aber wir, die wir nun wieder beisammen saßen, wir waren desto entschlossener! Entschlossener, neu zu denken und neu zu handeln! Und wir schmiedeten unseren Aktionsbund und nannten ihn ..."

„... Analoge Befreiungsfrondd."

„Ja sicher. Wir sagten uns, dass wir uns zunächst ein Beispiel nehmen müssten an unseren Feinden, an ihren verschlungenen Wegen, ihrer heimtückischen Wühlarbeit ... Know Thy Enemy! Natürlich gilt dies nur, bis wir uns den Rückhalt der öffentlichen Meinung errungen haben. Dann machen wir diesen Guerilla-Aktionen sogleich ein Ende. Und legen *richtig* los."

Ich guckte in mein leeres Glas und stand vorsichtig auf. „Dud mir leid ... Mein Obermodds sagt, ich kann Sie nich' mehr sehen ... nee: ich *darf* Sie nich' mehr sehen ... Entschulln'n Se mich." Und schwankte in die kalte Nachtluft.

**

## 30. Donnerstag

Programmierer sind nur Pfeifen.
Schneiden wir sie doch in Streifen!

Er kauft sich am Bahnhof eine Tageszeitung und steigt in den Zug nach Stuttgart. Als er von fünf Morden im Frankfurter Bankenviertel liest, ist er verblüfft. Zwei Investmentbanker haben sich zu seinen Opfern hinzugesellt. Das traf bestimmt keine Verkehrten, und da es seine Spuren verschleiert, kann es ihm nur recht sein. Zwar hat die Polizei seine Mütze sichergestellt, man würde seine Haare daran finden. Aber der genetische Fingerabdruck würde die Kripo nicht weiterbringen, denn er ist ein unbescholtener Bürger. Und ein Mörder – oder Freiheitskämpfer, je nach Blickwinkel. Jedenfalls ist er fest entschlossen, sein Werk fortzusetzen. Von jetzt an wird sich die Schlinge um die Programmierer immer weiter zusammenziehen! Nein, selbstredend immer enger. In Stuttgart mit seiner starken Industrialisierung würde er reiche Ernte halten. Und außerdem kann er seinen alten Freund Tobias Knabenschuh besuchen.

Der Wirbel um den neuen Stuttgarter Bahnhof fällt ihm ein, und er muss schmunzeln. Auch der Ausdruck „Wutbürger" passt auf ihn.

„Was machen eigentlich die beschissenen Bevölkerungshinweise?", fragte ich beim Reinkommen und warf meine Tasche in eine staubige Ecke. „Irgendein Schwein muss doch diesen Lincoln schon mal gesehen haben!"

„Ja nix." Katthöfer rollte die Schultern. „Die einen sind anscheinend mit seinen Ansichten einverstanden und wollen ihn nicht verpfeifen, und die, die nichts von ihm halten ..."

„... starren auch beim Laufen in ihre Handys und würden ihn selbst dann nicht wahrnehmen, wenn sie mit ihm zusammenstoßen." Ich schüttelte meinen Mantel ab. „Stimmt. Also müssen wir an die indifferente Mitte 'ran. Mach mal 'ne Vorlage für die Westphal: Hinweise, die zur Ergreifung des oder der Täter führen ... Phantasie-Betrag als Belohnung ... bla-fasel-laber."

„Hm. Ja. Mach' ich. Übrigens, das Fax aus Frankfurt ist da und fläzt sich auf deinem Schreibtisch."

Die hessischen Kollegen hatten uns ihre bisherigen Erkenntnisse über Nacht gefaxt, denn nachts war das billiger („Lassen Sie bei Ihren Ermittlungen die Ökonomie nicht aus dem Augenwinkel", Zitat Obermotz). Dort war man offenbar einseitig druckende Faxe gewohnt, denn es hatte sich jemand die Mühe gemacht, zunächst alle Seiten mit ungeraden und dann alle mit geraden Seitenzahlen zu faxen. Da unser Faxgerät doppelseitig druckt, ergab sich das maximale Chaos. Und weil Dölle seinen freien Tag hatte, hatte ich niemanden, der mir den Blödsinn auseinander puzzelte.

Doch das war nicht der einzige Grund, weshalb ich den Bericht nach fünf Minuten in eine andere staubige Ecke feuerte. Die Soko *Robin Hood* hatte eine schlanke, durchtrainierte Frau unbestimmter Haarfarbe als mutmaßliche Täterin zur Fahndung gegeben – was sollte das mit unserem Fall zu tun haben? Einziger Anhaltspunkt war die Tatwaffe, aber auch das nur bei den ersten drei Morden. Mittlerweile hatten nämlich zwei weitere Anschläge stattgefunden, bei denen zwei Investmentbanker, von Gewehrkugeln durchsiebt, ihre goldenen Löffel abgegeben hatten. Dass es die ersten Male Informatiker getroffen hatte, konnte daher auch ein Zufall gewesen sein.

Eine Einsicht, die ich meiner Staatsanwältin wie gewöhnlich in diplomatischen Worten mitteilte: „Frankfurt war ein Griff ins verstopfte Klo."

Als ich zurückkam, traute ich meinen Ohren nicht, denn mein Kollege sagte wörtlich: „Nebenan sitzt Frau Rennpferdt und will mit dir sprechen."

„Huch?! Ist die denn nicht immer noch tot?"

„Nein, es ist die Schwester des Ehemanns. Sie hat gehört, dass ihr verstorbener Bruder seine Frau getötet hat, und will das nun nicht wahrhaben."

Wie nennt man einen weiblichen Yuppiekasper? Und warum hatte Katthöfer diese Sache nicht allein gedeichselt? Zumindest auf letztere Frage bekam ich eine Antwort, als ich der Schwester ansichtig wurde: nicht mehr jung, aber eine rotblonde, hellhäutige Schönheit, und Schwarz stand ihr. Da waren Katthöfers Nervenenden natürlich anderwärts beschäftigt gewesen!

Ich setzte mich ihr gegenüber. Nach der üblichen beileidigen Einleitung fragte ich sie, warum sie erst jetzt erschiene.

„Heute war die Beerdigung. Ich wohne in Thailand und konnte mich nicht eher freimachen."

Katthöfers mögliche Replik auf diese Äußerung konnte ich mir farbig vorstellen, aber ich wollte sachlich bleiben: „Ich denke mir, es ist gewiss schwer zu akzeptieren, dass der eigene Bruder ein Mörder ist ..."

„... aber Sie denken auch, dass ich keine andere Wahl habe", unterbrach sie mich. „Etwas Ähnliches hat Ihr Helferlein auch schon von sich gegeben. Aber dieser Fall liegt anders, Herr Kommissar, glauben Sie mir. Sie verlangen nicht etwas Schwieriges von mir, sondern etwas Unmögliches.

Geben Sie mir zwei Minuten, um eine kurze Geschichte zu erzählen. Es ist jetzt ungefähr vier Jahre her, da fasste Regine eine plötzliche Zuneigung zu jemand anderem. Eine Krise, ein Rappel ... egal. Mein Bruder zog auf ihren Wunsch aus und suchte sich eine kleine Wohnung. Ihr neuer Lover wohnte im Saarland, und wann immer sie von dort zurückkam, *holte mein Bruder sie mit dem Auto vom Bahnhof ab.* Irgendwann ging das mit dem Neuen in die Brüche, und sie versöhnten sich wieder, aber darum geht es mir nicht. Ich kann nur einfach nicht glauben, dass jemand, der so etwas für seine Frau tut, sie später mit Dutzenden von Messerstichen umbringt!"

„Nun ja – wir haben Hinweise darauf, dass das nicht der einzige Seitensprung Ihrer Schwägerin gewesen ist. Vielleicht war er es leid, dass sie ihm auf der Nase herumtanzte?"

„Das kann ich mir nicht vorstellen."

Was soll man auf so einen Quatsch antworten? „Die fünfte Dimension kann sich auch niemand vorstellen! Es steht Ihnen frei, einen Rechtsanwalt hinzuzuziehen, der dann Akteneinsicht beantragt. Diese räumt das Gesetz nämlich eigentlich nur dem Angeklagten und seinem Verteidiger ein. *Ich* kann mir vorstellen, dass Sie dann Ihre Meinung ändern."

Sie argumentierte und jammerte noch ein bisschen, aber das änderte ja nichts. Endlich ging sie. Ich auch, aber nur in mein Büro nach nebenan.

„Eine süße Nervensäge, was?", meinte Katthöfer. „Ich schätze, die wird uns noch beschäftigen. Oder hattest du mehr Erfolg als ich?"

„Dass *du* keinen Erfolg bei ihr hattest, wurmt dich garantiert gewaltig." Damit brachte ich ihn zuverlässig zum Schweigen.

Bertram Breitkreuz wirft sich in seine Limousine und dreht wütend den Autoschlüssel. Er setzt zurück und fährt mit rabiaten Lenkbewegungen aus dem Parkhaus. Auf der Stadtautobahn findet sein Zorn den direkten Weg ins Gaspedal. Den lieben langen Tag hat er sich mit Idioten herumgeärgert, die allesamt seine sinnreichen Verbesserungen für Unsinn oder gar böse Absicht hielten. Sein neues Programm ist ein Traum, ein Genuss – warum sieht das nur keiner? Ist er der einzig Vernunftbegabte unter grunzenden Halbaffen? Und warum benutzt der Kerl vor ihm eigentlich das Gaspedal nicht!? Lichthupe! Vorbei an dieser kriechenden Fahrbahnverschmutzung!

Er heizt in Richtung Echterdingen und versucht an etwas anderes zu denken. Doch das Ziel seines Tiefflugs ist nicht dazu angetan, ihn in bessere Laune zu versetzen. Zu Hause wartet Danuta, aber ihre wahnsinnig langen Beine hängen ihm mittlerweile in voller Länge zum Hals heraus. Anstatt täglich sein Geld auszugeben, hätte sie zur Abwechslung einmal versuchen können, kochen zu lernen. Es gibt eben doch innere Werte, denkt er. Wird Zeit, dass ich sie 'rauswerfe.

Außerdem wird es Zeit, dass er vom Gas geht. Auf der Vorstadtstraße trödelt ein Radfahrer vor ihm her und bringt ihn erneut in Rage. Er biegt bei der nächsten Gelegenheit ab, hupt einige spielende Kinder aus dem Weg – Spielstraße, Schwachsinn! – und bremst endlich vor seinem Reihenhaus. Beim Aussteigen sieht er im Augenwinkel seltsame Bewegungen auf dem Bürgersteig. Eine unbekannte Frau bei diesem neumodischen Schnickschnack namens Tai Chi. Er greift nach dem Lederkoffer und wirft die Autotür zu.

Die Pfeilspitze dringt durch das rechte Trommelfell in den Kopf und erscheint in der gegenüberliegenden Ohröffnung.

„Du meinst wirklich, das ist nötig?" Katthöfer beendete die Fummelei mit dem versteckten Mikro und trat zurück. Ich strich das Jackett glatt und nickte nur.

„Haben wir eigentlich eine Genehmigung für so einen Lauschangriff?"

„Papperlapup", sagte ich. „Wenn wir diesen Walter da antreffen und festnageln können, kräht doch später kein Hahn danach."

Mein Assistent setzte mich in der Hexstraße ab und fuhr weiter zur Parkplatzsuche. Ich tastete noch einmal nach dem flachen Antennenmodul in der Tasche meines Jacketts und betrat dann das Gebäude der Volkshochschule.

„Test. Test. Eins-zwei-drei. Okay?"

„Ich hör' dich."

Es war 15.56 Uhr. In Raum 101 saß schon ein bunter Querschnitt der unansehnlichen Frühbeker Bevölkerung auf den abgewetzten Stühlen und starrte vor sich hin. Eine Frau mit Hütchen flüsterte mit einem Mann in Latzhose, auf den unsere Beschreibung passte. Er hatte Oberarme wie andere Leute Oberschenkel und erinnerte mich an einen Eichenschrank.

Ich nahm Platz neben einem schniefenden Grippeopfer, dessen benutzte Papiertaschentücher auf dem Tisch verteilt waren wie im Sommer die Segelboote auf dem Schmatzeburger See. Seine roten Augen schauten mich wortlos an, offenbar konnte es nicht fassen, dass sich trotz dieses Anblicks jemand zu ihm setzte.

„Was gibt's zu gucken?", fragte ich. „Mein Immunsystem hängt eh faul in der Gegend 'rum, und außerdem war kein anderer Stuhl mehr frei."

Ein Mensch mit Pferdeschwanz und grauschwarzen Klamotten kam hereingeschlichen, stellte sich hinter den Lehrertisch und als der Leiter des Kurses vor. „Oder auch Schlichter, immerhin kommen Sie alle mehr oder weniger aus dem Büro und stecken möglicherweise noch in Ihrem Ärger über unsere elektronischen Helfer ..."

„Bis zum Hals!" Ein grobschlächtiges Weibsbild, das mir vage bekannt vorkam. „Ich hab's knapp hierher geschafft, weil ich nur noch eben *eine* Akte fertig machen wollte. Sah ganz harmlos aus, rechtlich kein Problem drin ... na, und dann wollte ich die Scheiße *eingeben!*"

„Frau Tippner, Sie arbeiteten doch bei der Altersversicherung?", fragte der Schlichter.

„Ja, noch immer. Fragt sich allerdings, wie lange noch, wenn das so weitergeht, dann trägt man mich Füße voran aus dem Bau!"

„Haben Sie es mit der Entspannungsübung versucht, die wir letzte Woche hier geübt haben?"

„Hören Sie, wir ha'm da keine Zeit für sowas!", fauchte die Tippner. „Ich weiß ja, dass landläufig die Leute glauben, in der öffentlichen Verwaltung könnte man die Füße hochlegen, aber dem ist nicht so, seit Jahren wird gnadenlos optimiert und Personal weggespart, und die letzten Freiräume hat dann das neue Programm gefressen!"

„Ja, das ist ein allgemeines Problem", sagte der Kursleiter salbungsvoll und schaute in die Runde. „Ich kann nur stets betonen, dass wir uns die Zeit dafür *nehmen* müssen. Die Digitalis taktet uns immer enger, auch im Privaten, und wir wollen lernen, uns da herauszuziehen."

„Gutes Stichwort: die Zeit!", warf die Frau mit dem Hütchen ein. „Ich bin die Gitta und arbeite bei der Stadtverwaltung, und wir haben da schon länger die elektronische Arbeitszeiterfassung statt der alten Stempelkarten. Da laufen auch Urlaubsanträge und Krankheitsabwesenheiten über E-Mail, das ist immer noch ein elendes Gefummel ... Und was erfahr' ich heute? Ausgerechnet die EDV-Firma, die bei uns im Gebäude sitzt und uns den Kram eingerichtet hat, *deren* Angestellte benutzen weiterhin wie früher Stechuhren und Stempelkarten! Die wollten die *Verbesserung* nicht! Ist das zu fassen?"

Alle schüttelten die Köpfe.

„Ist aber so!"

„Für solche Sachen sollte man das Wörtchen `absurd´ steigern können. Denn ich kann da locker mithalten", meldete sich das Grippeopfer undeutlich aus einem neuen Taschentuch heraus. „Ich bin ja bei der Krankenkasse hier um die Ecke im Innendienst. Alle Vordrucke, die unsere Versicherten ausfüllen sollen, sind bei uns im System (schnief) und natürlich auf unserer Homepage. Nun hat ja nicht jeder Internet zuhause. Wer mich aber anruft und um Zusendung von Fragebögen oder Anträgen bittet (rotz), dem müsste ich allen Ernstes erzählen, dass ich diese Vordrucke nur von meinem Bildschirm *abschreiben* kann! Einfach aufmachen und rechts oben auf das Druckersymbol klicken bringt nichts! Denn das ist inaktiv (Tröööt)! Inoffiziell hab' ich von einem Schlauberger einen Trick, mit dem das dann über Umwege doch geht. Aber wieso der direkte Weg versperrt ist, wusste der auch nicht."

„Wie ich immer sage", sprach der Schlichter, „wir sind aufgefordert, diese Dinge hinzunehmen oder noch besser: anzunehmen. Wir müssen uns in die silikonisierte Arbeitswelt halt einpassen. Denn es hat so etwas mehr oder weniger immer schon gegeben, nur nicht in der heutigen Form als Digitalis. Denken Sie an die früheren Sonderrechte des Adels oder an gesellschaftliche Umgangsformen, die uns heute nur noch kurios anmuten, aber vor zwanzig, dreißig Jahren noch als selbstverständlich vorausgesetzt wurden."

Ein graues Männlein mit Halbglatze räusperte sich. „Ich bin ja froh, noch meinen Job bei Saeger zu haben", sagte es kleinlaut. „Aber es wird mir sauer. Für die firmeninternen Nachrichten hat man bei uns Kürzel für jeden Mitarbeiter eingeführt – die ersten zwei Buchstaben des Nachnamens. Ich heiße Anton Feldmann. FE war aber schon vergeben und ist sowieso kein Lottogewinn, denn bei falschen Eingaben springt einem der PC mit einem großen FE ins Gesicht! Also hat man meine Initialen genommen. Na super! Seitdem bin ich das Mobbing-Opfer vom Dienst ..."

Die monströse Latzhose beugte sich drohend vor, und alle Gesichter drehten sich zu ihr. „Ich bin gespannt, was unser Schlichter dazu sagt", äußerte der Eichenschrank zu laut, aber überraschend zivil. „Der therapeutische Ansatz in dieser Gruppe ist ja, dass wir uns mit all diesen elektronischen Terror-Geräten irgendwie arrangieren sollen. Das heißt, es liegt letztlich an uns und nicht etwa an der EDV." Er lehnte sich zurück, sodass sein Sitzmöbel lautstark protestierte, verschränkte die keulenähnlichen Unterarme vor der Brust und fixierte den Kursleiter. „Und wenn wir hier nun Mobbing-Opfer wären, würden Sie uns jetzt auch gut zureden, dass wir alle selbst schuld sind und uns damit abfinden sollen?"

„Äh ... nein ... natürlich nicht!"

„Ein interessantes Konzept, das Sie da vertreten", fuhr Latzhose fort. „Wenn jemand von seinen Kollegen mies behandelt wird, dann sollten die Kollegen in sich gehen und ihr Verhalten ändern. Wenn jemand allerdings mit einer Maschine nicht klarkommt, dann soll er selbst versuchen, sich anzupassen."

Das Schlichterchen geriet sichtlich ins Schwimmen. Anscheinend hatte es seinem vierschrötigen Gast nicht soviel Gehirnschmalz zugetraut. „Nun, letztlich schon ... sehen Sie, es ist doch so ..." Der Eichenschrank hob die rechte Hand, groß wie ein Suppenteller, und es verstummte.

„Das bedeutet in letzter Konsequenz, dass der Mensch für die Maschine da ist und nicht mehr die Maschine für den Menschen!", beendete er seinen Gedanken. „Sind Sie sicher, dass Sie das meinten?"
Aufregung brach aus. Der Kursleiter wagte den Hinweis, dass es nun einmal in das Belieben der jeweiligen Geschäftsleitung gestellt sei, mit welchen Hilfsmitteln der Angestellte seine Arbeit zu bewältigen habe, wurde aber von Hütchen mit einem gezischten „Arbeitgeberknecht!" zum Schweigen gebracht. Die Tippner drohte, ihm mit der Handtasche den Scheitel nachzuziehen. Das Grippeopfer begann seine Rotzlätzchen zu einer Art Knebel zusammenzuknüllen. Nicht einmal ich mochte mir vorstellen, was es damit vorhatte.
„Ja, so ist das eben", sagte das graue Glatzenmännlein. „Immerhin wird mir jetzt klar, warum ich mir vor dem PC vorkomme wie eine Putzfrau mit Zahnbürste ... Kannste nix bei machen."
„Genau dieses Duckmäusertum geht mir mächtig auf die Omme", meinte Latzhose und hörte sich dabei zum ersten Mal so an wie er aussah. „Und dabei sagt unser Kursleiter immer `Digitalis´! Dieses Wortspiel sollte er mal ernst nehmen, Fingerhutkraut ist nämlich eine Giftpflanze! Aber hey, wenn wir gemeinsam an einem Strang ziehen würden, wär' das ganze Gewächs in Null-kommanix ausgerottet, plus minus ein paar Tage!"
Das brachte die Stimmung zum Kippen. Alles glotzte irritiert an die Decke oder auf die leere Tafel, denn aktive Gegenwehr war in dieser Altersklasse so modisch wie Brustwarzen auf der Stirn. Der Schlichter sah die Lücke für einen letzten Vorstoß: „Das ist billige Maschinenstürmerei, Herr Willenbrecht! Das hat schon vor zweihundert Jahren zu nichts geführt!"
„Sie übersehen da einen qualitativen Unterschied", erwiderte Eichenschrank, ohne seine Haltung zu verändern. „Ein Webstuhl weiß nicht über meine Einkaufsgewohnheiten Bescheid. Eine Dampfmaschine wird einem Verbrecher in Dubai oder Durban nicht dazu dienen, mein Konto leerzuräumen. Ein Gasherd hat keine Möglichkeit dazu beizutragen, dass ich mich an eine Pumpgun als idealen Problemlöser gewöhne. Und ein simples Bügeleisen kann niemand so fernsteuern, dass es meine Selbstgespräche abhört!"
Unwillkürlich dachte ich an das Mikro an meinem Revers. Doch Katthöfer hatte einen seiner seltenen hellen Momente, betrat in diesem den Raum und forderte den menschlichen Eichenschrank auf, uns zum Präsidium zu begleiten.

Selbstverständlich hatten wir uns, der Beschreibung des bretterschwingenden Herrn Walter eingedenk, auf Widerstand gefasst gemacht und nochmal die schönsten Polizeigriffe eingeübt. Doch der Eichenschrank war aufgestanden, wobei er fast an die Zimmerdecke stieß ... und dann ohne weiteres mitgekommen. Mein Assistent guckte immer noch enttäuscht, als wir ihm im Vernehmungsraum gegenüber saßen.

„Ihr Name ist Walter Willenbrecht?"

Statt einer Antwort zog er einen Personalausweis aus der Brusttasche seiner Latzhose, der unsere Vermutung bestätigte.

„Haben Sie eine Idee, warum wir Sie mitgenommen haben?"

„Nee. Eigentlich nicht."

Ich setzte mich aufrecht. „Ich mache Sie darauf aufmerksam, dass ich an einer Latzhose-Intoleranz leide. Seit Brokdorf seligen Angedenkens. Fünf Stunden lang bespuckt und bepöbelt – das hinterlässt Spuren. Also kommen sie mir nicht so!"

„Mein Chef ist da sensibel", unterstrich Katthöfer wie besprochen und deutete auf die verbliebenen Spuren seines blauen Auges. „Das hab' ich vor einer knappen Woche provoziert. Das sind immer noch Schmerzen, die können Sie sich gar nicht vorstellen."

„Und wenn ich mich wehren würde?", fragte der Eichenschrank.

„Das wäre dann Widerstand gegen die Staatsgewalt. Wir sind sonst gern lustig und stets zu Scherzen aufgelegt, ..."

„... aber da verstehen wir keinen Spaß. Gar keinen Spaß." Ich beugte mich vor: „So, Herr Willenbrecht, und nun heraus mit der Sprache. Ihre Hetzreden haben es ja bereits an den Tag gebracht, dass Sie dieser Analogen Befreiungsfront zumindest nahestehen."

„Und zusätzlich haben wir das hier in Ihrer Tasche gefunden." Mein Assistent streute ein paar hektographierte Flugblätter auf den Tisch. „Sagen Sie mal, die sehen ja saumäßig aus. Das geht heutzutage doch ansprechender."

„Wenn man Computer und Laserdrucker benutzt." Der Willenbrecht hatte wieder seine bevorzugte Sitzhaltung eingenommen: zurückgelehnt und die Arme vor dem Brustkorb verschränkt. „Was wir selbstredend nicht tun."

„Volle Kraft zurück ins Mittelalter!", kommentierte Katthöfer.

Eichenschrank zuckte mit den gewaltigen Schultern. „Mittelaltermärkte haben großen Zulauf. Oder denken Sie an das alljährliche Ritterturnier am Dom von Schmatzeburg ..."

„Rhabarber! Das Burgfräulein will ich sehen, dass Ihnen keinen Vogel zeigt, wenn es auf sein Mobiltelefon verzichten soll!"

„Wir nehmen an der politischen Willensbildung in dieser Republik teil." Wieder das monströse Schulterzucken. „Genau wie alle anderen. Ich gebe zwar bei den Wahlen meine Stimme ab, aber das heißt doch nicht, dass ich während einer Legislaturperiode nichts sagen kann."

„Das dürfen Sie auch, und darum geht es hier nicht." Ich brachte die beiden Streithähne wieder auf Linie. „Die Polizei tritt erst auf den Plan, wenn die Willensbildung zu Lasten Dritter erfolgt. Und uns liegen nun einmal Hinweise vor, die die Verstrickung Ihrer Organisation, also der ABF, in die Entführung des Herrn Volker Teichgräber nahelegen!"

„Ich hab' niemanden entführt. Was für Hinweise sind das denn?"

„Das lassen Sie mal unsere Sorge sein. Wo waren Sie am siebenten Dezember zwischen 16.10 Uhr und 17.00 Uhr, am zwölften Dezember zwischen 15.40 Uhr und 18.00 Uhr, am fünfzehnten Dezember zwischen 17.00 Uhr und 18.30 Uhr, am siebenundzwanzigsten Dezember zwischen 20.15 Uhr und 21.00 Uhr und an Silvester zwischen 11.00 Uhr und 12.00 Uhr?"

„Wie bitte? Wissen Sie, Kommissar, ich hab' meinen Taschenkalender gerade nicht dabei."

Viel mehr kam bei der ganzen Vernehmung nicht heraus. In dieser Beziehung entsprach Walter unseren Erwartungen: er war ein harter Brocken.

**

## 31. Freitag

Es sind fast ganz alleine
die Elektronen-Schweine,
die uns den Tag vermiesen!
Beileibe nicht nur diesen!
Sie triezen uns seit Tagen,
drum wollen wir sie jagen.
Sie ärgern uns seit Wochen:
so mancher ist erstochen.
Sie nerven schon seit Jahren:
bald sterben sie in Scharen!

Die Neuigkeitenbörse namens Kaffeeautomat war an diesem Morgen unschlagbar.

Trötschke: „Ihr glaubt nicht, womit ich mich gestern herumplagen musste! Irgendein Rücknitzer Bauer hatte frühmorgens seine Gülleschleuder nicht ordentlich zugeschraubt, und als er am Rechenzentrum vorbeifuhr, hatte sich wohl ein Ventil gelockert, und der ganze Bau wurde mit einem Hektoliter dünnflüssiger Schweinescheiße überzogen! Der fette Datenverwerter war klarerweise außer sich ..."

Ich: „Der war mal bei mir. Heckmeck hieß der, glaub' ich, und war auch danach! Er faselte was von einem Drei-Meter-Zaun, den ihm niemand hinstellen will. Na, gegen die Jauchedusche hätt' ihm das auch nichts geholfen!"

Trötschke: „Stimmt auffallend. Mann, der hat mir in den Ohren gelegen mit seiner Kacke, ich kann euch sagen! *Ich kann mindestens eine Woche dichtmachen! Und was das kostet!* – Aber was stellt er sich vor, was ich da für einen Ermittlungsaufwand treibe? Das war allenfalls grober Unfug; es ist ja nichts beschädigt. Soll ich *riechen*, von welchem Landwirt der Dünnschiss kommt?"

Böninger: „Wir rücken neuerdings täglich aus zu irgendwelchen Supermärkten, gestern sogar dreimal. Jedes Mal geht's um Schlägereien an der Kasse. Die Leute sind plötzlich nicht mehr gewillt, die zusätzliche Wartezeit in Kauf zu nehmen, bis einer mit Karte bezahlt hat. Da wird gerempelt, geboxt und getreten wie Hulle! Gestern bei Brutto musste der Filialleiter sogar das Blut aufwischen, denn die Kassiererinnen standen verschreckt und wimmernd in einer Ecke und waren zu nichts zu gebrauchen."

Pölke: „Wir haben gestern einen Verletzten von so einer Schlägerei in die Unfallchirurgie gegondelt. Ja, guckt nicht so, es war kein Rettungswagen mehr frei! Wir hatten reichlich Plastiktüten druntergelegt, damit er nicht den Einsatzwagen vollsaut, und außerdem auch den Täter dabei. Der fühlte sich noch im Recht! Er hätte sich über solche Idioten immer schon aufgeregt, und nun sei das ja schließlich auch aus der Mode mit dem Plastikgeld, und die das nicht merken wollen, die werden eben vermöbelt. Wer nicht hören will, muss bluten ..."

Katthöfer: „Da sollte ich wohl mal wieder einkaufen gehen. Natürlich mit Dienstwaffe, schon wegen des Abenteuerwerts! Zur Bezähmung des Mobs in die Deckenplatten ballern und gleichzeitig die Spitzelkameras bei Riedl lahmlegen, das wär's doch!"

Die Neuigkeit, die uns betraf, war weniger erfreulich.

„Guten Morgen allerseits! Der Herr Schuffelhauer hat sich angemeldet", verkündete die Westphal, als wir auf unser Büro zusteuerten. „Er ist die Akte Rennpferdt durchgegangen ..."

„Es sind doch die Pferde, die durchgehen, nicht ihre Anwälte." Katthöfer natürlich.

„Sicher, Herr Katthöfer, überaus zielführend. Jedenfalls hat der Herr Schuffelhauer da noch ein paar Fragen, von denen ich hoffe und annehme, dass Sie sie ihm zu seiner Zufriedenheit beantworten können!"

„Ich oder du?", fragte ich Katthöfer.

„Das machen Sie!", mischte sich meine geliebte Staatsanwältin ein und tippte mir an die Schulter, „denn Sie sind der Ermittlungsleiter! Hat eigentlich dieser Willenbrecht mit der Entführungssache zu tun? Und wie lange wollen Sie ihn noch festhalten, wenn nicht?"

„Da haben wir noch ein paar Stunden. Und falls wir ihm wegen der Entführung nichts nachweisen können, bekommt er einen Überweisungsschein für die Kollegen von der Körperverletzung. Wegen der Prügelei vor der Medienwerft; da haben wir genug Zeugen."

Und kurz darauf saß ich dem Rechtsanwalt gegenüber. Auch so ein schleimiges Yuppie-Reptil wie der selige Rennpferdt und der Neue meiner Ex! Mir kommt immer das Frühstück hoch, wenn ich an den denke, und ich schlunzte herzlich. Doch der Schnüffelhauser kannte mich schon und blätterte ungerührt weiter in der Akte. Als ich schon nicht mehr damit rechnete, begann er doch noch zu sprechen.

„Wie Sie wissen, vertrete ich die Frau Merle Rennpferdt. Sie hat mich gebeten, mittels meines professionellen Auges die Ermittlungsergebnisse im Falle des Mordes an ihrer Schwägerin zu sichten." Faselfatzke! „Nun ja, ich gebe zu, dass ich anders als meine Klientin nicht in Abrede stellen kann, dass der verstorbene Herr Rennpferdt ein Motiv für die Tat gehabt haben *könnte*. Jedoch möchte ich Ihr Augenmerk zunächst einmal auf das Beweisstück Nummer Sieben lenken."

In der Klarsichthülle steckte eine Quittung für Katzenfutter vom 29. November des Vorjahres. „Und was ist damit?"

„Nun ja, dieses Tierfutter wurde im Supermarkt am Laufhof käuflich erworben. Das ist alles andere als in der Nähe der Stachelsdorfer Allee! Der Beschuldigte musste dazu durch oder besser gesagt um die ganze Innenstadt herumfahren, nur um dieses Futter zu kaufen. Ich finde das nicht sehr glaubhaft."

„Er wäre aber doch schön blöd gewesen, das bei sich um die Ecke zu besorgen. Ein Nachbar in der Schlange und er wäre in schwitzende Erklärungsnot gekommen, schließlich hatten die Rennpferdts keine Haustiere."

„Nun gut. Aber sind seine Fingerspuren auf der Quittung?"

Natürlich nicht, wie auch. Es war Futter für Mohrle und Söckchen. „Das zu untersuchen war überflüssig. Ich habe den Zettel im Handschuhfach seines Wagens gefunden."

„Hm. Dann haben wir noch das Beweisstück Nummer Dreizehn: den Sand im Reifenprofil des Familienwagens. Ich muss schon sagen, Herr Kommissar – das ist nun wirklich lächerlich! Dieser Sand wird von der Kremer Baustoffe GmbH im Auftrag der Stadt für ausnahmslos alle Waldwege rund um Frühbek benutzt. Das beweist gar nichts."

Ein Achselzucken meinerseits. „Im Zusammenhang mit den übrigen Indizien passt es aber sehr gut ins Bild."

„Stichwort Bild: ich vermisse bei der ganzen Ermittlung den Tatort, Herr Kommissar! Wo soll denn Herr Rennpferdt seine Gattin eigentlich umgebracht haben? Im Badezimmer haben Sie ja nichts gefunden."

Was Wunder, dass ich diese Mietschnauzen hasse. „Da kam uns ein neuer Fall in die Quere. Und der Tod des mutmaßlichen Mörders." Das „mutmaßlich" sagte ich natürlich nur, um weiteren Ärger zu vermeiden.

„Aus dem Obduktionsbericht entnehme ich, dass es ein gut gefliester Raum gewesen sein kann. Es ist zwar keineswegs meine Aufgabe, Sie auf Naheliegendes hinzuweisen, aber haben Sie da schon einmal an den aufgelassenen Schlachthof an der Bartauer Allee gedacht?"

Klugscheißer mag keiner. Und das sagte ich ihm auch.

Als ich die Bürotür zuwarf, glotzte Katthöfer gerade in das dumme Gesicht vom Kollegen Computer.

„Du, Leitwesen, ich hab' bei IMPOL gesurft und gesehen, dass diese Frankfurter Attentäterfrau eine Strickmütze zurückgelassen hat. Und da waren Männerhaare dran, die man noch nicht hat zuordnen können. Ich frage mich, ob ..."

„Frag dich das später", knurrte ich. „Wir müssen los."

„Wohin?"

„Zum alten Schlachthof."

„Dölle auch?", fragte mein Assistent lauernd. „Er könnte sich darin verlaufen ..."

„Hallo Mausi, hier ist dein Tobi, du wirst nicht glauben, wer mich vorhin angerufen hat! Der Volker von früher, mit dem bin ich doch in Frühbek jahrelang aufs Gymnasium gegangen. Mein Gott, wie die Zeit vergeht! Ich hab' dir doch neulich noch von unserem Periodensystem erzählt, mit Elementen wie Harmonium und Circumstantium ... Bei Erwärmung einer Schule auf mehr als dreitausend Grad entsteht Gymnasium-Oxid, hihi! Na, und der Volker ist Software-Entwickler geworden so wie ich, und er ist heute hier in Stuttgart, da schaust du, und ich steh' hier vorm *Wilden Mann*, da wollen wir uns treffen. Also heute kein Abendessen. – Du, ich muss Schluss machen, ich glaub', ich seh' ihn.

Mensch, Volker, irre lange nicht gesehen! Wie geht's dir? Und was willst du eigentlich im aufrührigen Stuttgart?"

„Dich töten."

„Wir hätten da längst nachsehen sollen", meinte mein Assistent mit einer Hand am Lenkrad, als wir durch den Kreisverkehr am Blindenplatz schossen. Magerquark schleuderte auf der Rückbank hin und her und wirkte sehr verzweifelt.

„Da war das männliche Rennpferd schon verendet und wir hatten bereits den nächsten Fall", erinnerte ich ihn. „Aber besser spät als nie." Ich schaute in den Rückspiegel. „Dölle, was *machen* Sie dahinten eigentlich?"

„Ich versuch' ... mich anzugurten ...", wimmerte er.

„Das lohnt sich nicht mehr", sagte Katthöfer und preschte ins Gewerbegebiet. „Ach, ich vergaß: bei Ihnen lohnt sich das ja sowieso nicht."

Wenig später bremste Katthöfer vor dem Schlachthof, der verlassen im Schnee stand und vor sich hin gammelte.

„Alles aussteigen und pirschen", kommandierte ich und stieß die Beifahrertür auf. „Dölle, Sie sichern den Eingang. Falls jemand herauskommt, der nicht mal entfernt wie Katthöfer oder ich aussieht ..."

„... deine geliebten Kollegen also ...", ergänzte mein Assistent.

„... nehmen Sie ihn fest."

Wir fummelten unsere Schießeisen hervor und verschafften uns Zutritt. Das Bleichgesicht blieb zitternd am Haupteingang zurück, während wir, die Waffe im Anschlag, wie im Krimi von Raum zu Raum huschten.

„Was soll das eigentlich?", zischte Katthöfer. „Hier erschrecken wir nur die Kellerasseln."

„Man weiß nie", gab ich zurück. „Immerhin erinnert mich so manche Wand an das Entführerfoto mit dem Teichgräber. Möglicherweise ..."

Der nächste Raum. Schweinekalt wie alle anderen, leer wie alle anderen. Es tröpfelte durchs Dach.

„... schlagen wir hier zwei Fliegen mit einer Klappe." Ich deutete mit dem Daumen über die Schulter und grinste. „Außerdem scheißt sich unser Kellerkind in die Hosen vor Angst."

Hinter der nächsten Ecke tat sich ein Saal auf. Fliesen wucherten weiß die Wände hinauf, und die Algen grün herunter. Im Fußboden waren Kanäle für das Tierblut eingelassen. In einer Ecke stand auf einem Tischchen ein Kassettenrecorder.

„Na, was meinst du?", sagte ich und deutete auf die Vertiefungen. „Wenn, dann hier."

„Dann müsste er sie betäubt hierher geschafft haben", überlegte mein Kollege und trat an den Tisch.

„Ja, warum auch nicht. Hier sind übrigens Blutspuren. Und bevor du etwas sagst: ja, dies war ein Schlachthof! Aber es sind *frische* Spuren."

*Mach dich nur ganz klein,*
*Programmiererschwein,*
*denn ich find dich Dreck*
*noch im besten Versteck.*
*Kriechst du dann heraus,*
*mach ich dir sogleich genüsslich den Garaus!*
*Und geh' davon aus,*
*für dich gibt es keinen großen Leichenschmaus!*

So brüllte es plötzlich los, auf die Melodie von „In the drummertime". Katthöfer hatte die Play-Taste am Kassettenrecorder gedrückt und schaute genauso verdattert wie ich mich fühlte.

*Ja, ich schlachte gern*
*Programmierer ab.*
*Darum hab' ich hinterm Haus*
*ein Massengrab.*
*Da verbuddel' ich*

*jedes Wochenende zwei, drei, vier, fünf Stück!*
*Sind die hundert voll,*
*dann ist das ein ganz spezielles stilles Glück.*

Mit bebenden Fingern schaltete er ab. Ich bedankte mich bei meinem Assistenten für das effiziente Trainieren meines Blutdrucks. „Und zusätzlich haben wir hier sehr wahrscheinlich das Verlies von dem Teichgräber aufgespürt. Wenn das nichts ist! Sag mal der Spusi Bescheid."

Zum Spurenabgleich besuchten wir danach noch den Stall der Rennpferde in der Stachelsdorfer Allee und die Wohnung des Teichgräbers in der Helenenstraße. Dabei kamen wir in den Genuss des Feierabendverkehrs. Der Nachmittag war gerettet ...!

Außerdem mussten wir den Willenbrecht laufen lassen, wenn auch gegen Auflagen. Kotz.

**\*\***

## 32. Sonnabend

Dieter Degenschmied geht nach dem Wochenend-Frühstück pfeifend von seiner Wohnung zu seinem Wagen. Dieser befindet sich zwei Häuserblocks entfernt in einem Hinterhof, der aus dreiundzwanzig Garagen gebildet wird. Er bemerkt nicht, dass ihm eine Dame mit Sporttasche folgt, sondern freut sich über den kalten, aber sonnigen Wintermorgen.

In dem Hinterhof ist er allein. Etwas schwirrt an seinem linken Ohr vorbei, und ein langer Pfeil bohrt sich in die windrissige Bretterwand, die den Hinterhof begrenzt. Er dreht sich verwundert um und entdeckt am Eingang des Hofes eine schlanke Bogenschützin, schwarzhaarig und im roten Sportdress, die er unter anderen Umständen gern angesprochen hätte. Aber sie blickt verbissen und legt einen weiteren Pfeil ein. Sein Nervensystem entschließt sich zu gelbem Alarm und fingert hastig nach dem Garagenschlüssel.

Der zweite Pfeil prallt mit einem überraschenden Gong-Geräusch von der Garagentür ab und verwandelt den gelben in dunkelroten Alarm. Er lässt den Schlüssel fallen und stürzt zur Bretterwand. In der verschwommenen Hoffnung, über sie hinweg entkommen zu können, streckt er die Hände nach der Oberkante aus.

Der Schmerz erfüllt ihn ganz und gar, er treibt ihm die Luft aus den Lungen und das Denken aus dem Hirn. Er will sich zusammenkrümmen, doch das verhindert ein dritter Pfeil, der seine rechte Hand an eine der Bohlen genagelt hat. Von dort kommt auch der Schmerz. Er starrt zu seiner Hand hinauf und weiß nicht weiter.

„Ich vollstrecke jetzt Ihr Todesurteil, das die Analoge Befreiungsfront bereits im letzten Jahr gefällt hat", hört er die raue Stimme der Dunkelhaarigen. „Ihre maßgebliche Mitarbeit am Programm SACCSIM 2.0, von den Betroffenen nur Schwachsinn 2.0 genannt, hat unter anderem die gesamte Belegschaft der Grabwinkel AG fast zum Burnout getrieben. Haben Sie dazu noch etwas zu sagen?"

„Was? Aaaah ... Sind Sie irre?!"

„Ich war noch nie so klar wie jetzt. Ein Programmierer ist nur Abfall / und verdient, dass ich ihn abknall'. Sammeln Sie Ihre wertlosen Gedanken, Sie werden Ihrem Schöpfer gegenübertreten."

Wenig später verlässt eine Frau mit langen schwarzen Haaren den Garagenhof. Sie trägt eine Sporttasche unter dem Arm und murmelt: „Wie seltsam. Einen ` Schöpfer´ kann man genauso eine simple Suppenkelle nennen ..."

Ich hockte im Auto und fror wie ein Schneider. Ein Eichhorn hüpfte durch kahle Zweige. Anders als bei den Schneidern hatte sich sein Schicksal nicht gebessert: es hatte nur wenig Gewinn bei seiner Ernährungsweise, daher war es immer in Eile, blieb immer dünn – und fror. Genau wie ich und die Schneider früher.

Außerdem kam bei dieser Observierung nichts heraus. Es wäre effektiver gewesen, mein Töchterlein nach den Gewohnheiten meiner Nichtmehr-Ehefrau auszuhorchen, als hier in der Whiskystraße zu stehen und regungslos eine regungslose Eingangstür zu beobachten. Aber das Aushorchen könnte später den Verdacht auf mich lenken. Wozu war ich Kripo, so etwas sollte mir nicht passieren!

Nicht, dass ich mich schon endgültig entschlossen hätte. Aber wann immer ich daran dachte, welchen fetten Happen meine Ex für ihr Zuhause-Herumsitzen von meiner Pension erhalten sollte, legte ich in Gedanken die Ohren an und fletschte die Zähne. In derselben Zeit hatte ich mindestens vierzig Fälle gelöst, siebzehn Mörder gefasst und fünf andere zur Strecke gebracht. Schön, während dieser Zeit hatte sie unsere Tochter erzogen – aber das war, so wie ich es sah, zum großen Teil ein *Verziehen* gewesen!

Ich hockte im Auto und fror. Während und auch nach der Scheidung hatte ich gar nicht mitgeschnitten, wie groß der Anteil war, der von meiner Altersvorsorge zu ihrer hinübergeschaufelt worden war. Ich hatte ja genug mit mir selbst zu tun, mit Wohnungssuche, neuen Möbeln, neuer Umgebung, neuer ungewollter Freiheit, der Aufteilung der Habseligkeiten und des Sorgerechts, und die Arbeit musste schließlich auch noch weiterlaufen! Erst dieser Sönnichsen hatte mir die Augen geöffnet und mich dazu gebracht, noch einmal den Schrieb der Pensionskasse hervorzukramen. Was für eine Kacke!

Ich hockte im Auto und fror.

\*\*

## 33. Sonntag

Die Pension ist umstellt. Die übrigen Einwohner haben das Haus verlassen, ohne dass der Verdächtige Verdacht geschöpft hat. Der Leiter des MEK hat seine schwarzgewandeten Mannen mit ihren Präzisionsgewehren um das Grundstück verteilt, stellt sich halb hinter den Mannschaftswagen und greift zum Megaphon.
Bis jetzt ist der Einsatz vorzüglich gelaufen, wie nach Lehrbuch. Das darf auch ruhig so bleiben.
*„Dies gilt dem Mann mit dem Flitzebogen! Das Haus ist umstellt! Geben Sie auf und kommen Sie mit erhobenen Händen heraus!"*
Er schaltet das Megaphon ab und sieht nach rechts, wo hinter einem Streifenwagen zwei Polizisten im Schnee kauern und über die Motorhaube spähen. Der eine schiebt sich die Schirmmütze in den Nacken und wischt verstohlen den Schweiß von der Stirn. Der andere kann das nicht tun: Ein gefiederter Stift fixiert plötzlich die Mütze an seinem Kopf. Er kippt langsam nach hinten, und sein Kamerad starrt hilflos.
„Feuer frei! Macht den Kerl kalt!", will der Einsatzleiter schreien, aber er reißt sich zusammen. Entkommen soll ihm dieser wild gewordene Robin Hood allerdings nicht, dafür wird er sorgen! „Müller Zwo! Tränengas ins Fenster!"
So dürfte ein Sonntagseinsatz nicht enden, nicht so! Er hebt das Megaphon: *„Sie haben es nicht anders gewollt! Wir kommen jetzt rein!"* Der Pfeil durchschlägt das Plastik der Flüstertüte.

Ich hockte im Auto und fror. Genau wie gestern.

Er liegt still in der Zelle und hadert mit sich. Die schnellen Erfolge in Frankfurt haben ihn dazu verleitet, leichtsinnig zu werden! Es war so gut gelaufen, und dann … Er hatte sich unbesiegbar gefühlt, doch man hat seine Tarnung durchschaut und ihn viel zu rasch erwischt. Immerhin hat er bei dem Verhör kein Wort gesagt. Aber sein Schweigen ist weniger auf seine Willenskraft zurückzuführen als darauf, dass für ihn alles in Stücke gebrochen ist. Das hatte ihm die Kehle eingeschnürt, kaum hatte er noch atmen können. Zerknirscht und wütend starrt er auf den grauen Fußboden und blinzelt die Tränen zurück. Oh, der Würgermeister wird enttäuscht von ihm sein!

„Wer ist denn das?", fragte ich beim Nachhausekommen die beiden Figuren im meinem Wohnzimmer.

„Das ist Mirco", antwortete meine Tochter und schmiegte sich an den Träger dieses Namens. „Ich hab' dir doch von ihm erzählt."
„Hm. Kann sein. Und warum trägt er nur eine Unterhose?"
„Weil ich auch schon siebzehn bin? Nun stell dich mal nicht so an, Papp!"
„Ich wundere mich nur. Er sieht aus, als sei er sechsundzwanzig." Und ich kannte ihn irgendwoher.
Das Unterhosengestell tat den Mund auf und sagte: „Achtundzwanzig. Ich habe Ihre Tochter in einem Chatroom zu *Albenquest* kennengelernt."
Das brachte mich auf die richtige Spur. „Ach, Sie sind das! Der Spinner! Der mit ohne virtuelle Waffen! Sie haben bei meinen Kollegen von der Netzkriminalität bestimmt zur Erheiterung beigetragen!"
„Nein, die haben das ernst genommen", erwiderte er verärgert. „Und eine Anzeige auf."
„Na, dabei wird's wohl auch bleiben", kicherte ich. „Das wird wegen Geringwertigkeit niedergeschlagen, wetten? Blutkonserven hin oder her!"
„Bisher habe ich die Hoffnung, alles wiederzubekommen", sagte er störrisch.
„Wie auch immer, Sie Blutzauberer! Passen Sie lieber auf, dass nicht irgendwann jemand mit *Ihrem* Blut zaubert! Das könnte unangenehm enden. Apropos unangenehm – ich lass' euch dann mal allein, für die angenehmen Seiten des Lebens."

„Ein schöner Abend, nicht wahr, Herr Kommissar?"
„Wa? Kann ich nich' finden."
„Aber, aber. Der Schnee knirscht, die allenthalben aufgehäuften Eiswälle glänzen und glitzern – es beginnt zu tauen."
Ich hob den Blick aus dem Bierglas und glotzte auf sein ewiges Halstuch. „Hör'n Sie, ich bin grad nich' gut drauf. Dieser Fall is' einfach zu schräg – ein erpresster Fernsehauftritt, ein Entführungsopfer, das freigelassen wird und dann verschwindet ..."
„Ich nehme das als Kompliment."
„Wieso?"
„Weil Sie mir *glauben*, dass wir den Herrn Teichgräber auf freien Fuß gesetzt haben. Welche Beweise haben Sie schon dafür?"
Überraschung verdrängte den gnädigen Alkoholdunst in mir. „Verdammt, Sie ha'm recht! Dass er in seiner Wohnung war – dass er sein Konto abgeräumt hat – das hätte alles auch irgendjemand von der ABF sein können!"
„Trösten Sie sich, Herr Kommissar, Sie sind auf der richtigen Spur: es *war* jemand von der ABF." Er lehnte sich zurück und bestellte mit einem

Nicken das Übliche. „Denn der Entführte ist ja der ABF beigetreten, und er hat sich bereits, wie Sie vielleicht den überregionalen Nachrichten entnommen haben, um die Ziele unserer Organisation sehr verdient gemacht. Er ist äußerst begabt."

„... öh?"

„Überhaupt läuft alles zum Besten." Er rieb sich die behandschuhten Hände. „Die Menschen dulden das Digitale in ihrer Mitte immer weniger. Wer auf der Straße geradeaus läuft und dabei in sein Taschentelefon starrt, wird nicht mehr rücksichtsvoll umgangen, sondern angerempelt. Das *Bündnis besorgter Eltern* nimmt vorsichtige Fühlung mit uns auf. Weitere Initiativen bilden sich. Wer mit Karte bezahlen will, wird ausgebuht. Das Internetcafé in der Wurmstraße hat bereits zugemacht. Zu vermieten. Und ob sie's glauben oder nicht, vorhin sah ich ein Werbeplakat: zwei Handys zum Preis von einem. Das heißt, sogar der Markt beginnt zu reagieren!"

„... 'ön für Sie."

„Natürlich dürfen wir jetzt nicht lockerlassen. Aber wenn ich bedenke, was wir erreicht haben – ich will nicht verhehlen, dass viele meiner Mitstreiter das nicht zu hoffen gewagt haben! Erst der Erfolg bei Herrn Giebelstein hat die Zweifel zerstreuen können ..."

„Sagt mir nix ... äh ... WAS!?"

„Konzertiertes Mobbing hat das gewünschte Ergebnis herbeigeführt. Zwar mussten wir elektronische Mittel dazu nutzen, aber sei's drum. Weil die Idee von mir gewesen ist, gab man mir daraufhin einen, nun ja, etwas sonderbaren Ehrentitel. Selbstredend nur intern. Ich werde `der Würgermeister´ genannt."

„Ähm ... und wie heiß'n Sie würglich?"

„Ach wissen Sie – das werden Sie mir doch nicht abnehmen." Und beinahe kleinlaut sagte er: „In meinem Pass steht der Name Rainer Glaube ..."

Ich lachte laut und scheppernd. „In der Tat, das nehm' ich Ihnen nicht ab! Der Andere heißt Walter Willenbrecht und wäscht womöglich einem Programmierer das Gehirn – und Sie ...!" Ich meckerte vor Lachen, verschluckte mich, hustete, krümmte mich und krächzte.

Als ich wieder aufsah, war ich allein. Der Kellner brachte das Dunkle und guckte suchend. Ich erbarmte mich seiner.

\*\*

## 34. Montag

Von Programmierern muss ich weinen.
Drum frisch ans Werk, sie auszubeinen!
Wen schlägt man ungestraft zu Brei?
Das ist der Subsystem.Lakai!

Als ich vergrätzt ins Büro kam, traute ich meinen Augen nicht. Mein Assistent saß da und redete mit dem Bildschirm wie mit einem menschlichen Wesen. Gleich darauf war ich drauf und dran, auch das Vertrauensverhältnis zu meinen Lauschern aufzukündigen. Denn der Bildschirm antwortete ihm!
„Sag mal, was machst du da?"
Er drückte auf irgendeine Taste. „Tja, Leiterchen, damit kennst du dich nicht aus, was? Das nennt man Skaipen – Telefon mit Bild. Hat mir das Milchbübchen gezeigt. Ich hatte gerade eine Telefonkonferenz mit Stuttgart."
Ich ließ mich auf meinen Drehstuhl fallen. „Erstick mir bloß nicht an deiner Wichtigkeit!"
„Lass keine Hoffnung keimen: meine Atemwege sind in Schuss. – Du wirst es nicht glauben." Katthöfer machte ein Gesicht wie ein Weihnachtsmann. „Sie haben den Teichgräber geschnappt."
„Wieso `geschnappt´?"
„Weil er, wie es aussieht, mindestens sechs Programmierer ums Eck gebracht hat. Drei in Frankfurt und drei in Stuttgart. Zuzüglich zweier schwäbischer Kollegen, als er sich der Festnahme widersetzte."
„Oha!" Hätte ich nicht bereits gesessen, ich hätte dringend eine Sitzgelegenheit gesucht. „Kein schlechter Schnitt für eine Woche in Freiheit."
„Es scheint, dass er seine bei diesem Freiluft-Bogensehnen-Verein im Lauer Forst erworbenen Fertigkeiten intensiv hat anwenden können."
„Kompliment für deinen Satzbau."
„Äh? Jedenfalls können wir ihn von hier aus verhören, wenn du das willst, denn er sitzt gerade in Stuttgart im Vernehmungsraum."
„Hm. Na schön." Ich setzte mich neben ihn und blinzelte misstrauisch auf den Bildschirm. Ein Mann mit seltsamen Farbspuren im Gesicht starrte zurück. Er sah wie ein Volker Teichgräber nach einer durchzechten Nacht aus.
„Muss ich irgendwo draufdrücken, irgendwo 'reinsprechen oder sowas?", fragte ich.
„Nein", antworteten Katthöfer und der Bildschirm unisono.

„Hm. Äh ... Herr Teichgräber, können Sie mich hören?" Keine sonderlich intelligente Frage, aber die Situation war mir fast so unbehaglich wie das Fernsehstudio im letzten Jahr.

„Ja." Kalt und sachlich. „Ich muss dagegen protestieren, mithilfe einer elektronischen Maschine verhört zu werden! Und ich habe meinen Namen geändert." Er straffte sich. „Seit Heiligabend nenne ich mich Volker *Totengräber.*"

„Das ist ja nun ..."

„Und ich spreche kein Wort mehr, wenn man mich nicht so anredet." Seine Stimme erinnerte an die Eiszapfen vor dem Fenster.

„Schön. Trifft es zu, dass Mitglieder der ABF Sie entführt und im alten Frühbeker Schlachthof gefangen gehalten haben?"

„Ja und nein. Es war eine Zeit der Einkehr und Buße, eine Zeit der Neubewertung alles Gewesenen. Ich wurde neu beseelt; ich habe mein Leben neu ausgerichtet und in den Dienst einer segensreichen Sache gestellt!"

„Ah ja. Herr – Totengräber, geben Sie die Morde zu?"

„Ich gebe sechs Exekutionen und zwei Tötungen in Notwehr zu. Letztere bedauere ich. Mit den Morden an den Frankfurter Bankern hatte ich nichts zu tun."

„Da hat er nur die Anregung geliefert", sagte eine andere Stimme aus dem Lautsprecher, deren Ursprung unsichtbar blieb. Anscheinend ein Kollege. „Das waren höchstwahrscheinlich Trittbrett-Morde; auch in Hessen hat man das mittlerweile eingesehen."

Ich räusperte mich. „Wenn ich recht verstehe, Herr Totengräber, bedauern Sie die Tötungsdelikte an den Informatikern nicht?"

„Keinesfalls." Ein sonderbarer Ruck ging durch das Entführungsopfer. „Programmierer müssen sterben / und ich bringe ihr Verderben."

„Entschuldigen Sie mal, Sie waren doch *selbst* ..."

Er unterbrach mich. „Es schwirrt nur kurz der Rachepfeil / und macht die Welt ein bisschen heil. / Mein Pfeil findet stets sein Ziel. / Ich töte rechtens! Und mit Stil."

Dieser Irre schaffte es, mich sprachlos zu machen. Katthöfer beugte sich vor und fragte: „Sie sind also voll geständig und, wenn wir richtig verstehen: Sie würden damit weitermachen, wenn Sie die Gelegenheit hätten?"

Der Totengräber richtete aus Stuttgart seinen festen Blick auf ihn. „Selbstredend! Ich bin des Würgermeisters Hand / und ziehe tötend durch das Land."

„Das reicht jetzt aber!", kam der Polizist in Baden-Württemberg dazwischen, aber bevor er abschalten konnte, hörten wir noch: „Der Würgermeister bringt das Heil, / sei es mit Pfeil oder Beil. / Er macht dem Wahnsinn den Garaus / und brennt ihn notfalls feurig aus."

„Hören Sie, das ist ja alles sehr erschreckend, aber nur weil manche Verse zugegebenermaßen von mir sind, trage ich doch keine Mitschuld!" Der Sönnichsen war lauter geworden, und ich brachte rasch eine Handspanne Distanz zwischen Telefonhörer und Ohr. „Wollen Sie mir da etwa eine Anstiftung zum Mord draus drechseln? Dann sollten Sie vorher erst noch sämtliche Waffenhersteller und -verkäufer deswegen einlochen! Ansonsten machen Sie sich lächerlich. Und den Ausdruck `Würgermeister´ höre ich zum ersten Mal. Klingt nach Tippfehler."

„Trotzdem danke für das Gespräch", beendete ich dasselbe, denn Katthöfer gestikulierte mir. „Was ist?"

„Ich hab' dieses Wort gegockelt", sagte er und drehte seinen Bildschirm zu mir. „Etwas über vierhundert Treffer im Web. Und die ältesten Einträge sind – was denkst du? – vom siebenundzwanzigsten Dezember!"

„Und was schreibt man da so?"

„Och, hauptsächlich im Sinne von `ewiggestrige Spinner´. Einer nennt die ABF `konservative Extremisten´ und zieht Parallelen zu den Heiligen Kriegern. Einer schreibt, sicher gäbe es so einige Murks-Programme, aber da sei man doch wohl übers Ziel hinausgeschossen. Einer bemüht den alten Scherz, dass ein Computer dir bei Problemen hilft, die du ohne ihn nicht hättest, ein anderer wendet sogleich ein, sein Kasten sei nicht einmal dazu imstande. Ein bekannter Brutal-Rapper liefert das zum Thema passende Video auf *mytube* ab ... Insgesamt aber kaum Sympathien für diese Analogen. Ich glaub', das wird 'ne Eintagsfliege."

„Kunstwerk, Katthöfer! Wer Computer hasst, wird das wohl kaum in eine Tastatur klappern und ins Internet stellen, du Amöbenhirn! Nein, in diesem Fall zeigt dir dein geliebtes Web *keinen* brauchbaren Meinungsquerschnitt." Er holte Luft, doch ich war schneller: „Pass lieber auf, dass aus dir kein zweiter Dölle wird."

„Aber das ist die Zukunft!"

„Da wär' ich nicht so sicher. Ich sag' nur: ABF. Und hol' mir erst mal Kaffee."

Als ich den heißen Kaffeebecher aus dem Spender zog, sprach unvermutet meine Staatsanwältin zu mir und teilte mit, dass meine Anwesenheit auf dem Dach des Präsidiums erwünscht sei.

Ich drehte mich vorsichtig um, des Kaffees wegen. „Nanu, Frau Westphal. Sie hier, in diesem Stockwerk?"

„Herr Katthöfer hat mir verraten, wo Sie sind." Sie wirkte etwas angespannt. „Tja, Frau Merle Rennpferdt, die Schwester des Mörders in Ihrem letzten Fall, möchte von uns – und insbesondere von Ihnen – die Zusage erzwingen, dass wir den Fall noch einmal aufrollen."

Behutsam stellte ich den Kaffee ab. „Das nimmt ja überhand mit der Erpresserei. Wie will Sie uns denn dazu bringen, wenn ich fragen darf?"

„Deswegen steht sie ja auf dem Dach! Sie sollen zu ihr kommen und ihr hoch und heilig versprechen, dass wir uns die Sache aufs Neue anschauen. Andernfalls ..."

„... nimmt sie die Abkürzung nach unten. Schon verstanden. Ist die Feuerwehr verständigt, wegen Sprungtuch und so?"

„Das macht gerade Ihr werter Kollege. Aber das dauert, bis die hier sind, schon wegen Glatteis." Die Westphal guckte argwöhnisch. „Sagen Sie mal, wollen Sie sich nicht endlich auf den Weg machen?!"

Als Antwort ging ich zur Fahrstuhltür und drückte den Knopf mit dem Pfeil nach oben.

Ich trat aufs Dach hinaus, und die Kälte raubte mir den Atem. Der scharfe Wind lachte über die Winterjacke, die ich geliehen und übergezogen hatte, und ging daran, mit Genuss und deutscher Gründlichkeit alle freiliegenden Hautpartien abzutöten. Umso unglaublicher war das Bild, dass sich meinen tränenden Augen bot: die rotblonde Dame stand ohne Mantel oder Jacke an der Kante des Flachdachs, und der Sturm brachte ihr ärgerlich schönes Haar angemessen zur Geltung. Außerdem schlug er die Tür des Dachaufgangs zu, was Frau Rennpferdt dazu bewegte, sich zu mir umzudrehen.

Sie schaute mich an, und das Wasser in meinen Augen verdoppelte die Anzahl der Kirchtürme im Weichbild der Stadt hinter ihr. „Da sind Sie ja, Herr Kommissar! Wenn Sie mir nicht in die Hand versprechen, dass Sie sich der Sache mit meinem Bruder nochmals annehmen, unvoreingenommen annehmen, dann springe ich! Ich warne Sie, ich meine es ernst!"

„Dann springen Sie halt!", schrie ich gegen den Sturm. „Wenn Sie glauben, dass Sie sich danach besser fühlen ...!"

Sie starrte mich fassungslos an.

„Und warten Sie nicht zu lange, sonst frieren Sie vorher fest!", setzte ich hinzu. „Im Ernst: was soll so ein abgepresstes Versprechen bringen? Das ist so witzlos wie ein erzwungenes Geständnis! Und warum kommen Sie mir eigentlich *jetzt* damit?"

„Weil heute Nachmittag mein Flug nach Thailand geht", antwortete sie, womit sie ihre Suizid-Androhung im Handumdrehen entwertete.

„Nun gut, Frau Rennpferdt, ich verspreche Ihnen alles, was Sie wollen. Setzen wir einen Vertrag auf?", rief ich und murmelte: „Wenn ich nur endlich aus dieser Kälte komme."

„Sie nehmen mich wohl immer noch nicht ernst!", schrie sie zurück.

„Kein Vertrag. Sie versprechen es mir mit Handschlag! Und ohne gekreuzte Finger!"

Ich trat zu ihr, und wir schüttelten uns die Hände, im zwanzigsten Stock über Frühbek, während der Wintersturm an uns zerrte. Grundsätzlich sehe ich das Wörtchen „flexibel" als das böse Arbeitgeberwort mit F. Aber als Polizist muss man eben manchmal flexibel sein.

„Warten Sie – Sie müssen schwören, bei etwas, was Ihnen heilig ist!"

Angesichts ihres Ernstes befiel mich eine seltsame Scheu, etwas zu erfinden, von dem ich behaupten konnte, dass es mir heilig sei. Ich ging also in mich, doch ich entdeckte nichts Heiliges und zuckte mit den Schultern.

Ihre Kulleraugen waren beinahe rührend. „Nichts, Herr Kommissar? Warten Sie – bei der Wahrheit! Als Kriminalist müssen Sie doch die Wahrheit schätzen!" Sie sah mich auffordernd an. „Na los, schwören Sie bei der Wahrheit!"

Ich unterdrückte ein Schmunzeln und tat es.

Der Kaffee war natürlich inzwischen kalt geworden. Ich kippte ihn in einen Pflanzenkübel und ging in mein Büro zurück.

„Haben wir noch die Akte Rennpferdt da?"

„Meine Güte, Leitwesen! Dein Missmut ist ja mit Händen zu greifen! Was ist passiert?"

Ich sagte es ihm und machte mich auf einen maliziösen Kommentar gefasst. Dieser kam auch, aber aus einer ganz anderen Ecke.

„Dann ist ja immerhin für deine weitere Beschäftigung gesorgt, mein Bester!" Guntram Göris, der Neue meiner Exfrau und ein ekelerregender Karriere-Yuppie-Junkie ohnegleichen, trat aus dem Nebenraum. „Und das ganz ohne mein Zutun." Sein arrogantes Näseln brachte mein Blut zum Sieden. „Nun ja, es wurde ja auch Zeit, dass diese Analogen Befreier den kundigen Händen des Landeskriminalamtes anvertraut werden!"

„Der Göris. Beim Arschkriechen in den Blinddarm verirrt? Du mischst dich doch wirklich in alles ein! Was hast du klebriger Schleimpilz diesmal für eine Ausrede?"

„Handfeste Begründung, mein Lieber!" Er war geschniegelt und blitzblank rasiert wie immer, und natürlich wusste er genau , wie ein Krawattenknoten zu binden ist. „Gefahrenabwehr – Innere Sicherheit – Staatsschutz – Extremismus – such dir was aus! Alles Dinge, für die das LKA zuständig ist, was du auch sehr wohl weißt! Ihr hättet die Sache längst an uns abgeben müssen, deine Staatsanwältin und du. Im übrigen kannst du mich mit einem Begriff wie `Schleimpilz´ nicht beleidigen, denn diese Lebewesen sind ein staunens-wertes Erfolgsmodell der Evolution."

„Aber wieso Staatsschutz?", fragte ich. „Mir war nicht bewusst, dass die dämlichen Computer unter dem besonderen Schutz des Grundgesetzes stehen."

„Nicht ausdrücklich, aber zwangsläufig. Ein modernes Staatswesen kann ohne EDV nicht funktionieren. Und jetzt rück deine Akten 'raus! Sie werden so schlampig geführt sein wie immer", und er seufzte theatralisch, „aber irgendwo muss man ja anfangen. Du darfst dich dann wieder mit deiner Wald-und-Wiesen-Beziehungstat beschäftigen. Das kannst du auch besser."

Ich verbeugte mich. „Zu gütig, dass mir der Herr doch noch eine Begabung zuerkennt!"

„So großzügig würde ich es nicht deuten. Ich meinte das mehr im Sinne von: Irgend jemand muss ja die Kinderkacke wegmachen." Sprach's, griff sich die Akten, ließ sich von Katthöfer die Vorgangsnummern unserer elektronischen Aufzeichnungen geben und verschwand endlich.

Der Drehstuhl ächzte auf, als ich mich in ihn fallen ließ. Mein Assistent spähte zu mir herüber und verzichtete auf die übliche Frechheit, die ihm gewiss bereits auf der Zunge juckte.

„Na, Katthöfer, so still? Du hast vermutlich Angst vor einem weiteren blauen Auge. Und du hast verdammt Recht damit."

„Das war also der Neue deiner Ex", sagte er langsam. „Du hast mein aufrichtig geheucheltes Mitgefühl, Leiterchen. Der war ja noch widerlicher als du es mir erzählt hast. Der war ja sogar widerlicher als ich."

„Ein wahres Wort."

Doch Katthöfer konnte es nicht lassen. „Wenn ich es recht bedenke: Der war sogar fast noch widerlicher als *du!*"

So war das Mittagessen der erste Lichtblick des Tages. Wie tief kann man sinken!

Danach raffte ich mich zu einem Besuch bei der Spusi auf. Ein weiterer Lichtblick: die Spuren im Schlachthof waren gesichert und sogar schon analysiert. Die Köbsch grinste mich an: „Ich wär' sonst auch gleich zu Ihnen gekommen. Wir haben DNS von dem Teichgräber und fünf anderen Leuten gefunden. Außerdem Blutspuren von zwei Menschen, die eine

von Frau Rennpferdt, die andere konnten wir noch nicht zuordnen. Vielleicht hat sie sich gewehrt."
„Der Ehemann?"
„Nein, den konnten wir ausschließen. Von dem haben wir nichts gefunden." Also doch kein Lichtblick. „Sagen Sie mal, das ist doch sonderbar, dass der Rennpferdt und diese ABF denselben Gedanken gehabt haben, für ihre Verbrechen den alten Schlachthof zu nutzen ..."
Schulterzucken meinerseits. „Es gibt eben so Zufälle."
„Ja, das stimmt allerdings! Ich hab' da mal ein Ding erlebt, das muss ich Ihnen erzählen ..." Und ehe ich die Flucht ergreifen konnte, quasselte sie mir ein Hörbuch ans Ohr.

Obwohl ich erst gestern dagewesen war, fanden meine Füße nach Feierabend ganz von allein den Weg in den *Waidwunden Hirschen*. Ich wollte mich regelkonform volllaufen lassen und schwelgte bereits in blutrot gefärbten Gedankenbildern von einem gewissen Guntram Göris, wie er mir ganz zufällig im Dunkeln begegnet oder bei einer Razzia aus Versehen vor die Mündung läuft, wundervolle Vorstellungen, die ich durch die Zufuhr von Alkohol noch zu steigern hoffte.
Als mir einfiel, dass der eingebildete Fatzke nichts von meinen Kneipentreffen mit der Schifferkrause in den Akten finden würde, fühlte ich mein wölfischstes Grinsen, wie es sich über mein Gesicht ausbreitete und dort minutenlang hängenblieb. Wenn es nach mir ginge, würde er auch niemals davon erfahren! Sollte das Aas sich doch dumm und dusselig ermitteln!
„Warum grinsen Sie denn so, Herr Kommissar?"
„Ich hab' mir nur einen Witz erzählt, den ich noch nicht kannte."
Nein, es war nicht der Lincoln, sondern Heiko Schnabel, der Schreiberling, der gefragt hatte. Er setzte sich und bestellte und klärte mich dann darüber auf, dass er mit mir über „diesen faszinierenden Fall" reden wollte.
„Wie haben Sie mich denn gefunden?", fragte ich.
„Dies ist von Ihrer Wohnung die nächstgelegene Kneipe. Reportersinn."
„Hm", knurrte ich. „Aber der Fall ist nicht mehr *mein* Fall. Das LKA hat übernommen. Innere Sicherheit und so weiter. Wenn Sie was erfahren wollen, müssen Sie sich in Zukunft an ...", ich holte tief Luft, „... Herrn Guntram Göris wenden, den widerwärtigsten, miesesten und arschlöcherigsten Blörridöndel, der auf der in dieser Hinsicht ohnehin kaum verwöhnten Erde herumläuft!"
„Oh. Den mögen Sie wohl nicht besonders?"
Ich konnte nicht antworten.

„Ich habe noch nie jemanden gesehen", fuhr der Schnabel fort, „der den Eindruck machte, er würde gleich vor Wut in die Tischkante beißen. Aber bei Ihnen – wünsche ich vielleicht am besten einfach guten Appetit?"

„Danke." Aber ich biss keine Stücke aus dem Tisch, sondern stürzte nur mein Bier hinunter. „Dieser Göris ist ein schleimiger Karrierist und einer von diesen Typen, die denken, nur weil sie Schlips und Anzug tragen, hätten sie die Deutungshoheit über die Realität! Und er hat", erneut musste ich extra Luft holen, „mir kaltlächelnd meine Frau ausgespannt. Daher bin ich nun ein Bulle mit kaputter Familie, genau wie sie in sämtlichen Kriminalromanen dieser Welt herumkrebsen!"

„Es scheint, Ihr Verhältnis zu ihm steht unter keinem guten Stern …"

„Wenn der ins Gras beißt, oh, da würde ich ihm mit Inbrunst einen guten Appetit wünschen! Und dabei ist er so klein mit Hut, wie man so schön sagt, wenn es um Tatortbesichtigung et cetera geht. Erinnern Sie sich an den Wäscheklammermord?"

„Ungern. Was ich hörte, hat mir gereicht. Ich war froh, nicht der Kriminalreporter zu sein."

„Als der große Göris Tatort und Leiche sah, wurde er ein jammernder Haufen Elend, den wir per Krankenwagen entfernen mussten!" Die Verachtung ließ mich schlunzen. „Aber als es an die Aufklärung ging, musste ich aufpassen wie ein Luchs, sonst hätte mir dieser verzärtelte Zehenzwischenraumföhner die Lorbeeren vor der Nase weggeschnappt!"

Der Schnabel nahm seine große Brille ab und putzte sie umständlich. „Dann darf ich wohl nicht darauf hoffen, dass Sie mir dabei behilflich sind, einen inoffiziellen Kontakt zu dem neuen Cheferrmittler herzustellen."

„Nee! Bei aller Liebe." Ich machte dem Kellner ein Zeichen und sah dann mein Gegenüber forschend an. „Aber deswegen sind Sie gar nicht hier. Denn von dem Zuständigkeitswechsel wussten Sie ja nichts. Nein, Sie hoffen auf den Herrn mit der auffälligen Barttracht! Sie sind hier, weil bei der Pressekonferenz an Silvester erwähnt wurde, ich hätte den Emissär in einer Spelunke kennengelernt."

„Sie sagten damals zwar `Gastwirtschaft´, doch es stimmt. Aber mal ehrlich: soll ich mir als Reporter diese Möglichkeit durch die Lappen gehen lassen? Wie blöd wär' ich denn da!"

Wir verschwatzten den Abend, bedauerten, dass Mister Lincoln nicht erschien, und gingen schließlich, schräg gegen die Witterung gelehnt, jeder für sich nach Hause.

\*\*

## 35. Dienstag

Lasst uns auf Programmierer schießen,
dann mag ihr Blut in Strömen fließen!

Der Bus, der mich wie immer zum Präsidium bringen sollte, musste eine Umleitung fahren und geriet auf der Kanalstraße in einen Menschenauflauf. Jede Menge Erwachsene mit entschlossenen Mienen hatten sich vor dem Recyclinghof gesammelt, dazwischen flennten und schrien Teenager, als ob es ihnen ans Leben ginge. Ein Transparent knatterte im Winterwind und verkündete: BEFREIT EUCH VOM ELEKTRO-PLUNDER! STACHELSDORF GEHT VORAN! Ich hauchte an die Fensterscheibe und wischte mein Gesichtsfeld sauber: Ein guter Bekannter, der latzhosige Eichenschrank, hielt sich ein Megaphon vor die große Klappe und brachte Struktur in das Durcheinander. Auf einen Ruf von ihm regnete es Mobiltelefone auf das Gelände des Recyclinghofs. Daraufhin öffnete ein verschlafener Angestellter vorzeitig dessen Pforten und blinzelte retardiert in die Menschenmenge. Feierlich wurde ihm ein Dutzend PC-Gehäuse entgegengetragen. Dazu hörte man Herrn Willenbrecht: „Wir übergeben die abscheulichen Erzeugnisse von Magersoft, Nixstadt und Pineapple hiermit einer hoffentlich *sinnvollen* Weiterverwertung!" Ein Kamerawagen vom Dritten Deutschen Fernsehen huschte heran. Am Rande der Zusammenrottung hielt ein dicker Junge sein Handy in die Höhe, um seinerseits die Veranstaltung zu filmen, doch er erkannte an der Anzahl der sich ballenden Fäuste rasch die Gefahr, die in diesem Unternehmen lag, und ergriff die Flucht. Dann brüllte es aus der Flüstertüte: „Leute, macht mal Platz für den Bus da!", und wir konnten weiterfahren.

Katthöfer begrüßte mich mit den Worten: „Übrigens, Leitwesen, der Göris war vorhin hier."
Ich rülpste. „Es gibt Dinge, die will ich gar nicht wissen."
Das kümmerte meinen Assistenten durchaus nicht. „Er hatte noch ein paar Fragen zu unserer unvergleichlichen Aktenführung und hat dabei erwähnt, dass er bei dem Willenbrecht zu Besuch war."
„Der wohnt also doch irgendwo."
„Ja. Klar. Nach dem, was er erzählt hat, hätten wir nur unseren Ohren nachgehen müssen. Bei dem Walter zuhause läuft nämlich ständig Rockmusik in voller Lautstärke ..."
„Ja und?"

„... mit anderen Texten! Zum Beispiel: *I was made for killing programmers / they were made to die in pain*. Eindeutiger geht's kaum. Es fragt sich nur ..." Und Katthöfer hämmerte auf seine Tastatur.

„Was denn?", fragte ich engelsgeduldig.

„Na, ob die Programmierer auf Englisch wirklich `programmer´ heißen", antwortete er nebenbei und starrte in seinen Bildschirm.

„Katthöfer, selbst dein Nichtwissen ist unnütz!", bescheinigte ich ihm.

„Das würde mich nicht einmal interessieren, wenn das noch unser Fall *wäre!* Aber unser Fall, da es dir noch nicht aufgefallen zu sein scheint, heißt Rennpferdt! Rennpferd wie ... wie ..."

„Equus supersonicus?", schlug Magermilch gutgelaunt vor und schloss die Bürotür hinter sich, nahm seinen Rucksack aber nicht ab.

„Wer sind Sie denn?", wunderte sich mein Assistent.

„Ich hab' ihn auch erst nicht erkannt", meinte ich. „Doch trotz der guten Laune scheint es sich um unseren blassblauen Nachwuchs zu handeln. Wir werden Ihnen doch keinen Anlass zu dieser Heiterkeit geliefert haben, Herr Dölle?"

„Guten Morgen erstmal", versetzte dieser. „Nein, meine gute Laune ... Tataa! Ich bin von Herrn Göris in die Soko *Analog* aufgenommen worden!" Er strahlte uns schamlos an. „Ich darf die Rasterfahndung machen! Alle ungenutzten Web-Zugänge in Frühbeks Einzugsbereich – dann haben wir die Mitglieder der ABF und ihre Sympathisanten!"

„... und die Blinden und alten Omis!", krähte Katthöfer. „Viel Spaß beim Rastern, Bartflaum!" Dölle sagte nichts dazu, sondern verschwand in seinem Kabuff und raffte seine Siebensachen zusammen. Ich würdigte seinen Auszug mit den Worten: „Endlich! Ein Digitalinski weniger!"

Wir rollten das Leben der Rennpferde auf, mit allem was dazugehört. Das machte keinen Spaß, denn der Fall war ja geklärt. Aber es ließ sich nicht umgehen. Entsprechend sparsam war unser Elan.

So war ich ganz froh, als das Telefon klingelte. Ich nahm den Hörer ab und sagte meinen Spruch auf. Die nur zu bekannte Stimme aus der Membran ließ mich zusammenfallen und trieb mir tiefe Falten in die Stirn.

Dabei klang sie erst recht normal.

„Hallo. Ich muss dich warnen", sagte meine Ex. „Deine Tochter hat sich da in einen Mirco verguckt. Den hat sie im Internetz kennengelernt! Falls sie den anschleppt, wirf ihn raus!"

Aber ich wusste: es würde wie immer mit Keifen enden.

„Du bist zu spät", stellte ich fest und vorsorglich den Apparat leiser. „Die waren schon da und haben schon ..."

„Auf dich ist mal wieder Verlass!"", schrie sie los. „Der ist doch viel zu alt für sie! Und nach seinem Beruf hast du garantiert auch nicht gefragt! Das ist nämlich ein Informatik-Idiot, ein Monstermaschinist, ein Programmierpinsel, mit dem soll sie nichts zu schaffen haben!""
„Wieso denn das?""
„Weil für dieses Ungeziefer die Luft demnächst dünn wird! Ich bin zwar nicht in der ABF, die sind ja nicht grundlos im Untergrund, aber bei uns hat sich eine Bürgerinitiative gebildet, da bin ich drin! *Lass dir von Maschinen nichts gefallen!* heißen die. Wir haben es bald geschafft, dann ist unsere Straße eine digital befreite Zone!""
„Du meinst wohl handyfreie Zone.""
„Nein, das meine ich nicht!"", keifte sie. „Wenn du mir doch *einmal* zuhören würdest ...!""
Den Rest kann man sich denken.

„Es hilft ja nichts"", ronzte ich, schob die Aktenstücke zusammen und stand auf. „Willst du mit oder soll ich alleine?""
„Ja wohin denn?""
„Tiegelstraße, Altersversicherung.""
„Sag das doch gleich."" Katthöfer sprang auf und griff sich Mantel und Wintermütze. „Natürlich komm' ich mit.""
„Alles andere hätte mich auch gewundert, *Drei-Eff.*""
„Wofür stand das nochmal? Frauen, Ficken, Vögeln?""
Ich sparte mir die Antwort.
Da wir in der Gesetzlichen Altersversicherung mittlerweile einigermaßen bekannt waren, leitete uns der Pförtner allerdings nicht wie sonst zur Pressestelle und der appetitlichen Frau Franke weiter, sondern fragte uns einfach nur, wohin wir wollten.
„Zu Frau Mertinitz und Herrn Pietersen"", sagte ich und hielt meinen Assistenten im Augenwinkel. Erwartungsgemäß zog sich sein dummes Gesicht in die Länge.
Der Pförtner zog einen zerfledderten Hefter zu Rate. „Frau Mertinitz finden Sie in Raum 1G55 und den Herrn Pietersen in 2K78. Äh, Moment – die ha'm glaub' ich beide Urlaub. Da könnten die beiden in der Sporthalle sein, bei der Probe."" Wegen unserer ungläubigen Mienen ergänzte er seine Auskunft: „Die ist backbords von Strahl H, Zugang durch das Untergeschoss.""
Eine knappe Viertelstunde später hatten wir dann doch noch den Durchgang zur Sporthalle entdeckt. Katthöfer wuchtete eine der Flügeltüren auf. Wir traten in die kleine Halle, in der etwa zehn Verdächtige

beiderlei Geschlechts unter einem Basketballkorb standen und redeten. Sie trugen normale Kleidung, hatten aber Turnschuhe an den Füßen.

„Leise", zischte ich. „Sie haben uns noch nicht bemerkt. Vielleicht erfahren wir etwas Aufschlussrei ..."

Donnernd fiel die Hallentür hinter uns ins Schloss. Zehn Leute drehten ihre Köpfe und gafften uns an.

Ich zuckte die Schultern und schubste Katthöfer nach vorn. Er sonderte den üblichen Spruch ab und fragte dann, was das denn werden solle, wenn es fertig sei.

„Ein kleines Theaterstück", antwortete die Mertinitz und wedelte mit einigen eng beschriebenen Blättern. Sie sah rundum gesundet aus und hatte pfirsichfarbene Wangen. „Für unser nächstes Betriebsfest."

„Von meinem Büroparasiten natürlich", fügte der Pietersen hinzu. „Aber eigentlich weiß ich nicht, warum ich das hier mitmache. – In meinem Urlaub!"

„Wegen der dummen Gesichter", meinte die Mertinitz sofort. „Das haben wir doch alles besprochen, Herr Pietersen! Denken Sie nur an den Rabatz, wenn wir beim Betriebsfest mit dem Titel des Stückes herausrücken: *Der Widerwärtigen Tötung!*"

„Und worum geht es dabei?", erkundigte ich mich, obwohl ich es ahnte.

Die Ahnung wurde bestätigt. „... Wir haben auch schon die Eröffnung einstudiert", erzählte die Mertinitz eifrig. „Wollen Sie mal gucken?" Und ohne eine Antwort abzuwarten, begannen die Anwesenden zu hampeln und sangen dazu mit Inbrunst nach der Eröffnungsmelodie eines sehr bekannten Musicals:

„Schlagt Programmierer tot!
Seid nicht devot!
Sie fressen unnütz Brot
und labern Kot!
Wer vom Programm bedroht,
handelt in Not!
Denn aaa-nders kommt-die-Welt-nicht-mehr-ins-Lot!...
Drum schlagt sie tot!"

„Ja, sehr schön", brummelte mein Kollege. „Paragraph Einhundertelf und außerdem die Verletzung des Urheberrechts von Andrew Mary von Weber ... Bitte in einer Reihe aufstellen und an den Händen fassen, wir haben nicht genug Handschellen für alle."

„Katthöfer, *aus!* – Frau Mertinitz, was ich noch fragen wollte: Sind Sie denn jetzt online wieder existent?"

„Ach so, das." Sie wurde nervös. „Na ja, da hab' ich mich herausgezogen ... Ihre Kollegen suchen noch die Täter, aber mit dem Internet, da bin ich durch! Gebranntes Kind scheut das Feuer." Die grimmigen Gesichter um sie herum glätteten sich wieder.

Ich räusperte mich und hob die Stimme zum Zeichen, dass ich jetzt zu allen Anwesenden redete. „Eigentlich sind wir hier, weil wir noch einmal den Fall Rennpferdt aufrollen wollen. Sollen. Müssen. Wie auch immer. Sie erinnern sich bestimmt, die Joggerin in der Kieskuhle mit den dreiunddreißig Messerstichen, die sich als Ihre Kollegin aus der EDV-Betreuung herausstellte."

„Recht geschah ihr!" „Kollegin? Na, das hab' ich mal überhört!" „Die dumme Pute!" „Hier hieß sie nur *die Geißel der GAV*, falls Ihnen das weiterhilft!"

„Ich dachte mir schon, dass sich Ihr Mitgefühl in Grenzen hält."

„So wie der ihr Mitgefühl für uns, wenn mal wieder was war!", grölte einer erbost.

Katthöfer sprang auf ihn zu wie die Katze auf den kranken Vogel. „Sie sind?!"

„Helge Hansen, wenn's beliebt." Ein vierschrötiger Vollbart trat aus der Menge. „Is' natürlich nicht schön, was der passiert ist. Aber verdient hat sie das schon irgendwie. Das muss man sagen. Die hatte da ihr kleines, schnuckeliges Fachgebiet, und unsereins muss fast alles wissen! Was Wunder, dass es manchmal krachte."

„Wie meinen Sie das?" Katthöfers Lieblingsfloskel.

„Na, wir sollen alles können, Kontenklärung, Beitragsentrichtung, Renten, Auf- und Verrechnung, Versorgungsausgleich, Reha, fremdländische Zeiten, die Gesetze von heute und am besten auch morgen und was weiß ich! Und wir sollen das alles auch noch dem Computer beipulen, da fängt der Spaß erst an! Doch das Fräulein Rennpferdt saß hoch und trocken im vierten Stock und brauchte sich um nichts weiter kümmern als um die Verschlüsselung der Schlüssel von 1600 bis 1799. Und nicht wie wir von 1000 bis 7900, und die Vorschriften obendrauf!"

„Ja, und wenn man dann mal anruft, weil der Kasten wieder herumzickt", setzte der Pietersen fort, „dann hörte man durch jedes Wort ihrer Erklärung die müde Genervtheit, weil man etwas fragt, was doch völlig klar auf der Hand liegt ...!"

„Aber eben *nur ihr!*", sagte der Vollbart erbittert. „Weil sie ja bloß die Schlüssel von 1600 bis 1799 anne Hacken hat! Na ja, hatte."

„Wir haben deshalb alle eine gewisse Sympathie für die ABF, von der jetzt überall die Rede ist", meinte die Mertinitz lächelnd zu mir. „Auch wenn die so manches Mal zu weit gehen, finde ich. Man muss ja nicht gleich alles Digitale schlecht finden ..."

Einige ihrer Kollegen begannen wieder zu grummeln wie ein fernes Gewitter.

„Ich meine ja nur: wenn's funktioniert – warum soll man was dagegen haben!", sagte sie und hob die Schultern.

„Ja, wenn!" „Wenn das Wörtchen wenn nicht wär' ..." „Wenn Sie so denken, wieso bitte markieren Sie hier die Regisseurin?"

„Leute, Leute, keine Ausschreitungen!", sagte ich scharf. „Jedem seine Meinung! Hat jemand von Ihnen die Frau Rennpferdt denn trotz dieser, sagen wir mal, Erschwernisse näher gekannt?"

„Wo denken Sie hin!" „Frechheit!" „Die konnte uns mehrmals täglich den Buckel ...!"

„Na, Katthöfer?", fragte ich hinterher. „Wer von denen hat sich auf meine letzte Frage hin *nicht* gemuckst?"

„Der Hansen."

„Und wer brauchte eine kleine Denkpause?"

„Das war, glaube ich, der Pietersen. Und die Tippner."

„Dann gehst du jetzt wieder rein und lädst die Drei für morgen Vormittag vor, schön einen nach dem andern." Ich rieb mir die Hände. „Und bis morgen dürfen sie schmoren. Dann haben wir vielleicht doch noch ein wenig Spaß."

„Ja, wenn man die Arbeit nicht ernst nimmt, macht sie keinen Spaß", sprach mein Assistent. „Aber was denken diese Leute eigentlich, wo wir ohne Elektronik wären? Dann würde zum Beispiel der Vergleich von frischen Fingerabdrücken mit denen aus der Kartei wie früher mehrere Wochen dauern!"

„Das kennst du doch nur noch vom Hörensagen."

„Tja, Leiterchen, im Gegensatz zu dir hab' ich Dschingis Khan nicht mehr fürchten gelernt, musste mich mit Beethoven nicht schriftlich unterhalten und brauchte mich auch nicht bei der Französischen Revolution wegducken. Das nennt man den Nachteil der späten Geburt."

Der übrige Nachmittag wurde mir durch erneutes Erbsenzählen mit dem Anwalt der Rennpferde-Schwester vertrieben. Ich beendete die ergebnislose Besprechung mit den Worten: „Sie mögen sich für einen Drachentöter im Dienste der Gerechtigkeit halten, Herr Schusselhuber, aber für mich, mit Verlaub, da sind Sie nur ein Nervtöter."

„Nanu? Was machst du denn schon wieder hier?"

Meine Tochter sah vom Tablet hoch. „Ach, Papp, bei Mamm kann ich mich mit Mirco doch nicht blicken lassen! Die räumt gerade die Tassen aus ihrem Schrank! Gestern hat sie sogar die Kaffeemaschine entsorgt, weil da ein Prozessor drinne ist ..."

Ich brummte unverbindlich und und ging in die Küche. Während ich Kartoffelscheiben in die Pfanne kippte, rief ich ins Wohnzimmer hinüber, dass mich ihre Mutter angerufen und darauf bestanden habe, dass ich ihrem neuen Freunde künftighin keinerlei Obdach mehr bieten werde. „... Also Maul halten, Töchterchen! Das bleibt unter uns!"

„Klar, Papp!"

Als ich mit drei Tellern Bratkartoffeln im Wohnzimmer erschien, legte meine Tochter den Tablet-PC beiseite, aber ein Mirco Heydel war weiterhin nicht zu entdecken. Ich stellte die Teller ab und nickte in Richtung Schlafzimmertür: „Hast du ihn so hart 'rangenommen?"

Sie tat mir die Freude und wurde rot. „Der ist gar nicht hier", erklärte sie dann. „Er ist auf einer WLAN-Party in Buxtehude, aber über das Tablet kann ich ihn trotzdem sehen und mit ihm sprechen!"

„Hm. Aber nicht beim Essen!" Ich verzichtete auf die Frage, welche Perversion sich wohl hinter dem Begriff „Weh-lahm" versteckte, und widmete mich den Bratkartoffeln. Meine Tochter tat das auch, nachdem sie ihren Teller fotografiert und das Bild online nach Buxtehude gesandt hatte.

„Sag mal – deine Mutter hat erwähnt, dass dein Freund auch irgendetwas mit Computern macht?"

„Ja, er ist Game Balancer bei FuntastiXplore in Hamburg. Willst du mir jetzt auch deswegen Vorwürfe machen?"

„Keine Rede. Ich frage nur. Äh – was darf ich mir vorstellen, was ein `Game Balancer´ so treibt?"

Mein Töchterlein kaute den Mund leer. „Ach Papp, du bist echt nicht auf dem Laufenden. Er managt die Ressourcen bei den Online-Spielen." Und auf meinen glasigen Blick hin: „So ein Spiel ist nur spannend, wenn der Gamer mit einem Mangel fertig werden muss. Am Anfang wird der Neuling mit einigen Erfolgen angefüttert, dann kommt der Mangel. Denn Überfluss ist langweilig. Aber zu viel Mangel ist auch doof, dann springen die Spieler ab. Also muss man das ausbalancieren."

„Aha."

„Aber Mirco hat mir erklärt, dass das sogar noch komplizierter ist. Denn die Webgames sind kostenlos. Die Balance muss deshalb so konstruiert sein, dass genügend Gamer so angefixt werden, dass sie sich für Geld – echtes Geld – die Dinge besorgen, die im Spiel so schwer zu kriegen sind. Davon wird der Online-Auftritt überhaupt erst finanziert!"

„Oh." Meine Nervenfasern begannen Knoten zu bilden: „Aber dein Mirco macht ja selbst bei so etwas mit und hat sich dafür Sachen gekauft, die er im Spiel nicht bekommen konnte. Deshalb war er ja bei meinen Kollegen – weil man ihm seine Pixelwaffen digital geklaut hatte!"

Meine Tochter zuckte nur die Schultern und stellte den leeren Teller hin. „Das war Recherche bei der Konkurrenz und ein wenig außer Kontrolle geraten. Das ist halt der Suchtfaktor …" Da sie sofort wieder zu ihrem Klickbildschirm griff, requirierte ich den dritten Teller Bratkartoffeln.

\*\*

## 36. Mittwoch

Siehst du 'nen Programmierer gähnen,
lass ihn gleich bluten in Fontänen!

Neuigkeitenbörse am Kaffeeautomaten.
Schmökel: „Weil meine Karre heute morgen nicht ansprang, musste ich in den Bus steigen. Sagt mal – seit wann ist das so umständlich geworden? Eine Zone – zwei Zonen – Kernzone – Kurzstrecke – gottseidank kann man ja dem Busfahrer sagen, wo man hin will! Sonst hätt' ich Urlaub nehmen müssen."
Kröska: „Das ist noch gar nichts. Am Bahnhof haben sie schon länger eine Ein-Euro-Kraft mit rudimentären medizinischen Kenntnissen. Es gibt da nämlich tagtäglich mehrere Nervenzusammenbrüche bei den Terror-Geräten der Bahn – den Fahrkartenautomaten. Man ahnt warum!"
Böser: „Ich bin vor so einem Ding auch schon ausgerastet. Und woanders soll das noch viel schlimmer sein mit den Tarifen! Wenn dann mehrere Verkehrsverbünde ihre Finger drin haben, ist es ganz aus!"
Körner: „Das kenn' ich. Aber wisst ihr was? Seit gestern können die Bahner ihren Hartzer Roller wieder einsparen. Denn jemand hatte in dem Fach, in das sonst das Wechselgeld klötert, eine passgenaue Rohrbombe hinterlassen! Und BUMM! Haha! Das war gestern abend um elf, dadurch wurde niemand verletzt. Aber natürlich gab es ein großes Hallo, und bis auf weiteres wirst du am Bahnhof nur noch den üblichen Kaugummi-Automaten finden. Ja, es wird langsam bedenklich für diese Programm-Sadisten!"

Der Vormittag verging recht vergnüglich mit dem In-die-Enge-treiben einiger aufgestörter Rentenrechner. Der Pietersen und die Tippner räumten ein, keine Alibis zu haben und überdies „starke Sympathien" für die ABF zu hegen. Bei dem Hansen lag das etwas anders.
„... dann haben wir nur noch eine letzte Frage an Sie. Sie haben doch gewiss von der *Analogen Befreiungsfront* gehört. Wie stehen Sie zu denen?"
„Gar nicht", brummte der Vollbart. „Die sind im Untergrund, das ist nicht mein Ding. Ich bin bei der V.I. – die wollen dasselbe, aber legal. Kommen Sie doch nächstes Wochenende in die Fußgängerzone, da stehen wir."
„Bei der Kälte?" Katthöfer, der Wimmerlurch, bibberte schon prophylaktisch. „Nein danke. Aber wofür steht diese Abkürzung?"

„Volksinquisition. Das klingt schlimm, ich weiß. Das soll aber bloß unseren Standpunkt verdeutlichen. Wir fragen nämlich ganz genau nach: ist es gut für alle? Und: können alle damit umgehen? Wenn nicht, fordern wir einen Boykott, noch besser ein Verbot."

„Wieso?", wunderte sich mein Assistent. „Man braucht's doch nicht zu kaufen."

„Blödsinn!", kam es entrüstet zurück. „Sind Sie niemals auf die Versprechungen einer Verpackung hereingefallen? Hm? Und dann sitzen Sie da mit einer schauderhaft übersetzten Gebrauchsanweisung oder einem Text, den ein Fachidiot nur für andere Fachidioten geschrieben hat! Nicht jeder versucht den Mist dann zurückzugeben oder umzutauschen – ist ja alles ausgepackt, und der Verkäufer guckt Sie demütigend an, weil er Sie für einen Deppen hält! Und so werden noch mehr Rohstoffe verschwendet als sowieso, weil das Zeug im Keller landet. Nein, da helfen nur Verbote!" Der Hansen hatte sich heißgeredet und war nahe daran, auf den Tisch zu hauen. „Wissen Sie, meine Sitzungen vor dem Flimmerding in der GAV haben mir eines klar gemacht: wir werden durch Bildschirmarbeit systematisch darauf dressiert, alles hinzunehmen, uns irgendwann wirklich *alles* gefallen zu lassen! Denn den Kasten interessiert es ja nicht, wenn du dich aufregst. Nicht einmal, wenn du ihn zertrümmerst! Das muss euch hier doch auch so gehen?"

„Allerdings", sagte ich schnell, bevor Katthöfer die Zutraulichkeit des Verdächtigen zerquatschen würde. „Oh ja, nur zu oft."

„In Deutschland geht man auf die Straße gegen Umweltverschmutzung und rechte Gewalt und noch so allerlei. Aber wir demonstrieren *nicht* gegen unseren transatlantischen Freund, der fürsorglich und umsichtig den gesamten Digitalverkehr dieser Republik überwacht und auswertet! Warum? Weil es mit Computern zu tun hat! Und fast jeder von uns erlebt es immer wieder – die machen ja doch, was sie wollen. Die Geheimdienste sowieso. Aber die Elektronik auch!"

„Wie kommen Sie denn auf sowas?" Ich brachte Katthöfer mit einem bösen Seitenblick zum Schweigen.

„Schauen Sie doch nur auf die Seitenzahlen unten! In einem ordentlichen Buch stehen die immer außen. Aber wann liest ein Informatiker schon ein ordentliches Buch! Also weiß das Schreibprogramm nichts davon. Und auch in der angeblichen Hilfefunktion ist ums Verrecken nichts Brauchbares zu finden ... Es gibt sogar Schreibprogramme, in denen man jede Seitenzahl nur *einzeln* einfügen kann! Sagen Sie selbst: wozu hat man dann einen Computer? Das ist doch lächerlich, das geht ja von Hand schneller!"

„Datt stimmt", gab Katthöfer überraschend zu. „Man fasst sich an'n Kopp! Ich hab' bei mir zu Hause auch bis heute keine automatische Seitennummerierung gefunden, von links und rechts gar nicht zu reden!"

Als ich vom Mittagessen zurückkam, stand Guntram Göris in meinem Büro. Normalerweise hätte mein spontaner Brechreiz ihm den frischen Labskaus vor die Füße gewürgt, aber er atmete schwer und war puterrot im Gesicht, und das änderte die Sachlage. Schmunzelnd trat ich auf ihn zu: „Ah, das illustre LKA! Was verschafft uns die Entehrung deines Besuches?"

Er brauchte ein paar Sekunden, ehe ihn seine Wut etwas sagen ließ. „Hatte ich nicht angeordnet, dass du bei deinem Wald-und-Wiesen-Mord bleiben solltest?! Das ist wissentliche Behinderung meiner Ermittlungen! Oder wie sonst ist es zu erklären, dass du heute Vormittag drei – ich wiederhole: drei! – bekennende Mitglieder der ABF und ähnlicher Vereine zur Vernehmung ins Präsidium bestellt hattest, du Spulwurm!?"

„Katthöfer sei mein Zeuge: Ich ermittle nur im Fall Rennpferdt und sonst nichts! Da nun einmal mehr oder minder kleine Zweifel an dem Ehemann als Täter aufgetaucht sind, habe ich das Umfeld des Opfers aufzudröseln. Dazu gehört nicht zuletzt der Arbeitsplatz. Muss ich das jemandem vom LKA wirklich noch erklären?"

Der großartige Guntram fuchtelte fahrig mit den Flossen. „Du hast doch immer eine faulige Ausrede! Jedenfalls sind die drei jetzt gewarnt, dass wir sie im Sucher haben! Du raubst mir wirklich den letzten Nerv!"

„Dann wende dich doch ans Dezernat Raub & Betrug, ein Stockwerk tiefer", riet ich ihm, randvoll mit Leutseligkeit. „Die Abkürzung ist *Rabe*, du kannst sie gar nicht verfehlen; wohlmeinende Kollegen haben Schilder mit schwarzen Vögeln und Vogelscheuchen geklebt. Da fühlst du dich gleich wie zu Hause, schließlich bist du ja vom LKA – dem Ländlichen Kriminalamt!"

Spuckend und fauchend wie eine rostige Dampfwalze verließ er das Büro, und ich klaubte Katthöfer unter dem Tisch hervor. Noch kurz vor Feierabend litt er unter chronischen Kicheranfällen.

„Herr Teichgräber."
Der Häftling reagiert nicht.
„Herr Teichgräber, verdammt! Aufstehen!"
„Sie kennen meinen richtigen Namen, und ich kooperiere nur, wenn Sie mich mit diesem anreden."

„Wo kämen wir denn da hin, Sie Witzfigur, wenn jeder seinen Namen nach Jux und Heiterkeit verändern täte!", schnauzt der Wachmann. „Jedenfalls: Aufstehen! Sie werden verlegt!"

Der Gefangene gehorcht seufzend. Er steht auf, streckt die Hände vor, wartet das Klacken der Handschellen ab und sagt dann: „Darf ich fragen, wohin es geht?"

„Du darfst, Freundchen, hehe, aber du kriegst keine Antwort! Vorwärts!" Ganz wie man es sich vorstellt, denkt er. Nur der Stoß zwischen die Schulterblätter bleibt mir erspart.

In ausnehmend guter Laune schloss ich meine Wohnungstür auf. Aus dem Wohnzimmer hörte ich Geräusche. Ich stellte meine Tasche ab und sah nach dem Rechten.

Auf dem Sofa lag der Schlaks namens Mirco Heydel und wurde von meinem Töchterlein rührend umsorgt. Sie tupfte gerade das Blut von einer Schramme, die ihm quer über die Stirn lief. Auch sonst sah er aus wie eingedelltes Obst.

„Was ist denn hier passiert? Hast du ihm gezeigt, wer das Sagen hat?"

Meine Tochter sah auf. „Entschuldige, wir haben deinen Erste-Hilfe-Kasten benutzt ... Mirco ist vor seinem Zuhause überfallen und zusammengeschlagen worden! Und als er in seine Wohnung geflüchtet ist, flog ein Backstein ins Fenster! Nicht nur, dass er jetzt nicht mehr heizen kann, er kriegte auch noch zu hören, dass man ihm keine ruhige Minute mehr lassen würde!" Sie erzeugte die schmachtenden Kuhaugen, die sie immer benutzt, wenn sie mich um etwas bitten will. „Kann Mirco über Nacht hierbleiben? Bitte, Papp!"

Das klapprige Opfer ächzte ein wenig. „Das waren Typen von der Volksinquisition, sonst haben die nur gedroht, aber heute ..."

„Mein armer Schnuffel ..."

„Wollen Sie Anzeige erstatten?", fragte ich.

„Ha ha." Sein Lachen war nicht echt. „Die hatten Kapuzen und Masken vorm Gesicht, was soll das bringen? Aber ich wäre wirklich sehr dankbar, wenn Sie mich ein, zwei Nächte hier beherbergen könnten ..."

„Oho", meinte ich, „schwuppdiwupp sind es schon zwei Nächte!" Die Augen meiner Tochter wurden noch größer, doch ich beruhigte sie: „Keine Angst, dein Mirco darf hierbleiben, bis die Gefahr vorüber ist. Als Gegenleistung verlange ich allerdings einen Großputz und das Einzige, wofür ich deine Mutter wirklich geliebt habe: ihren Streuselkuchen. Du kannst ihn doch immer noch genauso gut wie sie?"

„Klar, Papp!" Vor Erleichterung hing sie mir am Hals. „Mach' ich, Papp! Gleich morgen!"

„Und Sie", wandte ich mich wieder an den unverhofften Gast, „dürfen die blauen Flecke, aus denen Ihr Körper bis auf weiteres besteht, heute ausnahmsweise hier liegen lassen, obwohl das mein Lieblingsplatz ist. Volksinquisition, sagten Sie? Heute hab' ich erst von jemandem gehört, dass es die gibt, aber die Leute da seien ganz und gar gesetzestreu. Na, das war wohl nichts."

„Nee, allerdings!" Der Heydel verschob seine Knochen auf dem Sofa und stöhnte wieder. „Rechte Chaoten waren das, richtig fiese Typen, menschliche Orks!" Er brabbelte weiter weinerlich vor sich hin, aber ich muss zugeben, dass sich mein Mitleid angesichts seines ach so nützlichen Berufes in Grenzen hielt.

**

## 37. Donnerstag

Wo immer Programmierer walten,
sollst du mit dem MG 'reinhalten!
(Auch per Panzerfaust ist fein,
damit kriegst du sie ganz klein.)

Von der Nacht auf der Schlafcouch fühlte ich mich ein wenig zerdrückt in den Gelenken. Töchterchen und der hauptamtliche „Game Balancer" schliefen noch in meinem Bett, als ich die Wohnung verließ. An der Bushaltestelle klebte ein kleines giftgrünes Plakat: *Hier entsteht die nächste digital befreite Zone!* Der Bus kam und brachte mich viel zu schnell an meinen Arbeitsplatz.

Katthöfer blieb still, als ich das Büro betrat und nonchalant wie immer meine Tasche in die Ecke pfefferte. „Moin. Was ist denn, Helferlein? Du guckst ja so bedröppelt."

„Gerade kam ein Anruf rein." Er starrte auf seine Schreibunterlage. „Aus der Whiskystraße. Wachtmeister Wöhlke hat gemeldet, dass deine Exfrau …", ein Räuspern, „… dass sich deine Ehemalige …", und noch ein Räuspern, „… es scheint, sie hat sich umgebracht."

„Na, dann sag' ich doch: Wunder. Schönen. Guten. Morgen!"

Er sah gequält auf. „Musst du selbst *darüber* noch Scherze machen?"

„Ach, Katthöfer, wenn du erlebt hättest, was ich erleben durfte, würdest du menschlicher darüber denken." Ich machte es mir auf meinem Drehstuhl bequem. „Meine Scheidung war filmreif, mit allem, was dazugehört, nur meine Katzen hat sie nicht gekocht." Ich zog die Schreibtischschublade auf, stockte und überlegte es mir anders. „Was sitzt du denn da noch 'rum? Wir müssen doch dahin!"

„Wir? Das ist die Frage. Eigentlich bist du ja befangen."

„Bist du wirklich schon wach? Ich bin mit ihr weder verwandt noch verheiratet, also wieso bin ich befangen?"

„Mensch, Leiterchen, du weißt doch, wie das ist hier! Hast du nicht auch den Obermotz in den Ohren? *Schon um den Anschein jeder Voreingenommenheit zu wahren, sind wir gehalten*, brabbel-sabbel …"

„Du meinst `Unvoreingenommenheit´, aber ansonsten hat du Recht. Dann fährst du also alleine in die Whiskystraße, und ich schlage weiter auf die toten Rennpferde ein."

Als er gegangen war, nahm ich meine nachdenkliche Haltung ein und wälzte die Tatsachen im Kopf umher, bis alles drunter und drüber ging und der Rennpferdt von seiner Frau in der Untersuchungshaft erhängt wurde. Sie zog ihn mit einem beherzten Ruck an seinem Schlips in Richtung Deckenlampe und schenkte mir das blutdürstige Lächeln einer Wildkatze, als ich die Zellentür öffnete. Vor Schreck wachte ich auf.

Ich schlurfte zum Kaffeeautomaten. Auf dem Rückweg fiel mir ein, dass ich wohl besser meine Tochter anrufen sollte.

„Ich muss dir schonend etwas beibringen", sagte ich zur Eröffnung. „Du bist nicht zufällig von dem Göris adoptiert oder so?"

„Natürlich nicht."

„Dann habe ich drei gute Nachrichten für dich. Erstens: der Göris hat keinen Grund mehr, dich bei sich wohnen zu lassen. Zweitens: deine Mutter wird dich nie wieder von deiner Elektronik fernhalten. Drittens: du kannst alle deine Sachen aus der Whiskystraße holen und bei mir einziehen, was bedeutet, dass du den Großputz nicht nur für mich, sondern auch für dich durchführst. Aber warte mit dem Umzug, bis mein Kollege Bescheid sagt, dass der Tatort freigegeben ist."

Erst war lautlose Fassungslosigkeit, dann quoll großes Geheul aus dem Hörer. Ich wartete ein paar Minuten und bat sie dann, den Heydel an den Apparat zu holen. Den setzte ich ebenfalls in Kenntnis und schärfte ihm ein, sich um mein Töchterlein zu kümmern und nicht zu vergessen, wem er sein Asyl verdanke.

Kaum hatte ich aufgelegt und wollte zum Kaffeebecher greifen, da schneite die Westphal herein. „Sie haben doch hoffentlich Verständnis dafür, wenn Sie in dem neuen Fall von der Ermittlung ausgenommen sind? Wenn ich das nicht entschieden hätte, der Präsi hätte es bestimmt getan."

„Ist schon in Ordnung", winkte ich ab. „Ich sitz' ja schon länger in diesem Verein."

„Übrigens hat mich Ihr Assistent vorhin erst fernmündlich informiert, dass er Zweifel an der Annahme des Suizids entwickelt. Möglicherweise liegt Fremdeinwirkung vor. Es gibt da Unklarheiten ..."

Ich winkte schon wieder ab. „Wenn ich nicht ermitteln soll, muss ich davon auch gar nichts wissen."

„Na gut. Wie Sie wollen." Sie schwieg ein Stück. „Sie nehmen das Ganze ja sehr gefasst auf."

„Wir sind schließlich schon ewig nicht mehr verheiratet." Ich hob die Schultern. „Außer dem Hickhack wegen Sorgerecht hatte ich mit ihr nichts mehr zu tun."

„Ihre Tochter ...?"

„... sieht das etwas anders. Ich habe es ihr gerade gesagt."

„Nun gut. Ich muss dann weiter."

Ich trank endlich den Kaffee und schrieb einen vorläufigen Abschlussbericht für den Fall Rennpferdt, sandte ihn aber noch nicht ab. Als ich so auf das Geschriebene guckte, entrang sich plötzlich ein infernalischer Triumphschrei den Tiefen meiner Brust. Was hatte ich manchmal eine lange Leitung! Der Göris und meine Ex waren zwar nicht verheiratet, aber sie lebten seit Jahren zusammen! Und das bedeutete nicht mehr und nicht weniger, als dass er automatisch der Hauptverdächtige war!! Ich sprang in einem Freudentanz durch das Büro und brüllte dazu wie ein Stier: „Ja, heut' gibt es was zu feiern!/Wir ha'm Göris bei den Eiern!" und Ähnliches.

Götzloff und sein SEK stürmten den Raum, weil sie dachten, ich hätte Trabbel mit einem tobsüchtigen Verdächtigen, und glotzten genauso verdutzt wie ich, als sie mich allein sahen. „Nichts für ungut, Jungs, nur ein privates Freudenfest", wiegelte ich ab. „Keine Gefahr für niemanden."

„Na, Katthöfer, was guckst du so grüblerisch?"
„Tja, eigentlich sieht alles nach Suizid aus." Er hängte seinen Wintermantel auf und machte eine Geste ins Ungefähre. „Aber ein paar Kleinigkeiten passen nicht ins Bild ..."
„Sie hat sich im Dachstuhl erhängt, stimmt's?"
Seine Augen wurden groß wie seine Schreibtischleuchte. „Woher weißt du das denn schon wieder?!"
„Du vergisst, dass ich mein ehemaliges Heim auswendig kenne. Erhängen kann man sich da nur im Dachgeschoss. Und fünfzig Prozent der erfolgreichen Selbstmörder enden durch Erhängen oder Ersticken."
„Ja, da hattest du eine gute Trefferchance", sagte er nachdenklich.
„Und was passt nicht ins Bild?"
„Ich darf dir das doch nicht sagen", stöhnte er.
„Dann eben nicht."
Ich ließ ihn schmoren, summte vor mich hin und malte Luftschlösser auf die Schreibunterlage. Nach ein paar Minuten wurde er weich.
„Ach, da sind so'n paar Spuren im Schnee vor der Terrassentür. Und schmutziges Wasser auf den Fliesen *hinter* der Terrassentür. Sieht aus, als hätte sich jemand unerlaubt Zutritt verschafft."
„Die Terrassentür ist abschließbar", erinnerte ich mich und ihn. „Stand sie offen? Oder war sie eingeschlagen?"
„Nee, die war abgeschlossen, sonst wär' das ja 'ne klare Sache. Aber ein Motiv ist auch nicht zu erkennen. Kein Abschiedsbrief, kein Streit, kein Gar nichts." Er sah auf und meinen fragenden Blick. „Woher ich das weiß? Der Göris kam nur zehn Minuten nach mir, hat sich zusammengerissen und mir Rede und Antwort gestanden."
Ich schlunzte verächtlich. „Falls er den Suizid nur vorgetäuscht hat, wird er dir sein Motiv kaum auf die Nase binden."

„Aber wenn sie sich verkracht hätten, warum soll er das nicht erzählen? Das würde doch den Freitod stützen."

„So impulsiv war meine Ex nun auch wieder nicht. Außerdem war sie Meisterin darin, die Schuld bei anderen zu suchen und zu finden, und ging viel eher auf andere los als etwa auf sich selbst. Einmal kam sie mit einem Messer aus der Küche, weil ich sie Schachmatt gesetzt hatte ..."

Katthöfer wurde schon wieder keck. „Da kam bei euch wenigstens keine Langeweile auf, was?"

Am Nachmittag rief mich die Pathologin an. Bevor ich ihr erklären konnte, dass ich nicht zuständig sei, hatte sie uns schon zu sich in die Katakomben gebeten.

„Denk dran, *ich* leite die Ermittlungen", sagte Katthöfer zum dritten Mal, als wir das Treppenhaus hinabtrampelten. „Du bist nur geduldet. Was willst du da eigentlich?"

„Och", machte ich, „nur so?"

Er schloss von sich auf mich und griente. „Hast wohl ein Auge auf unsre leichenblasse Aufschneiderin geworfen, wie? Also mir würde die zu sehr nach ihren reglosen Gästen duften ..."

„Und dabei bist du doch sonst so ausgebrochen ekelstabil", gab ich zurück und wuchtete die Tür zur Pathologie auf.

Das Leichenhemd sah uns scheel an und schlug das Laken zurück. Ich erkannte meine Ex kaum wieder. „Frisch eingetroffen", sagte Madame Rechtsmedizin. „Nur wenige Stunden abgehangen. Ich tippe auf gestern Nachmittag, fünf bis sechs Uhr. Das Opfer hat übrigens denselben Nachnamen wie Sie ..." und sie schaute fragend zu mir.

„Ja", antwortete ich achselzuckend, „sie wollte *mich* zwar um jeden Preis los sein, aber meinen Namen hat sie behalten. Sowas gibt's."

Sie schlug die Hände vor den Mund und sagte erst einmal nichts. Dann, zögernd: „Dass Sie das einfach so wegstecken ... Wie lange waren Sie, äh, verheiratet?"

„Zu lange!", knurrte ich. „Ich schlage vor, wir werden sachlich."

„Ja, äh, gut." Sie zupfte nervös am Laken. „Wie Sie sehen können, sind eine Menge Hämatome an den Armen und auch ein paar blaue Flecken am, äh, Oberkörper. Die sind dem Opfer alle kurz vorm Exitus beigebracht worden. Für mich sieht das so aus, als ob sie jemand festgehalten hätte, während er den Galgenstrick über den Kopf bugsierte. Da nicht anzunehmen ist, dass sie sich freiwillig hat erdrosseln lassen, werde ich den Korpus noch auf Betäubungsmittel untersuchen. Ergebnis morgen."

„Den Obduktionsbericht dann bitte an mich", kostete Katthöfer sein neues Weisungsrecht aus. „Der Herr Kollege ist nur befangener Beobachter."

Er sitzt still im Abteil, während sich seine beiden Bewacher über Fußball unterhalten, als der Zug immer langsamer wird und schließlich mit einem leichten Ruck stoppt. Vor dem Fenster streckt sich nur eine kahle Böschung, darauf ein Winterwald. Der erste Polizist, hager mit hoher Stirn, brummelt unwillig und sichert die Tür; der zweite, rundlich und mit Brille, fischt gemütlich sein Taschentelefon heraus.

Volker Totengräber rührt sich nicht. Der zweite Polizist verliert ein wenig von seiner Ruhe: „Mist, kein Netz!" Der erste nickt verständnisinnig. Beide entspannen sich wieder, als aus dem Rundruf-Lautsprecher verzagt der Satz dringt: „Jochen, kommst du mal?"

Der Rundliche stellt sich ans Fenster. Auf der Böschung läuft ein Bahner vorbei, in Richtung der Lok. „Guck mal! Das ist dann wohl Jochen ..." Der Hagere stimmt in das Glucksen ein.

Die Schiebetür wird aufgerissen, ein verschwitzter Schaffner streckt seinen Kopf ins Abteil.

„Ah, hier waren Sie! Ich muss einen der Herren bitten, mich wegen einer Notlage zu begleiten ..."

„Das ist eigentlich nicht zulässig." Der Hagere.

„Tut mir leid, aber Ihr Gefangener sieht nicht *so* mordsgefährlich aus, und ich hab' da ein paar Ungeduldige, die im Speisewagen einen Aufstand anzetteln! Ich bin allein, mein Kollege ist beim Lokführer!" Dem Schaffner gelingt es, die Fäuste in die Hüten zu stemmen und zugleich die Schultern hochzuziehen.

„Wer?", fragt der Rundliche.

„Ich geh' schon", erwidert der Hagere und folgt dem erleichterten Zugbegleiter.

Er sieht weiter aus dem Fenster und fühlt den Blick des zweiten Polizisten auf sich ruhen. Nach einer Weile dringt Lachen und Schreien vom Korridor herein, und ein stolperndes Riesenweib erschüttert die Abteiltür.

„Oh, Verzeihung!" Die stämmige Dame hat die Tür aufgeschoben. „Wir sind hier eetwas angeschickert, Herr Wachtmeister, aber wiirklich nur ein bisschen ..."

„Wachtmeister?", kräht eine rotgesichtige Frau in einem dunkelblauen Kleid und guckt der Großen über die Schulter. „Dann heißt er garantiert Dumpfmoser!", kichert eine weitere Dame unter einem grünen Hut hervor.

„Du meinst wiie in diesen Kinderbüchern?"', fragt die Stämmige nach hinten, während sie weiterhin die Türöffnung ausfüllt. „Aber hiieß der nicht Dampfmosel?"

„Warum nicht gleich Moseldampfer?", giggelt das blaue Kleid, und die Grünbehütete klemmt sich in die Tür: „Fragen wir ihn doch selbst, unseren knuffigen Freund und Helfer!"

„So ein Damenkegelklub ist eine Naturgewalt", murmelt der Angesprochene und bemüht sich mit der ganzen Gewichtigkeit seines Amtes, die Naturgewalt aus dem Abteil zu drängen. Unversehens fühlt er sich an den Armen gepackt und von den kichernden Frauen in den Korridor gezogen. Der Rest des Kegelvereins taucht lärmend auf, und alle zusammen schwemmen den Polizisten den Gang hinunter.

Der Häftling steht auf und sieht ratlos aus der Tür. Rechts von ihm wird das ausgelassene Krakeelen der Kegeldamen immer leiser, links taucht ein kräftiger Mann mit einem Dreitagebart und einem Bolzenschneider auf: „Herr Totengräber?"

„Ja."

„Ich bin von der Ortsgruppe Düsseldorf. Zeigen Sie mal die Flossen her."

Er hebt die Hände, und der Bolzenschneider zerbeißt die Kette zwischen seinen Handschellen.

„Wir von der V.I. haben Ihre Befreiung organisiert", grinst der Dreitagebart. „Hat famos geklappt, was?"

Verdattert antwortet er nur: „Oh ja."

„Dann kommen Sie. Wir müssen raus." Sie hasten zum nächsten Ausgang. Sein Fluchthelfer klappt die Waggontür auf, springt voraus und hilft ihm herunter auf das Gleisbett. Während sich beide die Mäntel zuknöpfen, fragt der Befreite durch die dampfenden Atemwolken: „Was bedeutet denn V.I.?"

„Volksinquisition. Wir haben dieselben Ziele wie die ABF, aber wir stellen das auf eine breitere Basis und sind auch nicht unbedingt so – endgültig in unseren Methoden." Der Dreitagebart steckt zwei Finger in den Mund und stößt einen gellenden Pfiff aus. „Kommen Sie, wir müssen in den Wald. Falls doch noch einer Ihrer Bewacher auftaucht."

Sie krabbeln die Böschung hoch und laufen in den verschneiten Wald hinein. Hinter ihnen setzt sich quietschend der Zug in Bewegung.

„Also der Aufstand im Speisewagen und die betüterten Frauen – das war die V.I.?", fragt er keuchend.

„Der Aufstand, der Schaffner und der Kegelklub, das waren wir", berichtigt der Mann mit dem Bolzenschneider im Laufen über die Schulter.

„Aber woher konnten Sie wissen, dass der Zug liegenbleibt?"

„Das war Paula, Lokführerin und Gründungsmitglied der Ortsgruppe", kommt es zurück. „Ich sagte doch, wir arbeiten mit einer breiteren Basis. Sparen Sie Ihren Atem."

In der grauen Abenddämmerung schimmert der Schnee, als gäbe er gespeichertes Tageslicht ab. Die beiden Männer traben zwischen hohen kahlen Buchenstämmen durch den stillen Wald. Nichts ist zu hören außer dem knirschenden Stampfen ihrer Laufschritte.

„Stehenbleiben", hört er unvermittelt von seinem Retter. „Hier in der Senke ist ein zugefrorener Bach. Springen Sie mir nach. So weit Sie können."

Der Dreitagebart setzt über das unsichtbare Hindernis. Er springt hinterher, droht nach hinten zu kippen und wird von seinem unbekannten Helfer am Arm gepackt und wieder aufrecht gestellt.

„Warum hetzen wir so?", fragt er.

„Die Polizisten haben es nicht mehr aus dem anfahrenden Zug geschafft, schätze ich", antwortet der hilfreiche Waldläufer. „Aber irgendwann werden sie über Funk alles in Bewegung setzen. Für die sind Sie ein Terrorist, vergessen Sie das nicht!" Er dreht sich um und beginnt wieder zu traben. „Aber jetzt ist es nicht mehr weit, dann haben wir Sie in Sicherheit. Gottlob ist es windstill."

Der Ortsgruppenleiter behält recht. Wenig später rennen die zwei Männer auf eine Lichtung hinaus. Ihm stockt Schritt und Atem: In der Mitte der Lichtung steht ein kleiner Trupp und hält das Bugtau eines silberblau schimmernden Luftschiffes fest. Die Gondel und die Heckflosse ruhen im Gesträuch, ein sanftes Sausen schwebt in der Luft. Er hat den Eindruck, er sei ein Taucher und beobachte einen auf dem Meeresgrund schlafenden riesenhaften Blauwal.

„... Eine breitere Basis, in der Tat!"

„Famos, was?", grinst der Dreitagebart stolz. „Aber nun hopp, bevor es ganz dunkel wird!"

Sie laufen auf die Gondel zu, und der Pilot klappt eine Luke auf. Sein Begleiter lässt den Bolzenschneider fallen und hilft ihm mit einer Räuberleiter an Bord. „Was ist mit Ihnen? Und den Anderen?", fragt er nach unten.

„Wir sind verspätete Pilzsammler, wenn's drauf ankommt", gibt sein Fluchthelfer zurück. „Winterlinge, sehr schmackhaft." Und mit einem „Machen Sie's gut" wirft er die Luke zu.

Der Pilot stellt sich als Pilotin mit Topfschnitt heraus. „Bitte anschnallen und erstmal Klappe halten."

Als er sitzt und das Gurtschloss laut klackt, wird das sanfte Sirren zu einem rauschenden Brausen. Die Innenbeleuchtung erlischt, die Bugleine wird losgelassen, und das Luftschiff stößt steil in die Nacht hinauf.

„Aber Papp, warum denn plötzlich? Warum darf Mirco nicht wie bisher im Bett schlafen?"

Und du daneben, dachte ich und sagte: „Weil ich im Gegensatz zu ihm tagsüber arbeiten gehe und deshalb meinen Schönheitsschlaf brauche! Das begreift doch ein neugeborener Schachtelhalm!" Sie wollte weiterquengeln, aber ich schnitt ihr das Wort ab: „Es bleibt dabei: Mirco auf die Couch! Ich weiß auch, dass er da nicht richtig draufpasst. Aber bin ich schuld, dass er eine Bohnenstange ist? Er kann sich von mir aus den ganzen Tag im Bett davon erholen, aber nachts, da brauche *ich* mein Bett!"

Das Luftschiff liegt auf ebenem Kiel und brummt nordwärts durch die Dunkelheit. Unten wandern die Lichter einer großen Stadt vorbei. Die gelben Leuchten einer Autobahn schlängeln sich hindurch; über dem Horizont liegt schon der Widerschein der nächsten Stadt. Neben dem Pilotensitz macht das Trimmrad des Höhenruders winzige Bewegungen.

„Jetzt sollten wir die Werbung einschalten", sagt die Pilotin und greift kurz ans Armaturenbrett. „Damit sich die Erdnuckel nicht wundern, wenn sie uns hören."

In die Dunkelheit, die das Schiff umgibt, mischen sich rote und grüne Farbschleier. „Das sind die Werbeslogans, die über die Hülle flimmern", erläutert die Pilotin. „Das Übliche. Ich hab' mir nur erlaubt, ein dezentes `Informatiker dieses Landes, verkrümelt euch!´ dazwischenzuschieben."

„Ich seh' euch sonst nur im Sommer fahren", wagt der Passagier zu bemerken. „Ist das jetzt nicht zu gefährlich?"

„I wo", meint die Pilotin aufgeräumt und löst eine Hand vom Steuerrad für eine wegwerfende Geste. „Die Luft trägt sogar besser, weil sie kälter und damit dichter ist. Deshalb kann ich Sie auch auf diesem Überführungsflug mitnehmen, ohne Klimmzüge machen zu müssen. Ich muss auf Vereisung achten, das ist alles. Aber bisher haben wir trockene Kälte."

Er beugt sich vor. „Da unten ist ein Feuer! ... Da, mitten in der Stadt!"

„Das wird die Aktion gegen die Computer-Shops in Duisburg sein." Die Pilotin blickt seitlich aus der Gondel, greift erneut zum Armaturenbrett und zieht ein Mikrofon zu sich heran. „Luft Eins an die Brandstifter in der Grünstraße! Blaulichter nähern sich euch von Süden. Am besten, ihr setzt euch über den Dellplatz ab ..." Sie lässt das Mikro in seine Halterung schnalzen. „Wir werden wohl noch weitere Feuerchen sehen auf dem Weg nach Norden. Heute ist Großkampfnacht bei der V.I."

„Es verändert nur die Welt, / wer sich inkonform verhält", spricht Volker Totengräber.

\*\*

## 38. Freitag

Ein Programmierer äußert Willen.
Grund genug, ihn gleich zu grillen.

„Das gibt's doch gar nicht! Wo leben wir denn!", verblüffte sich der Freund meiner Tochter beim Frühstück und schlug mit den Fingerrücken auf den Schirm seines Notebooks.
„Die neuesten Nachrichten?", fragte ich hinter meiner Zeitung.
„Ja. Überall in Deutschland haben gestern die Computer- und Game-Shops gebrannt! Das ist ja wie bei dieser Reichs-Irgendwas-Nacht! Und so 'ne komi-sche `Organisation Antennenfeind´ hat jede Menge Funkmasten flachgelegt!"
„Das ist bedauerlich", meinte ich und faltete die Zeitung beiseite, „denn dann kann man daran keine Programmierer mehr aufknüpfen."
Telleräugig sah mich das lange Elend an. „Papp, was soll denn das?!", meldete sich mein Töchterlein vorwurfsvoll.
„Ich helfe ihm nur, sich in der Situation besser zurechtzufinden", begründete ich.
„Indem du deine Schadenfreude von der Leine lässt!", schoss sie giftig zurück.
„Was nichts daran ändert, dass sich seine EDV-Kumpane flächendeckend unbeliebt gemacht haben!"
„Ich gebe ja zu, dass zum Beispiel *mein* Beruf nicht gerade lebensnotwendig ist", jammerte der Heydel los, „aber es gibt so vieles, was ohne Computer einfach nicht mehr geht! Warum wollen diese Typen das nicht sehen?"
„So eine Grundsatzdiskussion führt jetzt zu nichts!", fuhr ich ihn an. „Selbst wenn Sie mich überzeugen – was soll das ändern?" Ich warf die Zeitung hin. „Klar ist allerdings, dass Sie sich zur Zeit besser nicht vor die Tür wagen. Hier sind Sie vorläufig sicher. Brauchen Sie noch Sachen aus Ihrer Wohnung?"
„Kannst du ihn denn nicht endlich duzen, Papp?"
„Ist das jetzt wichtig? – Ich könnte bei Ihrer Wohnung vorbeifahren und von Ihren Klamotten holen. Nur damit Sie hier nicht das Müffeln anfangen. Dann komm' ich etwas später zum Dienst, ist g'rad nicht so wild."

Die Faszination der lautlosen Fahrt über das nächtliche Deutschland hatte ihn kaum eine Minute verlassen; erst am frühen Morgen fiel er in einen erholsamen Schlaf. Gleichmütig brummte das Luftschiff über Niedersachsen hinweg, umfuhr die mit zahlreichen offenen Feuern geschmückte Hafenstadt an der Elbe und zog schließlich Kreise über Wiesen und Feldern, um auf die Morgendämmerung zu warten.

Als er aus der Luke klettert, ist seine Stimmung umgeschlagen. Das schlechte Gewissen bringt Unruhe in seinen Magen, daher hat er kaum einen Blick für die zarte Morgenröte, die sich in den Fenstern der verschlafenen Flugplatzbaracke und der abgestellten Kleinflugzeuge spiegelt. Stattdessen sieht er besorgt den drei Männern entgegen, die ihm durch den Schnee entgegen stapfen. Hinter ihm röhrt das Luftschiff wieder in die Höhe und fährt dann gen Hamburg davon.

Bewunderung und Angst mischen sich in ihm, als er über dem unvermeidlichen Halstuch das Antlitz des Würgermeisters erkennt. Lächelnd ergreift dieser seine Hand und schüttelt sie mit mannhaftem Druck. Hinter ihm gewinnt die Morgenröte an Kraft, und der östliche Himmel erhellt sich.

Er senkt den Kopf. „Ich verdiene so eine Behandlung nicht", presst er zerknirscht heraus. „Ich habe mich hinreißen und dann viel zu schnell erwischen lassen. Gießt besser Eure Verachtung über mir aus, Würgermeister."

„Nicht doch", spricht dieser und legt die Rechte auf seine Schulter. „Ihr Einfallsreichtum bei der Hinrichtung der Schädlinge hat uns alle inspiriert und hellauf begeistert! Das Presse-Echo war grandios, wenn auch noch mit fehlerhafter Bewertung der Tatsachen, und hat uns viele neue Mitglieder beschert!"

„Aber ich bin nach nur einer Woche geschnappt worden", beharrt er.

„Mit Rückschlägen müssen wir immer rechnen." Das bartumkränzte Gesicht des Würgermeisters strahlt Wohlwollen und Verständnis. „Doch wir haben das BBE hinzugewonnen, und unser Pakt mit der Volksinquisition trug bereits, wie Sie in der vergangenen Nacht feststellen konnten, mannigfache Früchte! Die Befreiung schreitet voran!"

„Wir müssen fahren", mahnt einer der Begleiter.

„Sofort." Der Würgermeister legt ihm einen Arm um die Schultern: „Lassen Sie uns zum Wagen gehen. – Und lassen Sie mich diese Sache in das richtige Licht rücken: Wir kämpfen für eine menschliche Welt. Für eine Welt *ohne* die seelenlose Präzision der Denkmaschinen. Eine Welt, in der Menschen Fehler machen dürfen, ganz einfach, weil das menschlich ist! Von Ihren Erfolgen beflügelt, wurden Sie leichtsinnig", der Angesprochene nickt mit zugeschnürter Kehle, „und Sie wurden aufgespürt und verhaftet. Nun, aber Fehler kann man berichtigen, nicht wahr? Sie sind wieder frei und können Ihre schöpferische Kraft aufs neue in den Dienst der guten Sache stellen!"

Die kleine Gruppe ist an der Flugplatzbaracke vorbei auf eine Landstraße und an einen dunklen Wagen getreten. Ringsherum spannt sich flaches Land. Er schaut sich um und fragt: „Wo sind wir hier?"

„Am Hedwigskoog, in Dithmarschen", antwortet ein Begleiter rasch, „das Aufregendste, was hier passiert, sind die Verkehrsmaschinchen nach Helgoland."

„Meine Begleitung hat es eilig", meldet sich der Würgermeister wieder zu Wort, „denn noch müssen wir im Verborgenen agieren. Aber ich möchte mir trotzdem die Zeit nehmen", er hält inne, und einer der Begleiter spielt nervös mit dem Autoschlüssel, „Ihnen hiermit meine Anerkennung und Hochachtung auszudrücken. Und ich möchte Sie hier und jetzt in Anbetracht Ihrer Verdienste zum ersten Ehrenmitglied der ABF ernennen, zum *Ehrenwürger* unserer Bewegung!"

Volker Totengräber lässt seiner Erleichterung und Ergriffenheit freien Lauf.

Des Heydels Wohnung lag im Erdgeschoss einer Mietskaserne in der Schüsselstraße. Den Methoden meines Ex-Asslstenten eingedenk drückte ich den Unterarm auf die Klingelknöpfe und und bellte „Kampfmittelräumdienst! Es eilt!" in die Gegensprechmembrane. Fünf Treppenstufen höher fand sich seine Wohnungstür.

Ich trat in ein überraschend aufgeräumtes Schlafklo mit Kochplatte. (Was beweist, dass begrenzter Raum sogar eingefleischte Nerds zur Ordnung zwingen kann.) Der Eindruck gestapelter Sauberkeit wurde allerdings von dem zersplitterten Fenster etwas beeinträchtigt. Ich stieß den Backstein mit einem Fuß zur Seite und latschte über die knirschenden Glasscherben zum Kleiderschrank.

Ich war dabei, einige Oberhemden in die mitgebrachte Umhängetasche zu stopfen, als mich ein Geräusch von der Tür herumfahren ließ. Im nicht vorhandenen Garderobenflur drängten sich drei handfeste Burschen in Kapuzenjacken und mit roten Grinsemasken aus Plastik vor den Gesichtern.

„Es ist genug für alle da", schaltete ich auf Deeskalation. „PC, Bildschirm und Drucker haben allerdings schon andere Liebhaber gefunden."

„Den Mist hätten wir auch nur angefasst", raunzte der Größte der drei, „um ihn wegzuschmeißen!"

„Sie sind also nicht der, der hier wohnt?", fragte die zweite Maske lauernd.

„Seh' ich so aus?", fragte ich zurück. „Nö, die Sachen sind für meinen Sohn, dem passen sie vielleicht. Die Stütze reicht hinten und vorn nicht; damit kann man nur Klamotten bei Knick einkaufen."

„Und das Zeug ist so billig, das kannste knicken", meinte der dritte Eindringling mit einem Grinsen in der Stimme.

Das Misstrauen der anderen war noch nicht besänftigt: „Aber vielleicht kennen Sie den, der hier wohnt?"

„Nee. Ich vermute, es ist ein Programmiererschwein, nach der Fachliteratur, die hier 'rumliegt. Die sind ja nicht sehr beliebt heutzutage, da hat es wohl die berechtigte Flucht angetreten."

„Das hören wir gern", sagte der Anführer des Kapuzentrios. „Das ist die richtige Einstellung, Bürger."

„Und wenn's nach uns geht", ergänzte sein Komplize grimmig, „dann kommt der auch nicht mehr wieder! Dann kommen die *alle* nicht mehr wieder!" Und er fegte mit starker Hand die erwähnte Fachliteratur vom Regal.

„Sie sind ja bestimmt auch ein Opfer der Rationalisierung", redete der Anführer weiter, „und das bedeutet: der Silikonisierung! Wir werden Sie daher nicht daran hindern, die Habe des Vertriebenen einer sinnvollen Zweitverwendung zuzuführen."

„Danke." Ich drehte mich um und schaufelte die Unterwäsche in meine Tasche.

„Soweit es sich nicht um digitale Dinge handelt!", ließ sich die zweite Maske nochmals vernehmen. „Dies ist eine Befreite Zone, denken Sie daran!"

Ich nickte eifrig, und die Drei zogen endlich ihrer Wege. Dabei gerieten sie in die polternden Evakuierungsbestrebungen der panischen Hausbewohner. „Eine Bombe!" „Los, alles raus hier!" „Eine Bombe unterm Haus! Ogottogott, ich hab' es ja immer gewusst!" – Was für ein Spaß!

Über dem Zurückfahren, dem Abliefern der Wäsche und der anschließenden Fahrt ins Präsidium verging eine ganze Stunde. Es war schon fast hell, als ich ins Büro kam, meine Tasche in die angestammte Ecke segeln ließ und meinen Kollegen aus seinem unverdienten Nickerchen riss.

„Na, Katthöfer, was macht die Kunst."

Er sah mich an, und irgendein Problem furchte seine Stirn. „Moin. Ich hab' gerade erfahren, dass ein erklecklicher Anteil an getöteten Ehegatten auf das Konto der *ehemaligen* Partner geht, und zwar vor allem dann, wenn der Überlebende der Mann ist." Seine Augen guckten bedeutungsschwer.

„Worauf willst du hinaus?"

„Darauf, dass ich dich fragen muss, was du am Mittwoch von siebzehn bis achtzehn Uhr gemacht hast."

Ich ronzte. „Das kann nicht dein Ernst sein!"
„Na schön, dann anders." Mein Ex-Assistent stand auf. „Haben Sie, Herr Kriminalhauptkommissar, womöglich am vergangenen Mittwoch Ihre Exfrau betäubt und sie in der Absicht, einen Suizid vorzutäuschen, unter Zuhilfenahme eines Seiles an einen Dachbalken Ihres einstigen Heimes gehängt, bis der Tod eintrat?"
„Katthöfer, du spinnst! Warum sollte ich das tun?"
„Verletzte Ehre und andere Scherzartikel will ich dir mal nicht unterstellen, zumal deine Scheidung dafür zu lange her ist", zeigte er sich großzügig. „Aber ich kam nicht umhin, deine spitzen Lauscher zu bemerken, als der Sönnichsen dir erklärte, was er Versorgungsausgleich genannt hat."
Ich wusste genau, was er meinte. „Wovon redest du eigentlich?"
„Vom Ausgleich der Renten- beziehungsweise Pensionsansprüche." Das Aas blieb hartnäckig. „Und davon, dass dieser Ausgleich wieder rückgängig gemacht wird, wenn der Begünstigte wegen Versterbens nichts davon hat! Ich vermute also ein starkes finanzielles Interesse deinerseits am vorzeitigen Ableben deiner Ex."
„Katthöfer, nach allem, was wir gemeinsam ..."
„Hast du ein Alibi oder nicht?", unterbrach er mich.
„Mensch, Katthöfer, wir haben hier weit über dreizehn Jahre lang zusammen Dienst geschoben ..."
„Dein Alibi."
„... haben die Frühbeker Unterwelt das Fürchten gelehrt ..."
„Dein Alibi."
„... sind gemeinsam durch Dick und Dünn, sogar als es um den Wäscheklammermord ging ..."
„Dein Alibi."
„... haben in herzlicher Übereinstimmung so manchen Schweinehund hinter Gitter, oder – bei zu wenig Beweisen – immerhin unter die Erde gebracht ..."
„Dein Alibi!"
„... und da hast du tatsächlich die Stirn, mich des Mordes an meiner Exfrau zu bezichtigen, mich, deinen Mentor, deinen väterlichen Freund, der selbst dann die Hand über dich gehalten hat, als es um die von dir versiebte Verfolgung des Emissärs der ABF ging?"
Er wurde laut: „Dein A ...!"
Ich auch. „Ja, ich habe ein Alibi!" Ich griff zum Telefon und hielt ihm den Hörer hin: „Ruf bei mir zu Hause an und lass dir nicht nur von meiner Tochter – denn das wird dir nicht reichen – sondern auch von ihrem Freund Mirco Heydel, mit mir weder verwandt noch verschwägert, lang

und breit bestätigen, wann ich am fraglichen Tag zu Hause war und dass ich es daher gar nicht gewesen sein kann!"

Er zuckte die Achseln. „Es tut mir ja leid, Leitwesen, aber du weißt doch: ich muss der Sache nachgehen ..."

„Nimm zur Kenntnis", schnappte ich und benutzte seine Floskel, „dass ich nicht umhin kann, von dir menschlich enttäuscht zu sein!"

„... und ein Anruf reicht nicht", setzte er fort. „Ich muss zu dir nach Hause."

„Da komm' ich doch g'rade erst her!"

„Du brauchst nicht mitzukommen."

„Das hättest du wohl gern. Ich lass' dich doch nicht ungebremst auf meine Tochter los."

Auf dem Weg zu meiner Wohnung fasste ich nochmal nach. „Habe ich richtig verstanden? Dein Verdacht speist sich bloß aus einer Statistik?"

„Ja Gott nu!", sagte er und hieb den dritten Gang ein. „Das ist doch nichts Besonderes."

„Darf ich dich dann vorsichtig darauf hinweisen, dass ein Drittel aller angezeigten schweren oder gefährlichen Körperverletzungen unter Alkoholeinfluss verübt werden?"

Er guckte auf die Straße, auf der die Autos über die letzten widerspenstigen Eiswälle hoppelten. „Na und?"

„Was folgerst du daraus?"

Mal wieder Achselzucken. „Man sollte Alkohol verbieten. Wenn das denn ginge."

„Ich halte dir zugute, dass du auf den Verkehr achtest. Dadurch hat dein schlichtes Gehirn keine Kapazität zum logischen Denken frei. Denn wenn ein Drittel unter Alkohol gewalttätig wird, werden es zwei Drittel *ohne!* Die Folgerung müsste also lauten: Kostenloses Besäufnis für alle, und du hast weniger Gewalt!"

Er starrte mich an, bis er den Straßenverkehr gefährdete und ihn ein Hupkonzert zur Besinnung brachte.

„Ich wollte dir damit nur zeigen", wurde ich versöhnlich, „dass man mit Statistiken sehr vorsichtig sein muss."

Er knurrte ein „Danke" und hielt vor meiner Wohnung.

Der halbwegs ausgeheilte Heydel schaltete wie erhofft sofort und datierte sein Auftauchen am Mittwoch flugs um zwei Stunden zurück. Beim Abliefern seiner Wäsche hatte ich mir die Zeit genommen, ihm meine Begegnung mit den drei Grinsemasken in dramatischen Farben zu schildern, und das zahlte sich jetzt aus. Mein Töchterchen guckte irritiert, mischte sich aber nicht ein. Danach zog Katthöfer aus ihrer schniefenden Stupsnase ein Stimmungsbild, die letzten Tage meiner Ex betreffend. Durch die rosenrote Brille des Verliebtseins war ihr allerdings nichts Hilfreiches aufgefallen. Wir nahmen ihren Freund zum Präsidium mit, wo er seine Aussage brav wiederholte und unterschrieb.

Der Rest meines Tages verging einmal mehr mit sinnentsorgten Recherchen zum Fall Rennpferdt. Als ich auf dem Weg in den Feierabend durchs Foyer kam, sprang ein mir nur zu bekannter Schlaks auf: „Sie nehmen mich doch mit?"

„Warum denn, Sie sehen doch schließlich mitgenommen genug aus. Spaß beiseite – Herr Heydel, Mirco, was hängst du hier überhaupt noch 'rum?"

„Ich hab' auf Sie gewartet. Ich hatte Angst, den Bus zu nehmen. Diese Typen haben sich `Patrouille´ genannt, die sind überall!"

Ich musste grinsen. „Im Gegensatz zu meinem Kollegen habe ich kein Auto. Ich fahr' mit dem Bus zum Dienst. Und auch wieder nach Hause." Da er am ganzen Körper zu schlottern begann, setzte ich hinzu: „Es sei denn, du lässt ein Taxi springen."

Das wollte er auch nicht. Man habe keine Kontrolle darüber, wohin und in wessen brutale Arme man gefahren werde, erklärte er mir.

„Die Paranoia steht bei dir ja in bunter Blüte", stellte ich fest. „Aber dann bleibt nur der Bus. Keine Sorge, ich bin ja dabei."

Wenn so ein Autobus vorne voll ist, finden sich hinten oft noch ein paar Plätze. Wir saßen auf der hintersten Bank und ließen uns durch Frühbek schaukeln. Mirco war bleich und sprach kein Wort.

Er wurde noch bleicher, als sich zwei bullige Gestalten mit Kapuzen und Ellbogeneinsatz heckwärts schoben. So bekam ich diese Memme nie heil nach Hause! Ich beugte mich zu ihm und flüsterte: „Du denkst jetzt daran, wie du dein letztes Programmierproblem erfolgreich gelöst hast, du Lusche, und an nichts anderes! Und dann erzählst du mir davon, aber leise und bitte ohne jedes Fachchinesisch!"

Die zwei Kapuzen setzten sich auf die seitlichen Sitze über den hinteren Radkästen und sahen sich um. Der Heydel brabbelte tapfer von irgendeinem elektronischen Problem, wovon ich schon wegen seiner klappernden Zähne fast nichts verstand. Seine Bemühungen wären ohnehin nicht nötig gewesen, denn die vierschrötigen Kapuzen hielten ihn dank der Abschürfungen in seinem Gesicht offenbar für einen der Ihren. Einer nickte ihm sogar freundlich zu, was er zum Glück nicht bemerkte, sonst wäre er in Panik durch das geschlossene Heckfenster gesprungen. Ich hielt ihn beschäftigt, bis die Kapuzen wieder ausstiegen.

„Töchterchen, was hast du dir da bloß für einen Hasenfurz angelacht!", rief ich, als ich die Wohnungstür aufstieß. „Der zittert so, der kann sich als Rüttler beim Straßenbau verdingen!"

Doch sie hatte nur Augen für Mirco, ihren „armen Schatz", und ihre Ohren waren taub für Worte und Vernunft. Ich ließ die Beiden in Ruhe, freute mich über die gereinigte Wohnung – auch wenn es ungewohnt roch – und widmete mich dem frischen Streuselkuchen.

Ich war im Begriff, das geplünderte Kuchenblech in den Backofen zurück zu schieben, als meine Tochter erschien: „Möchtest du etwas Bestimmtes sehen, Papp?"

„Nicht dass ich wüsste."

„Mirco und ich würden gern `Römisch Sechs – die Infamjagd´ gucken. Scheint ein Thriller zu sein. Der ist angeblich aus aktuellem Anlaß ins Programm genommen worden."

Ich musste schmunzeln. „Schon seit langer Zeit kenne ich dich und deine hastige Art zu lesen. Wetten, dass da auch diesmal etwas anderes steht?"

Sie stampfte mit dem Fuß auf. „Nein! Fang nicht wieder mit dem `Hauptmann von Singapur´ an!"

„Der sich dann als `Der Löwe von Eschnapur´ herausstellte", lachte ich, „und außerdem keineswegs in Afrika, sondern in Indien spielte! Keine Angst, das verrat' ich deinem Mirco erst, wenn du ihn ganz an der Angel hast!"

Über der Kabbelei waren wir ins Wohnzimmer gekommen, wo ich auf den Bildschirm spähte: „Was habe ich gesagt? `V.I. – die Inform-Jagd´. Und es ist eine Reportage. Seid ihr sicher, dass ihr das sehen wollt?"

Doch sie wollten. Und sie verfolgten mit starren Mienen, wie beflissene Reporter vor den rußgeschwärzten Ladenfronten von Computergeschäften, Handy-Läden, Zubehör-Depots, IT-Beratungsklitschen und den unvermeidlichen Game-Shops über die plötzliche bundesweite Aktivität der Volksinquisition berichteten. Dazwischen wurden immer wieder Amateuraufnahmen der nächtlichen Brände eingespielt. Angesichts des Hasses auf die Informatiker und ihre Dealer schienen die Medienplauderer fassungslos. Ich war es nicht.

\*\*

## 39. Sonnabend

Ein Programmierer will uns schröpfen?
Wie wär's, wenn wir ihn schonend köpfen!

Am Vormittag waren Töchterchen und ich zum Einkaufen in der Stadt, vor allem, weil unser bebender Gast einen neuen Akku für sein Notebook brauchte. Weil *Uranus* „wegen Brandschadens geschlossen" hatte, versuchten wir es bei *Barstadt*. Der Verkäufer sah sich nervös um und griff unter den Tresen. Auf meine Bemerkung, warum denn diese Dinger zur heimlichen Bückware verkommen seien, zischte er nur ein „Nicht so laut". Dann verlangte er einen Phantasie-Preis, den meine Tochter ohne Wimpernzucken bezahlte.

Am Nachmittag waren wir bei der Beerdigung meiner Ex. Meine Tochter, um Abschied zu nehmen, ich, um mich zu vergewissern, dass die alte Krähe auch verlässlich ihre hartgefrorene Kellerwohnung bezog. Wohlweislich hielt ich mich von Guntram Göris fern und beobachtete, wie die anderen Trauergäste ihm kondolierten. Er nickte nur stumm und blieb gefasst. Schade eigentlich. Ich hätte ihn gern als flennendes Häufchen Elend gesehen, wie damals vor den Wäscheklammern. Noch lieber freilich hätte ich ihn gar nicht gesehen, weil er als Beschuldigter in U-Haft saß. Man kann nicht alles haben.

\*\*

40. Sonntag

Der Programmierer macht uns Qualen.
Doch nicht, wenn er zu Staub zermahlen!

„Entschuldigen Sie, dass ich später komme", sagt der Würgermeister und schließt die Tür hinter sich, „aber die Bilanz hat länger gedauert als erwartet."
„Weshalb?", erkundigt sich einer der Anwesenden. Es sind fünfzehn Männer und Frauen im Raum, allesamt im aktionsfähigen Alter und ohne Brille.
„Nun, die Vertreter der V.I. wollten lieber das Erreichte feiern als durchdenken." Der Würgermeister setzt sich. „Doch die bisherige Berichterstattung hat aufgezeigt, dass immer noch viel zu viele Mitbürger unsere Empörung nicht ernst nehmen oder die Augen vor den Zeichen der Zeit krampfhaft verschließen. Das war ja an der Anzahl der Handy-Videos unschwer zu erkennen!" Ein unwilliges Schulterzucken. „Doch manche in der V.I. sind eher einfache Gemüter, denen ich halbwegs diplomatisch aus ihrer Bierlaune habe helfen müssen."
Er strafft sich. „Egal. Ich freue mich, unser neues Ehrenmitglied, Herrn Volker Totengräber, in unserer Mitte begrüßen zu können." Applaus. „Sie alle hier sind dazu ausersehen, von ihm in der Kunst des Bogenschießens unterwiesen zu werden. Die Absicht ist, jeden von Ihnen danach in ein Bundesland zu entsenden." Wieder Beifall. „Ich scheue mich, das negativ belastete Wort `Säuberung´ zu benutzen. Doch wir alle wissen, dass die selbst gestellte Aufgabe nur durch fein dosierten Terror zu erfüllen sein wird." Lautes Tischeklopfen. „Denn die Schädlinge sind von ihrer eingebildeten Unentbehrlichkeit zu besoffen, als dass man sie bekehren oder aus dem Land komplimentieren könnte. Der anwesende Herr Totengräber ist, wie wir mittlerweile haben feststellen müssen, die rühmliche Ausnahme, die die Regel bestätigt." Der Würgermeister erhebt sich. „Ich wünsche Ihnen gutes Gelingen! Die ABF muss und wird der Funke sein, der die vertrocknete Unzufriedenheit in einen Flächenbrand des Hasses verwandelt!" Donnernder Applaus.

\*\*

## 41. Montag

Siehst du 'nen Programmierer ratzen,
dann scheu dich nicht, ihn abzukratzen!

Als ich ins Büro kam, war Katthöfer noch nicht da, stattdessen aber ein fetter Schlipsträger, den ich schon irgendwo gesehen hatte. Beinahe hätte er meine Tasche an den Kopf gekriegt, die ich wie üblich in die Ecke hatte schleudern wollen. Im letzten Augenblick verwandelte ich die Bewegung in ein schwungvolles Fallenlassen und sagte: „Guten Morgen. Sie wünschen?"

„Ich war schon mal hier", schnaufte der menschliche Mops, „und diesmal werden Sie mich nicht so leicht los! Den Sicherheitszaun hat mir dann doch noch eine rumänische Firma hochgezogen, aber beim Bauordnungsamt wollen sie mir den Starkstrom nicht genehmigen! Dafür brauche ich eine Gefährdungsbescheinigung, sagen die, und die bekäme ich bei der Polizei!"

Ich zog die Winterjacke aus, pflanzte mich hinter meinen Schreibtisch und ordnete erstmal meine Bleistifte nach Länge und Härtegrad. „Ein fesselnder Vortrag. Aber wer sind Sie denn eigentlich?"

„Sandro Hackmack!", empörte er sich, „vom Rücknitzer Rechenzentrum! Ich verlange ..."

„Ach, der Hickhack!"

„Hackmack!", schnappte er.

„Ja, jetzt erinnere ich mich, Herr Heckmeck, Sie waren schon einmal hier, um mir Ihr Leid mit den Frühbeker Handwerkern zu klagen", sagte ich freundlich. „Ich entsinne mich auch, Ihnen bereits seinerzeit erläutert zu haben, dass und warum ich dafür nicht zuständig bin. Dagegen habe ich schon damals nicht begriffen, wieso dieser doch so einfache Sachverhalt in Ihrem Schädel nicht Fuß fassen konnte. Ein Programmierproblem, vielleicht?"

Er keuchte wütend und rang nach Worten. Ich verstand das als Genehmigung zum Weitersprechen.

„Wie dem auch sei, Herr Hockstock, dies ist immer noch das Dezernat für Kapitalverbrechen und nicht das für Kapitalanleger! Ich möchte Ihnen daher ans Herz legen, sich drei Stockwerke tiefer an die Abteilung für Kokolores und Kinkerlitzchen zu wenden." Jetzt wurde er tomatenrot und zerrte an seiner Krawatte, doch ich war noch nicht fertig. „Oder Sie gehen zu meinem überschätzten Kollegen Guntram Göris vom LKA, der mir die Ermittlungen über die Programmierer, ob bedroht oder tot, aus den zittrigen Händen genommen hat. Der Herr pflegt allerdings nicht vor zehn Uhr zu erscheinen; er braucht seinen Häßlichkeitsschlaf. Mit ihm kommen Sie bestimmt auf eine Wellenlänge, so von einem anzugtragenden Weltbesitzer zum anderen ..."

„Frechheit! Was bilden Sie sich eigentlich ein?!"'

„Oh, ich glaube, im Gegensatz zu Ihnen bilde ich mir sehr wenig ein. Ich bilde mir zum Beispiel nicht ein, dass gleich alle Welt um mich herumscharwenzelt, nur weil ich in Manager-Uniform hier erscheine! Ich bilde mir auch nicht ein, von Politik und Behörden hofiert zu werden, nur weil ich es nicht vermeiden konnte, ein paar Leute für mich arbeiten zu lassen und so einige trotz Hungerlohns viel zu teure Arbeitsplätze zu schaffen. Und an Ihrer Stelle, Herr Zackzack, würde ich jetzt auf den Gedanken kommen, meine ach so wertvolle Zeit nicht länger mit diesem rotzfrechen Beamten-Arsch zu vergeuden ..."

Mit einem „Sie sagen es! Ich weiß, was ich zu tun habe!" rauschte er endlich ab. Erst mal Füße hoch.

Ich hatte noch ein paar Freunde des Pferderennsports ergebnislos ausfragen müssen und kam erst gegen Mittag wieder ins Präsidium. Katthöfer hatte sich aus unerfindlichen Gründen selbst auf die Salatstraße gesetzt; statt Schnitzel mit Pommes in der Kantine knabberte er Radieschen und Apfel im Büro. Während ich meinen Bericht schrieb, schaute er immer wieder scheel herüber.

„Sag mal, ich hab' das doch richtig verstanden", meldete er sich schließlich zu Wort. „Dieser Mirco Heydel programmiert irgendwelche Online-Games."

„So ähnlich, ja."

„Und er und deine Tochter sind frisch zusammen, aber sie wohnt jetzt nicht bei ihm, weil ...?"

„... ein Ziegelstein seine Winzwohnung hat ungemütlich werden lassen", antwortete ich. „Hat er dir das nicht erzählt? Außerdem wurde er körperlich bedroht von Leuten mit Fremdsprachenkenntnissen."

„Das bedeutet?"

„Leuten, die die Sprache der Gewalt fließend sprechen."

„Hm." Er stützte den Kopf in die Hände und sah mich an, als sei er die Maus, die die Schlange hypnotisieren will. „Du beherbergst also bei dir einen dieser frischgebackenen Prügelknaben der Nation, obwohl du auf diese Typen auch nicht gut zu sprechen bist ..."

„Sag selbst", unterbrach ich und schlunzte, „dieser Dölle war und ist doch ein Töddeldöddel erster Ordnung!"

„Na ja. Und du riskiertest damit einen mordsmäßigen Krach mit deiner Ex, die auf diese Typen im Allgemeinen und auf den Heydel im Besonderen noch viel schlechter zu sprechen war! Ausgerechnet du?"

„Kann es sein, dass da ein gewisser KK mit Ausgleichszulage mein *Privatgespräch* belauscht hat?!"

„Allzu privat war es ja nicht, so laut wie deine Ex geworden ist! Und deine Antworten waren vielsagend genug." Er warf sich im Stuhl zurück und faltete die Hände vor dem Bauch. „Für mich, weißt du, würde diese ganze Sache viel besser zusammenpassen, wenn du den Heydel ohne Zögern aufgenommen hättest – weil du zu diesem Zeitpunkt bereits *wusstest*, dass deine Exfrau nie wieder etwas sagen würde und du das also risikolos machen kannst! Und bei der Angst, die der vor der V.I. hat, war es dir auch ein Leichtes, ihm nahezubringen, dass er dir ein falsches Alibi gibt!"

Mir wurde der Kragen knapp. „Gleich werde ich ernsthaft böse mit dir! Du glaubst immer noch, dass ich meine Ex aufgeknüpft habe? Ich habe doch ein komplett wasserfestes Alibi für diese Zeit!"

„Ein Alibi, von dem ich dir gerade erklärt habe, dass es weniger wert ist als es aussieht."

„Katthöfer", sagte ich und zeigte auf sein Grünzeug, „dir bekommen die ungewohnten Vitamine nicht! Nach deiner Fassung habe ich meine Exfrau getötet und bin dann nach Haus gefahren, wo ich auf den blaufleckigen Freund meiner Tochter traf. Und woher sollte ich wissen, dass der dastehen und um Asyl bitten würde, du Komiker?!"

Er ließ nicht locker. „Ich behaupte nicht, dass du das wusstest. Ich stelle nur fest, dass dir dieser Zufall verdammt gut in den Kram passte!"

„Schön. Nimm bitte zur Kenntnis, dass mich dein Blödsinn zu ermüden beginnt." Ich legte die Ellenbogen auf meinen Tisch. „Werden wir doch sachlich. Wie bin ich ins Haus gekommen?"

„Durch die Terrassentür", antwortete er wie aus der Dienstwaffe geschossen. „Es war mal dein Haus – nicht unmöglich, dass du noch ein paar Schlüssel hattest."

„Und dann habe ich sie überredet, mit mir ins Dachgeschoss zu kommen, um ein lustiges Spiel mit Seilen und Knoten zu spielen? Katthöfer, ich möchte auch von deinen Radieschen, die machen ja tolle Träume!"

„Es ist vorstellbar, dass du ihr die ganz große Komödie vorgespielt hast", mutmaßte er. Endlich hatte ich ihn ins Schwimmen gebracht. „Ich hab' doch oft genug miterlebt, wie manipulativ du sein kannst, um einen Verdächtigen kirre zu machen. Und nachdem du sie bequatscht hattest, stoßt ihr auf irgendeine neue Vereinbarung an – und in ihrem Getränk lauert das Betäubungsmittel, das unsere Aufschneiderin im Magen diener Ex gefunden hat."

Leider hatte der Penner zügig ins Flachwasser zurückgefunden. „Und was sagt der Klebestreifentest?"

„Der sagt aus, dass das Opfer Fasern von dem tödlichen Seil an den Fingern hat. Also sieht es so aus, als hätte deine Ex es kurz vorm Exitus angefasst. Aber", bremste er mein Atemholen, „das beweist nicht, dass sie sich selbst erhängt hat, denn du kanntest schließlich diesen Test!"

„Also steht zwischen mir und der U-Haft nur die Aussage von dem Heydel?"

„Ex-Leitwesen, du hast es erfasst!", triumphierte das treulose Gemüse ohne Zögern.

Und sobald er den Online-Zauberer davon überzeugt hätte, dass er und der Polizeiapparat ihn besser schützen konnten als ich, war das Alibi heiße Luft. Schlimmer konnte es für mich nicht mehr kommen.

Doch es kam schlimmer. Kaum hatten Katthöfer und ich unser nicht länger gemeinsames, sondern nur noch zeitgleiches Mittagessen in eisigem Schweigen hinter uns gebracht, ging die Tür auf und ließ gegen alle Naturgesetze Guntram Göris herein! Schnieke von Kopf bis Fuß wie immer trat er in den Raum, als sei es sein gutes Recht, und näselte grußlos irgendeinen hochgestochenen Unfug, dem ich nicht folgen konnte. Denn in mir ballte sich alles zur Faust. Mein Zwölffingerdarm ballte sich, so mein Gefühl, zu einer besonders eindrucksvollen Faust! Und der Yuppiekasper konnte von Glück sagen, dass die Fenster unserer Büros sich nicht öffnen ließen, sonst hätte ich ihn auf dem schnellsten Wege nach draußen befördert. Und dass es draußen immer noch saukalt war, wäre dann seine kleinste Sorge gewesen!

Als er begriff, dass ich nichts mitbekam, wiederholte er mit betonter Geduld sein Anliegen.

„Wie ich dir einmal mehr klarzumachen versuche," – Wann hatte ich diesem menschenähnlichen Brechmittel eigentlich das Du angeboten? – „bin ich zunächst äußerst ungehalten darüber, dass du deine private Verbindung zu diesem Emissär der ABF verheimlicht hast." – Gar nicht, er hatte es sich genommen! – „Vergeude meine Zeit nicht mit Anwürfen à la: Es hat niemand danach gefragt! Ich bin immerhin bereit, im Interesse der Sache über diese unkollegiale Art hinwegzusehen ..."

Das war zu viel. Ich sprang auf. „*Du* vor allem bist *kein* Kollege für mich, sondern die Inkarnation von schleimiger Heimtücke!", machte ich meinem malträtierten Herzen Luft.

Er wischte nur durch dieselbe und faselte weiter. „Denn angesichts dieses verzwickten und ausgedehnten Falles sind mein Ermittlungsteam und ich" – Schon für diese dämliche Floskel hätte ich den Kerl erschlagen mögen – „zu der Überzeugung gelangt, dass wir den mutmaßlichen Kopf dieses blödsinnigen anti-elektronischen Kreuzzugs am Einfachsten dingfest machen, wenn wir dich als Lockvogel einsetzen."

„Nanu?", kam von Katthäfer und mir.

Er machte eine saure Miene. „Wofür ich dich jetzt selbstverständlich und offiziell um deine Einwilligung bitte."

In mir ging eine Sonne auf, und ich verschränkte die Arme. „Was, wenn ich nicht will?"

„Darf ich dein Augenmerk darauf richten, dass es mittlerweile nicht mehr um ein paar zeitvergessene Spinner, sondern um einen republikweiten Aufstand geht, der Millionenwerte vernichtet und mehr als ein halbes Dutzend Todesopfer gefordert hat? Oder soll ich dich gar verdächtigen, der Analogen Befreiungsfront Polizei-Interna zuzutragen?"

Die innere Sonne war wunderbar warm und machte mir ein Gefühl goldenen Glücks. „Phhh. Ich will nIcht."

„Wie bitte!?", schnappte er ungläubig. „Es ist deine Pflicht allein schon als Polizist und beamteter Staatsbürger, diesen Wahnsinn einzudämmen!"

„Ob es Wahnsinn ist, ist eine politische Frage. Die Meinungsäußerung der Digitalhasser mag etwas ungehobelt sein, aber ein Recht auf ihre Meinung haben sie. Doch bevor du die Wände hochgehst und an der Decke deine Runden drehst: meine Weigerung hat rein persönliche Gründe."

„Ich ahnte es!", spuckte er. „Du und dieser Emissär, ihr steckt unter einer Decke! Gut, dass ich diese Ungeheuerlichkeit aufgedeckt habe!"

„Mir ist hier zu viel von Decken die Rede", tadelte ich. „Und der Emissär der ABF, falls es dich interessiert, wird von seinen Freunden `der Würgermeister´ genannt. Zu denen ich mich übrigens *nicht* zähle. Meine Weigerung hat nicht mit ihm, sondern allein mit dir zu tun!"

„Lass doch diese alten Geschichten außen vor!"

„Alte Geschichten?", fuhr ich auf. „Katthöfer, du bist mein Zeuge! Das sagt derjenige, dem es bis heute an einer Grundvoraussetzung des Polizistenberufs mangelt: den Anblick von Leichen zu ertragen! Das sagt derjenige, der meinen Anteil an der Aufklärung des Wäscheklammermordes bei jeder Gelegenheit kleinzureden versucht hat! Derjenige, der wie bei einer Tour de Trance stets nach unten tritt und nach oben buckelt! Der sich über Lehrgänge und Weiterbildung so schnell wie möglich ins LKA verpieselt hat, anstatt das ehrliche Polizeihandwerk von der Pike auf zu lernen! Und der mir zu allem Überdruss auch noch meine Frau hat abspenstig machen müssen!"

Er explodierte: „*Du* hast doch damals ...!"

„Ach, plötzlich sind es keine alten Geschichten mehr?", säuselte ich, die Süffisanz in Person, und er presste die Lippen zusammen. Sein Blick unternahm ernsthafte Versuche, mich vom Leben zum Tode zu befördern.

„Wenn ich euer Duell kurz unterbrechen darf?", erkundigte sich Katthöfer. „Vielleicht sollten wir uns ganz pragmatisch fragen, wie wir jetzt weiterkommen. Mein Kollege hier soll als Köder herhalten. Das ist gefährlich und bedarf seiner Einwilligung. Gut. Vielleicht sollte der Leiter der Soko *Analog* meinen Kollegen fragen, unter welchen Bedingungen eine Mitarbeit ..."

„Das kann ich dir sofort sagen!", unterbrach ich ihn und fletschte die Zähne: „Wenn die hier anwesende Heißluftpumpe umgehend und auf Dauer die Leitung eben dieser Soko ..."

„Niemals!", brüllte Göris.

„... niederlegt, und zwar mit der öffentlichen Begründung, ..."

„Denk nicht mal dran!", kreischte er.

„... dass sie es wegen *Inkompetenz* tut!"

„Du bist ein riesengroßes bis an den Rand mit Scheiße gefülltes Arschloch!", schrie er mit sich überschlagender Stimme und ging auf mich los.

Doch in handgreiflicher Ermittlungsarbeit war ich ihm über. Ich hätte ihn binnen Sekunden ins Land der Alpträume senden können, aber zur größeren Erbauung ließ ich ihn immer wieder in Faust und Knie laufen, bis ich ihn mit einem „Schlaf schön!" und einem Kinnhaken auf die Bretter schickte, die ihm die Welt bedeuteten. Beim Aufwachen würden ihm mehr Körperteile wehtun, als er noch heute morgen sein Eigen genannt hätte. Und alles ohne sichtbare Wunden. Gelernt ist eben gelernt.

Tatsächlich allerdings – ging Katthöfer nach wenigen Augenblicken dazwischen und trennte uns voneinander. Er quatschte etwas von „sinnloser Selbstzerfleischung" und „An-einem-Strang-ziehen" – und dann gab dieser Verräter dem Göris auch noch ausdrücklich Recht!

„Katthöfer, ich hab' mich wohl verhört!"

„Aber du musst doch einsehen, Leiterchen, dass wir alle zur Polizei gehören, und als Polizisten ..."

„Hol den Psychofritzen her, der kann das Weichspülsülzen besser."

„Mir scheint", säuerte Katthöfer, „ein gewisser KHK in diesem Büro wird alt und starrsinnig. Aber wenn du ..."

„Darf ich auch mal was sagen?", quakte der Göris dazwischen. „Ich bin mit Ihnen einer Meinung, dass der Herr Sturkopf hier in den Zustand der selbstgenügsamen Unbelehrbarkeit eingetreten ist! Dann eben nicht! Soll er doch in alterstrübe Einsamkeit hinüberdämmern! Und darum breche ich auch den Versuch ab, ihn zu irgendetwas zu überreden oder zu bewegen ..." Und wirklich bewegte er sich in Richtung Tür. Von hinten konnte ich seinem Anblick trotz allem etwas Erfreuliches abgewinnen.

„Aber Herr Göris!", liebedienerte mein Kollegenschwein. „Die Frau Westphal ist zwar heute nicht da, aber ich bin sicher, morgen wird sie meinen Ex-Vorgesetzten gewiss zur Räson ..."

„Katthöfer!", schnauzte ich. „Jetzt langt's aber! Warum verwickelst du dieses Treckerreifengesicht in ein Gespräch? Es war doch im Begriff zu gehen!"

Als ich durch den Schneematsch in den Feierabend stiefelte, war guter Rat teuer. Sauteuer sogar. Morgen wäre die Westphal wieder im Haus. Und sie würde mich rechtwinklig passend zuschneiden. Katthöfer wäre auch keine Rückendeckung, im Gegenteil, er würde mich mit Freuden in die heiße Pfanne hauen und der Staatsanwältin mit seinen abwegigen Verdächtigungen händereibend Munition liefern. Die Fälle *ABF* und *Exfrau* hatten zwar nichts miteinander zu tun, aber wen interessierte das.

Als ich in den Bus einstieg, kam mir der Gedanke, eine solche Verbindung zu konstruieren. Sich wehrende Programmierer? Ausgerechnet gegen meine Ex? Außerdem war es dafür sowieso zu spät.

Eine Bodenwelle holte mich in die Gegenwart zurück. Der Bus drängelte sich durch die Innenstadt; eine Kapuzenpatrouille hatte gerade einen verkabelten Schönling vom Sitz geholt und schubste ihn ein wenig herum. Ich dachte daran einzugreifen (denn als Polizist und damit sogenannter Berufsgarant ist man dazu verpflichtet), als sich der Kollege Moelck, doppelt so breit wie ich, durch die Fahrgäste schob. Er zeigte seine Dienstmarke und fragte die zwei Kapuzen, was das Problem sei.

„Erregung öffentlichen Ärgernisses", sagte die eine. „Der Kerl hat sein Handy herausgeholt!"

Der Schönling guckte hoffnungsfroh auf die Dienstmarke und zog sich seine Hörstöpsel aus den Ohren.

„Ach so", meinte Moelck. „Dann will ich nicht weiter stören. Aber an der nächsten Haltestelle steigt ihr aus und nehmt den mit."

„Gebongt, Herr Wachtmeister", grinsten die Kapuzen erleichtert. Der Schönling glotzte unschön. Die Fahrgäste klatschten Beifall.

Eine nette Szene, aber mir half es nicht weiter. Erst als ich zehn Minuten später ausstieg, kam mir ein musizierender Schnupfentrompeter in die Quere und die rettende Idee. Ich zog meine Winterjacke fester um mich und murmelte: „Morgen bin ich krank!"

Leider wurde mir die gute Laune durch einen Streit zwischen dem Heydel und meiner Tochter gleich wieder verdorben. Anscheinend ging es darum, dass er seine Haushaltshilfe ausbauen sollte, aber wie so oft spielten auch andere Achtlosigkeiten und Kränkungen hinein. Dazu kam, dass der Heydel mit seinem Zauberkasten ja von zu Hause aus arbeiten konnte, außer ihm jedoch niemand zu unterscheiden vermochte, ob er nun arbeitete oder bloß in irgendeiner bunten Virtualität herumdaddelte. Jedenfalls war das seine minütlich wiederholte Rechtfertigung für das stundenlange Abhängen auf dem Sofa.

Weil die Zwei kein Ende finden wollten, hatte ich schließlich die Nase voll und ergriff Flucht und Winterjacke. Wenn ich morgen ohnehin nicht zum Dienst erscheinen wollte, konnte ich auch nach Leberslust im *waidwunden Hirschen* bechern.

„Zahlen Sie bar, Herr Kommissar?"
„N'Abend, Herr Schnabel. Warum fragen Sie das?"
„Ich wollte nicht `alles klar´ sagen. Das wäre nicht originell gewesen."
„So'n Schreiberling hat's auch nicht leicht, was?"
Er setzte sich und sein Glas ab und blinzelte mich durch seine Riesenbrille an. „So ist es. Ständig mit diesen vernetzten Zwitter-Jünglingen mithalten zu müssen, die noch nicht trocken hinter den Ohren sind und pausenlos gehetzt sprechen ... Und während ich noch recherchiere, haben die ihren Artikel schon formatiert und gepostet ... Meistens geistigen Durchfall. Aber sie sind schneller."
„Und was tun Sie dagegen?"
„Synapsenbeschleuniger." Er tippte mit einem Fingernagel gegen sein Cocktailglas. „Pfuschen. Durchgeknallte Glossen schreiben."
„Sind Sie eigentlich jeden Abend hier, nur weil ...?"
„... es sein könnte, dass Mister Lincoln uns die Ehre gibt? Ja, bin ich. Halb beruflich, halb privat."
Ich beugte mich vor. „Halb privat? Verzeihung – aber wie soll ich das einem Zeitungsfritzen glauben?"
„Er kann mich retten", sprach der Reporter ernst. „Er kann uns alle retten. Er und seine Leute können diese Hamsterrad-Technologie hinwegfegen und uns alle retten."
Für einen Moment schien mir die Welt stillzustehen. „Herr Schnabel ... halten Sie bloß den Schnabel! Wäre ich in der Soko *Analog*, ich müsste Sie jetzt als verdächtigen Sympathisanten hopsnehmen."
„Aber das tun Sie nicht. Sie sind *ganz* privat hier."

„Und trotzdem kann ich als Polizist diese Äußerung nur mit viel gutem Willen übergehen." Der Moelck allerdings, so fiel mir jetzt erst auf, hatte dieses Problem nicht gehabt.

„Wenn man Sie des Übereifers bezichtigt, reagieren Sie dann mit einer Klage wegen übler Nachrede?", grinste er und stand auf. „Cocktail rein, Cocktail raus: Ich bin nur kurz auf der Toilette."

Als er zurückkehrte, bekam er runde Augen und spitze Ohren und setzte sich still an den nächstgelegenen Tisch. Seine Miene war eine Mischung aus beruflicher Anspannung und der weihnachtlichen Andacht eines Kindes.

Denn auf seinem ehemaligen Platz saß nun der Herr mit dem Halstuch und der Schifferkrause, der Abraham Lincoln Frühbeks oder Deutschlands oder der Welt, der Gründer einer kriminellen Vereinigung mit der Abkürzung ABF (kein eingetr. Warenz.), der heroische Vorkämpfer der menschlichen Freiheit, er, der Würgermeister höchstselbst!

Und er sprach zu mir.

„... Die Westensee-Sache war also ein Fall Ihres Kollegen Dötschke? Unsererseits hat sich Herr Willenbrecht damit befasst. Sie haben ihn und seine beeindruckende Physis ja bereits kennengelernt. Aber auch sein Oberstübchen ist ausgebaut und möbliert. Er hat sich die Puppe an der Schlafzimmerleuchte einfallen lassen; das Blut daran war sein eigenes."

„Als zimperlich hätte ich ihn mir auch niemals vorzustellen gewagt", meinte ich. „Was hat sich denn Frau Westensee – zuschulden kommen lassen?"

„Wie so oft in solchen Fällen würde eine Erklärung die halbe Nacht dauern", antwortete er. „Vielleicht genügt es zu sagen, dass über hundert Betroffene viele halbe Nächte vor den Bildschirmen saßen, um *dank* des Programms der Frau Westensee *dennoch* ihre Arbeit zu schaffen ... Leider war sie unbelehrbar."

„Die Schwägerin der Rennpferdt ist auch unbelehrbar", seufzte ich. „Mit dem Murks sitz' ich immer noch an."

„Ach ja, Frau Regine Rennpferdt. Diese Programmierdame war ein Sonderfall. Zu Beginn unseres Wirkens bestand die ABF aus dreiunddreißig Mitgliedern. Um uns zu einer Einheit zusammenzuschweißen und zugleich ein Zeichen zu setzen, dass es von nun an kein Zurück mehr gäbe, stach jeder von uns einmal zu, im alten Schlachthof, alle beinahe gleichzeitig. Das Ganze war ein vorzüglicher Einfall von Herrn Willenbrecht und mir."

„Potz ... blitz ...!"

„Wie ist das eigentlich, Herr Kommissar? Bin ich zu einem Dreiunddreißigstel ein Mörder? Oder müssen Sie die tödliche Stichwunde feststellen und dann rekonstruieren, wer von uns ihr diese beigebracht hat?"
„Da bin ich überfragt." Meine überforderten Nervenenden produzierten eine ziemliche Fehlleistung: „Schlagen Sie doch im Internet nach."
Des Würgermeisters verblüfftes Schweigen wurde von einem gellenden Pfeifen zerschnitten, das urplötzlich den Raum erfüllte und sämtliche Hände auf sämtliche Ohren fliegen ließ. Niemand hörte die Flüche, die mir von den Lippen strömten, während ich aufsprang, meine Winterjacke von der Stuhllehne riss, sie zu Boden schleuderte und wie Rumpelstilzchen auf ihr herumtrampelte. Bis das Pfeifen endlich aufhörte.
„… du scheißschriller Mistkackpiss!"
„Was war denn das?"
„Das", stieß ich wutentbrannt hervor, „war eine unserer nagelneuen und verbesserten Polizei-Wanzen! Diese Dinger kriegen manchmal ihre drolligen fünf Minuten und denken dann, sie stammen von einer Trillerpfeife ab! Elektronik-Schrott! Meine Kollegen haben mich gegen meinen Willen zum Lockvogel gemacht! Katthöfer muss mir das Ding in die Jacke gemogelt haben …"
Vom Nebentisch taumelte jemand heran und wollte sich auf meinen Nachbarn stürzen. Noch bevor seine Gesichtszüge in mein Bewusstsein einliefen, hatte ich ihm schon die Faust ins Gesicht gerammt, und er fiel um.
„Wer war das?", fragte der Würgermeister.
„Götzloff vom Einsatzkommando", wurde mir klar. „Wo der ist, sind seine Männer nicht weit. Sie müssen fliehen!"
Der Würgermeister erhob sich ohne Eile und warf sich den Dufflecoat über. Wenig später standen wir vor der Kneipe, und ich blickte mich hektisch um. Die Straße war voll mit Schneematsch und geparkten Fahrzeugen, doch der grün-silberne Polizei-Kleinbus schräg gegenüber fiel trotzdem ins Auge. Vor seine Flanke war eine Limousine gerutscht, ihr Warnblinker flackerte, ihr Antriebsrad schleuderte Matsch, und sie blockierte effektiv die Schiebetür des Einsatzwagens. Ich erkannte die Gesichter von Göris und einigen Kollegen, wie sie sich verzweifelt von innen an der Tür abmühten, und drehte mich um: „Sie haben noch eine Chance, Herr Würgermeister! Noch ist Zeit …!"
Abwehrendes Händeheben. „Ich wäre in den nächsten Tagen ohnedies zu Ihnen gekommen. Meine Mitstreiter und ich kamen überein, dass ich unserer großen Sache aus dem Gefängnis heraus fortan besser werde dienen können." Er lächelte über mein fragendes Stirnrunzeln. „Deshalb also: ich ergebe mich nicht, aber ich stelle mich."

Damit streckte er mir seine Fäuste entgegen, die Handgelenke nebeneinander. „Ich ... ich hab' keine Handschellen da", stammelte ich verdattert. „Ich bin nicht im Dienst!"

„Im Dienst sind Sie doch immer", belehrte er mich nachsichtig. „Aber von Ihnen lasse ich mich auch ohne Handschellen zu Ihren zappeligen Kollegen führen."

Und das tat ich dann. Das Gesicht eines gewissen Guntram Göris, verzerrt hinter der Glasscheibe des Kleinbusses, war himmlisch. Und unbezahlbar! Heute – nein, die ganze Woche – war ich mit Sicherheit *sein* Brechreizerreger!

Man soll eben den Tag nicht vor dem Abend loben.

**\*\***

## 42. Dienstag – Der *Frühbeker Feuerabend*

Ein Anblick niemand mag verpassen:
Die Programmierer. Tot. In Massen.

Es klingelte. Es klingelte Sturm. Ich zwang ein Auge auf und schielte auf den Wecker. Zu früh.
Doch anscheinend war meine Tochter zum Eingang getappt und hatte wem auch immer geöffnet. Ihr grelles Kreischen brachte mich zuverlässig in die Senkrechte und binnen Sekunden auf die Fußmatte hinter der Wohnungstür.
Drei handfeste Typen mit Kapuzen schoben sich in den Flur. Die Masken hatten sie diesmal weggelassen, was den Gesamteindruck keineswegs verschönerte. Einen erkannte ich als den Hansen von der GAV, aber da er nicht der Wortführer war, überging ich das: „Sagt mal, Jungs, ist das nicht ein bisschen früh für einen Kaffee-Besuch?"
Der Anführer reckte sich. „Wir sind von der Frühbeker Würgerschaft – pardon: Bürgerschaft autorisiert, diesen Stadtteil von der digitalen Diktatur zu befreien. Wir bitten Sie daher, uns alle elektronischen Geräte auszuhändigen."   Töchterchen kreischte erneut auf und verschwand ins Wohnzimmer. „Widrigenfalls wird ein Bußgeld fällig." Der Hansen schulterte bei diesen Worten einen Knüppel. Es handelte sich um einen handelsüblichen Baseballschläger mit den typischen Spuren häufigen Gebrauchs, will sagen, es klebten Blut und Haare daran. „Die gesammelten Terror-Apparate werden nächste Woche vor dem Rathaus im Rahmen einer Feierstunde unschädlich gemacht. Falls Sie jemanden beherbergen, der im Hauptberuf überwiegend an EDV arbeitet, würden wir dieses Subjekt kostenlos entfernen und entsorgen."
„Das ist aber nett", sagte ich. „Ins, äh, Arbeitslager?"
„Das wird sich weisen", sprach der Anführer hoheitsvoll. Sein Amt war ihm offenkundig binnen weniger Stunden zu Kopf gestiegen.
„Und das hat wirklich die Bürgerschaft beschlossen?", fragte ich, um Zeit zu gewinnen.
„Senator Rüdiger Schöll hat sich dafür stark gemacht", dröhnte der Wortführer. „Ein guter Mann. Kennen Sie ihn vielleicht?"
Ich hatte bereits das Missvergnügen, dachte ich und sagte: „Nö. Tja, ich gebe zu, es hat sich einiges von diesem Digital-Gelump angesammelt. Ich sehe, Ihr Kumpan hat einen Müllsack dabei. Ich hab' da so Netzteile, ein Handy, ein Navi – das brauch' ich mangels Auto sowieso nicht mehr – und da in der Ecke verstaubt ein virenverseuchter PC und so ein Dings, ein Modem …"

Ich beschäftigte die Drei durch Gerede und hilfreiches Im-Wege-Stehen, bis ich das leise Poltern der Luke zum Dachboden hörte. Allerdings hörte das der Anführer auch.

„Was war das?"

„Keine Ahnung."

Er huschte ins Wohnzimmer, wo mein Töchterlein stand und angstvoll ihren geliebten Tablet-PC an die Brust presste. Kluges Mädchen; das würde sie erst einmal ablenken.

Zu früh gefreut. Mit einem beherzten Griff entwand der Anführer meiner Tochter das elektrische Tablett und blaffte sie an: „Meinst du, ich seh' das nicht? Wo führt diese Deckenluke hin?"

Weil sie nur „Mein Regenbogentopf" jammerte, wirbelte er herum und fragte mich dasselbe nochmal.

„Auf den Dachboden natürlich. Ich rate zur Vorsicht: Wenn Sie die Luke herunterklappen, kommt Ihnen 'ne Ausziehleiter entgegen, und das genau auf Höhe Ihrer Fressleiste."

Ein entsetztes „Papp!" unterbrach mich.

„Ja was? Das finden die ohnehin 'raus."

Sie rollte sich schluchzend auf dem Sofa zusammen. Die Drei von der Zankstelle klappten Luke und Leiter herunter und spähten nach oben. Der Wortführer bölkte in die Öffnung: „Ich hör' dich doch! Komm herunter – oder wir kommen hoch! Und dann wird es für die unterlegene Partei traditionell unangenehm!"

Schlotternd schlenkerte der Schlaks die Leiter herab und streckte dem Kapuzentrupp sein Notebook entgegen: „Ich hab' es schon lange nicht mehr benutzt, ganz ehrlich! Ich bin nur ein harmloser Game Balancer, der niemandem etwas zuleide tut!"

„Das wird sich weisen", sagte der Anführer aufs Neue und dann, über die Schulter: „Einpacken und mitnehmen."

Es stellte sich heraus, dass damit nicht nur das Notebook gemeint war. Auf dem Weg zur Wohnungstür kamen Häscher und Opfer an unserem Kabelwust für Radio, Fernsehen und Deckenfluter vorbei. Der Hansen machte die Augen schmal: „Ei, sieh mal da, ein Neunauge! Nicht mehr benutzt, sagst du? Und was ist dann das da?"

Damit wies er auf ein weißes Kästchen, klein wie eine Kinderfaust, das in einer Steckdose stak und mit einer säuberlichen Reihe niedlicher gelber LEDs vor sich hin leuchtete.

Dem Heydel entglitt die Kontrolle über seinen Unterkiefer. Die dritte Kapuze knickte ihm einen Arm auf den Rücken, und er ging stöhnend in die Knie. Sauber angesetzt. Ich hätte es nicht besser gekonnt.

„Sag schon, du Jammerlappen!", herrschte ihn der Wortführer an. „Das ist doch ein Adapter, um ohne Kabel ins Internet zu kommen?"
„Au ... ja", wimmerte Mirco vom sauberen Fußboden her.
„Und wie es scheint, ist er in Betrieb, nicht wahr?"
„Jaaa ...", ächzte der Heydel in das Laminat.
„Also ein Programmierer, der sich dem Zugriff zu entziehen versucht hat und uns außerdem frech ins Gesicht lügt!", zählte der Anführer mit Genuss auf und drehte sich zu mir. „Was sagen Sie dazu?"
„Das Kästchen seh' ich zum ersten Mal. Er ist – oder war – der Freund meiner Tochter und hatte sich hier unter Appell an mein Mitleid eingenistet ..."
„Wir glauben Ihnen das vorläufig", sagte der Anführer und zerrte den Heydel wieder auf die Füße. „Andernfalls hätten wir hier umdekoriert. Das Kästchen muss als Beweismittel natürlich mit. Und unseren Freund hier erwartet eine dankbare Aufgabe."
Kurz darauf waren sie aus der Tür und verschwanden in der Morgendämmerung. Prompt kam Leben in meine Tochter: „Die haben mein Handy nicht gefunden! Da kann ich sofort einen Flashmob organisieren, dann ist Mirco bestimmt gleich wieder frei!" Sie zog ihr Taschentelefon heraus und tippte eine Zeitlang ihren Daumen platt. „Hm? Nanu? Dann eben über Mircos Äckaunt bei Fratzbuch!", murmelte sie, um bald darauf ihr Zaubergerät sinken zu lassen. „So viele Online-Freunde ... und trotzdem ..."

Ich gab meine Aussage bei der Vermisstenstelle zu Protokoll und ließ meine Tochter dort. Dann machte ich einen kleinen Umweg, bat Götzloff angemessen zerknirscht um Verzeihung („Ich hab' dich einfach nicht erkannt, Mensch! Aber der Verband steht dir, da sieht man das Gesicht nicht so.") und trollte mich endlich in mein Büro. Die Tür aufreißen und die Tasche knapp über Katthöfers Scheitel sausen lassen war eins. Er zuckte artgerecht zusammen und sprang vom Stuhl. Das erleichterte es mir, ihn am Revers zu packen und ausgiebig durchzuschütteln.
„So eine hinterhältige Schweinerei hatte ich dir gar nicht zugetraut, du treuloser Tomatentester! Das habt ihr euch ja fein ausgedacht, der Göris", ich spuckte aus, „und du! Eine Wanze in der Jacke! Aber mit dem dummen August kann man das ja machen!"
„Schüttel mich nicht so!", quengelte er und wischte sich den Speichel vom Kinn. „Davon bekomm' ich solche Kopfschmerzen, das kannst du dir nicht vorstellen ..."
„Mangels Hirn, meinst du wohl!", motzte ich und stieß ihn in seinen Stuhl zurück. „Erzähl mir mal was Neues! Du bist doch eine blöde stin-

kende Drecksau! Immer schon gewesen. Jede Wette, dass sich schon bei deiner Geburt die Hebamme die Nase zugehalten hat! Wahrscheinlich tat sie das mit *beiden* Händen, was auch deine Dummheit erklärt, weil du mit dem Kopf voran aufgekommen bist!"

„Äh, ja. Mag sein", meinte er nur. „Aber warum beschwerst du dich überhaupt? Nach dem, was ich von Göbel und Pönopp gehört habe, konntest du diesen Würgermeister kaltlächelnd deinem Lieblingsfeind zu treuen Händen übergeben! Das gesamte SEK rüttelte nutzlos an der Tür und durfte zusehen. Der Göris soll vor Wut fast in seine Dienstwaffe gebissen haben!"

„Ja", schmunzelte ich verträumt, „das war anheimelnd." Ich trat Katthöfer vors Schienbein: „Aber dass es so kommen würde, konntet ihr gestern nicht ahnen! Es bleibt dabei, dass Göris und du, dass ihr mich *gemeinsam* aufs Kreuz gelegt und ausgenutzt habt! Womit auch geklärt wäre, was das Wörtchen `gemein´ in `gemeinsam´ zu suchen hat!"

„Nun schalt aber mal zwei Gänge zurück, mein Leidwesen!" Er rieb sich die Wade und griff nach dem *Frühbeker Boten*. „Was der Herr Schnabel über dich schreibt – der war wohl gestern Abend da? – muss dir doch 'runtergehen wie Rohöl: `Der Hauptkommissar, wiewohl privat und unbewaffnet, bei der Festnahme des meistgesuchten *Lords of Hate and Glory* ...´" Er kicherte. „Jeder Zweite hier im Haus fragt den Göris scheinheilig, weshalb er mit seiner Gelbsucht nicht endlich zum Arzt geht ..."

Ich ließ von ihm ab und mich in meinen Amtssitz fallen. „Zugegeben, es hätte schlimmer ausgehen können. Trotzdem: Ihr habt mich mit dieser Wanzen-Nummer ganz dreckig hereingelegt!"

„Von wem hab' ich das wohl gelernt?", grinste er schon wieder. „Anstatt zu blubbern, könntest du durchaus einmal würdigen, wie viele Kniffe sich ein gewisser KK mit Ausgleichszulage von seinem Ex-Leiterchen abgeguckt hat."

„In der Schule war Abgucken noch etwas Schlimmes", erwiderte ich. „Und schau mal in den Spiegel: Jeder Kniff wird eine Falte!"

Katthöfer zuckte die Achseln. „Wenn ich lange leben will, muss ich dazu alt werden."

„Volker ...!"
„Mirco."

Dem Game Balancer ist anzusehen, dass er eine Frage hinunterwürgt. Seine Augen suchen nach Erbarmen. Schweigen breitet sich aus wie ein Spinnennetz. Durch die Ritzen des Schuppens sickert kaltes Winterlicht, doch der Blick seines ehemaligen Freundes ist kälter.

„Immer noch Daddelheini bei FuntastiXplore?", fragt dieser endlich.

„Auch du hast es einmal cool gefunden", erwidert Mirco H. beherrscht und doch mit einem Beben in seiner Stimme, „eine interstellare Sturmfront abzureiten oder deine Flotten schwerbewaffneter Sternensegler im Orbit eines Doppelsterns zu sammeln …"

„Zeitvertreib ist Zeitverderb", spricht Volker T. „Zumal, wenn er auf physikalischem Nonsens basiert."

„Immerhin sind meine Programme rein zur Unterhaltung", rechtfertigt sich Mirco H. „Niemand muss sich gezwungen sehen, damit zu arbeiten!"

„Du hast noch nie *hinter* die Dinge gesehen", rügt sein Gegenüber. „Immer nur die bunte Desktop-Oberfläche! Aber die Digitalität macht die wirkliche Welt noch weit komplexer als sie eh schon ist. Was geschieht? Die Menschen sehnen sich nach einer einfacheren Welt. Und finden sie in den Mittelalter-Szenarien, Raumflug-Utopien und sonstigem virtuellen Firlefanz, den du und deinesgleichen bereitstellen! Und in dem die Konflikte meistens mit Hau-drauf erledigt werden, einfach, weil das die besten Bilder bringt … Nun ja:
Ein Programmierer wird nicht alt.
Er erntet, was er sät: Gewalt.
Aber ahnst du nicht, was das heißt? Das heißt, die Digitotalität *schafft* überhaupt erst die Bedürfnisse, die sie dann selbst befriedigt! Suchtkrankheit erwünscht. Ist dir eigentlich nie aufgefallen, wie absurd und zynisch das ist, du Drogendealer?"

„Aber es *ist* nun einmal so …", rutscht es dem Game Balancer verständnislos heraus.

„Dass etwas so *ist*, bedeutet nicht immer, dass es so sein *muss*", mahnt sein Terrorist. „Und erst recht nicht, dass es auch so sein *sollte!* Oder womöglich sogar, dass es so *besser* ist!"

„Das hab' ich auch nicht gesagt", meint Mirco H. kleinlaut. „Solche Was-wäre-Gedanken hab' ich mir bisher bloß gemacht, wenn es darum ging, ein neues Game zu designen …" Hoffnung keimt in ihm: Wer Argumente tauscht, mit dem lässt sich reden. „Aber nie in Bezug auf die Realität …"

„Letztlich ist es gleichgültig, ob ich dich noch von irgend etwas überzeuge oder nicht." Volker T. öffnet die Tür und zeigt in den nahen Wald. „Du wirst als bewegliches Übungsziel dienen für die von mir ausgebildeten Bogenschützen. Betrachte es wie eines deiner rundenbasierten Role-Playing-Games, nur mit einem unverschämt hohen Realitätsgrad: hundert Prozent! Daher hast du natürlich auch nur *ein* Leben. Du darfst jetzt zu flüchten versuchen."

„Aber Teichi!", schreit Mirco H. entsetzt auf.

„Den Namen Teichgräber habe ich ebenso abgeschüttelt wie mein altes Leben", spricht sein einstiger Freund. „Man nennt mich jetzt Volker Totengräber. Merk dir diesen Namen gut. Damit du ihn hauchen kannst, wenn deine Augen brechen."

Die Westphal war zwar wieder im Hause, ließ sich aber nicht blicken. Der kleine Möhring, genannt „Stasi-Hasi", brachte schließlich Aufklärung. Unter konspirativen Umständen erfuhr ich, dass meine Staatsanwältin ihren Kurz-Urlaub genutzt hatte, um sich zu einer vorzeitigen Pensionierung durchzuringen. „Die blödsinnigen neuen Textbausteine haben sie nahezu täglich in Rage gebracht", raunte Möhring. „Nichts passt – nichts stimmt – es ist nahezu unglaublich. Der Sensözlü vom Personalbüro hat ihr dann den Rettungsring zugeworfen: sie sei nahezu soweit, ihr Hütchen nehmen zu können." Und aus diesem Grunde sei ihr auch nicht daran gelegen, mir einen Einlauf oder dem LKA-Lackaffen eine halblegale nachträgliche Genehmigung für seine Trickserei zukommen zu lassen. „Die will sich doch ihre nahezu letzten Tage hier nicht vermiesen." Dank Resturlaub sei das Abschiedsessen am Freitag in einer Woche, und vermutlich solle der Knödler sie ersetzen. „Nomen est omen", murrte ich und wollte gehen. „Trotzdem nahezu danke, Hasi."

Doch er hielt mich zurück. Die auslaufende Dienstzeit der Frau Westphal, so raunte er weiter, stünde dennoch unter einem schlechten Stern, denn das Dritte Deutsche Fernsehen auf ihren Füßen. Von irgendwoher habe man dort erfahren, dass gestern irgendeine Nulpe diesen Analog-Messias festgesetzt habe, und jetzt geiere alles nach einem sofortigen Interview. „In nahezu ganz großem Stil", griente Möhring. „Die Telefone klingeln sich wund deswegen. Sogar der Gernot Lauch soll aus Berlin eingeflogen werden. Hab' ich *gehört*."

„So", sagt Volker Totengräber mit erhobener Stimme. Das angeregte Gemurmel und das Hantieren an den Hawk Delta Killer-Falcons wird eingestellt. „Nachdem ihr alle ausführlich an stationären Zielen geübt habt, gehen wir nun einen Schritt weiter. Dies wird zwar auch eine Übung, aber eine, die so nah an der Realität ist wie nur möglich!" Jetzt besitzt er die lauschende Aufmerksamkeit aller. „Denn nicht nur, dass das Übungsziel ein lebender Mensch ist – es ist auch ein echter Schädling!" Johlen und Pfiffe. „Und darum sind selbstredend auch die Pfeile echt!"

Als der Jubel endlich verklingt, fügt der Coach of Arms hinzu: „Der Schädling hat zehn Minuten Vorsprung. Ich bin jedoch zuversichtlich, dass ihr ihn aufspüren und eliminieren werdet. Zum Ansporn möchte ich euch noch ein Liedchen mit auf den Weg geben:

Wer läuft denn dort im Walde so still und stumm?
Er scheint mir ziemlich panisch und auch recht dumm.
Sagt, wer mag das Männlein sein,
das da stirbt im Wald allein?
Es ist ein Programmierer. Drum legt ihn um!"

Der restliche Vormittag wurde von einem ausführlichen Gespräch, besser gesagt: von der Vernehmung des Würgermeisters gefressen. Der Rennpferde wegen musste der Göris mich mit ins Boot holen; seine saure Miene war mir süß. Der Herr namens Rainer Glaube (ja, er hieß tatsächlich so) breitete seine ungesetzlichen Aktivitäten mit der ihm angeborenen Verbindlichkeit vor uns aus. Als die Rede auf die Sache Westensee kam, musste Göris auch noch den Trötschke dazubitten, und sein Gesicht streckte sich daraufhin bis zum Fußboden.

Nach dem Mittagessen – Katthöfer hatte den Mordfall Exfrau nicht mehr erwähnt, und ich hütete mich nachzufragen – bewahrheitete sich Möhrings Gerücht. In hoher Runde wurde beraten, ob und, wenn ja, unter welcher Bewachung und welchen Bedingungen der populäre Untersuchungshäftling dem DDF überstellt werden könne. Der Präsi und die Westphal befürchteten eine Gefährdung der öffentlichen Ordnung, wenn die Thesen der ABF ein weiteres Mal via Bildschirm übertragen würden, während der Großmufti des LKA, per Video aus Kiel zugeschaltet, da keinerlei Bedenken hegte: „Soll der Kerl sich doch lächerlich machen mit seinem `Volldampf zurück´!" Wider mein Erwarten sprach sich auch der strubbelige Innensenator gegen einen Auftritt unseres Zellen-Neuzugangs aus, jedenfalls bis zu dem Zeitpunkt, da der Nachrichtenredakteur des DDF, verstärkt durch Vertreter von *Radio Nordlicht* und *Antenne der Wahrheit*, durchblicken ließ, dass es *ohne* den Herrn mit der Schifferkrause auch keine Sendung gäbe: „Der Herr Lauch war da sehr deutlich. Außerdem ist er bereits auf der Anreise. Und daran gewöhnt, zu bekommen was er will."

Der Einpeitscher tritt an den Bühnenrand. „So, Leute, Ohren auf! Damit das klar ist und es nachher kein Vertun gibt: dies wird heute *keine* Nachmittagsquizshow mit Bodo Bond, bei der minutenlang gejohlt, gestampft und gepfiffen wird, nur weil der Moderator ins Rampenlicht stolpert! Dies wird ein Politik-Talk, ernsthaft und dinstinguiert – ja, ihr dürft in euren Chartphones nachsehen, was das bedeutet – und da wird streng nach Proporz applaudiert!" Ein kurzer Blick aufs Klemmbrett. „Die Frühlingszwiebel kommt gleich für die Beleuchtungsprobe. Kameras Eins und Zwei: wie immer in Gesprächspausen nur auf freundliche junge Gesichter! Und es bleibt bei den spontanen Zwischenrufen von den Stühlen 17 und 35, wie vorhin besprochen."

Volker Totengräber sieht sich nach seinen Gleichgesinnten um. Sie sind gut im Publikum verteilt. Es wird ein gelungener Fernsehabend werden.

Was am späten Nachmittag vor den Kneipen der Bengelsgrube geschah, ist wegen der Kommunikationsschwierigkeiten mit dem neuen Polizeifunk nie ganz und gar aufgeklärt worden. Sicher ist jedoch, dass die Defizite des Digitfunks zu der unvorhersehbaren Eskalation der Ereignisse beitrugen. Irgendwelche aufgebrachten Typen konnten ihre Messer anscheinend nicht bei sich behalten, was zur Folge hatte, dass andere Typen sich malerisch auf dem denkmalgeschützten Kopfsteinpflaster wälzten und die Fugen vollbluteten. Ein unerschrockener Passant zückte sein Handy und rief einen Rettungswagen herbei, aber er und die übrigen Passanten wurden von den Messerstechern in Schach gehalten und konnten diese nicht an der Flucht hindern. Eine zweiköpfige Fußstreife schaffte es wegen des Funklochs nicht, Verstärkung herbeizurufen, weshalb einer der Beiden zum Polizeirevier in der Pengstraße laufen wollte, das nur drei Querstraßen entfernt liegt. Allerdings glitt er auf dem Weg dorthin im Schneematsch aus und brach sich den Knöchel. So musste sein Kollege gemeinsam mit den Umstehenden mitansehen, wie sich die Gewalttäter in Richtung Graveufer absetzten. Als der Rettungswagen endlich eintraf, bündelte sich die Empörung der Leute bereits auf den Digitfunk der Polizei, ohne den dieses Malheur nie passiert wäre. Ein Zweimetermann mit Latzhose rief zu einem Protestmarsch nach Rücknitz auf, weil die dortigen IT-Spezialisten für dieses Dilemma verantwortlich seien. Etwa dreißig Demonstranten brachen nach Nordosten auf, ihr Schlachtruf „Progs und Symps in einen Sack! In die Grave mit dem Pack!" sorgte auf dem Weg für weiteren Zulauf. Streifenwagen 22 meldete kurz darauf von der Gravemünder Allee eine unangemeldete Kundgebung von ungefähr einhundert Personen, Marschrichtung: kurioserweise stadtauswärts.

Das war in etwa die Lage, wie wir sie uns aus den Worten von Boenisch, unserem Dispatcher, zusammenreimten. Blass und händeringend stand er vor uns: „Versteht ihr, alles, was wir haben, auch die Bereitschaft, ist doch jetzt beim Funkhaus, weil man da mit großer Demo rechnet ... In der Stadt krümelt sich nur noch das absolute Minimum! StW 22 hält Fühlung, mehr können die auch nicht tun ..." Er raufte sich die Haare, obwohl da kaum etwas zu raufen war. „Ich weiß ja, ihr seid Kripo, aber ich brauch' jetzt wirklich jeden Mann, all hands on deck, wie der Obermotz sagt ..."

Ich fühlte ein Grinsen auf meinem Gesicht erblühen. Katthöfer guckte verwundert, dann fiel auch bei ihm der Groschen: „Und du meinst, diese spontane Demo wird von einem Zweimetermenschen in Latzhose angeführt?"

Eifriges Nicken von Boenisch. „Ja ja. Fahrt ihr dahin? Ich hab' 'ne Hundertschaft aus Hamburg angefordert, die steckt bloß auf der Autobahn fest. Sobald die da sind, schick' ich sie euch hinterher, versprochen!"

„Ich dachte, der Willenbrecht sei in Haft?", fragte ich Katthöfer.

„Hab' ich nie gesagt", wehrte er ab. „Das LKA hat seine Wohnung gefunden, nicht ihn. Untergetaucht." Er feixte. „Na, fahr'n wir hin? Mit 'n büschen Glück kannst du dem Göris auch noch den Walter präsentieren, das wär' dir doch ein geistiges Pädophilenschießen!"

Ich sprang auf. „Dir nicht? Warum stehst du hier noch Likör?!"

Wir besorgten uns bei der Requisite schnell noch Warnleuchten, Winkerkelle und eine Häcksler & Loch MP 5, um annähernd wie ein Streifenwagen ausgerüstet zu sein, und schoben dann ab.

Katthöfer heizte über Bohnsforder Allee und Sperberdamm und übertraf dabei seinen eigenen Rekord. Als wir dann auf der Gravemünder Allee den Lauer Forst schwarz und schweigend rechter Hand hatten und er so richtig aufs Gas ging, sah ich jemanden zwischen den Bäumen hervortaumeln. „Stopp mal, Katthöfer, da war was!"

„Was denn?", fragte er unwirsch. „Wir sollen doch ..."

„Da war jemand!", unterbrach ich. „Und dem staken drei Pfeile im Rücken!"

„Hä? Dies ist ein Krimi, kein Western!"

„Nun steig schon in die Eisen, wir müssen dem helfen!"

Katthöfer lenkte auf den Standstreifen und bremste. Wir sprangen aus dem Wagen. Während er die Warnleuchte aufstellte, lief ich zu dem schmalen Bündel Mensch zurück, das jetzt formlos über der Leitplanke hing. Die Pfeile hoben sich deutlich vom Nachthimmel ab, unter ihm schmückten rote Flecken den weißen Schnee. Ich bog den Kopf des Opfers zurück.

„Herr Heydel?! Mirco? He, nicht schlappmachen, ich brauch' dich noch!" Ein Seitenblick zu meinem herannahenden Kollegen ließ mich meine Wortwahl überdenken: „Nicht schlappmachen, meine Tochter braucht dich noch!"

„Zu spät, ich hab's gehört." Katthöfer hockte sich neben den Menschenrest und fühlte den Puls. „Der ist hin." Er stand wieder auf. „Das kommt später. Wir müssen nach Rücknitz."

„Wir sollten wenigstens der Spusi Bescheid sagen", gab ich zu bedenken, „und dann den Tatort sichern, bis die da sind."

Mitleidig schaute er mich an. „Geht's dir noch gut, Leidwesen? Normalerweise hast du Recht, aber hier ist Gefahr im Verzug! Ins Auto, wir müssen nach Rücknitz, hopp, hopp!"
„Die Frage kann ich zurückgeben, Kollege! Gefahr im Verzug? Das ist doch nur 'ne Demo!"
„StW 22 hat gerade durchgegeben, dass die jetzt *singen*. Sie singen nach der Melodie von `I am trailing´, und zwar: Zeigt dein PC – eig'nen Willen / werd nicht mürrisch – nimm ein Beil! / Programmierer kannst du killen. / Mach die Welt ein – bisschen heil!"
Ich hielt mir die Ohren zu. „Katthöfer, die einzige Gefahr für die Allgemeinheit ist deine Kopfstimme! Lass sie doch singen! Bis die in Rücknitz ankommen, sind sie müde. Und wer weiß, ob man sie überhaupt durch den Gravetunnel lässt ..."

„Wie bitte? Karsten Kühnig als Außenmoderator?" Gernot Lauch verliert ein wenig von seiner routinierten Gelassenheit. „Ist das nun eine Politik-Talkshow oder bin ich bei *Die Wette gilt?*"
„Es ist ein Polit-Talk, das sehen Sie doch an den Gästen", beeilt sich der Redakteur zu versichern. „Aber aus aktuellem Anlass *könnte* es erforderlich werden, eventuell eine Live-Schalte zu unserem Ü-Wagen zu machen, der eine spontane Kundgebung dieser Analogspinner covert ..."
„Na gut. Prima." Gernot Lauch lächelt dünn. „Seid's mir nicht böse, aber ich hätt' dann gern, dass ihr das behutsam einfügt. Behutsam!"
„Selbstverständlich, Herr Lauch, selbstverständlich. Wenn Sie dann bitte so freundlich wären ..."
Der Moderator tritt ins Scheinwerferlicht und wartet mit der typischen Miene geschmeichelter Bescheidenheit auf das Ende des Beifalls. Dann tritt er einen Schritt vor und sagt: „Einen schönen guten Abend und ein herzliches Willkommen hier live – nein, heute nicht aus dem Applausometer in Berlin, sondern aus dem Funkhaus des Dritten Deutschen Fernsehens in Frühbek. Ich freue mich auf diese Gäste ..."
Dann rieselt wie immer die Stimme aus dem Off, die mit wohlgewählten, dahinperlenden Worten Rüdiger Schöll, den Innensenator der Stadt Frühbek, Manfredo Marquort, Vertreter der Christlich-Ökonomischen Union, Frihderike Fuhrmann, die charmante Sprecherin des linken Spektrums, Ladislaus Lunklott, den „letzten Liberalen", und *last but not least* Rainer Glaube vorstellt, den inhaftierten Emissär der Analogen Befreiungsfront.

Doch am Eingang des Gravetummels empfing uns keine missmutige Menschentraube, sondern nur neonbeleuchtete Leere. Katthöfer fuhr an das einzige besetzte Mauthäuschen heran, kurbelte die Seitenscheibe herunter und zeigte seine Dienstmarke. „Guten Abend. Sind hier vielleicht ein paar Leute durchge ...?"

„Oh ja, allerdings!", blökte ihn der Mautwächter an, ein älteres Exemplar mit grauer Haut und Tränensäcken. „Wohl zweehundert Mann stark, so vor 'ner halben Stunde, ha'm sich auch nicht aufhalten lassen, weder von mir noch von den Verbotsschildern! Und gesungen ha'm se wie weiland bei ..." Er verstummte und starrte an Katthöfer vorbei in mein Gesicht.

Dieser folgte dem Blick. „Stimmt etwas nicht?"

„Ha'm Se den verhaftet? Aber wieso sitzt er dann ungefesselt neben Ihnen?"

„Das ist mein Kollege", erwiderte mein ehemaliger Assistent verblüfft, „der Hauptkommissar ... ist ja egal. Warum sollte ich ihn verhaften?"

„Den hab' ich gesehen, wie er letzten Mittwoch ganz verstohlen in die Whiskystraße 49 is', durch die Terrassentür ... Ich wohn' da nämlich gegenüber und stand aufm Balkon, eine schmöken." Der Mautwächter glühte Katthöfer entrüstet an. „Das hab' ich doch alles längst zu Protokoll gegeh'm!"

„Wie heißen Sie?" fragte mein ehemaliger Assistent.

„Ro ..."

„Ach so." Katthöfer seufzte. „Ich bin bei den Hinweisen aus der Bevölkerung erst bis zum Buchstaben K vorgedrungen. Keine Sorge, wir kommen zu gegebener Zeit auf Sie zu." Sprach's, schloss das Fenster und brauste in den Tunnel. „Das gilt auch für dich, Ex-Leiterchen. Alles zu gegebener Zeit."

„Ich möchte vorausschicken", spricht der Würgermeister, „dass wir alle hier nicht sitzen könnten, wenn nicht ein sowjetischer Oberst im Jahr 1983 seine Vernunft über die Anzeige seines Computers gestellt hätte. Es ist eine wenig bekannte Tatsache, dass zu Zeiten des Kalten Krieges ein *Kosmos*-Satellit einen Sonnenaufgang über dem nordamerikanischen Festland mit einer startenden Interkontinentalrakete verwechselte. Der Oberst, dem wir alle unser Leben verdanken, setzte sich über Elektronik und Befehl hinweg, weil er es für absurd hielt, dass die USA seine Heimat mit nur einer einzigen Rakete angreifen sollten. Er leitete *keinen* Vergeltungsschlag ein, wie es Pflicht und Computeranzeige von ihm forderten. Andernfalls wäre die Erde nun wüst und leer."

„Äh, nun, das ist ein Extrembeispiel", sagt Gernot Lauch unbehaglich. „Immerhin ist die Elektronik seit damals wesentlich verfeinert worden und leistet uns in unser aller Alltag nützliche Dienste. Wie sind Sie nun trotzdem dazu gekommen, Ihr Leben dem Kampf gegen die – wie nennen Sie es? – Digitotalität zu widmen?"

„Ausgegangen ist unser Aktionsbündnis von einigen Anwenderprogrammen, die so dermaßen schlecht waren, dass sich das Missvergnügen darüber organisiert hat. Es hieß immer, es soll besser werden – und es wurde nicht besser. Eine solche Hypothek auf die Zukunft kann man nur eine begrenzte Zeit fahren, denken Sie nur an die DDR. Korrigieren Sie mich, wenn ich mich irre, aber die Lenker dieses Staates sprachen vierzig Jahre lang von Aufbau und Fortschritt, doch dann war ganz plötzlich Schluss ..."

„Dann sind Sie – oder Ihre Leute – aber doch recht schnell dazu übergegangen, den einen oder anderen Informatiker gleich zu ermorden!", sagt Gernot Lauch vorwurfsvoll.

Der Würgermeister schüttelt sachte den Kopf. *„Die Vernunft kann sich mit größerer Wucht dem Bösen entgegenstellen, wenn ihr der Zorn dienstbar ist.* Das ist nicht von mir, sondern von Papst Gregor dem Großen. Dennoch sind wir keine blutrünstigen Wahnsinnigen, die dereinst in Kathedralen des Hasses, aufgeführt aus leeren PC-Gehäusen, Dankgebete auf die segensreiche Ballistik anzustimmen hoffen! Sondern wir sind wie eigentlich harmlose Tiere, die man in die Enge getrieben hat. Und darum plädieren wir dafür, nicht immer nur die negativen Strömungen aus Übersee aufzugreifen – es gibt dort nämlich auch Positives. Zum Beispiel hat man in New York die *zero tolerance* eingeführt, die Nulltoleranz für jede Art von Verbrechen in den Nahverkehrsmitteln. In jeder U-Bahn fährt daher ein Polizist mit und so weiter."

„Da bin ich gespannt auf den Zusammenhang", meint Gernot Lauch und schlägt die dünnen Beine übereinander.

„Ganz einfach. Wir möchten eine Nulltoleranz für alles Digitale." Erwartungsgemäß treibt dies die anderen Teilnehmer der Diskussion zu Zwischenrufen des Unmuts und des Unverständnisses. Im Publikum mischen sich Applaus und Buh-Rufe. Der Würgermeister fährt fort: „Nehmen wir zum Einstieg etwas Griffiges. Es gibt neuerdings diese ferngesteuerten Kleinst-Hubschrauber, Quadcopter genannt, die mit einer Webcam an Bord kinderleicht zu steuern sind. Doch jedem fingerfertigen Bastler wäre es möglich, auch noch eine kleine Pistole zu installieren. Wollen wir warten, bis jeder Mensch mit Internetzugang ein solches Gerät über *buybuddy* mieten und missliebige Mitmenschen damit bequem vom Sessel aus erlegen kann?

Etwas ferner in der Zukunft, aber dafür noch grauenvoller: es werden immer ausgefeiltere Prothesen hergestellt, die sich mit etwas Übung direkt mit den eigenen Nervenzellen steuern lassen. Für Behinderte unbestritten eine wunderbare Sache, wenn auch nur für die, die es sich leisten können. Aber woher nehmen wir denn die Gewissheit, dass die Entwicklung damit beendet ist? Biologen können schon lange einer Maus über Joystick und simple Elektroden befehlen, nach links oder rechts zu trippeln. Auch hier wieder die Frage: Wollen wir wirklich warten, bis ein Mensch über ein implantiertes Interface in Fernsteuerung genommen werden kann?!"

Das Rechenzentrum Rücknitz lag etwas abseits des gleichnamigen Vorortes in einer Senke, unweit der Grave, die hier breit und behäbig in Richtung Ostsee fließt. Katthöfer entsann sich anscheinend seiner Grundausbildung, jedenfalls parkte er unser Vehikel außer Sicht, hängte sich die MP 5 um und schlich mit mir bis in das Gebüsch auf der nächsten Anhöhe. Dort ließen wir uns auf alle Viere nieder und krabbelten durch die Zweige. Glücklicherweise lag hier kein Schnee, und trocken war es auch. Noch bevor wir die Demonstranten demonstrieren sahen, konnte wir sie singen hören. Die Melodie war unverändert, der Text neu:
„Kommen Fehler – gleich in Horden,
werd nicht launisch – greif zur Axt!
Programmierer – kannst du morden,
wenn du sorgsam – sie zerhackst!"
„Oha", meinte mein unattraktiver Begleiter.
„Hunde, die bellen, beißen nicht", erinnerte ich. „Und böse Menschen haben keine Lieder. Aber Gottfried Schiffer, der hätte seine helle Freude dran."
Wir robbten weiter durch das Gestrüpp und sahen schließlich die ganze Bescherung. Das Rechenzentrum, ein großer quadratischer Bau mit Flachdach, war in großzügiger Weise von einem kreisförmigen Zaun umgeben. Scheinwerfer an den vier Ecken des Gebäudes beleuchteten die Szene. Der Parkplatz für die Fahrzeuge der Mitarbeiter lag innerhalb des Zauns. Der Zaun selbst bestand aus vierzehn Pfählen, hoch wie Telegraphenmasten, dazwischen spannte sich ein Drahtnetz, dessen Beschaffenheit nicht genauer zu erkennen war. Ebensowenig konnten wir sehen, wo sich eigentlich das Tor befand. Ungefähr dreihundert Menschen hatten die Zufahrtsstraße längst verlassen und einen Belagerungsring um die Anlage gebildet. Es wurde fleißig gesungen, doch im übrigen kam die Aktion nicht vom Fleck. Versuche, die Absperrung niederzureißen, hatte man offenbar rasch wieder aufgegeben: Wie es aussah, hatte der Hackmack nicht auf die Genehmigung für den Elektrozaun gewartet, denn drei Menschen wurden gerade vor dem Zaun von den Umstehenden in stabile Seitenlage gebracht.

„Ho-ho", machte Katthöfer, zog einen winzigen Feldstecher hervor und linste hindurch. „Da sind Leute auf dem Dach. Was tun die da?"
„Wenn *du* das nicht sehen kannst ... Sind das Demonstranten?"
„Nee, die sind aus dem Gebäude gekommen." Er schob sich weiter vor. „Die fummeln da irgendwas."
Plötzlich quäkte ein Megaphon. Die Belagerer wurden aufgefordert zu verschwinden, man wolle jetzt endlich unbelästigt in den Feierabend. Andernfalls werde man „Maßnahmen ergreifen". Selbst in der elektrischen Verzerrung war das erboste Schnauben des nadelgestreiften Fettflecks wiederzuerkennen.
Auf die Demonstranten machte seine Drohung wenig Eindruck. Sie wurden nur vorübergehend lauter. Irgendwo knatterte ein Traktor. Dann fiel mir ein Licht am Himmel über dem Rechenzentrum auf, wie der Suchscheinwerfer unseres Polizeihubschraubers, aber viel kleiner und agiler. Es flog lautlose Schleifen und huschte dabei immer wieder knapp über die Köpfe der Protestsänger hinweg.
„Siehst du das auch?", fragten wir einander gleichzeitig. Dann hatte mein Kollege nichts Dringenderes zu tun als mir zu erklären, dass es sich bei dem sausenden Licht nur um eine ferngesteuerte Drohne handeln könne, einen mit Lithiumbatterien angetriebenen kleinen Hubschrauber, wie er für Luftaufnahmen und zum Spaß Verwendung fände. „Oder um leichte Pakete auszuliefern. Mit vier Rotoren sind die besonders leicht steuerbar und können eine Kamera tragen. Man hat damit zum Beispiel die Mauern der Frühbeker Kirchtürme auf Schäden untersucht, das kostet viel weniger als wenn du ..."
„Katthöfer, du und dein unnützes ... Scheiße, das sind Schüsse!"
Es hatte mehrmals trocken geknallt, und der Gesang hatte sich in verworrenes Geschrei verwandelt. Rufe wie „Die schießen auf uns!" halfen uns Beobachtern nicht weiter, erst die mit mächtiger Stimme gemachte Feststellung „Das verdammte Propeller-Ding schießt!" machte uns klar, dass nicht die Demonstranten, sondern die Leute auf dem Flachdach die Angreifer waren.
„Das ist doch ..." Katthöfer wollte aufspringen, ich zog ihn in die Deckung zurück und sagte: „Da kannst du jetzt genauso wenig ausrichten wie gegen die Belagerer! Wir sind hier nur zu zweit! Gib mir das Fernglas und mach lieber Meldung; und frag den Boenisch dabei gleich, wo denn die Hundertschaft bleibt!"
Er wollte noch in Rammbock-Manier seine MP 5 hochreißen, um die fliegende Schusswaffe herunterzuholen, aber mit einem Hinweis auf die Entfernung brachte ich ihn davon ab. Grummelnd schob er sich rückwärts ins Gestrüch und grabbelte sein Handy hervor. „Und erkundige

dich auch, wo eigentlich diese Streife 22 abgeblieben ist!", rief ich ihm leise hinterher.

In der Zwischenzeit hatten die Demonstranten mit einem Hagel erzürnt geschleuderter Steine die ferngesteuerte Bedrohung selbst vom Himmel geholt, und sie machten nun mit wütendem Geheul ihren Herzen Luft. Aus der Menschenmenge löste sich ein kleiner Pulk, der einen blutenden Mitkämpfer beiseite führte und notdürftig zu umsorgen schien. Ich spähte durch den Feldstecher: An der uns zugewandten Ecke des Flachdachs stand der wabbelige Hacksack mit verschränkten Armen und blickte verächtlich auf seine Belagerer herab. Ihm gegenüber, vor dem Zaun, ballten sich die Protestierer.

„Was glauben Sie, wer Sie sind, dass Sie hier auf Menschen schießen?", war zu hören. „Das ist doch unfassbar!" „Und feige!" „Komm 'runter, wenn du ein Mann bist! Aber du bist nur eine fetter Feigling!" „Nun geben Sie wenigstens zu, dass das ein Fehler war!"

Dieser letzte Ruf wurde einer Antwort gewürdigt.

„Fehler!?", brach es aus dem Megaphon. Und dann, im Tonfall äußerster Empörung: *„Wir* machen keine Fehler! Wir machen Fehler*texte!"*

Fassungslose Stille fiel herab wie nach einem Blitzschlag. Langsam wandte sich ein sehr großer, sehr breiter Mann – der Willenbrecht? – um: „Ihr habt das eigenhändig gehört, Leute!" Und mit grollender Erbitterung: „Wahrlich, ich frage euch: Dürfen diese geistigen Missgeburten da noch irgendeine Form der Gnade von uns erwarten?"

„Nein!" Ein Schrei aus vierhundert Kehlen.

„Ich frage euch: Sollen diese heimlichen Gewaltherrscher etwa in ihrem verderblichen Tun fortfahren und weiter auf unsere Langmut hoffen dürfen?"

„Niemals!" Grimmiges Gebrüll.

„Ich frage euch drittens: Haben sie nicht mit dieser Äußerung ihr wahres Gesicht entblößt, die Fratze abscheulicher Menschenverachtung und Selbstüberhebung?"

„Allerdings!" „Genau!" „Wie wahr!"

Der Eichenschrank – er war es tatsächlich – holte tief Luft: „Und ich frage euch viertens und zuletzt: Haben sie darum nicht vielmehr jede Form gewalttätiger Aufmerksamkeit verdient, die wir uns überhaupt ausmalen können?!"

„Jaaa!!"

Das Knattern war derweil immer lauter geworden, und der dazugehörige Trecker bog um die Ecke. Er wurde mit Jubelrufen begrüßt, und im Handumdrehen bildete die Menschenmasse eine Gasse, durch die der Traktor direkt auf einen Pfosten des Zauns losging. Und zwar mit Schmackes, brüllend wie ein Löwe! Der Zaunpfahl machte daher gar nicht erst den Versuch, das mechanische Ungetüm in ein Gespräch über Aggression und Friedensliebe zu verwickeln, sondern brach ergeben knirschend um. Der Treckerfahrer setzte zurück, fuhr einen Bogen und nahm röhrenden Anlauf auf den nächsten Pfahl. Während die Belagerer johlten, schienen Hackmack & Komplizen vor Entsetzen stumm geworden zu sein.

Es raschelte hinter mir, und Katthöfer tippte mir auf die Schulter. Nachdem ich meinen Schrecken heruntergeschluckt hatte, war ich imstande, seiner Rede zu folgen: „... von der Autobahn abgekommen und steckt im Graben. Also nix mit Hundertschaft! Wir sollen sehen, wie wir alleine klarkommen."

„Nichts leichter als das!", schlunzte ich. „Und der Streifenwagen?"

„Streife 22 nimmt auf der Rollmützstraße – das ist am Ortseingang von Rücknitz ..."

„Ich weiß, wo das ist!"

„Ja ... also, da nehmen die die Anzeige eines Zeitungsausträgers auf. Der ist in den Demonstrantenstrom geraten, und das Wägelchen mit den Zeitungen ist ihm dabei abhandengekommen ..."

„Das ist ja auch brennend wichtig! – Wo hast du die MP?"

„Auf dem Rücken. Ich kam sonst nicht ans Handy." Er hockte sich neben mich und guckte in die Senke. „Da geht's ja zur Sache ..."

Womit er ausnahmsweise recht hatte. Gerade legte der Traktor den zweiten Pfosten krachend auf die Erde, und die Belagerer drängten auf das Gelände. An einigen Stellen fingen trockene Sträucher Feuer – vermutlich ausgelöst von dem zu Boden gezwungenen Elektrozaun – und dies inspirierte die Protestierer zu einer neuen Strophe:

„Programmierer – müssen brennen!
Ja, das schwebt mir – stets im Sinn.
Mögen auch die – Witwen flennen,
für die Welt wär's – ein Gewinn!"

„Das sind ja alles sehr löbliche Bedenken", wirft der Christökonom Manfredo Marquort ein, „aber es kann einen mündigen Bürger nicht darüber hinwegtäuschen, dass das Vorgehen Ihrer ABF reichlich faschistisch daherkommt!"

„Das ist eine, nennen wir es: Verzerrung der Perspektive." Der Würgermeister lächelt freundlich. „Wir verlangen die *Abschaffung* einer Diktatur, nämlich der des Digitals, wir wollen keine errichten. Damals, 1933, wurde alles sukzessive gleichgeschaltet, bis hinunter zum Kleingartenverein. Heute wird alles durch die Digitalisierung in ein Korsett gepresst, und das wird noch verschlimmert dadurch, dass es mehrere dieser Korsetts gibt, die miteinander `inkompatibel´ sind. Das ist Diktatur und Durcheinander zugleich! Damals wurde alles normiert, ein Jude durfte nicht auf einer Parkbank sitzen. Heute verlangen die allgegenwärtigen Bildschirme von uns, alles zu formatieren ... Damals Normen, heute Formen – das ist doch eine Ähnlichkeit, die sich geradezu aufdrängt!"

Manfredo Marquort und Ladislaus Lunklott schnauben unisono. „Sie können aber doch nicht leugnen", ruft der Christökonom, „dass es durch Ihre Bewegung zu pogromartigen Zuständen gekommen ist! Ich erinnere da nur an die brennenden Computergeschäfte!"

„Dann sollten Sie aber auch nicht unterschlagen", mischt Rüdiger Schöll sich ein, „dass es sich im Gegensatz zu damals dieses Mal um tatsächlich spontane Aktionen handelte!"

„Landesweit? Ich bitte Sie!"

Doch der Innensenator lässt sich nicht beirren: „Je nun, übrigens macht das Internet Derartiges sogar einfacher! ich erwähne da nur den Begriff *Flashmob* und die Aufforderungen zur Lynchjustiz bei jedem zweiten Sittenmord, wie sie so gern über *Zwitter* verbreitet werden!"

„Aber die sogenannte Volksinquisition hat ...", sagt der Moderator, wird aber vom Würgermeister unterbrochen: „Allerdings. Die V.I. und *nicht* die ABF! Das möchte ich gleich klarstellen. Aber wenn Sie schon Parallelen zur NS-Zeit ziehen wollen, dann möchte ich auch die seltsame Heldenverehrung in Erinnerung rufen, die durch die Medien schwappte, als der Gründer von *Pineapple* das Zeitliche segnete! Das war den meisten Menschen sehr sonderbar, denn zumindest in *diesem* Lande wird etwas, das an das schreckliche `Führerprinzip´ gemahnt, beinahe instinktiv abgelehnt. Ein solches Prinzip können sie übrigens weder der Analogen Befreiungsfront noch der Volksinquisition vorwerfen."

„Es trifft aber doch zu, dass man Sie den Würgermeister nennt?"

„Schon richtig. Doch das ist nur ein Ehrentitel, noch dazu mit Augenzwinkern. Ich bin allenfalls so etwas wie der Ehrenvorsitzende der ABF, und sie wissen ja, die haben nie viel zu sagen ..."

Im Anschluss an die Erstürmung des Rechenzentrums gingen in der Rücknitzer Senke Dinge vor, die ein Polizeibericht nicht. Jedenfalls wurden die Türen des Quadratbaus von der anstürmenden Menge aufgebrochen und die Software Entwickler auf dem Dach und auch alle anderen, die sich noch in dem Gebäude aufhielten, von den Feinden der totalen Silikonisierung ins Freie gezerrt und an die noch stehenden Zaunpfähle gefesselt. Durch Zufall oder Schicksal waren es zwölf Personen, sodass jedes derangierte Opfer seinen eigenen Pfahl bekam, an dem es sich in

Panik winden konnte. Unter dem Absingen weiterer Hasstiraden wurden Äste und andere Überbleibsel des letzten Wintersturms herbeigetragen und vor den Pfosten hingeworfen, in Einzelfällen auch schon mal mit gehässigem Lachen einem Gefesselten ins Gesicht. Das Zeitungswägelchen tauchte aus der Menschenmenge auf, die ungelesenen Zeitungen wurden auf die Holzstöße verteilt, gleichzeitig wurde Benzin aus den Kraftfahrzeugen auf dem Parkplatz gezapft, in erbeutete oder improvisierte Gefäße aller Art: Kaffeebecher und Putzeimer aus dem Rechenzentrum, eine vorgehaltene Schürze oder eine mit den Händen aufgespannte Regenjacke. Ich sah eine Frau, die eifrig bemüht war, den Brandbeschleuniger mit ihren hohlen Händen im Gelände zu verteilen. So konnte es nicht ausbleiben, dass die kleinen Flammen, die der Elektrozaun im Gestrüpp verursacht hatte, ihren Weg zu den so fürsorglich aufgeschichteten Scheiterhaufen fanden. Und dort größer wurden.

Auf unserer Anhöhe hatte ich alle Hände voll zu tun, meinen Kollegen vor den drohenden Folgen unbedachten Handelns zu bewahren. „Herrgott, Katthöfer, was glaubst du, was du da unten jetzt alleine erreichen kannst?", schrie ich ihn an und zerrte ihn ins Gebüsch zurück. „ Glaubst du, du kannst da mit deiner MP irgendetwas ausrichten? Wir sind nicht im Kino! Siehst du nicht, dass die da unten momentan zu allem fähig sind?!"

„Aber wir müssen doch einschreiten!", schrie er zurück, rutschte aus und fiel in den Dreck. „Wir können doch nicht hierbleiben und zugucken, wie ..."

„Mensch, Katti, wir sind nur zu zweit! *Zu zweit!* Sollen wir 'runterlatschen und rufen: `Ich darf Sie alle bitten, jetzt auseinanderzugehen, es gibt nichts zu sehen hier´?"

„Aber wir müssen doch helfen!", schluchzte er.

„Ach, *helfen* willst du!" Ich ließ ihn los und mich aufs Hinterteil fallen. „Das ist natürlich etwas anderes. Wenn du helfen willst, dann geh. Ich hatte nur den Eindruck, die Leute da unten kommen ganz gut allein zurecht mit dem, was sie vorhaben, aber bitte..."

Er sah mich an, als hätte ich ein gewaltiges Ding am Sträußchen. Dabei war er es doch, der nicht begriff.

„Die öffentliche Meinung ist meist mit dem, der die Welt oder deren Ordnung erhalten möchte, und gegen den, der sie verändern will", erklärt der Würgermeister. „Das ist ja auch menschlich verständlich. Dieses Muster findet sich noch beim simpelsten Gruselfilm und einfachsten Krimi. Und doch wird in keinem Krimi die Welt wieder so, wie sie war, denn der oder die Ermordete wird schließlich nicht wieder lebendig. Nur die Ordnung der Welt ist wiederhergestellt, denn derjenige, der sie unerlaubt zu seinen Gunsten hat verändern wollen, landet hinter Gittern oder kommt um."

Der Würgermeister holt Luft und wechselt die Beinhaltung. „Auch im größten denkbaren Rahmen ist das Muster dasselbe. Die Nazis wollten die Welt verändern – in ihrem Wunsch, die hergebrachte Weltordnung, oder -unordnung, zu erhalten, verbündeten sich die westlichen Alliierten sogar mit Beelzebub Stalin, um den Teufel auszutreiben.Und doch war die Welt und auch deren Ordnung nach dem Sieg eine ganz andere als davor. Entzweigeschnitten war die Welt – in diejenigen, die den Fortschritt beschworen, denen aber die Kraft fehlte, mitzuhalten gegen jene anderen, die am liebsten alles hatten belassen wollen, wie es war, und die dabei einen Fortschritt entfesselt haben, der sich inzwischen vom Steinschlag zur Lawine entwickelt."

„Da hamse Recht!", meldet sich der Innensenator zu Wort. „Jedes Jahr gibt es neue Handys, die man mittlerweile eher Taschencomputer nennen sollte, und den Reklamefuzzis fällt nichts Besseres mehr ein, als darüber zu schwärmen, wie sich die silberne Hülle anfühlt! Das ist doch pervers!"

„Neu, neu, neu!", fällt Frihderike Fuhrmann ein. „Aber nur die Wegwerfartikel, die Ordnung der Ausbeutung bleibt unangetastet! Das ist unsere marktkonforme Fassadendemokratie ..."

Der Würgermeister ergreift wieder das Wort. „Wo ist nun die ABF in diesem Muster von gut gleich alt und neu gleich schlecht? Vordergründig sind wir die Bösen, weil wir die Welt verändern wollen ..."

„Aber Sie sehen sich selbst in der Rolle der Résistance oder der russischen Partisanen, nicht wahr?", unterbricht ihn Frau Fuhrmann lächelnd. „Für die Soldaten der Achse waren es Terroristen, doch für die Einheimischen diejenigen, die die Hoffnung auf Selbstbestimmung hochhielten."

Galant verbeugt sich Rainer Glaube in ihre Richtung. „So schön und griffig hätte ich es nicht sagen können. Vielen Dank."

Ich war über eine halbe Stunde lang damit beschäftigt, meinen Kollegen bei der Stange zu halten. „Mann, Katthöfer, in Anbetracht der Gesamtlage können wir nur nach Reglement vorgehen: Beobachten, Rädelsführer feststellen, alles dokumentieren! Und vor allem: immer wieder melden und nochmals melden! Gib dem Boenisch durch, was hier abgeht, und lass *ihn* sich die letzten Haare ausraufen! Vielleicht traut er sich dann endlich, uns welche von den Einsatzkräften herzuschicken, die beim Funkhaus 'rumlungern!"

„Er hat vom Obermotz doch strikten Befehl – !"
„Ist das unser Problem?"
„Mein Gott, riechst du das?! Da unten ... Oh, ich werde nie wieder grillen können ..."
„Ich auch nicht. Soll sowieso ungesund sein. Und nun mach endlich die Meldung!"
Ich sah ihn zum Handy greifen und drehte mich um. Die meisten der zwölf Feuer flackerten bloß noch, nur das im Nordosten war immer noch in voller Blüte. Dort brannte der Fettklops. Die Demonstranten begannen sich zu zerstreuen. Mir fiel eine neue Gruppe auf, die betont unauffällig aus dem Quadratbau geschlichen und in unsere Richtung kam. Sie waren schwer bepackt, jeder trug mindestens ein Computergehäuse und einen Flachbildschirm. Als der Eichenschrank „Plünderer!" schrie und auf sie zeigte, fingen sie an zu rennen.
„Katthöfer, es gibt Arbeit!" Endlich eine Situation, die wir meistern konnten. Als die Plünderer die Anhöhe heraufstolperten, erhob ich mich aus dem Gestrüpp und donnerte: „Polizei! Stehengeblieben! Oder wir machen von der Schusswaffe Gebrauch!"
Mein Kollege tat es mir nach, und der Anblick seiner Häcksler & Loch gab den Ausschlag. Die Plünderer, acht an der Zahl, blieben stehen, als wären sie gegen eine Wand gelaufen, ließen alles fallen und begannen um Gnade zu jammern.
Doch bevor wir die Handschellen klicken lassen konnten, war ein Trupp Demonstranten heran. Angeführt von unserem alten Bekannten Walter Willenbrecht, erkannte ich in der keuchenden Meute auch noch die Gesichter von Hansen und Pietersen. Und der Tippner. Der Eichenschrank bedankte sich artig: „Danke, Herr Kommissar, das nenne ich einmal Amtshilfe im richtigen Augenblick! Diese Leute sind die Ersten, die ein neuentstandenes Verbrechen begangen haben: das Verbrechen der Wertschätzung digitaler Geräte!" Er wandte sich um: „Nehmt diese Fehlgeleiteten beiseite und erteilt ihnen eine Lektion!"
Da wir von ungefähr fünfundzwanzig Knüppelträgern umgeben waren, blieb uns kaum etwas anderes übrig, als diese gewähren zu lassen. Sie nahmen die acht Plünderer fein säuberlich in ihre Mitte und schoben ab:
„Arm und Bein und Schädel bricht,
doch das reicht noch la-ange nicht.
Enden kann erst uns're Wut,
baden wir in Blut!"

„... Hat einmal jemand darüber nachgedacht, wie widersinnig es ist, zwanghaft Arbeitsplätze einzusparen, obwohl es auf der Welt mehr und mehr Menschen gibt? Und es komme mir keiner mit der Beruhigungspille, die EDV nähme dem Menschen doch nur die stumpfsinnige Arbeit ab! Bis auf weiteres stimmt das zwar – aber wäre es nicht besser, es gäbe auch Arbeit für alle diejenigen, die nicht ganz so schlau sind? Und wenn das bedeutet, dass man jede Windkraftanlage genauso bemannen muss wie früher einmal die Leuchttürme – dann muss das eben so sein. Sie mögen das Sozialromantik nennen, ich nenne es Menschenwürde."

Applaus im Studiopublikum. Doch der feiste Christökonom verschluckt sich fast vor Lachen: „Was Sie da vorschlagen, ist der schnellste Weg zum vollständigen wirtschaftlichen Ruin des Standorts Deutschland!"

Der Würgermeister lächelt nachsichtig. „Damit hätten Sie recht – wenn man das Problem denn so provinziell betrachten will. Die Analoge Befreiungsfront ist hingegen zuversichtlich, dass die Vorteile dieses Modells binnen kurzem auch andere Völker überzeugen werden. In der Energiepolitik ist dieses Land einen mutigen Schritt in die richtige Richtung gegangen, wenn auch die sogenannte Energiewende vielen zu zögerlich umgesetzt wird. In der Informationspolitik jedoch steht dieser Schritt noch aus."

„Vollbeschäftigung ...", sagt Frihderike Fuhrmann träumerisch, und übergangslos bekommen alle Politiker glasige Augen. Nur Ladislaus Lunklott, der Liberale, zieht ein Gesicht wie drei Tage Zitronendiät.

„Na ja", meint Gernot Lauch. „Da ist die letzte Messe bestimmt noch nicht gesungen."

„Was ist denn das für ein Stelldichein? Herr Sönnichsen, was machen Sie denn hier?"

Auf der Suche nach Katthöfer, der unversehens ins Dunkel gestolpert war, stieß ich nahe dem Graveufer ausgerechnet auf unseren Versekuppler, rußverschmiert und desorientiert. Er trottete mir entgegen und streckte mir sein Notizbuch entgegen.

„Welch ein Anblick! Diese göttliche Inspiration! Es fuhr auf mich nieder und ich spürte, ich muss eine Ode schreiben, eine

*Ode an die Befreiung*
(pathetisch und selbstgerecht vorzutragen)

Es schlagen die Flammen zum Himmel,
erleuchten die prachtvolle Pein;
es kündet der Glocken Gebimmel:
hier röstet ein Fehlertext-Schwein!

Es ist das Fanal der Empörung
gegen den elektronischen Bann;
von jetzt an ergießt sich Zerstörung,
bis alles, was „Netz" hieß, zerrann!

Und ziehen dereinst die Kolonnen
sternförmig hinaus in die Welt,
sagt allen: Hier hat es begonnen,
in Frühbek ward's ihnen vergällt!

Es mögen sich Kleingeister regen:
Seht her! Eure Hände voll Blut!
Dann rufen wir ihnen entgegen:
Ein Zeichen berechtigter Wut!

Wir tragen dies Zeichen mit Würde,
es zeugt nur von ehrlichem Hass.
Die Heimtücke ist *eure* Bürde;
sie sei euch zur Hölle der Pass!

Und sind wir zur Notwehr gezwungen
und waten durch Seen von Blut –
– von uns wird kein Söldner gedungen,
wir rüsten rechtschaffen, mit Mut!

Das ist nur die Unart der Feigen:
mit Wanzen und Drohnen, geschraubt.
Wir machen den Kampf uns zu eigen
und schlagen der Schlange aufs Haupt!

Die Schlange mit ungezählt' Köpfen
wir würgen geduldig zu Tod
und werden uns jeden vorknöpfen,
der sie zu bewahren nur droht!

Die Schlange zertretend im Staube,
den Endsieg im standhaften Blick,
so bringen wir die Friedenstaube!
Und Anstand. Und Arbeit. Und Glück.

Und „PC" und „Tablet" und „Handy"
zerschlagen wir – so wird es Brauch –
und jede verblödete Sandy,
die nicht drauf verzichten kann, auch!

Es wird jedwede Form von Programmen
aus unserem Lande verbannt;
selbst was das Fernsehen sendet zusammen,
es wird fortan „Zeitplan" genannt!

Schaut nur, wie es zuckt und sich windet
und schreit manchen gellenden Schrei.
Seht, wie sich *Gerechtigkeit* findet!
Wir schweigen und denken: Es sei.

Die Flammen lodern zum Himmel,
erleuchten die köstliche Qual.
Sagt ihr nur, ich hätt' einen Fimmel –
– ich schnitz' euch vorab manchen Pfahl!"

„Oh weh, sehr schön, Herr Sönnichsen", stotterte ich. „Lassen Sie sich nicht von den selbsternannten Weltverbesserern erwischen; ich fürchte, die könnten ein paar Ihrer Formulierungen despektierlich finden. Aber ich muss meinen Kollegen wieder auftreiben, entschuldigen Sie mich ..."
Ich tastete mich weiter durch die Dunkelheit. Allerdings hatte der Wind die Wolken allmählich verjagt, und im Licht des Mondes erkannte ich gerade noch rechtzeitig das Wasser der Grave. Und ich fand auch Katthöfer wieder.
„Wirf mir mal den Autoschlüssel her!", forderte ich ihn auf.
„Ach, Leiterchen, da bist du ja." Er schaute mich blöde an. „Seit wann willst du denn freiwillig fahren?", folgte die vorhersehbare Gegenfrage.
„Weil du es nicht mehr kannst", sagte ich, zog meine Banditenbremse und schoss ihm in die linke Schulter. Das Ding hatte immer schon einen Zug nach rechts.
Er bestaunte ungläubig sein Blut und klappte weg. Zusammengekrümmt lag er im Gras und wimmerte. Ich trat zu ihm.
„Lässt dein Stolz dich nicht schreien, Katthöfer? Ach du armer Kerl! Dabei hast du doch solche Schmerzen, das kann ich mir gar nicht vorstellen!"
„Damit kommst du nicht durch", presste er durch die zusammengebissenen Zähne. „Damit kommst – du nicht – durch!"

„Ach ja?" Ich ging in die Hocke und strich ihm über die Haare. Dunkelgrau floss es aus seiner Schulter und durchnässte die Sträucher. Ich achtete darauf, nicht in das Feuchte zu treten.

„Du wirst es nicht vertuschen können, dass der Schuss aus deiner Dienstwaffe kam!", röchelte er.

„Och", machte ich. „Die drück' ich nachher irgendeinem Digitalhasser in die Hand und sag' dann, ich hab' sie verloren. Mach dir darüber man keine Sorgen. – Was anderes: Soll ich noch jemanden von dir grüßen? Letzte Worte an irgendeine Liebschaft? Die Köbsch, die Roeske, die Franke, die ... na, die Dübelstein? Oder jemanden, den ich nicht kenne?"

Er versuchte mich zu fixieren, die Augenlider flackerten. „Da hab' ich dich bis zuletzt täuschen können, was? Aber es lief nichts, schon seit Jahren nicht. Wann auch? Keine Zeit." Er grinste ein letztes Mal, schmerzverzerrt. „Ich bin gar kein Frauenheld, ich bin bloß ein Maulheld."

„War", verbesserte ich sanft. „Du *warst* ein Maulheld." Und schoss ihm in die Stirn.

„Mit der digitalen Ausspähung schneiden Sie allerdings ein Thema an, das bereits vor Jahren für Furore gesorgt hat", sagt Gernot Lauch. „Ich glaube, die Regie hat da eine Computergrafik vorberei ..."

„Es ist unfassbar, was hier geschieht, unfassbar!" Das Bild wechselt zu einem schmalen Reporter in windiger Nacht, in der Rechten das Mikro, den Zeigefinger der Linken am Ohr. „Hier steppt der Bär Schlittschuh; das ist live, das ist echt, das ist ungeschnitten! Hier ist Karsten Kühnig von vor den Toren Frühbeks, wo der Mob das Rechenzentrum gestürmt hat und bisher vierzehn Todesopfer zu beklagen sind! Wie es aussieht, haben die Protestierer bei der Erstürmung zwei Mitstreiter verloren, den einen im Elektrozaun, den anderen von einem schießenden Modellhelikopter! Daraufhin wurden die Informatiker aus dem Gebäude gezerrt und auf eilends improvisierten Scheiterhaufen gefesselt. Hier herrschen Wut, Verbitterung, Hass und Entsetzen! Kann die Kamera mal zoomen, nach dahinten auf die Feuer ..."

Das Übertragung wird abrupt weggeschaltet, es ist wieder das Studio zu sehen. Der Moderator blickt verärgert, die Politiker sind verwirrt. Niemand sagt ein Wort.

Dann erhebt sich der Würgermeister und tritt vor die laufende Kamera. „Liebe Mitbürger! Ich rufe jeden von Ihnen auf: macht euch frei von allem, was digital ist, und jedem, der nicht davon lassen kann! Es dient nur dazu, euch zu versklaven, euch abzuhören oder – günstigstenfalls! – euch zu verdummen! Lasst nicht für euch denken, nutzt euer eigenes

Gehirn! Glaubt niemandem, der euch einzureden versucht, ihr hättet limitierte kognitive Ressourcen! Denn das Denken, das Denken allein ist es, was den Menschen ausmacht! Nur wir können es. Und wenn wir es aufgeben, sind wir überflüssig! Dann ist der Mensch insgesamt überflüssig! Und er wird allenfalls als entmündigter Pfleger der Silikonmaschinen mit Putzlappen und Ölkännchen sein Dasein fristen und hilflos verhungern, wenn ihm sein Kühlschrank eines Tages wegen eines Software-Problems kein Essen mehr bestellt! Also geht hin und werft alles Digitale von euch! Die Wertstofftonnen werden dankbar sein.

Übrigens beginnt morgen eine neue Aktion unserer Brüder im Geiste von der Volksinquisition. Es sollen Briefe an alle uns bekannten Informatiker dieses Staates verschickt werden mit der freundlichen Aufforderung, unauffällig das Land zu verlassen oder aber Gebrauch von der beigefügten Giftkapsel zu machen. Sach- und Geldspenden nehmen die Ortsgruppen der V.I. in allen größeren Städten unter dem Kennwort *Näher zu Gott* sehr gern entgegen. Schon mit einer Briefmarke seid Ihr dabei!"

Applaus brandet auf, zusätzlich befeuert von Volker Totengräbers Agenten. Guntram Göris springt von seinem Sitz und schreit: „Herr Glaube, ich verhafte Sie unter Berufung auf § 49a StGB, Anstiftung zum Verbrechen, § 129a StGB, Mitgliedschaft in einer terroristischen Vereinigung, § 130, Verächtlichmachung von Bevölkerungsteilen und Gefährdung des öffentlichen Friedens, nicht zu vergessen § 140, öffentliche Billigung von Verbrechen!"

Der Würgermeister schüttelt das Haupt und breitet die Arme aus: „Ach Herr Göris! Ich *bin* doch bereits in Haft. Und wenn Sie schon dabei sind: warum nicht auch § 186 – üble Nachrede?"

Dem Mann vom LKA fallen die Schultern nach vorn. „Üble Nachrede", murmelt er. „Hättest du wohl gern. Da gibt es eine Strafe nur, wenn das Behauptete falsch ist – !"

Am Uferabhang erkannte ich eine dunkel gekleidete Frau. Sie war bleich und zitterte. Ich tappte die Böschung hinab: „Frau Mertinitz?"

„Ja", nickte sie verweint. „Oh, Herr Kommissar. Ist es nicht schrecklich?"

„Aber natürlich", pflichtete ich bei und nahm sie in die Arme, weil ich das Gefühl hatte, das könnte helfen. „Etwas Neues auf die Welt zu bringen ist immer mit Schmerz verbunden. Das müssten Sie als Frau doch wissen."

„Wie?" Hilfloser Blick. „Ach so, Sie meinen ... Ich hab' gar keine Kinder."

„Auch keine Enkel? Na, hätte ja sein können. In Ihrem Alter ..."

Sie schob mich von sich weg. „Zartfühlend zur Damenwelt nenne ich etwas anderes!"

„Verzeihung. Sie gefallen mir, aber ich hab' da nicht so die Worte für. Dafür war mein Kollege zuständig, Gott hab' ihn selig."

Sie machte wunderschöne bogenförmige Augenbrauen über ihren dunklen Augen. „Tot?", hauchte sie.

Ich zeigte mit dem Daumen über meine Schulter. „Dahinten, eine verirrte Kugel. Berufsrisiko. Es ging hier heiß her, falls Ihnen das noch nicht aufgefallen ist."

Worauf sie wieder in Tränen ausbrach. Ich führte sie vorsichtig ein Stück weiter bis zu einer Bank am Uferweg. Wir ließen uns nieder, ich legte einen Arm um ihre Schultern. Es war kühl, aber nicht kalt. Wir schauten auf die dunkle Grave, die unbeeindruckt vorbeifloss und dabei formlose Dinge mitführte. Fahrwasserbojen setzten weitgestreute Akzente in Grün und Rot. Der Wind zauste das Gesträuch, der Nachthimmel wölbte sich, Mond und Sterne schimmerten auf dem Wasser. Einige letzte Schmerzensschreie passten sich in die Landschaft ein.

Sie lehnte sich an mich und schniefte. „Romantik, bis die Sau kotzt", sagte ich. „Geht's besser?"

Sie nickte nur. Ich holte mein Schießeisen heraus. „Bevor ich es verschwitze. Hier laufen noch kriminelle Subjekte herum, und ich muss zu meinem Kollegen zurück. Den Tatort absichern." Ich schob ihr die Pistole zwischen die Finger. „Zu Ihrer Sicherheit. *So* entsichern. Und *so* schießen." Ich bugsierte ihren Zeigefinger unter den Schutzbügel. „Ganz einfach. Es sind noch fünf Patronen drin. Ich muss los."

Ihr Gesichtsausdruck wechselte von dankbar zu ängstlich. „Ja und Sie?"

„Keine Bange. Mein Kollege hat noch 'ne Knarre bei sich."

\*\*

*Anmerkungen des* **Rates zur Herausgabe von Schriften des Überwundenen Zeitalters**

Soweit das Tagebuch des Kriminalhauptkommissars August Hönneknövel. Im Gegensatz zu den meisten anderen Texten aus den letzten Jahren der Digitalen Diktatur sind uns seine ganz herkömmlich auf Papier geschriebenen Aufzeichnungen erhalten geblieben.

Diese Eintragungen, die der Frühbeker Polizist ursprünglich nur zur Stütze des eigenen Gedächtnisses gemacht hatte, geben uns einen unschätzbaren Einblick „von unten" in das verrottete System jener Zeit (einer Zeit, in der die Wahrheit nur als Ware oder als Mittel der Erpressung etwas zählte, sofern sie denn überhaupt in die rigorosen Schablonen der damaligen „Informations-verarbeitung" einzupassen war). Die von ihm gewählte Erzählform ist der eines Romans ähnlich. Dennoch hat Herr Hönneknövel fast durchweg auf Beschreibungen von Personen und Orten verzichtet. Dies wirkt ungewöhnlich, erklärt sich jedoch ganz einfach aus dem Tagebuchcharakter: er selbst wusste ja, wie seine Kolleginnen und Kollegen aussehen, und die Straßen und Plätze seiner Heimatstadt waren ihm als Polizisten ebenfalls vertraut. Ob allerdings tatsächlich nahezu sämtliche Mitarbeiter der Frühbeker Polizei Namen mit „ö" trugen oder ob es sich hierbei um eine Mystifikation des Verfassers handelt, ist nicht mehr feststellbar.

Der Text wurde vom Herausgeber behutsam um zwei Drittel gekürzt und an passender Stelle mit einigen Lebenserinnerungen von Herrn Volker Totengräber, einem Verdienten Ehrenwürger der Ersten Stunde, versehen. Von besonderem Interesse sind selbstverständlich die Schilderungen der Zusammenkünfte des Ich-Erzählers mit dem *Vater unserer Befreiung*, dem Würgermeister höchstselbst. Sie zeigen eindrucksvoll, dass dieser zwar ein intelligenter und eloquenter Mann mit hohen moralischen Grundsätzen, vollendeten Umgangsformen und einem gewissen Charisma war, jedoch keineswegs eine solch mitreißende Führer- und Vorbildgestalt, wie es der rechte Flügel der Volksinquisition gern sähe.

Eine Jugendausgabe, in deren Anhang all die heute ungebräuchlichen Begriffe wie „Handy", „Anklicken", Magersoft", „Gockeln" etc. erklärt werden, befindet sich in Vorbereitung. Für die vorliegende Edition wurde darauf verzichtet, da nachvollziehbare Erklärungen die Seitenzahl auf das Doppelte hätten anschwellen lassen.

Ein glücklicher Zufall hat es gefügt, dass in den vorliegenden Tagebuchtext auch einige Schilderungen über die Lebensumstände des Großen Dichters unserer Freien Zeit, Herrn Hugo Vincent Sönnichsen, eingeflossen sind. Dieser Visionär, von einigen übereifrigen Aktivisten der V.I. im Nachklapp des Frühbeker Feuerabends viel zu früh aus dem Leben gerissen, hat insbesondere mit seiner überwältigenden *Ode an die Befreiung* eben dieser Befreiung einen unschätzbaren Dienst erwiesen. So zögern wir auch nicht, dieses Buch mit einem weiteren Machwerk dieses Dichters zu beschließen, welches, obwohl im Ton ganz anders, dennoch den hellsichtigen Charakter seines Opus' fortführt und abrundet. Es ist beklagenswert, dass er die weltumspannende Durchsetzung seiner Träume nicht mehr hat erleben dürfen.

Die Grabstätte

Es hängt der Duft von Leichen
noch schwach zwischen den Eichen.
Die Sonne, rot in kahlen Zweigen,
lässt einen Nebel weißlich steigen.
Und das Eichhörnchen wittert auch
von Zeit zu Zeit den Todeshauch.
Ein dunkler Weiher in der Senke
dient manchem stillen Wild zur Tränke.
An seinem Ufer fahle Nelken
weit übers Jahr hin nie verwelken.

Allwöchentlich sieht man Gestalten
an grauen Steinen lautlos walten.
Die bleichen Lippen beten leise,
die Hände zieh'n im Grase Kreise:
Hier ist er vielleicht hingesunken,
der Vater, von Patronen trunken.
Und unter diesen Meisennestern,
da lagen einst vielleicht die Schwestern.
So denken sie in stummer Trauer
an einer moosbedeckten Mauer.

Dem Denkmal der Befreiungskriege
ist dieser Eichenhain die Wiege.
Hier häuften sie sich aufeinander,
die Opfer unterm schwarzen Stander,
und hier zerriss die grüne Stille
die rasende Patronenhülle.
Es dampfte manche dunkle Pfütze,
bestäubt mit heller Entengrütze,
und tiefer neigten sich die Eichen
und schoben Wurzeln in die Weichen.

Stets wird mit Dankbarkeit gedacht
der strahlenden Befreiungsmacht.
Wird auch der Bruder arg vermisst,
er war es, der gewirkt voll List
als Glied der Kabeldiktatur.
So stand sein Trauermarsch in Dur.
Auch erhielt oft der eig'ne Sohn
vorm Bildschirm seiner Sturheit Lohn.
Wem keine Einsicht wird gezeigt,
ist der Gewalt bald zugeneigt.

Es wippt das Eichhorn auf den Ästen
und späht nach ungewohnten Gästen.
Ein Vater ist's mit seinen Kindern,
er will sie zeitig daran hindern,
in alte Fehler zu verfallen.
(Sonst müsste er auch sie abknallen.)
Mit leiser Stimme er belehrt.
Sie werden still und sind bekehrt.

Die Gruppe strebt dem Waldrand zu.
Dann breitet sich die Waldesruh'
auf diesem grünen Massengrabe.
Vom Himmel grüßt ein junger Rabe
und nickt bestätigend uns zu.

Stimmen aus der Presse

Ein individueller Blick auf Geschehnisse von geschichtlicher Tragweite (…) Einzigartig!"
Else Himmelreich, *Lies!*

In einer Zeit, da *Server* nur noch ein spaßiges Wort für Kellner ist, droht diese Lektüre obsolet zu werden. Also, Leute, schnell noch lesen, so lange ihr kein Wörterbuch dafür braucht!
Gerda Mertinitz im *Bürgerrradio Frühbek*

Ist das nun Propaganda? Literatur? Schund? Das Weissbuch des schwarzen Humors? Das vermögen wir nicht zu beurteilen, aber wir finden es großartig!
*Forum Fressefreiheit*

Dieses Buch als gelungen zu bezeichnen wäre übertrieben, aber es bietet fesselnde Einsichten in das Überwundene Zeitalter (…) Trotz allem ein Muss!
E. Knickermann, Rezensent der *Westdeutschen Allgemeinen Nachrichten*

Wir haben die erratische Verwürfelung der Gesichter unserer Schauspieler bei Einführung des digitalen Fernsehens niemals als geglückt empfunden. Alle unsere in der EDV tätigen Beschäftigten wurden wenige Wochen nach dem hier geschilderten (…) Frühbeker Feuerabend fristlos entlassen und mit Fahrscheinen ins Ausland versehen in der stillen Hoffnung, dass ihnen das auch nicht weiterhelfen möge.
*Sender Befreites Deutschland*, Mainz

Unter der Prämisse, dass die verderbliche Digitaldiktatur für immer in ihren Gräbern bleibt, kann in unserem Wertesystem jeder nach seinem Willen glücklich werden. Eine Überzeugung, die auch das Buch „Der Würgermeister" atmet.
Rainer Glaube, *Die Gestaltung unserer Zukunft*

Das klassische *Per-aspera-ad-astra*-Muster im aktuellen Gewand. Wenn an diesem Rückblick in die Zeit grässlicher Unterdrückung etwas auszusetzen ist, dann allenfalls das Versäumnis, die Figur des Mirco Heydel als einen digitalen Übeltäter darzustellen, der seinen verdienten Lohn empfangen hat. Empfehlenswert!
*Die selbstbestimmte Menschheit.* Offizielles Periodikum der Volksinquisition, Nummer LCVII

Für jeden, der wissen will, „wie alles begann", ist dieses Werk unverzichtbar. Wir legen es Ihnen vorbehaltlos ans Herz.
*Würgerbüro Berlin*

Wer meinte, Hass könne niemals schöpferisch sein, der lese den „Würgermeister"!
*Lesen bildet*

Mr. huntsman, gimme a dream
of the programmers and how they will scream.
How we will kill 'em, battalions of them
and how their bodies will form a dam!

Such-a-colorful-and-lovely-and-boodthirsty-dream!

Hey progammmer, death will us part.
You'll be the first one, you go for the start.
I'll be behind you – a couple of years.
I'll visit you in hell for some beers!
Aus dem Songtext „Excessive Pain. A Tribute to Hugo Soennichsen" der Rockband *Massive Retaliation*

Jedem kleinlichen Zweifler zeigt dieses Buch, dass der Volksinquisition die Meinungsfreiheit ein Herzensanliegen ist.
Karsten Kühnig, DDF

„Der Würgermeister" kann immerhin als Beweis dafür gelten, dass es nach dem Befreiungsschlag keineswegs zu einer (…) Parallelisierung der Medien kam.
Frank Jaworski, *Frankfurter Anzeiger* (FAz)

Diese erinnerungen an die epoche der finsternis herauszugeben war ein verlegerisches wagnis. Und ein zeichen für die nach wie vor gegebene freiheit des journalismus.
Rebecka Transit, *Internationale Umschau*

… Die Gleichschaltung der öffentlichen Meinung ist ein dummes Schauermärchen. Das beweist dieses Buch!
Marko
Schanz in *Proll TV*

Diese als harmloser Krimi beginnende Geschichte, erzählt von einem einfachen Kriminalhauptkommissar, wäre beinahe unerträglich, hätte sie nicht so ein wunderbar versöhnliches Ende!
*Ratgeber Buch*, überarbeitete Ausgabe

**Bonusmaterial**

Der *Rat zur Herausgabe von Schriften des Überwundenen Zeitalters* erlaubt sich, in der Folge einige Kurzgeschichten des oben erwähnten H. V. Sönnichsen erstmals zu veröffentlichen. Es handelt sich um drei thematisch passende Kurzgeschichten aus dem Nachlass des Dichters.

## Die Selbstanzeige

Ein männlicher Durchschnittsbürger trat ins Revier: „Ich heiße Sven Pietersen und möchte eine Selbstanzeige machen."
„Ah – ja. Steuern? Falsch geparkt? Zu schnell gefahren?"
„Nein. Mord."
Eine eiserne Regel: Nicht ins Bockshorn jagen lassen! „Äh. Na wunderbar. Wen, wann, wo?"
„Ich werde heute nachmittag Herrn Norbert Nessel töten."
Eine weitere eiserne Regel: Nicht anmerken lassen, dass man im Bockshorn steckt, und das kopfüber! „Das ist – außergewöhnlich. Warum wollen Sie das tun?"
„Dazu muss ich ein wenig ausholen ..."
„Wenn Sie nur nicht anschließend zuschlagen. Haha."
Ein irritierter Blick. „Sie müssen wissen, ich arbeite in der Bilanzierung. Da läuft nichts mehr ohne Computer. *Mit* allerdings ... auch nur mühsam. Wie auch immer, alle paar Tage lege ich mich mit unserem Programmierer an, der das alles verbrochen hat ..."
„Dem Herrn Norbert Nessel?", fragte ich mitfühlend.
„Wer sonst." Sein Seufzer widerhallte im Polizeirevier. „Irgendwann hat man es dann einfach satt. Diese durchgehende Digitalisierung führt dazu, dass die Menschen selbst *da* aufzurechnen beginnen, wo nichts aufzurechnen ist! Neulich las ich doch tatsächlich in einer Illustrierten die Frage: *Wie viel investiere ich in eine Beziehung?* Da sind doch schon die Begriffe falsch! Abgesehen davon, dass es für Gefühle keine Maßeinheiten gibt – für das geliebte Wesen `investiere´ ich alles, wie ein Schiff auf See, dem der einzig echte Leuchtturm den Weg in den glücklichen Hafen weist, im Gegensatz zu den flackernden Feuern der Strandpiraten ..."
Das wurde mir zu poetisch. „Und wie planen Sie das Tötungsdelikt auszuführen?"
„Oh, ich werde bei ihm klingeln", sein Gesicht leuchtete auf, „und er, er wird mich arglos einlassen. Dann werde ich ihn überwältigen, ihm Nase und Lippen abschneiden, ihn skalpieren und seine Ohrmuscheln entfernen! Und dann werde ich ihm einen Spiegel vorhalten: wer kann schon sich selbst als Totenkopf bewundern?!" Er hechelte. „Und wenn das getan ist ..."
„Jetzt halten Sie mal die Luft an!", unterbrach ich. „Am besten zehn Minuten lang. Nur um sicherzugehen. – Herr Pietersen, wissen Sie was? Ich schlage vor, dass Sie noch eine Nacht darüber schlafen." Ich beugte mich vor: „Und sei es nur wegen der Happy Hour morgen ab 15.00 Uhr: Zwei Morde zum Preis von einem!"

Sport ist Mord
*oder:*
Sozialhygienische Ausschreitungen

Festtagsstimmung auf dem Puniamshof! Das Betriebssportfest der Gesetzlichen Altersversicherung Nordost wird abgehalten. Die Tribüne ist bis auf den letzten Platz besetzt. Das heißt, auch dieser letzte Platz in der rechten unteren Ecke ist immerhin halb besetzt, nämlich mit dem kleinen Sohn von Frau Puschel, der gerade lesen lernt und deshalb das Faltblatt buchstabiert, das jedem Neuankömmling am Eingang in die Hand gezwungen wird.

„Mama, was sind *Po-wer Panthers?*"

Die Mutter hat die Augen auf dem Platz und antwortet nebenher: „Das ist Englisch, man spricht es *Power Panthers*. Und das ist der Name unserer neuen Footballmannschaft, nur aus Leuten der Leistungsabteilung; dein Vater ist auch dabei."

„Und hier steht, die spielen gegen Nerz ... Ist das nicht so'n kleines Tier mit weichem Fell?"

„Was? Nein ... Zeig mal her! – Ach so, nein, sie treten an gegen die *Nervous Nerds*, das ist auch Englisch und bedeutet soviel wie Nervöse Nervensägen. Deswegen ist hier auch so viel los. – *Da kommen sie!*" Die Mutter springt auf und begrüßt brüllend wie der Rest der Zuschauer den Einmarsch der *Power Panthers*. Die bombastische Musik aus den Lautsprechern wird vom Lärm des Publikums mühelos überdeckt. Auf dem Spielfeld nehmen die Spieler in ihrer rüstungsähnlichen Tracht Aufstellung und winken; ihre Shoulderpads und die Helme mit den Gesichtsgittern verhindern, dass der Junge seinen Vater herausfindet. Er zupft seine Mutter am gelbblauen Fan-Schal.

„Mama, wer ist Papa?"

„Der da mit der Nummer 11 ... *Mach sie fertig! Mach sie so fertig wie du noch nie jemanden fertiggemacht hast!* ... Uäääh!"

Die gegnerische Mannschaft hat den Platz betreten, und vollkommene Stille legt sich über den Puniamshof. Auch die Lautsprecher schweigen. Niemand lässt eine Stecknadel fallen. Denn diese stecken vorne in Hunderten von Papierfliegern, die die Zuschauer aus den Faltblättern gebastelt haben und jetzt alle in Richtung der *Nervous Nerds* starten lassen. Da es so still ist, hört man die Stimme des Jungen besonders gut: „Die mögt ihr wohl nicht?"

„Da kannst du Gift drauf nehmen!", zischt die Mutter. Und als sie seine erschrockene Miene bemerkt: „Keine Angst, Mattis, *dir* tu ich doch nichts! Es ist nur, dass diese Missgeburten uns die Arbeit verdreifacht haben, einfach so, ohne sinnvollen Grund ..."

Der Junge schiebt seine Hand in die der Mutter. Die Papierflugzeuge bilden jetzt eine weiß wimmelnde Wolke am blauen Himmel, bevor sie sich auf das Häuflein der *Nerds* stürzen. Manche werden getroffen, zucken zusammen und jammern, was mit hämischem Gelächter aus den Sitzreihen quittiert wird. In das aufkommende hasserfüllte Gemurmel mischt sich die laute Stimme des Referees, der am Spielfeldrand zum Trainer der *Power Panthers,* Herrn Alexej Mortensen, sagt: „Ich bin von euch Typen ja allerhand gewohnt. Aber eure Einladung an die *Nervous Nerds – m*usste da draufstehen: `Leichentücher sind mitzubringen´?"

Der Angesprochene, ein gewaltiger Mensch mit dem Brustkorb eines Narwals, lächelt fein: „Ach, das ist doch nur die übliche psychologische Kriegführung. Völlig harmlos."

Der Referee ist jedoch noch nicht am Ende seiner Nörgelei: „Und wo haben Ihre Gegner die Ausrüstung gelassen? Keine Shoulderpads, keine Facemasks – nichts!"

Herr Mortensen zuckt mit den meterbreiten Schultern. „Das müssen Sie schon den Coach der anderen Mannschaft fragen, den Herrn von Knoblauch. Aber ich kann mir gut vorstellen, dass denen niemand in Frühbek die Sachen hat verkaufen wollen ..."

„So geht das nicht!", keift der Schiedsrichter. „So kann ich dieses Spiel nicht zulassen!"

Der Trainer zeigt mit dem Daumen hinter sich zur Tribüne, wo der erste Fangesang angestimmt wird: „Das erklären Sie dann mal den Zuschauern, ne."

„Hm. Was soll dieser Gesang eigentlich?"

*„Tor auf Tor und Schuss auf Schuss! Macht mit Programmierern Schluss!",* klingt es erbittert von den Sitzreihen.

„Nun, wir haben hier zwei Betriebskampf ... Betriebssportgruppen, die sich im friedlichen Wettstreit messen wollen." Und geduldig erklärt Herr Mortensen dem ortsfremden Schiedsrichter, dass sich die Teilnehmer zum einen aus der Leistungsabteilung und zum anderen aus der allgemeinen Verwaltung, insbesondere dem IT-Bereich, rekrutieren. Und da der Leistungsabteilung vor kurzem ein völlig neues, ausgesucht perverses Anwenderprogramm übergestülpt worden sei, brächen sich hier sportfremde Emotionen ihre Bahn. Es handele sich sozusagen um eine Auseinandersetzung zwischen den Anständi-gen Analogisten und den Dreckigen Digitalisten.

„So. Na ja", sagt der Referee. „Aber ohne Körperschutz geht das nicht."

Gleichmütig entgegnet Herr Mortensen: „Aber es geht ohne bockigen Referee." Er lässt den fassungslos nach Luft schnappenden Schiedsrichter einfach stehen und brüllt von der Linie aus: „Down! Set! Hut!"

Der Spielmacher platziert den Ball. Dieser ist regelwidrig mit einem Konterfei des Herrn von Knoblauch versehen. Er holt mit dem Bein aus und schmettert den Ball mit voller Wucht über das halbe Feld, wobei das Porträt des gegnerischen Trainers in Fetzen geht.

„Verdammt, was wird das hier?", schreit der Referee und reißt sich die weiße Kappe vom Kopf. „Ein Vorwand, um ein paar Kellerkinder zusammenzuschlagen?"

*„Bist du von der Arbeit matt ..."*, brüllt das Publikum.

„Ach nein!", erwidert der Trainer über die Schulter. „Damit halten wir uns doch nicht auf. – Und jetzt hopp hopp da!"

*„... mach 'nen Programmierer platt!"*

Die Partie beginnt. Man sieht die ersten, noch etwas unkoordinierten Spielzüge. In die Zierleaderinnen am Spielfeldrand kommt Leben. Sie schwenken ihre Pompons und skandieren: „Ha'm wir erst getackelt, wird nicht lang gefackelt", können sich jedoch gegen das tausendstimmige Gebrüll der Tribüne – *Wann ist uns der Tag verdorben? Kein IT-ler ist gestorben!* – nicht durchsetzen. Daher strampeln sie stumm weiter und schauen dabei blond aus der knappen Wäsche.

Auf dem Platz ist es zu der ersten, so football-typischen Massenrangelei gekommen. Das Stadion tobt. Das Menschenknäuel löst sich auf, ein einzelner Spieler rennt mit dem Ball davon, alle anderen hinterher. Nur einer bleibt auf dem Bauch liegen und rührt sich nicht.

„Mama, ist der tot?"

„Hoffentlich!"

„Sani!", brüllt Herr Mortensen.

Zwei Sanitäter traben mit Köfferchen und Tragbahre aufs Feld und untersuchen den Liegenden. Schließlich zuckt einer die Achseln und erläutert den in-zwischen herangekommenen Trainern, dass der Spieler – ein *Nervous Nerd* – offenbar in einer Pfütze ertrunken sei.

„Eine Pfütze?", wundert sich Herr von Knoblauch. „Es hat doch seit Wochen nicht geregnet!"

„Das mag sein", antwortet der Sanitäter und zeigt nach unten. „Aber die Pfütze ist da, sehen Sie? Ein bedauerliches Missgeschick."

„Das Spiel geht weiter!", bestimmt Herr Mortensen. „Tragt den hier beiseite und macht pro forma ein paar Versuche zur Wiederbelebung."

Mittlerweile haben die übrigen *Nerds* zu flüchten versucht. Aber am einzigen Ausgang steht ein halbes Dutzend Ordner mit Knüppeln und weist freundlich, aber bestimmt darauf hin, dass das Tor momentan unpassierbar sei. Die einzige Möglichkeit, hier herauszukommen, sei über das Footballspiel. Dort habe man immerhin noch eine sportliche Chance.

Die Partie geht also weiter. Mit den Anfeuerungen der Zuschauer im Rücken – *Bist du von der Arbeit müd', pfeif dem Nerd sein letztes Lied!* – erzielen die Power Panthers einen Punkt nach dem anderen. Und erneut kommt es zu einer so football-typischen Rangelei. Aus dem Spielerknäuel kullert unbeachtet der Ball. Mattis` Mutter hopst auf ihrem Sitz auf und ab: „Nehmt sie auseinander! Die Peters, den Ganser, die Bühlow, den Schrader ..." Sie wird von ihrem Sohn verwundert beäugt.

„*Ho, ihr haltet euch für Gott? Doch ihr produziert nur Schrott!*"

Das Menschenknäuel löst sich langsam auf, unterstützt von Herrn Mortensen, der einzelne *Nervous Nerds* aus dem Haufen herauspflückt und achtlos hinter sich wirft. Der Trainer der feindlichen Mannschaft versucht mit schwacher Stimme, Einwände vorzubringen, wird aber von plötzlichem Nasenbluten daran gehindert. Als die Ballung endlich aufgelöst ist, bleiben zwei Sportler reglos liegen. Sie tragen keinerlei Schutzkleidung. Eine rote Lache breitet sich um sie aus.

„Mama, sind die tot?"

„Hoffentlich!"

„Timeout!", brüllt Herr Mortensen.

Die Sanitäter drängeln sich durch die Umstehenden. Sie fühlen den beiden Liegenden den Puls und winken ab. Dann schickt der eine den anderen vom Platz, er solle die Polizei rufen.

Dem herbeigeeilten Arm des Gesetzes gelingt es minutenlang nicht, sich Gehör zu verschaffen. Der Jubel der Zuschauer ist einfach zu laut. Erst als der Trainer der *Panthers* beide Arme hebt, kehrt eine relative Ruhe ein.

„Dieser Spieler wurde erstochen!", ruft der Polizist und zückt sein Notizbuch. „Kann mir vielleicht irgendjemand etwas darüber sagen?"

Ein fünfschrötiger Hüne tritt vor und brummelt aus dem Gesichtsgitter: „Ich, Officer. Dieser Typ kam auf mich zu und schrie: `Töte mich! Ich bin es nicht wert zu leben!´ Dann hat er mir ein Klappmesser in die Hand geschoben und sich draufgeworfen ..." Er hebt beide Hände in Schulterhöhe. „Sie sehen, Officer, ich bin völlig schuldlos."

„So?", schnappt der Polizist. „Ich zähle hier aber *zwölf* Messerstiche!"

Ein sechsschrötiger Riese stellt sich neben seinen Mitstreiter. Der Rasen erzittert von seinen Schritten. „Der hat sich *immer wieder* auf das Messer geworfen! Das hab' ich gesehen. Mein Freund konnte da wirklich nichts für."

Der Polizist verzieht den Mund. „Und der andere? Der ist genauso gestorben!"

„Stimmt ja!", sagt der Hüne und tippt sich gegen die Stirn. „Er hat auch noch gerufen: `Töte mich! Und den da auch!´ Und als er schon in Fontänen blutete, hat er noch das Messer in meiner Hand auf seinen Kumpel gelenkt! – Ach, es ging alles so schnell."

„Sie wollen ernsthaft behaupten ..." Dem Polizisten gehen die Worte aus, doch er fängt sich wieder. „Na, das werden wir gleich haben! Hier sind ja jede Menge Zeugen." Und er ruft in das Stadion: „Ich bitte um Aufmerksamkeit! Wer kann zu diesem Vorfall zweckdienliche Angaben machen?"

„Wir!", rufen die Zuschauer. „Wir haben alles gesehen!"

Der Polizist zuckt zusammen. „Verdammt, ist das hier eine verflixte griechische Tragödie und ihr seid der Chor??"

„Nein. Doch wir haben alles gesehen. Und gehört. Er hat `Töte mich!´ gerufen. Und den Rest haben wir auch gehört!"

„Das ist alles Blödsinn!", schreit der Polizist. „Ihr habt das gar nicht hören können! Ihr wart doch selber viel zu laut!"

„'Schuldigung, Herr Wachtmeister", mischt sich der Trainer der *Power Panthers* ein. „Sind Sie sicher, dass Sie meinten, was Sie gerade sagten?"

„Aber natürlich meinte ich ..." Der Polizist lässt seinen Blick über die tausendköpfige murrende Menge schweifen. Die Hälfte davon krempelt gerade die Hemdsärmel hoch. „...äh, dass dieser Vorfall eine gründliche Untersuchung erheischt. Ich ruf' dann mal die Kripo."

Er geht an den Rand des Spielfeldes und versucht zu telefonieren. Herr Mortensen klatscht in die Hände und ruft: „So, keine Müdigkeit vorschwitzen! Räumt das hier auf und dann geht's weiter, ihr Waschlappen! Noch sind genügend *Nervous Nerds* übrig!"

Mit dem Schrei „Spurensicherung!" hechtet der Polizist aufs Spielfeld, doch es ist bereits zu spät. Die Toten werden von zwei Unerschrockenen zur Seite geworfen, und es heißt: „Offense, go!" Der Lärm der Tribüne schwillt sogleich wieder an. Der Polizist zuckt die Achseln und wendet sich an Frau Puschel: „Verzeihung, wer spielt hier eigentlich?"

„Betriebssport der Altersversicherung. Die Sachbearbeiter gegen die Programmierer."

„Aha. Und die Programmierer sind ..."

Frau Puschel sieht ihn grimmig an: „... diejenigen, die hinterher vom Platz *getragen* werden!"

„Ja, dann ...! Das erklärt natürlich alles. Das kennen wir bei uns ja auch. Ich denke, da kann ich von einer Anzeige absehen."

Er steckt das Notizbuch weg und schlendert davon. Frau Puschel nimmt ihren Sohn in den Arm und fällt in den nächsten Fangesang ein:

*„Wenn sich die Fehlertexte häufen,
dann scheu dich nicht, wen zu ersäufen!
Du weißt schon, wen ich meine:
Die Elektronen-Schweine!
Sag nur dem Depp, du willst ihn heute täufen!"*

## Das Schädelhaus

Meine Navigations-App hatte mich in die Irre geführt, und aus einem Spaziergang im nahen Forst war ein Marsch durch ein grünes Labyrinth geworden. Blumen, deren Schönheit ich zu Beginn der Wanderung bewundert hatte, trampelte ich nun nieder, bemooste Baumstämme verwandelten sich von Fotomotiven in ärgerliche Hindernisse, und der Wald war von einem rauschenden Blätterdach zu einem perfiden, weil mauerlosen Gefängnis mutiert. Als der Regen einsetzte, hatte ich zwar dieses windschiefe Haus entdeckt, aber der Dachüberstand reichte nur gerade so, um mich vor dem allzu reichlichen Himmelsnass zu schützen.

Da stand ich also, im tropfnassen Gras und an die kalte Hauswand gedrückt, als aus dem Fenster neben mir unversehens helles Licht fiel. Das Haus war zwar windschief, aber offenbar keineswegs so verlassen, wie ich angenommen hatte. Unwillkürlich erwartete ich entweder eine Hexe oder einen bärtigen Alten aus der Tür schauen zu sehen, und wirklich trat ein grauhaariger, aber kräftig gebauter Mann unter das löchrige Vordach und schielte nach den Wolken.

„Schietwetter, was, Jungchen?", sagte er und drehte sich zu mir um. Und dann: „Komm doch rein."

Das Angebot nahm ich gern an, obwohl mich verwirrte, wie er von meiner Anwesenheit gewusst haben konnte. In einem Vorraum befreite ich mich von meinem nassen Mantel und wurde dann in die „gute Stube" gebeten.

Als ich in diese Stube trat, konnte ich ein erschrockenes Keuchen nicht verhindern. Außer einem Tisch und drei Sesseln war der Raum nämlich an allen Wänden mit Regalen angefüllt, die nichts anderes bewahrten als Totenschädel! Vom Boden bis zur Decke starrten mich von allen Seiten ungezählte dunkle Augenhöhlen an, und der Besitzer des Hauses grinste und kicherte dazu!

„Ich nenne meine bescheidene Klause übrigens *Capitalis quadrata*", verkündete er dann mit ausgebreiteten Armen. „So heißen unsere von den Römern übernommenen Großbuchstaben, aber *caput* bedeutet auf Latein auch *Kopf*. Und da meine Schätzchen hier im gleichseitigen Viereck angeordnet sind, lag der Name nahe, meinen Sie nicht?"

Ich vermute, dass ich irgendetwas gestottert habe, was nach Zustimmung klang, denn er fuhr fort: „Daher stammt übrigens auch unser Wort *kaputt*. Sie dürfen jetzt ruhig lächeln; ich weiß, dass mein Haus von außen nicht mehr das frischeste ist."

Statt zu lächeln, stellte ich die dümmste aller denkbaren Fragen: „Sind die alle echt?"

„Nee", erwiderte er, „das ist nur billige Kintopp-Attrappe! Oder – Moment: Hab' ich sie vielleicht alle aus Langeweile aus Holz geschnitzt? Oder aus Gummi geformt? – Natürlich sind die echt, Mann!"

„Oh", lautete meine nicht übermäßig geistreiche Entgegnung.

„Na, diese Reaktionen bin ich ja von meinen Besuchern gewohnt", fügte er hinzu. „Ich verrate Ihnen daher gleich, dass ich kein Massenmörder bin und dass die früheren Besitzer dieser Schädel schon lange tot sind. Womit ich nicht gesagt haben will, dass einige davon nicht doch auf mein Konto gehen."

„Äh!?"

„Setzen Sie sich doch! Kaffee, Tee?"

„Oh ja, danke." Ich fiel in einen der Sessel. Er verschwand und erschien gleich darauf mit einer Kanne und zwei Bechern. Er setzte sich und goss Kaffee oder Tee ein, und ich nahm dankbar einen Becher entgegen. Ich trank auch daraus; es war Kaffee oder Tee, ich weiß es nicht. Ich hatte anderes im Kopf, und ich rang mich, als die Gesprächspause zu lang wurde, zu einer Frage durch:

„Woher sind denn die Schädel?"

„Wie alt sind Sie?", war die Gegenfrage. Ich sagte es ihm. „Dann waren Sie damals nicht dabei und können es nur aus Geschichtsbüchern und so wissen. Tja – die Große Säuberung, was sonst."

„Ach so."

„Ich war dabei, als es unseren Peinigern endlich an die Krägen ging, und als das Gröbste vorbei war, hat die neue Regierung mich als Doktor der Medizin damit beauftragt, diese Schädel zu untersuchen. Die kommen aus Massengräbern auf der ganzen Welt. Na, ich hab' sie alle vermessen und die Gehirngröße berechnet – oder auch, bei frischeren Exemplaren, das Gehirn selbst vermessen und gewogen. Doch nichts davon gab uns eine Antwort auf die Frage."

Offenkundig erwartete er nun von mir. nach dem Wortlaut der Frage zu fragen. Ich fragte.

„Der offizielle Titel meiner Studie war *Bestimmung der Ursachen der Insuffizienz im feindlichen Denken*. Doch phänomenologisch war da nicht zu machen. Es waren normale Gehirne, von außen gesehen. Vielleicht haben sie sie nicht benutzt."

Er nahm einen Schluck Kaffee oder Tee und schaute geradeaus in die Vergangenheit. „Ich war von Anfang an dabei. Das fing ja ganz klein an. Ausgerechnet im Netz fand man die Gleichgesinnten. Zuerst haben wir uns nur bei den Chip-Fabriken Zugang verschafft, sind in die Reinräume eingebrochen, haben dort auf die Tische gespuckt und Hausstaub verteilt. Ha! Doch wir merkten schnell, dass solche Aktionen nicht lange vorhielten. Und bald sprachen einige darüber, man müsse das Übel an der Wurzel packen."

Ich hörte zu. Er nahm einen weiteren Schluck und schaute an den Regalen entlang. „Der da war unser Erster!" Mit der freien Hand zeigte er auf einen Schädel mit eingedrückter Kalotte. „Wir lauerten ihm auf dem Nachhauseweg auf und erschlugen ihn wie einen räudigen Hund! Der er ja auch war."

Mir wurde ein wenig mulmig, aber es war viel zu spannend, über diese Phase der Zeitgeschichte einmal etwas aus erster Hand zu erfahren. Er sah zu mir und stellte seinen Becher ab, um erneut die Arme auszubreiten.

„Und wir hatten die Befriedigung, mitzuerleben, wie unser Aufruhr den ganzen Erdball erfasste! Wie der Sonnenaufgang ging die Erste Große Säuberung rund um die Welt! – Na ja: Dann schlugen unsere Gegner zurück. Man darf nicht vergessen: sie hatten ja sämtliche damaligen Regierungen auf ihrer Seite ..."

Er grinste mich triumphierend an. „Monatelang stand es auf Messers Schneide, aber *wir* waren das Volk und hatten die besseren Argumente! Vollbeschäftigung – keine drohende digitale Demenz mehr – keine Bevormundung durch Maschinen – keine elektronische Bespitzelung! Natürlich gab es Leute, die über das Ziel hinausschossen und sogar Lichtschalter und elektrischen Strom insgesamt verbieten wollten. Aber eine einfache Rechnung zeigte, dass man niemals genügend Kerzen hätte herstellen können."

Mein Unbehagen steigerte sich. Mein Gastgeber wurde nun von seinen Erinnerungen fortgerissen: „Ja, das war eine großartige Zeit! Wir gingen Patrouille, um alle Sympathisanten aufzuspüren und auszumerzen. Denn es fanden sich tatsächlich genug Idioten, die glaubten, sie müssten die ehemaligen Peiniger vor unserem berechtigten Zorn verstecken! Falsch verstandene Menschlichkeit, wenn Sie mich fragen. Das war die Zweite Große Säuberung. Und ich darf sagen: bis auf unbedeutende Reste haben wir sie alle zur Strecke gebracht!"

Ich schluckte trocken. Mein Gegenüber beugte sich vor und sprach weiter: „Sehen Sie da im untersten Regal die angekokelten Schädel? Ach, das war ein Spaß, diesen Subjekten zukommen zu lassen, was ihnen zustand! – Selbstverständlich haben wir seitdem so manchen Dachboden nach vergessenen Relikten der teuflischen Digitalität abgesucht. Es gab da ja diese kleinen Zauberkästen, die in jede Hosentasche passten! Tauchen auch heute noch manchmal auf. Und immer noch gibt es Verräter, die die Dinger benutzen." Er hieb mit der Faust auf den Tisch. „Aber früher oder später erwischen wir sie *alle!*"

Ich saß wie festgewachsen im Sessel. Jedem Augenblick konnte es soweit sein, und bei mir zu Hause würde sich jemand wundern, wo ich sei. Dann würde man meine Nummer wählen, um mich anzurufen.
Und dann würde es in meiner Westentasche *klingeln.*